Nicholson Baker

DIE FERMATE

Roman

Deutsch von
Eike Schönfeld

Rowohlt

Die Originalausgabe erschien 1994 unter dem Titel
«The Fermata» bei Random House, Inc., New York
Redaktion Thomas Überhoff

1. Auflage August 1994

Umschlag- und Einbandgestaltung Walter Hellmann
Gesetzt aus der Bembo (Linotronic 500)
Gesamtherstellung Clausen & Bosse, Leck
Printed in Germany
ISBN 3 498 00575 8

FÜR MEINEN VATER

DIE FERMATE

EINS

Ich werde meine Autobiographie *Die Fermate* nennen, obwohl «Fermate» nur einer der vielen Namen ist, die ich für die Furche habe. «Furche» ist natürlich auch einer. Von Zeit zu Zeit, für gewöhnlich im Herbst (vielleicht einfach nur deshalb, weil meine Hormonströme dann am stärksten sind), merke ich, daß ich über die Fähigkeit verfüge, in die Furche zu springen. Ein Furchensprung ist ein Zeitraum von unterschiedlicher Länge, in dem ich lebendig und bewegungsfähig bin und denke und schaue, während die übrige Welt angehalten ist oder pausiert. Über die Jahre mußte ich mir vielerlei Techniken ausdenken, um den Stopp auszulösen. Bei manchen kamen Kippschalter, Gummibänder, Nähnadeln, Nagelknipser und andere Haushaltsgegenstände zum Einsatz, bei anderen nicht. Die Fähigkeit scheint letztendlich aus mir selbst heraus zu kommen, so bombastisch das auch klingen mag, aber wenn ich sie beschwöre, muß ich glauben, daß sie mir äußerlich ist, damit es richtig funktioniert. Ihren Ursprüngen versuche ich nicht sehr oft nachzuspüren, weil ich befürchte, daß zu genaue

Nachforschungen jedwede inneren Zustände zerstören könnten, die ihr zugrunde liegen; schließlich ist sie das bedeutendste und beständigste Abenteuer meines Lebens.

In der Tat befinde ich mich auch jetzt, in diesem Moment, in der Furche. Doch zunächst würde ich gern meinen Namen hinschreiben – ich heiße Arnold Strine. Arno ist mir allerdings lieber als das ausgeschriebene Arnold. Meinen Namen zu tippen rüstet mich irgendwie – es hilft mir, in dieser Sache voranzukommen. Ich bin fünfunddreißig. Ich sitze auf einem Bürostuhl, dessen vier breite schwarze Rollen lautlos über den Teppichboden gleiten, im sechsten Stock des MassBank-Gebäudes im Zentrum von Boston. Ich blicke zu einer Frau namens Joyce hoch, die ich zwar nicht ausgezogen, aber deren Kleidung ich etwas umarrangiert habe. Ich blicke sie direkt an, aber sie merkt nichts davon. Während ich sie anblicke, halte ich das, was ich sehe und denke, mit einer elektronischen, von vier D-Batterien gespeisten Casio-CW-16-Kofferschreibmaschine fest. Bevor ich mit den Fingern geschnippt habe, um den Zeitfluß im Universum anzuhalten, ist Joyce in einem graublauen Strickkleid über den Teppichboden gegangen, während ich ungefähr zehn Meter entfernt an einem Schreibtisch saß und ein Band abtippte. Ich konnte ihre Hüftknochen unter dem Kleid sehen und wußte sogleich, daß es Zeit zum Einschnippen war. Die Handtasche hängt noch über ihrer Schulter. Ihr Schamhaar ist tiefschwarz und schön anzusehen – es ist sehr dicht. Wenn ich nicht schon wüßte, wie sie heißt, würde ich jetzt wahrscheinlich ihr Portemonnaie öffnen und es in Erfahrung bringen, weil es besser ist, wenn ich den Namen der Frauen kenne, die ich ausziehe. Zudem hat es etwas sehr Erregendes, fast Bewegendes, einen schnellen Blick auf den Führerschein einer Frau zu werfen, ohne daß sie es weiß – das Bild zu mustern und zu überlegen, ob es ihr gefallen oder sie unglücklich gemacht hat, als sie es bei der Zulassungsstelle ausgehändigt bekam.

Doch den Namen dieser Frau kenne ich. Ich habe schon ein paar von ihren Bändern abgetippt. Die Sprache ihrer Diktate ist lockerer als die mancher anderen in der Kreditabteilung – gelegentlich benutzt sie Wendungen wie «auf Vordermann bringen», «abhaken» oder «in Angriff nehmen», die man in den monatlichen Kreditberichten größerer Regionalbanken nur sehr selten findet. Kürzlich endete eines ihrer Diktate ungefähr folgendermaßen: «Kyle Roller gab zu verstehen, daß er sich mit dem Thema seit 1989 befaßt habe. Seitdem liegt das Volumen bei 80000 $. Er betonte, daß ihr Service unterdurchschnittlich sei. Er gab zu verstehen, daß er weitere Geschäfte mit ihnen auf Eis gelegt habe, weil sie ihn ‹nach Strich und Faden angelogen› hätten. Er gab ferner zu verstehen, er wolle nicht, daß sein Name den Pauley Brothers gegenüber erwähnt werde. Diese Information wurde Joyce Collier am...» (sie sagte das Datum) «...übermittelt.» Vom Stil her mag das nicht gerade Penelope Fitzgerald sein, aber in diesen Berichten lechzt man ja nach jeder kleinen Lebenszuckung, und ich gebe zu, daß es mich wie ein Pfeil durchbohrte, als ich sie «nach Strich und Faden angelogen» sagen hörte.

Letzte Woche trug Joyce schon einmal dieses graublaue, das Hüftbein betonende Kleid. Sie legte mir ein

Band zum Abtippen hin und sagte mir, daß ihr meine Brille gefalle, und seitdem bin ich verrückt nach ihr. Ich errötete, dankte ihr und sagte, daß mir ihr Halstuch gefalle, und es war auch wirklich ein sehr hübsches Halstuch. Es war in allen möglichen Gold-, Schwarz- und Gelbtönen sowie mit kyrillischen Buchstaben designt. Sie sagte: «Ach, vielen Dank, mir gefällt es auch» und überraschte mich (und wahrscheinlich uns beide) damit, daß sie es vom Hals löste und langsam durch die Finger zog. Ich fragte, ob das tatsächlich kyrillische Buchstaben seien, die ich da vor mir sähe, und sie bejahte, erfreut über mein Interesse, aber dann sagte sie, sie habe einen Freund, der Russisch könne, gefragt, was sie bedeuteten, und er habe gemeint, sie bedeuteten nichts, es sei nur ein Buchstabengewirr. «Um so besser», sagte ich idiotischerweise; es war mir wichtig, ihr zu zeigen, wie kalt es mich ließ, daß sie einen Freund erwähnt hatte. «Der Designer hat die Buchstaben wegen ihrer äußerlichen Schönheit ausgewählt – er tat nicht so, als würde er die Sprache kennen, indem er ein wirkliches Wort verwendete.» Die Situation drohte koketter zu werden, als wir beide es wollten. Ich überspielte das rasch, indem ich sie fragte, wie schnell sie das Band erledigt haben wolle. (Ich bin übrigens Zeitarbeiter.) «Eilt nicht», sagte sie. Sie band sich ihr Halstuch wieder um, und bevor sie ging, lächelten wir uns noch einmal fast innig zu. Den ganzen Tag war ich glücklich, nur weil sie gesagt hatte, daß ihr meine Brille gefiel.

Joyce wird in meinen Lebensaufzeichnungen wohl kaum eine größere Rolle spielen. Ich habe mich schon sehr, sehr oft in Frauen verliebt, vielleicht hundert-

oder hundertfünfzigmal; auch ausgezogen habe ich Frauen schon oft: die Umstände, in denen ich mich momentan befinde, sind daher nicht besonders ungewöhnlich. Ungewöhnlich daran ist nur, daß ich jetzt darüber schreibe. Ich weiß, daß es Tausende von Frauen auf der Welt gibt, für die ich potentiell Liebe empfinden könnte so wie jetzt für Joyce – zufällig arbeitet sie eben in diesem Büro in der Inlandskreditabteilung der MassBank, wo ich ebenso zufällig ein paar Wochen Zeitarbeiter bin. Doch das ist das Eigenartige an den Erwartungen, die das Leben an einen stellt – man soll vergessen, daß es Hunderte von Städten gibt, jede einzelne voller Frauen, und daß es äußerst unwahrscheinlich ist, daß man die ideale für sich gefunden hat. Man soll sich einfach die Beste aus denen aussuchen, die man kennt und für sich einnehmen kann, und das tut man dann auch ganz vergnügt – mit dem Gefühl, daß die Liebe, die man der Auserwählten zukommen läßt, schon nicht verschenkt sein wird.

Es war aber auch mutig und freundlich von Joyce, mir so ein Kompliment wegen meiner Brille zu machen. Ich schmelze auf der Stelle dahin, wenn man mich wegen etwas lobt, woran ich innerlich so meine Zweifel habe. Meine erste Brille bekam ich im Sommer nach der vierten Klasse. (Im übrigen ist die Vierte auch das Jahr, in dem ich erstmals in die Furche sprang – meine Herrschaft über die Zeit war schon immer auf eine Weise, die zu verstehen ich nicht vorgebe, mit meinem Gesichtssinn verbunden.) Bis vor zwei Jahren, als ich beschloß, es wenigstens einmal mit Kontaktlinsen zu versuchen, trug ich sie regelmäßig. Vielleicht wäre alles anders, wenn ich Linsen hätte. Also besorgte ich mir welche, und ich hatte meinen Spaß mit den Ritualen ihrer Pflege – der Pflege dieses anspruchsvollen Zwillingspaars, das ständig gebadet und gewechselt werden mußte. Ich fand es schön, sie mit der Salzlösung zu bespritzen, eine davon in einer Wasserperle auf der Fingerspitze zu haben und ihren saarinenesken Aufschwung zu bewundern, und wenn ich sie zusammenbog und Oberfläche an leicht glitschiger Oberfläche rieb, um die Proteinablagerungen aufzubrechen, erinnerte ich mich oft an die Befriedigung beim Zubereiten eines Omeletts in einer Teflonpfanne. Doch obwohl sie als Hobby dankbar waren und obwohl ich, wenn ich die Zentrifugalreinigungsmaschine, die ich eigens für sie bestellt hatte, öffnete, ebenso erregt war, wie ich es gewesen wäre, hätte ich einen automatischen Brotbackofen oder ein neuartiges Erotikspielzeug gekauft, störten sie doch meine Würdigung der Welt. Auch durch sie hindurch konnte ich sehen, aber *freuen* konnte ich mich nicht an dem, was ich sah. Die gesamte Bandbreite meiner optischen Prozessoren wurde mit «Auf-deinem-Augapfel-ist-ein-Störenfried»-Botschaften überflutet, so daß vieles von den visuellen Nebenerträgen meiner Retina einfach nicht durchkam. Die Anblicke, die einem doch Spaß machen sollen, etwa wenn man an einem stürmischen Tag durch den Park geht und beobachtet, wie den Leuten die Handtaschen am Arm herumgeweht werden – sie machten mir keinen Spaß.

Zunächst dachte ich, der Verlust der Schönheit der Welt lohne sich, wenn man dann für die Welt besser aussähe: Ohne Brille sah ich wirklich besser aus – die flotte Narbe auf meiner linken Braue, wo ich mich an einem Aluminiumrest geschnitten hatte, wurde dadurch auffälliger. Ein Mädchen von der High-School, das ich kannte (und auszog), sang immer leise nach einer selbsterfundenen Melodie «Il faut souffrir pour être belle», und diesen abgelauschten Grundsatz nahm ich ernst; ich war bereit, ihn nicht nur im engeren Sinn des schmerzhaften Haarebürstens oder (sagen wir) Augenbrauenzupfens und Lippensaugens zu begreifen, sondern in jenem weiteren Sinn, daß Leiden den Grund für Schönheit in der Kunst legt, daß der Künstler oder die Künstlerin Gram und Not erleiden muß, um seinem oder ihrem Publikum Schönheit zu liefern – dieser ganze abgenudelte Schrott. Und so trug ich weiterhin Linsen, selbst wenn jedes Blinzeln eine Trockenfolter war. Aber dann bemerkte ich, daß auch mein *Tippen* litt – und da, denn ich bin Zeitarbeiter und verdiene mit Tippen mein Brot, war nun wirklich die Grenze erreicht. Besonders wenn ich Zahlen tippte, war meine Fehlerquote gewaltig. (Einmal tippte ich zwei Wochen lang nichts anderes als sechsstellige Zahlen.) Immer häufiger bekam ich auf einmal Finanztabellen, die ich angelegt hatte, mit rot umkringelten falsch getippten Zahlen und der Frage zurück: «Fühlen Sie sich heute nicht wohl, Arno?» Auch fiel mir auf, daß mir Kontaktlinsen, ähnlich wie es bei ständigem lautem Fabriklärm der Fall wäre, das Gefühl gaben, drei Meter von allen anderen um mich herum entfernt zu sein. Sie isolierten mich, trugen nicht dazu bei, meine – na ja, ich sollte es wohl meine Einsamkeit nennen – loszuwerden, sondern verstärkten sie noch. Ich vermißte die scharfen Ränder meiner Brille, die mir geholfen hatten, mir einen Weg ins gesellige Leben zu bahnen; sie waren ein Teil dessen gewesen, was, wie ich fand, mein typischer Ausdruck war.

Als ich heute hiermit anfing, hatte ich nicht die Absicht, mich mit dieser Brillengeschichte aufzuhalten. Aber sie spielt eine wesentliche Rolle. Ich sehe mir gern Frauen an. Ich möchte sie gern klar sehen können. Und das ganz besonders gern in einer Situation wie dieser, in der ich mich jetzt gerade befinde und in der ich Joyce nicht direkt ansehe, sondern vielmehr über die erstaunliche Tatsache nachdenke, daß ich jederzeit von der Seite aufblicken und auf jeden Teil von ihr, der nach mir schreit, starren *kann*, solange ich will, ohne sie zu belästigen oder in Verlegenheit zu bringen. Joyce trägt keine Brille, aber meine Exfreundin Rhody trug eine – und irgendwann merkte ich dann, daß Frauen, wenn sie mir mit Brille gefielen, was sie durchaus tun, auch an mir eine Brille akzeptieren würden. Eine Brille an einer nackten Frau bringt mir dasselbe wie manchen Männern Stöckelschuhe, eine tätowierte Schlange, ein Fesselkettchen oder ein falscher Schönheitsfleck – sie hebt ihre Nacktheit hervor; sie bewirkt, daß die Frau nackter erscheint, als sie es vollständig nackt täte. Auch möchte ich ganz sicher sein, daß sie jeden Zoll meines Richards mit absoluter Klarheit sieht, und wenn sie eine Brille trägt, dann weiß ich, daß sie es kann, wenn sie will.

Der entscheidende Moment kam schließlich, als ich eine Nacht mit einer Frau verbrachte, einer Büroleiterin, die, *glaube* ich jedenfalls, früher mit mir schlief, als sie eigentlich vorhatte, nur weil sie nicht wollte, daß ich merkte, wie ihre Linsen sie störten. Es war sehr spät, aber ich glaube, sie wollte noch etwas länger reden, und dennoch (so meine Theorie) hatte sie es ganz eilig, ins Bett zu kommen, weil die nach ihrer Denkweise extreme Intimität, mit ihrer Brille vor mir zu erscheinen, nur nach der weniger extremen Intimität, mit mir zu vögeln, möglich war. Da ihre Augen wirklich ganz unglücklich rosa aussahen, lag es mir mehrmals während unserer Unterhaltung auf der Zunge zu sagen: «Möchtest du dir nicht die Linsen rausnehmen? Ich nehm meine auch raus.» Aber dann tat ich es doch nicht, weil ich dachte, es könnte herablassend klingen, nach dem Motto «Ich weiß alles über dich, Baby, deine blutunterlaufenen Augen verraten dich». Vielleicht hätte ich es doch sagen sollen. Aber ein paar Tage danach trug ich bei der Arbeit wieder die Brille. Sogleich sank meine Fehlerquote. Sogleich war ich glücklicher. Insbesondere erkannte ich die entscheidende Bedeutung von Scharnieren für meine Lebensfreude. Wenn ich morgens vor dem Duschen und dem Weg zur Arbeit meine Brille aufklappe, bin ich wie ein aufgeregter Tourist, der sich an seinem ersten Urlaubstag aus dem Hotelbett erhoben hat: Gerade habe ich die beiden Verandatüren aufgerissen, die auf einen sonnenbeschienenen Balkon mit Blick auf die gesamte was auch immer führen – Schiffahrtsstraße, Bucht, Tal, Parkplatz. (Wie kann man nur den Blick auf einen Motelparkplatz am frühen Morgen nicht schön finden? Die neuen, subtileren Autofarben, die blaugrünen und die wärmeren Grautöne, dazu das Wissen, daß all die Fahrer in der Demokratie des Schlafes nivelliert und die Scheiben und Hauben draußen kalt und sogar betaut sind, geben Anlaß zu einer der inspirierenderen Visionen, die das Leben vor neun Uhr bereithalten kann.) Aber vielleicht sind es die Verandatüren doch nicht so ganz. Vielleicht stelle ich mir eher vor, daß die Scharniere meiner Brille die Hüftgelenke einer Frau sind: Ihre langen, grazilen Beine öffnen sich und sitzen den ganzen Tag rittlings auf meinem Gesicht. Einmal fragte ich Rhody, ob es ihr gefalle, wenn mein Brillengestell sie innen an den Schenkeln kitzelte. Sie sagte: «Meistens hast du die Brille dann ja schon abgenommen, oder?» Das mußte ich zugeben. Sie sagte, es gefalle ihr nicht, wenn ich die Brille aufhabe, weil sie wolle, daß mein Eindruck von ihrer offenen Vaga eher sisleyhaft als Richard-Estes-mäßig sein sollte. «Aber manchmal mag ich es, wenn deine Ohren ganz oben über meine Schenkel streichen», räumte sie ein. «Und wenn ich deine Ohren fest mit den Schenkeln zudrücke, kann ich mehr Geräusche machen, ohne das Gefühl zu haben, daß ich außer Kontrolle gerate.» Rhody war ein guter, ja, ein sehr guter Mensch, und vielleicht hätte ich doch nicht versuchen sollen, wenn auch noch so versteckt auf meine Furchenerlebnisse anzuspielen, da sie das wenige, was ich ihr über die Fermatierung erzählt hatte, abstoßend fand; was sie davon erfuhr, trug zu unserer Trennung bei.

So! Ich denke, ich habe nachgewiesen, daß mein Brillentragen eine emotionale Vorgeschichte hat. Indem die große Joyce – die, während ich das tippe, im Zustand der Halbnacktheit über mir aufragt – also sagte, daß die Brille ihr gefalle, sagte sie genau das Richtige, wenn sie mein Herz gewinnen wollte, was wahrscheinlich gar nicht der Fall war. Man muß sehr vorsichtig sein mit Komplimenten an einen fünfunddreißigjährigen Zeitarbeiter, der in seinem Leben noch nichts erreicht hat. «Hallo, ich bin der Zeitarbeiter!» Das sage ich meist am ersten Tag eines Auftrags zu dem Menschen am Empfang; das ist das Wort, das ich benutze, weil es das Wort ist, das jeder benutzt. Seit über zehn Jahren, seit ich von der Uni weg bin, bin ich nun Zeitarbeiter. Daß ich nichts aus meinem Leben gemacht habe, liegt einfach daran, daß meine Fähigkeit, in die Furche zu springen (oder «die Kupplung zu treten», «die Spalte zu finden», «einen Tag frei zu nehmen» oder «einen Aufschub zu erwirken»), kommt und geht. Ich schätze diese Fähigkeit, die, wie ich vermute, nicht weit verbreitet ist, aber weil ich sie nicht ständig habe, weil sie ohne Vorwarnung nachläßt und erst Monate oder Jahre später wiederkehrt, hänge ich in einer Art zerstörerischem kondratjewschen Boom-und-Pleite-Kreislauf fest. Habe ich sie verloren, existiere ich einfach, tue nur das Minimum, um mich am Leben zu erhalten, weil ich weiß, daß alles, was ich erreichen will (und ich *habe* meine Ambitionen), gewissermaßen unendlich aufschiebbar ist.

Grob geschätzt habe ich insgesamt vielleicht nur zwei Jahre Privatzeit in der Furche verbracht, wenn man die einzelnen Minuten und Stunden zusammenzählt, vielleicht sogar weniger; aber sie gehören mit zum Besten, Lebendigsten, was ich erlebt habe. Mein Leben erinnert mich an das Problem mit der Kapitalertragssteuer, worüber ich einmal einen Zeitungskommentar gelesen habe: Wenn der Gesetzgeber die Prozentsätze des steuerfreien Kapitalgewinns ständig ändert oder dies auch nur verspricht und dabei die Steuer aufhebt und wieder einsetzt, beginnt der rational denkende Investor, seine Investitionsentscheidungen nicht auf die bestehenden Steuergesetze zu gründen, sondern auf die Gewißheit, daß sie sich ändern werden, was (so die überzeugende Argumentation der Kommentatorin) den Kreislauf des Kapitals destruktiv in falsche Kanäle lenkt. So geht es auch mir während der Zeiten, in denen ich darauf warte, daß meine Fähigkeit, die Zeit anzuhalten, wiederkommt. Ich denke: Warum soll ich jetzt Ernst Renan lesen oder Matrix-Algebra lernen, da ich, wenn ich wieder in der Lage bin zu furchen, Privatstunden oder gar -jahre damit verbringen kann, jedwede flüchtige intellektuelle Neugier zu befriedigen, während die ganze Welt auf mich wartet? Nachholen kann ich immer. Und das ist das Problem.

Wenn ich an meinem ersten Arbeitstag in einem Büro erscheine, ist man etwas verwirrt – warum macht dieser nicht mehr junge Mann, dieser fünfunddreißig Jahre alte Mann Zeitarbeit? Vielleicht hat er eine kriminelle Vergangenheit, vielleicht hat er zehn Jahre mit Drogen verloren, oder: Vielleicht ist er ja ein Künstler? Aber nach ein paar Tagen hat man sich daran gewöhnt, denn ich bin eine ziemlich tüchtige und gutwillige Schreibkraft, vertraut mit den meisten der üblicherweise angewandten Softwares (und auch mit einigen der vergessenen wie nroff, Lanier und NBI sowie den guten alten treuen DEC-Systemen mit dem goldenen Schlüssel), und in der Regel kann ich schwierige Handschriften ganz gut lesen und auch für Diktierende, die in ihrer kreativen Erregung so manches vergessen, Satzzeichen hinzufügen. Gelegentlich benutze ich meine Furchenfähigkeit, um alle mit meiner scheinbaren Tippgeschwindigkeit zu verblüffen; ich schreibe dann ein Zweistundenband in einer Stunde ab oder dergleichen. Aber ich achte darauf, sie nicht zu oft zu verblüffen und eine Zeitarbeiterlegende zu werden, da dies mein großes Geheimnis ist, das ich nicht gefährden will – es ist das einzige, was mein Leben lebenswert macht. Wenn die Intelligenteren in irgendeinem Büro mir prüfend höfliche kleine Fragen stellen, um mir auf den Zahn zu fühlen, lüge ich oft und sage, ich sei Schriftsteller. Es ist fast komisch, mit anzusehen, wie erleichtert sie sind, endlich eine Erklärung für mein geringes berufliches Ansehen zu haben. Und eine so große Lüge ist es ja auch gar nicht, denn hätte ich nicht soviel von meinem Leben damit verschwendet, auf die nächste Fermatenphase zu warten, dann hätte ich inzwischen sehr wahrscheinlich irgendein Buch geschrieben. Und ein paar kleinere Sachen habe ich tatsächlich auch geschrieben.

Ich tippe dies auf einer elektronischen Kofferschreibmaschine, weil ich nicht riskieren will, etwas davon in das LAN der Bank einzugeben. In der Furche sind Local Area Networks unberechenbar. Wenn es mit meinem Karpaltunnel schlimm wird, schreibe ich meine privaten Sachen auf einer manuellen; davon scheint es besser zu werden. Aber ich muß nicht: Batterien und Elektrizität funktionieren in der Furche durchaus – überhaupt bleiben, soviel ich sehen kann, alle Gesetze der Physik in Kraft, aber nur insoweit, als ich sie zu neuem Leben erwecke. Am besten beschreibe ich es so, daß sich jetzt in diesem Moment, weil ich mit den Fingern geschnippt habe, jegliches Geschehen überall im Zustand gelartiger Erstarrung befindet. Ich kann mich bewegen, und die Luftmoleküle teilen sich, um mich durchzulassen, aber sie tun es widerstrebend, widerwillig, und je weiter ein Gegenstand von mir entfernt ist, desto gründlicher pausiert er. Wenn einer gerade auf dem Motorrad einen Berg hinabfuhr, ehe ich «vor einer halben Stunde» die Zeit anhielt, verharrt der Fahrer reglos auf dem Motorrad, es sei denn, ich gehe zu ihm und stupse ihn an – worauf er umfällt, aber etwas langsamer, als er in einem nicht pausierenden Universum fiele. Er würde nicht mit der Geschwindigkeit, mit der er fuhr, weiter bergab rollen, er würde einfach nur umkippen. Ich war immer versucht, in der Furche kleine Flugzeuge zu fliegen, aber so dumm bin ich nicht. Fliegen ist aber eindeutig möglich, ebenso wie die Zeitpausierung in einem fliegenden Flugzeug. Die Welt kommt so, wie sie ist, zum Stillstand, nur nicht da, wo ich die Hand im Spiel habe, und meistens versuche ich, so unaufdringlich wie möglich zu sein – so unaufdringlich, wie meine Lust es zuläßt. Beispielsweise setzt diese Schreibmaschine aufs Blatt, was ich tippe, weil durch den Vorgang des Tastendrückens Ursache und Wirkung lokal funktionieren. Ein Kreislauf wird geschlossen, ein wenig Elektrizität tröpfelt aus den Batterien usw. Ich weiß ehrlich nicht, wie weit nach außen sich meine persönliche Verzerrung der temporären Zeitlosigkeit, die ich schaffe, meßbar ausbreitet. Allerdings weiß ich, daß sich die Haut einer Frau während einer Fermate weich anfühlt, wo sie weich ist, und warm, wenn sie warm ist – auch ihr Schweiß fühlt sich warm an, wenn er warm ist. Es ist eine Art umgekehrter Midas-Effekt, den ich in der Furche bewirke – die Welt ist reglos und statuesk, bis ich sie berühre und wieder normal weiterleben lasse.

Die Idee, meine Lebensgeschichte aufzuschreiben,

kam mir erst gestern bei einem typischen chronanistischen Erlebnis. Es ist fast unglaublich, wenn man bedenkt, daß ich seit der vierten Klasse furche und mich dennoch nie aufgerafft habe, darüber zu schreiben, während ich mich in dem Zustand befand. Eine Weile führte ich an der High-School und am College in Kurzform Buch – Datum und Uhrzeit der Furche, was ich machte, wie lange in persönlichen Minuten, Stunden oder Tagen sie dauerte (denn Uhren laufen in der Furche zumeist wieder weiter, wenn ich sie schüttle, ich kann also leicht messen, wie lange ich draußen war), ob ich etwas Neues erfahren habe oder nicht und so weiter. Man sollte meinen, wenn einer tatsächlich die Welt anhalten und aussteigen kann wie ich, dann würde er ziemlich früh darauf kommen, die Welt einmal anzuhalten, um mit einiger Sorgfalt zum Nutzen der Neugierigen aufzuzeichnen, wie es ist, wenn man die Welt anhält und aussteigt. Aber ich merke schon jetzt, so früh in meiner ersten autobiographischen Fermate, warum ich es nie getan habe. Leider ist es genauso schwierig, während einer Fermatierung zu schreiben wie in der Echtzeit. Nach wie vor muß man alles, was man zu sagen hat, hintereinandersetzen, während man doch natürlich alles auf einmal sagen will. Aber ich versuch's einfach mal. Ich bin jetzt fünfunddreißig, und ich habe mit Hilfe der Furche eine ganze Menge gemacht, meist Schlimmes (darunter übrigens auch die scheinbar auswendige Rezitation von Dylan Thomas' «Gedicht zu seinem Geburtstag» in der letzten Stunde eines Seminars über moderne lyrische Dichtung am College: Es ist ein längeres Gedicht, und jedesmal, wenn ich aus Nervosität eine Zeile vergessen hatte, hielt ich einfach die Welt an, indem ich den Kippschalter meines Zeitverzerrers – so nannte ich den modifizierten Garagentüröffner, den ich damals benutzte – umlegte und mein Gedächtnis mit einem Blick auf den Text, den ich in meinem Notizheft hatte, auffrischte, und keiner merkte was) – und wenn ich jetzt nicht einige dieser privaten Abenteuer niederschreibe, dann werde ich es bereuen, das weiß ich.

Gerade habe ich mich auf meinem Stuhl umgedreht, um mich wieder mit dem Anblick von Joyce' Schamhaar zu überraschen. Nach all den Jahren finde ich es noch immer ungeheuerlich, daß ich das kann. Sie war etwa zehn Meter von meinem Schreibtisch entfernt durch einen weiten leeren Raum gegangen, ein paar Papiere auf dem Arm, zu jemand in seinem Abteil, und mein Blick schoß nur so zu ihr hin, tauchte sauber, ohne Kringel, durch die Brille, die sie schön gefunden hatte, schöpfte Mut daraus, daß er durch den optischen Einfluß von etwas, das sie bemerkt und gemocht hatte, hindurch mußte. Es war, als bewegte ich mich am Bogen meines Gesichtsfeldes entlang und berührte sie visuell. (An jenen mittelalterlichen Theorien des Sehens, nach denen die Augen Strahlen aussenden, ist bestimmt etwas dran.) Und eben als mein sehendes Ich sie erreichte, blieb sie einen Moment stehen, um etwas in den Papieren, die sie trug, nachzusehen, und als sie hinabsah, fiel mir die schlichte Tatsache auf, daß ihre Haare heute *geflochten* waren.

Sie sind zu einem französischen Zopf, so heißt das, glaube ich, geflochten. Jedes der massiven Haarbüschel trägt zur Gesamtfestigkeit des Zopfes bei, und die ganze Konstruktion ist als Teil ihres Kopfes geflochten, wie eine Reihe schimmernder außenliegender Rückenwirbel. Es beeindruckt mich, daß Frauen eine so komplizierte Form hinbekommen können, und das ohne viele lose Strähnen, ohne Hilfe, morgens, nach Gefühl. Frauen stehen in viel engerem Kontakt mit ihrem Rücken als Männer: Sie können weiter hinaufgreifen und tun dies auch täglich, um den BH zu lösen, sie können sich die Haare stutzen und flechten, sie können ihre hinteren Blusenschöße sauber in den Rock gestopft halten. Sie machen sich Gedanken darüber, wie die Ränder ihrer Unterhose von hinten durch die taschenlose Hose hindurch aussehen. («Höschen» ist ein Wort, das man vermeiden sollte, finde ich.) Aber ein französischer Zopf, in dem drei sportliche Delphine sanft untereinander hinwegtauchen und in einer unablässigen eleganten Verschlingung wieder an die Oberfläche kommen, ist das schönste und eindrucksvollste Ergebnis dieses Gefühls für den Dorsalbereich. Kaum hatte ich Joyce' Zopf gesehen, wußte ich, daß es Zeit war, die Zeit anzuhalten. Ich mußte ihren massiven Zopf und den Kopf darunter in meiner Hand fühlen.

Gerade als sie weitergehen wollte, schnippte ich also mit den Fingern. Das ist meine neueste Methode, in die Furche zu gelangen, und eine der einfacheren, die ich bis jetzt entwickeln konnte (viel direkter als etwa meine früheren Techniken der mathematischen Formel oder der vernähten Schwielen, auf die ich noch zurückkommen werde). Sie hörte das Schnippen nicht, nur ich hörte es – das Universum hält an einem unbestimmten Punkt an, kurz bevor mein Mittelfinger gegen den Daumenballen klatscht. Ich holte meine Casio hervor und rollte auf meinem Stuhl zu ihr hinüber. (Ich rollte nicht rückwärts, sondern vorwärts, was auf Teppichboden gar nicht so leichtfällt, weil es schwierig ist, die richtige Bodenhaftung zu bekommen. Ich wollte sie unterwegs nicht aus den Augen verlieren.) Sie war mitten im Schritt begriffen. Ich streckte die Hände aus und legte sie auf ihre Hüftbeine. Es fühlte sich an, als sei Kaschmir oder etwas ähnlich Feines in der Wolle, und es war schön, ihre Hüftbeine durch den weichen Stoff zu fühlen und zu sehen, wie meine Hände sich, der Innenkurve ihrer Taille folgend, die das Kleid in gewissem Maß verborgen hatte, winkelten. Manchmal, wenn ich in der Furche eine Frau das erste Mal berühre, spanne ich die Arme an, bis sie vibrieren, so daß die Form dessen, was unter meinen Händen ist, als neue Information durch meine Nerven weitergeleitet wird. Ich weiß vorher nie genau, was ich während eines Sprungs mache. Um ihr Kleid aus dem Weg zu bekommen, hob ich den weichen Saum über ihre Hüften, raffte ihn zu zwei flügeligen Ballen und schlang diese zu einem großen, weichen Knoten. Es hatte so ausgesehen, als habe sie unter dem Kleid ein kleines Spitzbäuchlein (bei manchen Frauen kann das, finde ich, sexy wirken), aber wenn dem so war, dann verschwand es oder verlor seine Kontur, sobald ich ihr die Strumpfhose und Unterhose, so weit ich konnte, herunterzog, was nicht sehr weit war, da ihre Beine gehend auseinanderstanden. (Bevor ich jedoch ihre Strumpfhose, die von rauchblauer Farbe ist, herunterzog, berührte ich durch eine Laufmasche im dunkleren Teil oben an der Hüfte ein Oval ihrer Haut.) Und dann bot sich mir der Anblick, den ich jetzt vor mir habe, der Anblick ihrer Schamhaare.

Normalerweise stehe ich nicht sonderlich auf Schamhaar – ich habe, glaube ich, keinerlei Dauerfetische, weil jede Frau anders ist, und man weiß ja nie, welche besondere Eigenheit oder welcher Zwischenschritt zwischen Eigenheiten einen packt und sagt: «Sieh dir das an – genau das ist dir noch nie in den Sinn gekommen!» Jede Frau inspiriert ihren eigenen Fetisch. Und es ist ja nicht so, daß Joyce einen lächerlichen Vaga-Afro oder eine gewaltige Totschlägerwucherung von einem Sexspitzbart gehabt hätte – eigentlich ist ihre Behaarung gar nicht dichter als bei den meisten anderen. Nur bedeckt sie vielleicht eine größere Fläche, und ihre Schwärze *funkelt* sozusagen – ihr gewölbter Rand reicht ein wenig weiter den Bauch hoch. Ein wenig? – was sage ich da? Sie ist so groß wie Südamerika! Der Gedanke, ich hätte sterben können, ohne das gesehen zu haben – ich hätte mir einen anderen Auftrag aussuchen können, als Jenny, meine Koordinatorin, mir vor ein paar Wochen sagte, was ich zur Auswahl hatte. Das Erregende an ihren Ausmaßen ist vielleicht, daß sie, weil sie höher reicht als die Schambehaarung bei anderen Frauen, asexueller und zugleich auch sexueller wird – die Slangbegriffe dafür wie «Mösenhaare» und «Fotzenhaare» (ich scheue mich vor beiden Wörtern, außer wenn ich kurz vor dem Kommen bin) treffen hier nicht zu, weil es, strenggenommen, gar kein «Scham»haar mehr ist – seine Ränder reichen bis in die weichen Liebesregionen des Unterbauchs hinein, also vermischen sich Liebe und Sex. Ich wollte es fühlen, dieses dichte, sisalig satt federnde Vlies, das dem ganzen Hüftbereich ihres Körpers ein außerordentlich zierliches Aussehen verleiht. Es ist eine Art kleines Schwarzes, unter dem ihr Klitherz schlägt – so viel *Würde* hat es.

Doch statt gleich die Hand daraufzulegen, beraubte ich mich ein Weilchen seines Anblicks und legte die Hand statt dessen sachte auf ihren Zopf, der kühl und dick und weich und dicht ist – ein vollkommen anderer Begriff von Haar, so anders, daß die Vorstellung, die beiden Haargattungen teilten sich denselben Begriff, befremdlich ist –, jedoch ihrer Kopfkurve in gleicher Weise folgt wie das Schamhaar der Kurve über ihrem Schambein, und als ich spürte, wie die Empfindung des französischen Zopfes in die Höhlung meiner Hand drang, die sich nach sexuellen Formen und Texturen sehnt, kraulte ich mich mit den Fingern meiner anderen Hand durch ihr Schokotortenfell und verband so die beiden aufreizenden Handvoll selbstgezogenes Protein mit den Armen, und mir war, als würde ich eine Autozündung kurzschließen; die Doppelvergaser meines Herzens heulten auf. Weiter tat ich nichts, sondern setzte mich an die Maschine und tippte es hin, bevor ich das Gefühl wieder vergaß. Vielleicht werde ich auch gar nichts weiter tun. Dieses sexy, *sexy* Schamhaar! Jetzt fällt mir auf, daß seine Konturen denen eines schwarzen Fahrradsattels ähneln: eines schwarzen Ledersattels an einem Rennrad. Schnüffeln etwa deshalb diese komisch-traurigen Gestalten, von denen man manchmal hört, an Sätteln von Mädchenfahrrädern? Nein, für die ist es nicht die Form, sondern die Tatsache, daß der Sattel zwischen den Beinen eines Mädchens war. Die sind wirklich zu bedauern. Für andere als meine eigenen Zwangsvorstellungen habe ich keine Sympathie. Die Übereinstimmung zwischen Schamhaar und schmalen schwarzen Lederfahrradsätteln würde ich allerdings gern vor diesen Leuten retten.

Na gut, das dürfte fürs erste genügen. In dieser Furche bin ich jetzt, Moment, fast vier Stunden und habe acht einzeilige Seiten geschrieben, und das Problem ist, wenn ich zu lange drin bleibe, dann habe ich morgen einen Jetlag, da es dann nach meiner inneren Uhr vier Stunden später ist als in Wirklichkeit. Meistens bleibe ich nicht annähernd so lange in einem Sprung. Ich werde jetzt Joyce' Sachen wieder in Ordnung bringen, ihr Kleid glattstreichen (trüge sie ein Baumwollkleid, dann hätte ich nie einen Knoten hineingemacht, weil die Falten dann zu deutlich zu sehen wären und sie verwirren würden), an meinen Schreibtisch zurückrollen und den Tag zu Ende bringen. Das Gute daran ist, wenn sie mir im Lauf des Nachmittags noch ein Band zum Tippen bringt, werde ich viel entspannter und daher liebenswerter sein, als wenn ich sie nicht ohne ihr Wissen oder ihre Bewilligung teilweise entkleidet hätte. Wissend und gewinnend werde ich mit ihr scherzen. Ich werde ihr ein Kompliment wegen ihres Halstuchs machen, das sie heute trägt und das, ehrlich gesagt, nicht ganz so hübsch ist wie das kyrillische. (Vielleicht hat sie, als sie sich heute morgen anzog, dieses Strickkleid angezogen und sich dann daran erinnert, daß ich ihr Halstuch schön gefunden hatte, und vielleicht hat sie gedacht, daß es, wenn sie es heute wieder trüge, ein zu direktes Ja von ihr wäre; andererseits wiederum trug sie das Kleid vielleicht deswegen so bald wieder, weil ihr mein Kompliment bezüglich des Halstuchs gefallen hatte und sie nun indirekt auf dieses Kompliment anspielen wollte, indem sie dasselbe Kleid zusammen mit einem anderen Halstuch trug.) Dieses neue nun hat ein lilagrau-grünes Liberty-Muster; es ist in jedem Fall ein Lächeln und sogar eine ausgesprochene Würdigung wert. Aber ich will auch nicht in so ein schreckliches Ständig-Komplimentemachen-Schema verfallen, wo ich jedesmal, wenn ich sehe, daß sie ein Halstuch trägt, auch eine Bemerkung dazu machen muß.

Ich sollte noch sagen, daß ich sonst an dieser Stelle wahrscheinlich ernsthaft daran denken würde, «ein Ei zu pochieren», aber weil ich das alles jetzt aufgeschrieben habe und weil das, glaube ich, der erste Anfang einer Art Autobiographie ist, kann ich es nicht. Aber welche Überraschung, daß diese Casio-Schreibmaschine neuerdings als Anstandsdame fungiert! (Vielleicht tue ich es aber auch einfach, ohne weiter darüber zu reden.)

ZWEI

Ich bin mit einem Knoten in der Nabelschnur auf die Welt gekommen, einem simplen Brezelknoten. Ich bezweifle, daß dieser Umstand meiner Geburt etwas mit meinen späteren Chronanismen zu tun hat, aber ich halte das einfach mal hier fest, falls dem doch so ist. Ich bin stolz darauf, mich sogleich darangemacht zu haben, die funktionelle Ausstattung meines intrauterinen Dekanats zu jugendstilisieren. Irgendwie gelang es mir, eine Schlinge zu bilden und einfach hindurchzuschwimmen. Ich habe einen Knoten *in mich selbst* gemacht. Wie viele Wunderkinder bin ich jedoch bald verpufft. Die Fermate, die sich erstmals in der vierten Klasse für mich öffnete, hat mich zeitlebens abgelenkt. Ich wollte stets ihr Geheimnis bewahren, und infolgedessen hat sie große Teile meiner Persönlichkeit verschlungen. Aber ich hoffe, das ändert sich jetzt.

Einmal ist es mir nach einer langen Flaute gelungen, fünf- oder sechsmal wieder in die Furche zu kommen, nachdem ich in Philadelphia mit dem Kopf gegen eine Parkuhr geknallt war. Da war ich dreizehn oder vierzehn. Wir wohnten im Barclay Hotel; zur Feier des Tages durfte ich zum Mittagessen etwas verwässerten Wein trinken. Ich trank mehr, als die Erwachsenen mitbekamen, und lief dann bei unserem Nachmittagsspaziergang wie aufgezwirbelt herum. Ich rannte voraus und versteckte mich in der Absicht, hervorzuspringen und alle zu erschrecken, zwischen zwei Autos. Ich sprang los und schrie «Buh!» Doch dabei stieß ich mit dem Mund und der Seite meines Gesichts gegen eine Parkuhr, die ich völlig übersehen hatte. Der Aufprall erzeugte einen ungeheuer knochigen Ton in meinem Kopf. Auf der Uhr waren, wie ich taumelnd sah, nur noch ein paar Minuten, die rote Gedankenblase mit dem ABGELAUFEN darauf war kurz vor dem Aufgehen. Ich sah ein Muster ineinanderfließender Karos, das ein sehr hübsches Wiener-Werkstätten-Geschenkpapier abgegeben hätte. Zwanzig Minuten später im Hotelzimmer (wo man mich zur Genesung hingelegt hatte), das Bett fuhr in krummen Achten durchs Zimmer, kniff ich mich in meine geschwollene Lippe und merkte, daß jeglicher Verkehrslärm verstummte. Ich erkannte, daß ich in der Furche war. Ich ging hinunter in die reglose Hotelbar, dann nach hinten in die Küche und aß zwei riesige Shrimps, die ein regloser Koch oder Küchengehilfe zwecks Zubereitung eines Shrimp-Cocktails in der Hand hielt. Ich war verblüfft, wie gut die Cocktailsauce schmeckte. Ich saugte ein Stück Limone aus und warf es in einen Mülleimer hinter der Bar. Ich fühlte mich gestärkt. Ich ging in die Lobby, setzte mich neben eine Frau und sog tief den Geruch ihres Mantelkragens ein. Zunächst dachte ich, er rieche nach Pickles, aber dann wurde mir klar, daß er nach

Zigarettenrauch roch, und ich war sehr überrascht, daß Pickles und Zigarettenrauch verwandte Gerüche waren. (Ist es das, was man unter einem «säuerlichen» Geruch versteht?) Dann ging ich wieder nach oben und kniff mich wie vorher in die Lippe, etwas rechts von der Mitte, bis es ziemlich weh tat, um das Barclay Hotel und den restlichen Planeten wieder anzustellen, worauf ich einschlief. Bis heute habe ich ein schlechtes Gewissen wegen des Diebstahls der Shrimps – nicht nur wegen des Diebstahls, sondern weil der Küchengehilfe womöglich bis zum heutigen Tag von dieser seltsamen Begebenheit vor all den Jahren, als er in jeder Hand einen hielt und sie plötzlich verschwunden waren, verstört ist.

Das also war ein typischer früher Sprung. Ich weiß, daß ich meine Gabe wahrscheinlich viel besser nützen könnte, als ich es tue. Für mich ist sie lediglich ein sexuelles Hilfsmittel. Andere würden, aus Habsucht oder geistigem Antrieb, größeren Nutzen daraus ziehen. Regierungsgeheimnisse, Technologiespionage usw. Bestimmt haben durch die Jahrhunderte ein paar Menschen diese Fähigkeit entwickelt und sie benutzt, um ihre Macht zu festigen oder Feinde auszuschalten. J. S. Bach beispielsweise hätte ohne irgendwelche Zeittricks wohl kaum eine Kantate pro Woche rausleiern können; als er starb, wird er um die fünfundsiebzig und nicht fünfundsechzig gewesen sein; das letzte Jahrzehnt seines Lebens hat er sich geborgt und es vorher mit Sprüngen scheibchenweise verbraucht. Vor nicht allzu langer Zeit las ich Cardanos Autobiographie, um mal zu sehen, wie man seine Autobiographie schreibt (es ist schwieriger, als ich dachte!), und an einer Stelle hatte ich den Verdacht, daß er einen Weg in die Furche entdeckt hatte, ihn uns aber nicht verraten wollte. Er meinte, er ziehe die Einsamkeit vor, und da horchte ich auf. Er schrieb: «Ich bezweifle, daß irgend jemand das Recht hat, unsere Zeit zu verschwenden. Zeitverschwendung ist verabscheuenswert.» Manche würden an meiner Stelle die Zeit ausknipsen und bei ihrem Rigorosum schummeln oder einfach Geld aus offenen Ladenkassen nehmen. Mich aber reizt Schummeln und Stehlen nicht.

Vielleicht denke ich auch nur, daß Schummeln und Stehlen unrecht ist, und tue es deshalb nicht. Als ich vor ein paar Jahren mal ziemlich knapp bei Kasse war und einen Weg fand, in die Furche zu springen, indem ich eine bestimmte mathematische Formel auf ein Stück Papier schrieb, erwog ich ernsthaft, ob ich in der Stadt herumlaufen und aus jeder offenen Ladenkasse einen Dollar stehlen sollte. Ich hätte Monate gebraucht, um ein paar tausend Dollar zusammenzukriegen; in gewisser Hinsicht hätte ich also für meine Beute gearbeitet und aus jedem Geschäft nur einen geringfügigen Betrag gestohlen. Aber ich merkte, daß das Gefühl, einen Dollarschein, der nicht mir gehörte, unter der Federklemme, die ihn mit seinesgleichen niederhielt, hervorzuziehen, etwas Schreckliches hatte. Es war etwas Elendes daran, nichts Erregendes. Ich stand im Filene's an der Handschuhkasse, um meinen allerersten Dollar zu stehlen, und brachte es nicht fertig. Statt dessen stellte ich mich hinter die reglose Handschuhverkäuferin, eine Frau um die Zwanzig, ganz dicht hinter sie, und drückte sie so fest, daß ich glaubte, ich könnte die winzigen Zysten in ihren Brüsten und auch ihre Rippen unter der Hemdbluse spüren. (Eine Frau so zu umfassen, finde ich immer gut, denn wenn ich ihre Rippen spüre, weiß ich, daß sie ein Mensch ist. Rippen erwecken Anteilnahme, Zärtlichkeit und das Gefühl, daß wir alle im gleichen gespanteten Boot sitzen.) Sie war, glaube ich, italienischer Abstammung, und sie sah aus, als hätte sie ein paar Kosmetikkurse gemacht und sich dabei ihren natürlichen Sinn für Schönheit angeknackst. Sie trug einen großen Verlobungsring mit einem ovalen Diamanten. Sie war ein Mensch, der sich nie zu einem Menschen wie mir körperlich hingezogen fühlen würde, ebenso wie ich mich nie zu einem Menschen wie ihr körperlich hingezogen fühlen würde. Diese völlige Unvereinbarkeit versetzte mich in die Lage, eine kurz aufwallende Sympathie für sie zu empfinden, die fast leidenschaftliche Ausmaße annahm.

Ich schob den Diamanten auf ihrem Finger vor und zurück. (Ihre Nägel waren kurz geschnitten, aber poliert – kurz geschnitten vielleicht deshalb, weil sie gern die Handschuhe anprobierte, die sie verkaufte?) Dann zog ich ihr den Verlobungsring ab und blickte hindurch. Auf der Innenseite stand 14 K. Aus einer Laune heraus kniete ich nieder, nahm ihre Hand und steckte den Ring sanft wieder darauf. «Willst du?» sagte ich. Bis zu diesem Moment war mir die offene Erogenität von Ringen nicht bewußt gewesen: Jetzt plötzlich fiel mir auf, daß die Seiten eines Fingers oberschenkelgleich empfindlich sind und daß es eigentlich ganz verblüffend erotisch ist, daß jener vierte, verletzliche, schüchterne Finger, der Planet Neptun unter den Fingern, der im Leben sonst keine weiteren Aufmerksamkeiten erfährt und von allein sehr wenig tut, außer das C auf der High-School-Klarinette zu bedienen oder die Ziffer Zwei und den Buchstaben X zu tippen, dazu ausersehen wurde, von einem teuren Goldreif auf immer umfangen und sanft stimuliert zu werden. Der Widerstand des schmalen Fingergelenks dieser Filene-Frau, an dem sich die Haut vorübergehend zusammenschob, bevor sie nachgab und den Reif, den ich hielt, an seinen Bestimmungsort ließ, war gewissermaßen umgekehrt gleich jenem Augenblick des Widerstands oder trockenen Fummelns, bevor der ungeübte Richard des Bräutigams reibungslos hineinglitt. Sich zu verloben war mithin eine Obszönität. «Wenn du den Ring jetzt für mich fingerfickst, Schatz, dann schwöre ich, daß ich dich für den Rest deines Lebens ficke, wie es sich gehört.» Auf diese Abmachung läuft es doch hinaus. Warum dauert es so lange, bis ich so offensichtliche Sachen begreife, Sachen, die jeder andere wahrscheinlich sofort kapiert?

Eine andere, relevantere Frage könnte sein: Wenn ich finde, daß es unrecht ist, einen Dollarschein aus einer offenen Kasse zu stehlen, und wenn ich mich schuldig fühle, wenn ich in einem Hotelrestaurant zwei frische Shrimps stehle, warum bekomme ich dann keine Gewissensbisse, wenn ich eine anderweitig gebundene Handschuhverkäuferin im Filene's umfasse? Sie kennt mich nicht; sie weiß nicht, daß ich sie umfasse und ihr zum Spaß einen Antrag mache. Glaube ich denn wirklich, daß ich das Recht habe, Joyce das Wollkleid über die Hüften zu schieben und einen Knoten hineinzumachen? Wie kann ich so sicher annehmen, sie würde wollen, daß ich ihr mit den Fingern an die Schamhaare gehe? Die Frage, ob ich da etwas Unrechtes tue, ist berechtigt, aber ich will sie vorerst zurückstellen und statt dessen noch ein paar meiner frühen Furchenerlebnisse skizzieren – nicht, weil sie etwas erklären würden, sondern weil ich, wenn ich versuche, meine Taten mit Worten zu verteidigen, merke, daß sie nicht zu verteidigen sind, und davon will ich nichts wissen. Ich finde ganz ehrlich nicht, daß ich etwas Unrechtes getan habe. Bewußt habe ich noch nie jemandem Leid zugefügt. Ja ich habe mit Hilfe der Furche sogar einige Frauen vor kleinen Peinlichkeiten bewahrt, etwa vor einem wichtigen Verkaufstermin ein schief sitzendes Hemdchen geradegezogen oder einen verrutschten BH-Bügel zurechtgerückt, so in der Art. Ich meine es gut. Aber ich weiß, daß es gut zu meinen keineswegs eine befriedigende Rechtfertigung ist.

Das erste Mal hielt ich die Zeit an, weil ich meine Lehrerin in der vierten Klasse, Miss Dobzhansky, gern hatte und sie leichter bekleidet sehen wollte. Vielleicht fände ich sie heute gar nicht mehr so schön, aber damals fand ich sie sehr schön. Alle fanden das. Sie hatte kürzere Haare als 1967 bei Grundschullehrerinnen üblich, und sie trug leidenschaftlich gern stoppschildroten Lippenstift – bestimmt hatte sie alle vierzehn Tage einen Stift runter, so voll waren ihre Lippen. Auch hatte sie eine jener breiten, weichen Zungen, die sich gern wie selbstverständlich ein Stückchen vor der Schwelle des Mundes, vor den Zähnen ausruhen. (Nicht, daß sie herausgehangen hätte!) Und immer lächelte sie mit offenem Mund. Meist trug sie eine lange, weich fallende und aussehende marineblaue Strickjacke über einem ärmellosen Kleid. Ich hörte mit großer Aufmerksamkeit zu, wenn sie das Schleusensystem von Kanälen im neunzehnten Jahrhundert und die indianische Technik der Einbaumherstellung beschrieb. In scharfem Kontrast zu Mrs. Blakey, meiner talentierten und anspruchsvollen Lehrerin in der Dritten, deren schlaffes Armfleisch in chaotischen Rhythmen herumschlackerte, wenn sie etwas an die Tafel schrieb, erwies sich Miss Dobzhanskys Tafelarm, wenn sie nachmittags die Strickjacke auszog und über die Stuhllehne drapierte, als schön und fest und mit einem flammenförmigen Muskel grazil an der Schulter befestigt.

Eigentlich hatte ich keine Lust auf sie. Im Grunde ist das Wort *Lust* zu abstrakt und intransitiv und moralisierend, um meine Gefühle für Miss Dobzhansky oder irgendeine andere Frau beschreiben zu können. Ich habe nie «Lust auf» oder «an» eine(r) Frau. Ich will nur bestimmte Sachen: mit ihr essen gehen, sie zum Lächeln bringen, sie an den Hüften halten. Ich stellte mir anfangs nicht einmal vor, Miss Dobzhansky halb bekleidet zu sehen. Was mich ursprünglich dazu anregte, die Zeit anzuhalten, war, daß sie nach den Weihnachtsferien die ursprüngliche Sitzordnung der Klasse veränderte. Ich war ganz vorn gewesen und nun auf einmal ganz hinten. An meinem alten Pult saß jetzt ein Kind, das die Wörter rückwärts schrieb. Ich hatte Verständnis für ihre Beweggründe, war aber trotzdem ein wenig verletzt. Und dann stellte ich fest, daß ich die Tafel nicht mehr so gut sehen konnte wie vorher.

Das Problem war aber nicht, daß ich die Wörter

nicht mehr lesen oder die Zahlen nicht mehr hätte entziffern können. Ich konnte nur nicht mehr, wie vorher von meinem alten Platz aus, mit einem Blick sehen, ob Miss Dobzhansky ein frisch abgebrochenes Stück Kreide mit einer scharfen Kante benutzte, die zuweilen kurz einen schwachen Parallelstrich hinterließ, oder ob sie ein eher abgerundetes Stück nahm, das sie schon benutzt hatte. Ich wollte genau wissen, was auf der Tafelfläche vor sich ging – mir war, als käme ich zwar nicht hinsichtlich der Bedeutung, aber hinsichtlich der physischen Wirklichkeit dessen, was sie schrieb, zu kurz. Als ich noch vorn gesessen hatte, konnte ich den Kreideschemen eines Wortes mitlesen, das sie mehrmals weggewischt hatte; nun war das praktisch unmöglich. Zwei andere Kinder hatten schon eine Brille bekommen, und ich wußte, daß es mit einer Brille ein bißchen besser würde, aber im Grunde wollte ich jedesmal, wenn es mich an die Tafel drängte, um ihre Oberfläche von ganz nah zu betrachten, die ganze Klasse, die ganze Schule, den ganzen Schulbezirk für ein paar Minuten anhalten.

In jenem Jahr war mein großes Weihnachtsgeschenk eine Autorennbahn in Form einer Acht, mit einem blauen und einem braunen Rennwagen, die darauf herumfuhren und gelegentlich herunterfielen. Ein paar Wochen spielte ich damit. Das Problem damit war, daß es nicht genügend Bahnsegmente gab, um eine asymmetrische Rennbahn daraus zu machen, und bei Rennbahnen legte ich großen Wert auf Asymmetrie. Bald schon verstaubte die Bahn, und die Autos blieben plötzlich stehen, weil die Stromabnehmer keinen Kontakt mehr bekamen. Ich schob sie unter mein Bett und dachte statt dessen über Fleischthermometer und Kröten nach, die jahrelang im ausgetrockneten Wüstenschlamm überleben können.

Doch nachdem Miss Dobzhansky mich nach hinten gesetzt hatte, wachte ich einmal mitten in der Nacht auf und ließ den Arm zwischen Bett und Wand auf den Boden fallen. Ich machte das gewohnheitsmäßig und ziemlich häufig; ich tat es, um mir zu beweisen, wie lässig ich war, wie sicher ich mir war, daß unter dem Bett keine Krustentiere krabbelten. Diesmal jedoch strich meine Hand über etwas Warmes. Es war der Transformator der Rennbahn. Er war noch immer eingesteckt, noch immer eingeschaltet und am Transformieren. Ich stand auf und zog die Bahn hervor. Der Transformator hatte ein rotes facettiertes Licht, das schwach glomm. Auch hatte er einen verchromten Kippschalter. Ich machte Licht im Zimmer, damit ich besser sehen konnte, und nahm den Transformator in die Hand. Er war sehr schwer, hatte gerundete Ecken und eine Lackierung, die aussah, als sei sie entstanden, indem er in dicke schwarze Farbe getaucht worden und dann einem Heißluftgebläse ausgesetzt gewesen sei, so daß die Farbe eine winzige Runzelstruktur bekam. Auf der Unterseite war ein silbernes UL-Schildchen. «Underwriters Laboratories» – ein rassiger, entfernt unterwäschiger Name. Das Summen des Transformators war nahezu unhörbar. Ich faßte den Kippschalter an, legte ihn um und wußte plötzlich, daß das die Maschine war, die ich brauchte, und daß der Transformator, wenn ich ihn das nächste Mal anschaltete, alles anhalten würde.

Ich schmuggelte ihn samt einem Verlängerungskabel in meiner Lunchbox in die Klasse. Den ganzen Vormittag machte ich nichts damit. Als sich die anderen Schüler zum Lunch anstellten, Miss Dobzhansky stand ein Stück vor der Tür, steckte ich eilig die Verlängerungsschnur hinten an der Wand in die Dose unter dem langen Tisch, der nur etwa einen Meter von meinem Stuhl entfernt war, und versteckte den Transformator in meinem Pult. Den ganzen Lunch hindurch verriet ich nichts davon, obwohl ich ganz aufgeregt war. Beiläufig unterhielt ich mich mit meinem Freund Tim darüber, wie es wohl wäre, eine Rührkugel in einer Spraydose mit grüner Farbe zu sein, als wäre es ein Tag wie jeder andere. Wir stimmten darin überein, daß es witzig wäre, sich in das Pigment am Boden der Spraydose zu bohren und dann durch den unter Druck stehenden Schaum hochzudüsen und herumzuklakkern – vielleicht sogar besser, als in einem kugelrunden Raumfahrzeug in die chemischen Stürme des Saturns runterzugehen. Tim behauptete, manchmal seien in einer einzelnen Sprühdose zwei Rührkugeln, was ich bestritt, da es meiner Meinung nach nur so klang, als gäbe es zwei, wenn man sie schnell schüttelte.

Ich war nicht davon ausgegangen, daß jemand das Kabel, das in mein Pult führte, bemerken würde, da ich ja hinten in der Ecke saß, und tatsächlich bemerkte es auch keiner. Ich ließ eine halbe Stunde verstreichen und betrachtete Miss Dobzhansky, während sie über eine Sonnenbrille mit Schlitzen redete, die die Eskimos aus Knochen schnitzten, um nicht schneeblind zu werden. Sie fing an, «Eskimo» in der alten französischen Schreibweise, mit einem «q», mit weißer Kreide an die Tafel zu schreiben. Ich hatte die Hände tief in meinem

Pult; meine Fingerspitzen berührten den schwarzen Runzellack und den glatten Kippschalter. Als sie, den Rücken der Klasse zugewandt, zu dem Buchstaben *m* ansetzte, legte ich den Schalter um. Sie beendete das *m* nicht. Sie und die Klasse verharrten geräusch- und bewegungslos.

Ich sagte: «He.» Ich sagte noch einmal «He». Niemand drehte sich nach mir um. Die Stille war weit davon entfernt, unheimlich oder verstörend zu sein, sondern, wie ich fand, ganz gemütlich. Diese akustische Behaglichkeit, eine beständige Eigenschaft der Furche, ist, glaube ich, auf die relative Trägheit der mich umgebenden Luftmoleküle zurückzuführen. Soweit ich das sehe, dringen Geräusche nur etwa einen Meter weit.

Einen Augenblick später («Augenblick» paßt!) schnippte ich den Kippschalter wieder in die Aus-Stellung, wodurch ich das Gerät deaktivierte. Sogleich ging alles da weiter, wo es aufgehört hatte. Die Welt dehnte sich aus und klang wieder, als wäre sie in Stereo aufgenommen. Miss Dobzhansky schrieb «Esquimaux» zu Ende. Sie ließ durch nichts erkennen, daß ihr bewußt war, daß sich gerade etwas Ungewöhnliches ereignet hatte; und für sie hatte sich natürlich auch nichts ereignet. Sie drehte sich zu uns um und begann von einem schmalen Streifen Land zu erzählen, der, so behauptete sie, einmal Alaska und Asien verbunden habe und über den Stämme gezogen seien, aus denen nicht nur die Eskimos, sondern auch die Indianer der südlicher gelegenen Staaten hervorgegangen seien. Ich muß sie mit einem Ausdruck ungewöhnlicher Aufmerksamkeit oder gar Verzücktheit angeschaut haben, denn ihr Blick fiel auf mich, und sie lächelte. Ich wußte, daß wir einen besonderen Draht zueinander hatten. Ebenso wußte ich, daß sie vielleicht der schönste Mensch war, den ich je kennen würde. Ich wußte, daß sie wußte, daß ich manchmal nicht die Hand hob, um auf ihre Fragen zu antworten, selbst wenn ich die Antwort kannte, weil ich ihr die Möglichkeit lassen wollte, andere dranzunehmen und mich nur aufzurufen, wenn es sein mußte, als Reserve sozusagen. Ihre Erklärung der Wellen von asiatischen Wanderbewegungen über die Beringstraße interessierte mich, also ließ ich sie ausreden, bevor ich das Universum ein zweites Mal anhielt. Sobald sie sich wieder der Tafel zuwandte, um *Bering* hinzuschreiben, legte ich den Schalter um und zog mich nackt aus.

Die Luft in der Furche ist ganz dicht und ein wenig gewöhnungsbedürftig, wenngleich praktisch kein Erstickungsrisiko besteht, wenn man immer mal wieder die Arme herumschleudert. Ich atmete sehr bewußt, als ich durch den Gang zwischen den Pulten und Stühlen nach vorn ging, nackt, und zu meiner hübschen Lehrerin trat. «Miss Dobzhansky?» sagte ich, als ich direkt hinter ihr stand, wenngleich ich wußte, daß sie mich nicht hören konnte. Mein Plan, wie ich ihn blitzartig gefaßt hatte, als sie mich gerade eben angelächelt hatte, war, sie ganz auszuziehen, mich dann wieder an mein Pult zu setzen und die Zeit anzuklicken – das heißt, den Zeittransformator auszuschalten. Wenn sie dann die kühlere Luft an ihrer Haut spürte und merkte, daß sie ganz nackt war, würde sie sich uns zuwenden, verwirrt und verblüfft, aber eigentlich nicht richtig entgeistert – ihre Heiterkeit und Fähigkeit, sich auf jede

Eventualität im Klassenzimmer einzustellen, hatten einen wesentlichen Anteil daran, daß sie für mich so liebenswert war –, und sie würde dieser Herausforderung mit ihrem üblichen Aplomb begegnen. Sie würde sich uns zuwenden, die Brüste mit den Händen schützend, und uns fragend in die Gesichter schauen, als wollte sie sagen: «Wie, Klasse, ist das passiert?» Ihre Augen würden die meinen suchen, weil sie wüßte, daß sie mir vertrauen und ich ihr über schwierige Augenblicke hinweghelfen könnte, und ich würde mit einem glühenden, liebevollen, ernsten Ausdruck zu ihr zurückblicken. Ich würde aufstehen und jeden, der es wagte, über Miss Dobzhanskys und meine vollkommene Nacktheit zu feixen, zum Schweigen bringen, und ich würde zu ihr hingehen und ihr zunicken, als wollte ich sagen: «Alles wird gut, Miss Dobzhansky», und ihr die Strickjacke und das Kleid holen, die ich säuberlich gefaltet über ihr Pult gelegt hätte. Mit einer Stimme, die vermittelte, wie dankbar sie dafür war, daß es mich gab und daß ich ihr über diesen Augenblick hinweghelfen konnte, würde sie «Danke, Arno» sagen. Sie und ich würden uns für ein paar Minuten in die Garderobe zurückziehen, wo ich ihr eine nach der anderen ihre Sachen reichen würde, während sie sich anzog. Sie würde dasselbe für mich tun. Wenn wir dann wieder erschienen, würde ich meinen Platz einnehmen und sie ihren Sozialkundeunterricht fortsetzen. Die Klasse, vor Schreck lammfromm, wäre während unserer ganzen Abwesenheit still gewesen.

Das war mein Plan gewesen, doch ich merkte schnell, daß ich ihn modifizieren mußte. Miss Dobzhansky trug nämlich ihre marineblaue, weich fallende

Strickjacke und eine schlichte weiße Bluse, die mit einer blauen Saturnnadel aus Email, welche den obersten Knopf bedeckte, verschlossen war. Die Strickjacke war schon aufgeknöpft, also ließ ich sie unberührt. Doch als ich nach oben langte, um die Emailnadel (oder «Brosche», wie man wohl eher dazu sagt) zu lösen, fand ich, daß ich so etwas eigentlich überhaupt nicht wollte. Was wäre, wenn ich, nachdem ich sie ganz nackt ausgezogen hatte, kniff und nicht mehr weitermachen wollte? Würde ich die Nadel wieder genau so befestigen können, wie sie war? Ich hatte Angst, daß ich womöglich das kleine Häkchen abbrechen oder sie schief anstecken könnte. Wenn sie nicht genau richtig wieder drankäme, dann würde sie, wenn ich das Klassenzimmer wieder anstellte, eine plötzliche leichte Verschiebung am Hals spüren und Verdacht schöpfen, und wegen meines verzückten Blicks kurz davor könnte sie mich mit ihrer seltsamen Empfindung in Verbindung bringen, und falls sie es mir dann auf den Kopf zu sagte, könnte ich sie wahrscheinlich nicht anlügen und sagen, ich hätte nichts damit zu tun.

Inzwischen stand ich ganz nah bei ihr, zwischen ihr und der Tafel. Ihre Brüste bildeten meine Horizontlinie. Ich fand, ich könnte wenigstens ein paar der mittleren Knöpfe ihrer Bluse gefahrlos lösen, um zu sehen, was alles darunter war. In der wattigen Lautlosigkeit des stillgelegten Universums löste ich zwei Knöpfe. Natürlich zitterten mir die Finger. Und noch jetzt, fünfundzwanzig Jahre danach, zittern mir manchmal die Finger, wenn ich sie dabei beobachte, wie sie die Knopfreihe einer Hemdbluse lösen, zumal wenn diese locker sitzt, so daß sich einem, wenn man sie fertig aufgeknöpft hat, nicht mehr enthüllt als zuvor und man die einander noch immer überlappenden Seiten der Bluse in einer eigenständigen bewußten Handlung mit den Handrücken wie einen Vorhang teilen muß. Ich lugte in die ovale Welt, die ich gerade geschaffen hatte. Was ich von ihrem BH sehen konnte, war sehr interessant. An den Rändern der beiden Stücke, die seitlich an den runden busenhaltenden Teilen saßen, waren kleine *x* eingenäht, und auf den busenhaltenden Teilen waren exakt genähte Nähte, die diagonal über ihre Kurven liefen, wie die geschlossenen Augen einer schlummernden Katze. Ich streckte die Hand aus und stieß mit dem Handteller sanft gegen eine ihrer Brüste. (Damals nannte ich sie «Brüste», und das ist eigentlich gar kein so schlechtes Wort dafür.) Die Rundung war unerwartet weich und ganz warm. Ich löste unten einen weiteren Knopf, so daß ich nun meinen ganzen Kopf bequem mit ihrer Bluse umhüllen konnte. Ihre Haut schimmerte in dem schattigen, vom Stoff diffusen Licht. Ich kam mir vor wie ein Daguerreotypist, der sich kauernd den Kopf mit dem Kameratuch bedeckt, um sein Objekt vollständiger zu sehen. Ich sah ihren Bauch, der auf diese kurze Entfernung beträchtliche Ausmaße hatte. Mittendrauf saß der Nabel.

Damit hatte ich nicht gerechnet. Das war der große Moment. In meinem ganzen Leben hatte ich noch nicht etwas so Frauliches, so erwachsen Wirkendes von so nah gesehen. Miss Dobzhanskys Nabel sah ganz und gar nicht wie ein Kindernabel aus. Über das obere Ende dehnte sich eine Art Hautproszenium, eine Glockenrundung, in gewisser Weise vergleichbar mit dem Epikanthus asiatischer Völker (wie etwa der «Esquimaux»), während die Schräge darunter den Blick mitten in ein kleines Allerheiligstes hineinlenkte, das etwas, was wie ein winziges Stück durchgekauten Kaugummis oder wie der geknotete Teil eines Luftballons aussah, elegant umfing. Das Beeindruckende daran war einfach, wie schockierend erwachsen es aussah, wie vertikal gedehnt. Ergriffen strich ich leicht mit den Knöcheln darüber. Dann zog ich mich für einen Augenblick aus ihrer Bluse zurück, um ein gerundetes Stück blaue Kreide zu holen, das ich dann sanft darin drehte, als bestriche ich das Ende eines Billardqueues damit, nur eben andersherum. Ich hinterließ eine nahezu unmerkliche kleine Spur Kreidestaub darin und wischte das Überschüssige weg. Unterdessen fand ich, daß ich für einen Nachmittag mehr als genug gehabt hatte, und knöpfte ihr die Bluse wieder zu. Dann kam ich noch auf die Idee, das weiße Stück Kreide, das sie hielt, als sie das Wort «Bering» schrieb, durch das Stück blaue Kreide, das ich an ihr benutzt hatte, zu ersetzen. Sodann ging ich zu meinem Platz zurück, zog mich wieder an, setzte mich genauso hin wie vorher und schaltete den Zeittransformator aus. Sein Chromschalter fühlte sich fast schmerzhaft heiß an.

Die Klasse wurde lebendig. Die blaue Kreide brach ab – vielleicht hatte ich sie ihr nicht richtig in die Finger gesteckt. Miss Dobzhansky blickte sie einen Moment lang verdutzt an, nahm dann ein Stück weiße Kreide und schrieb weiter. «Als die Stämme in Alaska angekommen waren, mußten sie sich überlegen, ob sie sich da niederlassen oder weiterziehen sollten...» sagte sie und fuhr mit dem Unterricht fort. Es roch ein bißchen verbrannt. Verstohlen zog ich an der Verlängerungsschnur, bis der Stecker aus der Steckdose fiel; ganz allmählich zog ich sie in mein Pult. Als ich unauffällig hinabblickte, wie um meinen Stuhl heranzuziehen, bemerkte ich, daß die Zinken des Steckers mattschwarz verkohlt waren.

Genauso lief es damals am ersten Tag ab. Nichts Schlimmes geschah. Alles ging gut. Ich ließ den Transformator über Nacht in meinem Pult und versuchte es mit großen Plänen am nächsten Vormittag noch einmal, doch als ich den Schalter umlegte, flackerten leider die Neonröhren an der Decke und gingen aus. Nun roch es noch stärker verbrannt. Miss Dobzhansky schickte nach dem Hausmeister. Die Zeit floß ohne Unterbrechung weiter. Nach der Schule trug ich den ruinierten Transformator in meiner Lunchbox nach Hause. Er war völlig hinüber. Das rote Edelsteinlämpchen war teilweise geschmolzen, und an den Unterkanten des Geräts befanden sich weißliche Hitzespuren. Nur um sicherzugehen, schloß ich es nach dem Abendessen in meinem Zimmer ein letztes Mal an und legte den Schalter um, aber nichts tat sich. Die Katze leckte sich weiter zwischen den Ballen ihrer Pfoten. Die Ampel an der Ecke färbte Segmente des großen doppelten Eiszapfens vor meinem Fenster rot, dann grün, dann gelb. Es war vorbei. Ich hatte das Universum nur zweimal anhalten können, im ganzen vielleicht sechs Minuten lang.

Andererseits waren schon sechs zeitlose Minuten ziemlich gut. Ich gewöhnte mich erstaunlich schnell an den Gedanken, daß ich von Miss Dobzhansky so viel gesehen hatte wie wahrscheinlich nie mehr wieder. Meine nächste Aufgabe, der ich das folgende Frühjahr und die Sommermonate widmete, bestand darin, einen alternativen, nichtelektrischen Weg in die Furche zu finden. Ich erprobte einige experimentelle Möglichkeiten, forderte das Unnatürliche heraus. Ich besprühte ein paar Blätter falschen Jasmin mit grüner Farbe, um zu sehen, ob sie Dauerimitate werden würden, da ich die Vorstellung bronzierter Babyschuhe schon immer rätselhaft und suggestiv gefunden hatte. Ich pfropfte eine sehr schnell wachsende Distel auf unseren Magnolienbaum, umwickelte die verbundenen Wunden mit extra dickem Faden, wobei meine Theorie war, daß die Vermischung inkompatibler Wachstumshormone vielleicht chronoaktive Auswirkungen haben könnte. Ich erhitzte sechs Murmeln auf einem Backblech auf kleiner Flamme und löffelte sie dann eine nach der anderen in ein Glas Eiswasser, das ich mir ganz dicht vors Auge hielt. Zuvor hatte ich in das Glas einen fossilen Chrinoiden und einen Fingernagelschnipsel getan. (Wenn ich jetzt daran denke, ist das Geräusch, wenn meine Exfreundin Rhody sich morgens im Bad mit einem Knipser die Fingernägel stutzte, der extrem kurze und hohe Zirpton der lächelnden Knipserklingen beim Aufeinandertreffen, nachdem sie den Nagel durchgeknipst hatten, dem ich im Bett gelauscht hatte wie andere echtem Vogelgesang, eine der befriedigendsten Erinnerungen, die ich an diese Beziehung habe.) Ich hatte ernsthaft erwartet, daß in dem Augenblick, als sich das Innere der zischenden Murmeln plötzlich mit dekorativen Sprüngen durchzog, die Zeit stehenbliebe, doch nichts tat sich.

Ich holte die Butanlötlampe, die mein Vater für ein Abspachtelvorhaben gekauft hatte, und erhitzte damit einen schartigen Servierlöffel aus Edelstahl, bis er tieforange wurde. Obwohl er weich und etwas angeschwollen aussah, die Ränder rund wie die eines Stücks Butter, brachte ich den Löffel nicht zum Schmelzen. Dann legte ich einen kleinen ovalen Kiesel auf diesen Löffel und fuhr mit der Brennerflamme darüber in der Hoffnung, etwas Lava zu erhalten. Der Kiesel explodierte mit einem Knall und schleuderte ein stechendes Steinteilchen in mein T-Shirt. All diese Experimente und viele andere, die ich in jener Zeit durchführte, verliefen ergebnislos und, ehrlich gesagt, enttäuschend. Erst im Sommer nach der Fünften konnte ich wieder springen, und zwar mit Hilfe unserer Waschmaschine im Keller und etwas Zwirn.

DREI

Viele Zeitarbeiter tippen nicht gern nach Band; ich schon. Natürlich schreibe ich manche Bänder lieber ab als andere. Anfang der achtziger Jahre arbeitete ich im Büro des Chefs einer großen Firma – na ja, warum soll ich den Namen verschweigen –, im Büro von Andrew Fleury, dem Chef von Noptica. Er hatte eine dreiköpfige PC-Mannschaft, die nichts anderes tat, als seinen gigantischen Ausstoß an Korrespondenz, Reden, Interviews, Fragebögen für Aktionärsversammlungen und so weiter zu tippen. Ich glaube, schon damals hatte er politische Ambitionen. Ich arbeitete mehrmals dort. Eines seiner langen Bänder, das ich erledigte, enthielt unter anderem einen Brief, in dem er bei einem ortsansässigen Spirituosengroßhandel eine Kiste eines ganz seltenen Armagnacs bestellte. (Ich muß dazusagen, daß es ein persönlicher Brief war.) Ich wußte nicht, was Armagnac war, also riet ich und schrieb *Armaniac*. Als Fleury das sah, bekam er einen Wutanfall. Ich hörte, wie er auf eine der beiden Büroleiterinnen losging: «Paula, sagen Sie mir mal, was stimmt an diesem Absatz nicht!» Der

Brief kam mit der folgenden Scholie an mich zurück: «Ein alkoholisches Getränk, kein verrückter Modeschöpfer!! Raten Sie nicht, schlagen Sie nach!!» Nun ja, vielleicht hatte er recht – ich hätte es nachschlagen sollen. Aber wenn Fleury den Fehler nun einmal entdeckt hatte, dann hätte er wenigstens auch dazusagen können, daß das Wort ein «g» enthielt. Ich verschwendete zehn Minuten damit, in einem Wörterbuch herumzublättern. Meistens jedoch erwarten Gehaltsempfänger so wenig von einem Zeitarbeiter, daß auch schon das leiseste Gespür für Kontext oder Absicht eines Memos sie mit Freude erfüllt, weswegen es sehr leicht ist, für sie zu arbeiten.

Aber warum tippe ich nun so gern Bänder ab? Ich habe schon erlebt, wie sich Textverarbeitungskräfte nach ein paar Stunden Abschreiben den Kopfhörer herunterrissen und schrien: «Das halt ich nicht mehr aus!» Ich aber tippte selbst Fleurys Bänder gern. Zum einen gefällt mir, daß ich ziemlich gut darin bin – beispielsweise arbeite ich oft ein bißchen parallel. Ich tippe den gerade zu Ende gegangenen Satz, konzentriere mich aber schon auf die Wendung, die ich gerade höre, und speichere sie: Es macht mir Spaß zu sehen, wie lange ich es schaffe, ohne die Rücklaufhälfte des Fußschalters in Anspruch zu nehmen. Vor allem aber sind mir Bänder einfach deshalb lieber als handgeschriebene Dokumente, weil man den Diktierenden dabei denken hören kann. Man kann hören, wie er nach der konventionellen Formel sucht, die einen etwas ungewöhnlichen Fall auf den Punkt bringt. Gelegentlich hört man Untertöne der Gereiztheit oder Zuneigung heraus. Es ist ein großes Privileg mitzubekommen, wie ein Mensch langsam, Wendung um Wendung, seine Gedanken in Worte faßt und dabei sein Bestes gibt. Weil man unmittelbar dabei ist, wie er seine Sätze bildet, und aus jedem Wort, das er sagt, eine kleine Buchstabenhäufung auf dem Bildschirm macht, bekommt man allmählich das Gefühl, man besorge das Denken selbst; man sitzt in einem dunklen Raum im Innern seines Kopfes, während er seiner Arbeit nachgeht.

Es ist nicht schwierig, sich zu alldem einen erotischen Aspekt vorzustellen. Sandi, eine Zeitarbeiterin, mit der ich das Thema vor etwa einem Jahr diskutiert habe, sagte mir, sie habe einmal zu einem Mann, für den sie tippte, eine intensive Zuneigung entwickelt. Er war in der Personalabteilung, und seine Aufgabe bestand darin, Angestellte und pensionierte Angestellte dahingehend zu beraten, wie sie am besten ihre Altersversorgung regelten. Er habe sehr langsam geredet, sagte sie, mit einer fast träumerischen, aber lauten tiefen Stimme, mit langen, ausdrucksvollen Pausen. Sie sagte, er habe ein wenig wie David Bowie in «China Girl» geklungen. Er habe nur selten die Pausentaste an seinem Gerät benutzt und das Band einfach laufen lassen. Und in seinen Briefen habe er sehr häufig von «die Rente verzehren» gesprochen. «Wenn Ihr Mann vor Ihnen verstirbt, Mrs. Plochman», habe er etwa in einem Brief gesagt, «und Sie sich dazu entscheiden, die Rente zu verzehren...» – «Andererseits, wenn Sie beide die Rente jetzt verzehren...» Das Ergebnis war, daß diese aktuarische Wendung durch ihren häufigen Gebrauch für sie eine besondere Bedeutung gewann. Beim Tippen sei es ihr dann gewesen, als führe sie handgreiflich und bereitwillig aus, was er sagte, als lasse sie es wie ein Halstuch durch die Finger gleiten. «Ja, bitte», meinte sie ihm zurückzuflüstern, indem sie genau das hintippte, was er ihr über den Kopfhörer sagte, «bitte verzehren Sie mich.» Aber etwas Sexuelles habe es zwischen ihnen nicht gegeben.

Was mich betrifft, so lasse ich mich von den Bändern weiblicher Diktierender oft regelrecht hypnotisieren. Besonders von denen weiblicher Prozeßführender: Wenn sie Sachen sagen wie «Zwar gibt es da keine Faustregel», dann beschleunigt sich mein Atem. Und die seltsame Erregung, die ich verspürte, als ich Joyce in einem Kreditbericht jemanden zitieren hörte, der gesagt hatte, jemand anders habe «nach Strich und Faden gelogen», habe ich ja schon erwähnt. Gerard Manley Hopkins beschreibt an einer Stelle, wie er einmal eine Ente hypnotisierte, indem er vor ihr einen Kreidestrich zog. Stellen Sie sich mich als die Ente vor; die Kreide, die sich weich an den winzigen, im Firmenbeton eingebetteten Kieseln abreibt, ist Joyce' lokkende, sanft angerauhte Stimme auf den Kassetten, die sie mir gibt. Oder, um das durch ein anderes Bild zu ergänzen, da im Fall von Joyce ein einziges kaum ausreicht: Wenn ich mich richtig auf ihr Band einlasse, wenn ich es mich umhüllen lasse, dann ist es, als wäre ich im Teich ihrer Sätze versunken, als wäre ich eine geduldige, im schwarzen Wasser dahintreibende Amphibie, völlig eingetaucht bis auf die Augen, die von Zeit zu Zeit blinzeln. Jedes Wort schwebt wie ein dikkes, kräftiges Seerosenblatt zu mir herauf und streicht an meinem Kopf vorbei. Und manchmal, besonders wenn Joyce so nett ist, mich ihr Zögern hören zu lassen (anstatt den Recorder auszuklicken, um die Länge ihres

Zögerns zu verbergen, meine ich), kann sich die Weite stillen schwarzen Wassers zwischen den intermittierenden grünen schwebenden Wörtern für einen Augenblick ins Unendliche ausdehnen. Alle Seerosenblätter ziehen sich von mir zurück. Dann bin ich immer ganz beeindruckt von der Macht, die ich habe: die Macht, den Fuß nach Belieben von der Lauftaste zu nehmen und ihren Satz genau *da* anzuhalten, solange ich will, um darüber nachzudenken, wo genau ich darin bin, und darüber, was es wohl bedeutet, daß dieses fühlende Lebewesen fünf Tage die Woche damit verbringt, solche Sachen in ein Aufnahmegerät zu sprechen, und darüber, wie Joyce' Mund aussieht, während sie sie ausspricht. Ich pausiere innerhalb ihrer Pause und treibe, jeglichen Sinneseindrucks beraubt, in der Lagune ihrer angehaltenen Bedeutung. Besonders nett ist es, in diesem Zustand des «Tiefabtippens», wie ich ihn nenne, aufzublicken und jene heitere, geheimnislose Joyce zu sehen, wie sie forsch irgendwohin geht, vielleicht zu meinem Schreibtisch, und dabei einen Kuli zwischen den Fingern wackeln läßt.

Meine Arbeit mit den Bändern enthält also zweifellos ein starkes chronanistisches Element. Es könnte sogar sein, daß mir die Fähigkeit, in die Furche zu springen, schon vor langer Zeit abhanden gekommen wäre, hätte ich nicht einen so großen Teil der letzten zehn Jahre damit verbracht, Wörter abzuschreiben, und hätte ich nicht so viele Tausende und Abertausende bescheidener, im Werden begriffener menschlicher Sätze mit meinem Fußschalter gestartet und gestoppt. Vielleicht hat mir die tägliche Therapie der Mikrokassetten eine ungewöhnliche Sensibilität für die Edierbarkeit des Zeitkontinuums verliehen – dafür, daß eine scheinbar nahtlose Vokalisierung ganze Klüfte von verborgenen Tätigkeiten oder Unaufmerksamkeiten – Nieser, Kraftausdrücke, verschütteter Kaffee, sexuelle Abenteuer – elidieren, überspielen und vertuschen kann. «Der Geist ist ein lyrischer Schrei inmitten unseres Tuns», sagt George Santayana, dessen Autobiographie (Band 1) ich mir gestern aus der Boston Public Library geholt habe; und mir fällt auf, daß dieser Aphorismus die besondere Anmutung der Mikrokassette, ja aller Audiokassetten, erhellt: diese gedrungenen, massigen, blocksatzförmigen Gegenstände, an jeder Ecke von winzigsten Phillips-Kreuzschlitzschrauben zusammengehalten (die Schrauben sind übrigens kleiner als die Schrauben an den Scharnieren meiner Brille, so klein, daß nur SCARA-Roboter sie in dieser Menge festgedreht haben können), mit ihrem Paar unbefestigter Mittelzahnrädchen, die bewußt lose belassen sind, damit sie sich den leichten Abweichungen in den Spindelweiten unterschiedlicher Maschinenfabrikate anpassen können – diese geometrisch organisierten kompakten Dinger, in denen gleichwohl ein elfisches Fähnchen Polyesterfilm ausgelassen um alle möglichen winzigen Streben oder Filzklötzchen, die an seinem Weg aufgestellt sind, tanzt und das eisenmagnetische Nachglitzern einer stimmlichen Persönlichkeit durch sämtliche barocken Diagonalen und verzerrten Bezier-Kurven witschen läßt, die es in Anbetracht der Gegebenheiten seines Gefängnisses erzeugen kann.

Nach diesen Ausführungen ist das eigentlich Überraschende, mit wie wenig Glück ich bislang den Fußschalter meiner Bandtranskriptionsmaschine bedient habe, um einen echten Sprung auszulösen. Bis heute habe ich es nicht vermocht, das Universum damit anzuhalten, ebensowenig wie mit den Pausentasten auf der Fernbedienung von Video- oder CD-Geräten, die doch naheliegende Auslöser wären. Wie ich schon sagte, hatte ich nur einen vorübergehenden Erfolg am College mit einem Garagentoröffner. Mag sein, daß es, um wirksam in die Zeit einzugreifen und sie abrupt anzuhalten, eines Mechanismus mit einer Eigenschaft bedarf, die ihn ausschließlich mit mir verbindet, mit meinem Gefühlsleben, weshalb beispielsweise der Kippschaltertransformator meiner Rennbahn als Chronokupplung erst funktionierte, nachdem meine herabgefallene Hand ihn gestreift und mitten in der Nacht seine Wärme wahrgenommen hatte. Das könnte auch erklären, warum bei meinen Furchenauslösern der allgemeine Trend mit einigen wenigen wichtigen Ausnahmen weg von der Hardware und hin zu einfacheren, rein körperlichen Anstößen wie dem Fingerschnippen oder dem Hochschieben der Brille auf meiner Nase ging.

Das ausgeklügeltste Fermationiergerät, das ich je entwickelt habe, war eine Spezialanfertigung, die ich Solonoid (mit drei *o*) nannte. Ich habe ihn mir vor vier, fünf Jahren von einer MIT-Studentin bauen lassen. Ich besitze ihn noch immer, auch wenn er nach einer Woche Furchenstunden den Betrieb einstellte. Er ist sehr klobig und machte im Leerlauf laute Tschtsch-Geräusche, wobei er allerdings durchaus kleiner und leiser konstruiert werden könnte. Das einzige, was er tat, war, drei in x-, y- und z-Richtung ausgelegte Gummibänder zu spannen und zu entspannen. Ich konnte die Oszillierfrequenz eines jeden Gummis einstellen, indem ich auf einem kleinen Mischpult einen Rheostaten hin- und herschob. Ich habe ihn einfach deshalb bauen lassen, weil ich eines Morgens unmittelbar nach dem Aufwachen und nach vielen dürren furchenfreien Monaten wußte, daß diese Konstruktion funktionieren würde. Mein Onkel lieh mir fünfzehnhundert Dollar (ich sagte ihm, daß ich einige Monate mit meiner Zeitarbeit aussetzen und überlegen wollte, ob ich nicht wieder Lust auf meine Magisterarbeit bekäme), dann setzte ich eine Anzeige in die Studentenzeitung des MIT und unterhielt mich mit einigen Bewerbern. Klar, daß ich die einzige Frau nahm, die sich meldete.

Sie setzte drei kleine Motoren ein. Ich sagte ihr, ich sei Assi in Philosophie und arbeite an einer Monographie über einen amerikanischen Metaphysiker der Jahrhundertwende namens Matthias Batchelder, dessen Theorie zufolge drei Gummibänder, die mit einer bestimmten Frequenz auf den drei kartesischen Ebenen abwechselnd gespannt und entspannt würden, Nullvariablen in den Strom des Werdens einführten, wodurch sie das Universum für alle außer den Bediener des Mechanismus wirksam anhalten würden. Obwohl Batchelder über seine Ideen an G. E. Moore, C. S. Pierce und A. A. Michelson geschrieben habe, sagte ich (um Plausibilität ringend), habe keiner auch nur das leiseste Interesse gezeigt, teils, weil Batchelder keiner Institution angehörte, und teils, weil er ein abstoßend streitsüchtiges Naturell gehabt habe. (Ich sollte betonen, daß es keinen Metaphysiker namens Batchelder gab; der Rohentwurf der Maschine war mir einfach eines

Morgens gekommen, doch um der Geheimhaltung willen mußte ich mich davon distanzieren. Ich belog diese junge Maschinenbauingenieurin «nach Strich und Faden» – es mußte leider sein.) Sie – zu meiner Beschämung muß ich sagen, daß mir ihr Name entfallen ist – baute die Maschine auf die Schnelle und erklärte mir auch ihre Feinheiten ziemlich gut, aber die habe ich ebenfalls wieder vergessen. Um die Kosten niedrig zu halten, war sie so nett, gebrauchte Teile zu verwenden, die sie beim Jerryco-Versand bestellte – Motoren also, die ausrangierten Geräten, Kopierern und so weiter, entnommen waren. «Also, sie macht jetzt, was sie Ihrer Beschreibung nach sollte», sagte sie auf ihre ernste Art, als wir in einem der Maschinenbaulabore standen (wie sich herausstellte, bekam sie für dieses Projekt einen Seminarschein, was sie mir gar nicht gesagt hatte), «aber ich habe mit den Frequenzen gespielt und kriege sie nicht dazu, überhaupt was zu machen. Obwohl die Gummibänder ganz gut aussehen, wenn sie richtig in Fahrt kommen.»

Ich setzte mich davor hin. Sie war lächerlich klobig, auf keinen Fall tragbar. «Sie meinen, sie hält das Universum nicht an?» sagte ich und kicherte in gespielter Ungläubigkeit, um anzudeuten, daß mir durchaus klar war, wie krampfig Batchelders Ideen waren, und daß ich die ganze Übung aus reiner Nettigkeit durchgezogen hatte, nur um diesem vergessenen Exzentriker eine späte Chance zu geben, sich zu beweisen. «Na ja, vielleicht sollte ich es trotzdem mal selber versuchen, ihm zuliebe», sagte ich. Sie zeigte mir den An- und Ausschalter, den ich denn auch betätigte; es dauerte ein wenig, bis die Spannfrequenzen angeglichen waren. (Die

Gummibänder hatte ich wahllos aus einer 49-Cent-Tüte Alliance-Gummibänder genommen – PROUD TO SAY MADE IN USA.) Sobald die Relationen stimmten (ich war nach Gehör vorgegangen), verfielen das Labor, die Frau, Cambridge und alles andere mit Ausnahme meiner Person und des rappelnden Solonoiden in Stillstand. Ich kroch hinter die Ingenieurin und küßte die schön ausgeprägten H-Formen auf ihren dicken Kniekehlen, die oft das Beste an College-Frauen sind (sie trug einen Jeansrock), dann nahm ich wieder meinen Platz an den Reglern ein und stellte den Solonoiden ab.

«Sehen Sie?» sagte sie. «Nichts.» Traurig schüttelten wir den Kopf, voller Bedauern über den armen irregeleiteten Batchelder, und ich schrieb ihr einen Scheck über die vollen fünfzehnhundert aus und dankte ihr. (Ich bewahre alle meine eingelösten Schecks auf; ich muß mal daran denken, sie durchzusehen und den Namen dieser jungen Frau herauszusuchen.) Sie fragte mich, ob sie wohl ein paar Kopien von Batchelders metaphysischen Schriften haben könne, und ich sagte ihr, aus Nachlaßgründen sei es mir untersagt, etwas herauszugeben, aber ich würde ihr auf jeden Fall ein Exemplar meiner Monographie schicken, sobald sie erscheine. Das stellte sie zufrieden. Und danach konnte ich ein paar Wochen lang, bis mein Vorrat aus der ersten Tüte Gummibänder ausging, einige durchtrieben schweinische Furchensachen machen. Wenn ich es mir jetzt überlege, dann war das Reizvolle und Unerwartete an der Maschine, daß die Sache mit einem hohen Risiko verbunden war, denn so ein Gummiband konnte ja plötzlich ohne Warnung reißen, wodurch die

Zeit wieder weiterliefe und mich womöglich in einem äußerst peinlichen Augenblick bloßstellte – das Sex-in-der-Öffentlichkeit-Risiko. Doch ich war vorsichtig. Ich baute schließlich eine Reserve in die Konstruktion ein, indem ich statt eines Gummibandes in jede Richtung deren zwei einspannte, auch wenn das bedeutete, daß sie schneller alle wurden.

Das Problem, Namen zu behalten, das gerade wieder im Zusammenhang mit der MIT-Frau auftauchte, ist für den Berufszeitarbeiter besonders groß. Innerhalb eines Jahres kann ich bis zu vierzig verschiedene Aufträge erhalten – manche gehen über mehrere Wochen, andere nur über wenige Tage. Bei jeder Stelle sind es die typischen drei bis fünf Namen, die man am ersten Tag lernen muß (gelegentlich auch viel mehr); am zweiten Tag dann zehn oder mehr. Je nachdem, wie stark der Telefonverkehr ist, kann die Anzahl der Namen, die ich am Ende pro Job beherrschen muß, weit über hundert betragen. Pro Jahr bin ich, grob geschätzt, dreitausend Namen ausgesetzt, von denen (das schränkt die Zahl wieder ein) vielleicht fünfhundert zu Personen gehören, die ich ein wenig kennenlerne, mit denen ich rede und recht eng zusammenarbeite. In zehn Jahren macht das fünftausend Persönlichkeiten, wobei ich für jede ein kleines Emotionspäckchen zusammenstellen muß, Zuneigung, Abneigung, eine Theorie über ihre Einstellung einem Kollegen gegenüber, eine geistige Notiz zu ihrem Kleidergeschmack, eine Erinnerung daran, wie sie ihre Sachen haben wollen, ob sie der Meinung sind, die Namen der Bundesstaaten müßten voll ausgeschrieben oder mit den zwei Abkürzungsbuchstaben wiedergegeben werden, ob sie wollen, daß der Name oder die Nummer des Dokuments auf dem Brief angegeben werden soll oder ob sie das für vulgär halten, ob sie wollen, daß ich mich selbst beschäftige, wenn ich mit der Arbeit fertig bin, oder ob es ihnen lieber ist, daß ich in ihr Büro gerannt komme und nach mehr frage. Am College hatte es mich beeindruckt, wie gut sich manche beliebten Professoren über die Besonderheiten im Leben ihrer Studenten auf dem laufenden hielten – Tatsache aber ist, daß ich Jahr für Jahr ebensoviel Rohmenschheit bewältige wie die spitzenmäßigste Professorenberühmtheit. Der Unterschied ist eben, daß in meinem bescheidenen Fall diese ganzen Leute, wenigstens die meisten, weiterhin in der City arbeiten, ebenso wie ich auch. Sie machen nicht ihr Examen und sind dann weg.

Was praktisch bedeutet, daß ich alle paar Tage mit ziemlicher Sicherheit jemandem über den Weg laufe, mit dem oder der ich in irgendeiner Firma irgendwann in der Vergangenheit eng zusammengearbeitet habe. Und ich möchte mich so sehr an seinen oder ihren Namen erinnern! Im allgemeinen erinnern diese Leute sich an meinen, und in einigen Fällen kann ich einen leisen verletzten Ausdruck in ihrem Blick erkennen, wenn sie durch meine Frotzeleien und mein polterndes Gehabe hindurch merken, daß ich mich nicht an den ihren erinnere, wo wir doch noch vor einem halben Jahr oder anderthalb Jahren oder fünf Jahren sehr hart zusammengearbeitet und unmögliche Termine eingehalten und herumgewitzelt haben. Und – denken sie und ich insgeheim – sie hatten einen höheren Status als ich; sie bezogen ein Gehalt, ich war der Zeitarbeiter, also ist es aufgrund meiner untergeordneten Tätigkeit meine Pflicht, mich an ihren Namen zu erinnern, während es für sie nur *noblesse oblige* ist, sich an meinen zu erinnern.

Doch wenn sie sich einmal die Zeit nähmen, rein rechnerisch mein Arbeitsleben dem ihren gegenüberzustellen, wie ich es getan habe, dann würden sie mich vielleicht verstehen und freisprechen, denn sie sehen jeden Tag die gleichen Leute, ihr Universum von Kunden, Kontakten und Kollegen ist relativ begrenzt und stabil, so daß ein Zeitarbeiter wie ich in ihrem Büro etwas Neues ist, ein Gesprächsthema, ein Mensch, dem sie «Hilfestellung leisten» können, ein Außenseiter, dem sie Haßgefühle und alte Wunden offenbaren können. Ich bleibe bei ihnen haften, weil es sie gefreut hat, daß sie Klassenschranken überwinden und mich als Gleichgestellten behandeln konnten. «Arno, hi!» Und da stehe ich dann vor der Park Street Station, unfähig zu einer angemessenen Erwiderung, und komme mir vor wie ein Kellner, der sich an eine Bestellung von einem Tisch erinnern soll, den er Monate zuvor einmal bedient hat.

Das Namensproblem wird noch dadurch verstärkt, daß mein Habitus anscheinend eine Verletzlichkeit ausstrahlt, die Leuten, die sich verlaufen haben, signalisiert, man könne mich nach dem Weg fragen. Ich habe mittlerweile ein feines Gespür für diese Verirrten entwickelt, wie sie an einer roten Ampel ein Grüppchen nach potentieller Hilfe mustern: Sie erblicken mich, und obwohl ich wie die anderen Männer eine Krawatte trage, scheinen sie zu riechen, daß ich Zeitarbeiter bin und somit permanent einsam und bescheiden sein muß, ein kranker Karibu, auf den der Wolf sein besonderes Augenmerk richtet; sie wissen, daß sie sich bei mir zwanglos als Fremde zu erkennen geben können, weil ich mich über jeden menschlichen Kontakt freue, über jedes Anzeichen dafür, daß ich integriert bin und nicht in der Luft hänge. Es gibt Zeiten, da werde ich dreimal am Tag nach dem Weg gefragt. Und die Verirrten haben recht, ich lasse mich wirklich gern auf der Straße anhalten, besonders von Frauen, aber auch von Männern. Allerdings kann ich mir Straßennamen nur schlecht merken, sogar Straßen mit Gebäuden, in denen ich schon einmal gearbeitet habe. Eine Zeitlang habe ich abends extra Pläne des Geschäftsviertels studiert, habe Ampeln gezählt und mir Querstraßen und nützliche Orientierungspunkte eingeprägt, damit ich den Erwartungen nicht einschüchternder Erhellung entsprach, die mein Gesicht und meine Eigenheiten zu wecken scheinen. (Eine Antwort wird besonders schwierig, wenn ich einen sperrigen Gegenstand trage, etwa einen Blumenstrauß oder eine Wang-VS-Sicherungsdiskette.) Infolgedessen weiß ich nie, ob der Mensch, der auf dem Gehweg auf mich zukommt und Blickkontakt zu mir aufzunehmen versucht, einer ist, mit dem ich bei Gillette oder Kendall, Ropes oder Gray, Polaroid, der MassBank oder Arthur Young zusammengearbeitet habe, oder ob er oder sie nur wissen will, wie man in die Milk Street kommt.

Während der Zeiten, in denen ich über die volle Furchenfähigkeit verfüge, sind solche Schwierigkeiten jedoch leicht gelöst. Sobald ich ein «Arno, hi!» höre, kann ich einen Sprung machen, in der Brieftasche oder Geldbörse des Betreffenden nach einem Ausweis suchen und ihn dann ordentlich begrüßen. Das macht ja so einen

Unterschied. Ich stehe nicht wie auf Kohlen, sondern kann mich ganz der Freude über das Wiedersehen hingeben: Denn die meisten, mit denen ich über die Jahre zusammengearbeitet habe, mag ich richtig gern; fast alle haben sie irgendeinen liebenswerten Zug. Und wenn mich jemand fragt, wie er an einen Ort kommt, den ich eigentlich genau kennen müßte, aber nicht kenne, kann ich ihn in seinem fragenden Ausdruck anhalten und auf dem Plan nachsehen. (Ich habe einen in der Aktenmappe dabei, desgleichen meine alte Flasche Kontaktlinsenlösung, falls sich jemand in Augennot befindet.) Natürlich könnte ich den Plan hervorholen, während er zusieht, aber den ausweichenden, getrübten Blick, der ihm dann in die Augen kommt, wenn er denkt: «Der Kerl hat ja keine Ahnung, ich hätte einen der anderen fragen sollen», finde ich ganz furchtbar. Hinzu kommt, wenn ich einen Plan heraushole, um einem Touristen zu helfen, besonders einem asiatischen, schenke ich ihn ihm dann unweigerlich, weil spontane Großzügigkeit immer gut ankommt – und diese Pläne sind lächerlich teuer.

Ich bin daher nicht ganz gerecht mir selbst gegenüber, wenn ich sage, daß die Furche nur ein sexuelles Hilfsmittel ist. Das ist sie primär – nur scheinen meine Furchenenergien ein unmittelbares Nebenprodukt meines Appetits auf Nacktheit zu sein. Ich bezweifle, daß ich auch nur einmal in die Fermate durchgedrungen wäre, wäre mein Motiv nicht primär das Verlangen gewesen, Frauen auszuziehen. Dennoch will ich die Reihe nichtsexueller Anwendungen, für die ich sie eingesetzt habe, nicht ignorieren oder herabsetzen. Beispielsweise habe ich sie bei Dingen wie Weihnachtseinkäufen in letzter Minute eingesetzt; es ist schön, in absoluter Stille zu stöbern. Bin ich bei der Arbeit gereizt und weiß gleichzeitig, daß die Leute um mich herum meine Misanthropie nicht verdient haben, kann ich sie alle anhalten, bis ich sie wieder mag. Wenn jemand en passant eine aufschlußreiche Bemerkung macht, kann ich eine Auszeit nehmen, über ihre untergründigen Implikationen nachdenken und den Ausdruck auf den Gesichtern anderer befragen, die sie mitbekommen haben, und das alles, während ich da bin und mir alles noch frisch im Gedächtnis ist.

Auch setze ich die Furche ein, wenn man von mir in einer Unterhaltung eine besonders verständnisvolle oder mitfühlende Äußerung erwartet und ich sichergehen will, daß mein Takt genau den Ton trifft – wenngleich ein erhebliches Risiko darin besteht, sich seine Freundlichkeit länger als fünfzehn, zwanzig Sekunden durch den Kopf gehen zu lassen, denn wenn man die Antwort abwägt und daran feilt, verliert man schnell das aktive Gefühl für den unmittelbaren Emotionsfluß. Ein paarmal habe ich wichtige Herzausschütt-Gespräche fast zum Entgleisen gebracht, indem ich so lange pausierte, um an meinem Ton zu feilen, daß ich, als ich schließlich bereit war, wieder in die Zeit einzutreten, wußte, ich würde spröde, töricht und unaufrichtig sein, genau das also, was ich mit dem Sprung hatte vermeiden wollen, und es war ziemlich schwierig, mich wieder an die Stimmung heranzuarbeiten, die mir das Gespräch als so wichtig hatte erscheinen lassen, daß ich es überhaupt unterbrechen wollte. Nichtsdestoweniger kann die Furche bei sparsamem Gebrauch für die Anteilnahme wirklich von Nutzen sein.

Auch ist sie eine naheliegende Fluchtmöglichkeit – wobei ich auch hier gelernt habe, sparsam damit umzugehen. Ich bekam einmal einen Auftrag im Ehemaligen-Sekretariat einer Universität, wo ich Poster aufrollen und in Versandröhren stecken sollte. Das tat ich vier Tage lang am Stück. Es hätte mir nichts ausgemacht, wenn die Poster nicht so häßlich gewesen wären. Am zweiten Tag fiel es mir schwer, mir vorzustellen, auch nur ein weiteres lila-schwarzes Poster aufzurollen – ich fand die Verschwendung von Hochglanzpapier, von Post-Energie, von Universitätsgeld zu schrecklich –, und so trat ich die Kupplung und nahm mir zwei Nichtstunden, um ein wenig in Diana Cranes *Die Transformation der Avantgarde* zu lesen. In dem Fall war es sehr hilfreich: das Buch war besser, noch freizügiger und delikater, weil ich es *en furche* las. Es gibt aber auch Zeiten, da wird mir, wenn ich denn in der Zeitlosigkeit des angehaltenen Augenblicks versunken bin, die jeweilige Verpflichtung oder Person, von der ich mich zeitweilig befreit habe, immer widerwärtiger, wie sie da in ihrer aufgeschobenen Bedrohlichkeit stillsteht, und der Gedanke, daß ich genau da weitermachen muß, wo ich aufgehört habe, wird unerträglich, und mit einem Gefühl der Niederlage und Traurigkeit, das heftiger ist, als es war, bevor ich ausgestiegen oder abgehauen bin, kehre ich zurück in den Trott der Zeit.

Auch glaube ich, daß ein Sprung äußerst gefährlich ist, wenn man gerade mit der Schlechtigkeit der Welt hadert. Dann kann sich eine Furche unendlich vertiefen – da man es ja praktisch in der Hand hat, ob die ganzen ewigen Greuel und Tragödien der Welt weitergehen sollen oder nicht. Man weiß, sobald man der Zeit wieder grünes Licht gibt, bekommen Haustiere nicht genügend Wasser, werden Gefühle unnötig verletzt, geht es mit Morden, Unfällen, Justizirrtümern, bürokratischen Schikanen, Untreue, künstlerischen Enttäuschungen und Schlimmerem weiter, und man glaubt schon, daß man in gewisser Weise die Ursache dafür ist, daß man unmittelbar dafür verantwortlich ist, da man ja die Wahl hat, sie zuzulassen, indem man die Zeit weiterlaufen läßt, oder nicht. Bin ich in einer Furche, dann weiß ich genau, daß nirgendwo eine Frau weint oder sich betrogen fühlt, und da ich nichts so sehr will, als daß Frauen nicht weinen, kann ich allmählich – ganz irrational – glauben, daß es meine Pflicht ist, mein ganzes Leben in dieser künstlichen Einsamkeit zu verbringen und mich aus der Dose zu ernähren. «Er ist ganz plötzlich gestorben», würde man dann sagen, wenn man meinen abrupt gealterten Leichnam gefunden hätte. Aber wenn ich stürbe, würde das ganze ewige Elend, das ich runde vierzig Jahre lang so heldenhaft in Schach gehalten hätte, ohnehin weitergehen. Ich habe nicht die Macht, etwas daran zu ändern, daß das Böse sein Werk tut, nur daran, wie «bald» es das tut. Folglich habe ich beschlossen, daß meine Ausfurchungen grundsätzlich nicht tief und schmerzlich, sondern kurz, erholsam und masturbatorisch sein sollten.

Allerdings sollte ich an dieser Stelle unter der Überschrift nichtsexueller Gebrauch der Fermate eine meiner weniger schönen Episoden erwähnen. Drei circa achtzehnjährige Schwarze hielten mich eines Nachmittags an und fragten mich, wo es zum Boston Common gehe, und als ich mein übliches Gesicht – «Ja, ich würde mich sehr freuen, Ihnen den Weg zu zeigen, und natürlich werde ich über Ihre bruchstückhafte Kenntnis dieses Teils der Stadt Stillschweigen bewahren, und wenn Sie weitergehen, wird Sie die Überzeugung heiter stimmen, daß Sie recht getan haben, nicht diese anderen, weniger liebenswürdigen Menschen, sondern mich gefragt zu haben» – aufsetzte, hielt mir einer von ihnen eine Pistole an den Kiefer (es geschah in der Innenstadt, in der Nähe des Medizinischen Zentrums) und sagte, ich solle ihm meine Brieftasche und meine Uhr geben. Ich stieg aus, indem ich auf den Vorrückknopf meines Druckbleistifts (in der Gesäßtasche) drückte, und zog die Waffe aus dem Verkehr. Ich zitterte, empört darüber, daß diese Kerle glaubten, sie hätten ein Recht auf meine Brieftasche und meine Uhr, und daß sie bereit waren, mich, um sie zu bekommen, mit dem Tode zu bedrohen. Das erinnerte mich an die alte scherzhafte Art, das Bekreuzigungsritual zu lehren: «Brille, Nille, Brieftasche, Uhr». Ich holte mir also von einem New-England-Telephone-Laster, der in der Nähe geparkt war, etwas Draht und band die drei mit den Eiern an ein Stoppschild in der Nähe. Es hat etwas Desorientierendes, einem Menschen, der einen gerade noch überfallen wollte, in aller Ruhe Telefondraht um den Hodensack zu wickeln. Ich heftete ihre Schwänze vorübergehend hoch, damit sie mir nicht im Weg hingen und mich beim Wickeln nicht nervten. (Zwei waren unbeschnitten.) Als alle drei sicher an dem Stoppschild befestigt waren, wobei die Drähte hinten aus ihren Hosen durch Löcher austraten, die ich mit einer Drahtschere hineingeschnitten hatte, trat ich ein paar Schritte zurück, drückte die Zeit an und sagte mit lächerlicher Verwegenheit: «Na los, kommt und holt sie euch, ihr kleinen Scheißer!» Verblüfft erfaßten sie kurz die Lage, stürzten sich dann auf mich und fielen sogleich, vor Schmerzen fluchend, vornüber. Ich rannte davon, wobei ich zunehmend Reue empfand, ganz zu schweigen von Erleichterung darüber, daß ich ihnen in der ersten Aufwallung meiner Rachsucht nicht gleich ganz die Eier abgeschnitten und sie in die Notaufnahme geschleift hatte; eine Möglicheit, die ich, ich muß es zu meiner Schande gestehen, kurz erwogen hatte. (Kann man an einer Kastration verbluten? Wahrscheinlich. Und es war fraglich, ob sie krankenversichert waren.) Nach diesem verstörenden Erlebnis verbrachte ich einen «Nachmittag» damit, kleine altruistische Handlungen zu vollbringen, durchstreifte in der Furche kaputte Viertel und sammelte bei jedem, der mir nach unter Dreißig aussah, verborgene Handfeuerwaffen ein, doch das Filzen war eine ermüdende und unangenehme Arbeit, und so hörte ich mit dem Gefühl, nichts von echtem Wert getan und womöglich noch eine momentan ruhige Straßenkämpferszene destabilisiert zu haben, damit auf, als ich gerade vierundvierzig Waffen in meinem requirierten Einkaufswagen hatte. (Noch immer unter dem Deckmantel der Fermate, schmiß ich die Waffen auf einer Baustelle in frisch gegossenen Zement.)

VIER

Aber – ich schreibe wirklich gern nach Mikrokassetten. Ich erwähne das hier, weil ich nur wenige Tage nachdem ich jenes allererste *sur-le-vif*-Stück über Joyce' überreiches Schamhaar geschrieben hatte, in eines ihrer Bänder versunken war und im mondbeschienenen, schlammfreien Lilienteich ihres Bewußtseins umherpaddelte, die Augen auf die grünen Buchstaben gerichtet, die sie aus meinen Fingerspitzen aufrief, als ich aufblickte und sie forsch auf mich zugehen sah, mit einem Stift wackelnd und wie gedankenverloren zur Seite schauend. Ich wollte schon den Kopfhörer abnehmen, doch sie hielt die Hände offen hoch, womit sie mir bedeutete, ich solle weiterschreiben. Offenbar drückte sie ein kleines Schuldgefühl, das einfühlsame Menschen oft beschleicht, wenn sie einem Zeitarbeiter ungewöhnlich viel Arbeit hinlegen, die er in einem kurzen Zeitraum erledigen soll. Gehorsam schrieb ich weiter. «Die Person gab zu verstehen, daß die Kreditmargen im unteren sechsstelligen Bereich lägen», usw. Währenddessen schrieb Joyce etwas auf ein Stück Papier, befestigte es mit einem der Gummibänder aus meiner Gummibandschale an der Kassette und legte sie auf meinen Bildschirm. Ich las: «Keine Eile, danke.» Ich nickte und verzog meinen Mund zu einem nach unten offenen U verschwörerischer Zustimmung. Ich sagte ihr nicht, daß ich gerade an ihrem Band von vorhin tippte. Ich ließ sie gehen. Und der Anblick ihrer kleiner werdenden Gestalt, während ihre Stimme in meinem Ohr so gelangweilt und doch gleichmäßig von hohem und niedrigem Kredit redete (dieser Bankjob war zweifellos unter ihrer Würde), ließ mein Interesse an ihr, meine Liebe zu ihr aufflammen. Beispielsweise liebte ich sie, weil sie auf ihrem Zettel das «Danke» ohne Ausrufezeichen geschrieben hatte. Ich sah ihr nach, wie sie zu ihrem Schreibtisch zurückging, mit dem Stuhl daranrückte und den Telefonhörer abnahm. *Sie war eine Frau.* Obwohl ich fünfunddreißig bin, was ich offenbar auf jeder Seite, die ich schreibe, betonen muß, überrascht mich oft die schlichte Beobachtung, daß es tatsächlich Frauen *gibt*, daß sie raschelige Kleiderschichten tragen, daß sie Lippen und Zähne haben, die sie gelegentlich einsetzen, um mir zuzulächeln. Sie nehmen ihre Existenz als gegeben hin, was ich nie täte. Auch glaube ich in aller Bescheidenheit, daß ich einen ungewöhnlich ausgeprägten Instinkt dafür habe, wann eine Frau von durchschnittlichem Aussehen spürt, wie sie in eine neue Phase der Attraktivität eintritt. Ich erkenne besser als andere, wann eine Frau glaubt, sie sehe an dem Tag besonders gut aus, oder wann etwas wie eine neue Frisur oder die Entdeckung eines Ladens, der die Sachen führt, die ihr am besten stehen, sie daran erinnert, daß Liebelei und Flirten auch Teil des Lebens sind. Objektiv gesehen, ist Joyce vielleicht nicht umwerfend, aber sie ist hübsch – doch zur Zeit hat sie, glaube ich, ganz phantastische Wochen, in denen sie zu ihrer Überraschung merkt, wie schön sie sein kann, nicht mehr wie eine Dreiundzwanzigjährige, sondern wie eine Dreißigjährige. Dazu gehört auch der französische Zopf. Ich bezweifle stark, daß jemand von der Arbeit zu ihr «Sie treten gerade in eine neue Schönheitsphase ein, Joyce» gesagt hat, aber einigen muß es doch auch aufgefallen sein.

Joyce hatte beim Diktieren etwas gegessen – vielleicht einen Joghurt. Normalerweise halte ich davon nichts. Doch als sie das Wort «ungeplant» sagte und ich einen jener eigentümlichen Gaumenlaute hörte, die meistens mit Joghurt assoziiert werden und in denen sich der Ton der Stimme plötzlich ändert, nasal wird, konnte ich es einfach nicht fassen, wie nahe ich ihr war. Mein Kopf war praktisch in ihrem Mund! Ich hatte noch ziemlich viel Arbeit vor mir, und so schnippte ich die Zeit ab, um ein paar Minuten Gelegenheit zu haben, darüber nachzudenken, was ich mit Joyce machen würde, wenn ich die Zeit richtig lang anhielte. (Das mache ich oft: Ich springe einfach nur, um die ganzen hübschen Sachen aufzulisten, die ich machen könnte, würde ich jetzt in dem Moment springen.) Ich könnte mehrere Jahre in der Furche verharren, das Zimmerhandwerk und andere Baugewerbe erlernen und eine vollkommen andere Stadt für sie bauen, eine Stadt mit asymmetrischen Kirchtürmen und erhöhten Gehwegen, in die ich sie befördern würde, und dann würde ich die Zeit wieder anstellen und in einem jener verlassenen Gebäude warten, die ich gebaut hätte, bis sie mich entdeckte, und ich würde vollkommene Verwirrung darüber bekunden, wie wir hierhergekommen waren und warum man uns hier uns selbst überlassen hatte, und schließlich würde sie verzweifeln, und wir würden Auge in Auge sitzend in der Dämmerung vögeln, und das mitten auf einer Kopfsteinpflasterstraße, deren Kopfsteine ich eigenhändig eingesetzt hätte.

Oder ich könnte ihr einen kurzen, maßlosen, glühenden Brief schreiben, in dem ich ihr sagte, wie wunderbar es sei, ihre Kreditmemos zu tippen, und wie wenig ich damit gerechnet hätte, einer mit ihrem Charme auf diesem Stock des MassBank-Gebäudes zu begegnen, und wie ungemein glücklich ich sei, daß ihr meine Brille gefallen habe, und ich könnte den Zettel hinten an die Schriftstücke heften, die ich ihr zurückgab. Oder ich könnte mir ihre Schlüssel aus ihrer Geldbörse leihen und mir ihre Wohnung ansehen. (Eine Zeitlang streunte ich sonntags in Cambridge in Cafés herum, las in der Furche handgeschriebene Lyrikjournale von Frauen, wobei man überraschend wenig darüber erfuhr, wie die Frauen wirklich waren, wie ihre Art war, wenn man ihre Lyrikjournale las – obwohl allerdings die Handschrift schon etwas aussagte. Schließlich fand ich heraus, daß ich eine verläßlichere Vorstellung von einer bestimmten Frau bekam, ohne mit ihr zu reden, indem ich auf Pause drückte, ihre Adresse heraussuchte und mir ihre Schlüssel lieh, um zu sehen, wie sie lebte.) Oder ich könnte eine meiner selbstgefertigten Spezialausgaben eines Pamphlets namens *Geschichten von französischer Liebe und Leidenschaft* in einen Mülleimer legen, wenn Joyce gerade etwas hineinschmiß, so daß sie es fand und vielleicht las. Oder ich könnte sie zum Essen einladen. Das schien mir noch das Vernünftigste.

Aber am Ende lieh ich mir eben doch ihre Schlüssel und sah mir ihre Wohnung an. Gegen halb vier sprang ich in die Furche. Zum Glück wohnte sie in der Garden Street, einer der Straßen, die den Beacon Hill hinabführen, eine Viertelstunde zu Fuß, und nicht draußen in Brookline oder sonstwo, wenngleich ich bereit gewesen wäre, nach Brookline hinauszugehen oder mir wenigstens ein Kurierfahrrad zu leihen, um da hinzukommen, was ich schon ziemlich oft getan habe, wenn ich bei stillstehendem Universum weiter weg mußte. (Der angehaltene Verkehr in der Furche macht Autofahren unpraktikabel.) Joyce wohnte im fünften Stock, in einer kleinen, unregelmäßig geschnittenen Atelierwohnung, der sich ein unverhältnismäßig langer, schmaler Wintergarten anschloß, wo sie offenbar schlief. Vor ihrem Sofa, einem ausgebleichten blauen Klappding, das nach Second-hand aussah, standen etliche flache Segeltuchschuhe, geblümt, türkis. Der Fußboden war grau gestrichen. Im Badezimmer ringelte sich eine Plastiktamponhülle auf dem Boden. Ihre Schminksachen lagen hingeworfen in einer Blechbüchse, die einmal irgendwelche französischen Kekse enthalten hatte. An einer Wand hing ein Piazzetta-Poster, an einer anderen eine kleine gerahmte Illustration aus einem Perspektivenlehrbuch aus dem achtzehnten Jahrhundert. Ihr Wecker war auf zwanzig vor acht gestellt. Sie las gerade mehrere Bücher; woran ich mich jetzt noch erinnere, sind Mary Midgleys *Gemeinheit* und D'Arcy Thompsons *Wachstum und Gestalt*. Auf dem Küchentisch stand eine Flasche Ahornsirup, daneben ein Dover-Buch, *Kleinbauten der zwanziger Jahre*. Eine Katze, eine geschmeidige junge, deren Geschlecht zu bestimmen ich mich nicht bemühte, war mitten im Sprung von einer Arbeitsplatte zu einem Stuhl begriffen. Ich versuchte, mir ein Bild davon zu machen, was Joyce trug, wenn sie nicht gerade Arbeitskleidung anhatte, aber wie immer, wenn ich zum Schnüffeln die Kupplung trete, ging es nicht: es leuchtet nicht intuitiv ein, was für Teile zu welchen anderen passen. Aber ihre Unordnung war gut – ich liebe unordentliche Frauen. (Andererseits liebe ich auch ordentliche Frauen.)

Das beste an ihrer Wohnung aber war meiner Ansicht nach die Matratzenauflage. Es war so eine therapeutische, die aus Hunderten gerundeter, zwei Zentimeter hoher Hügelchen oder Schaumstoffpingos bestand, die man dazu benutzt, die Druckpunkte einer zu harten Matratze zu dämpfen. Noch nie hatte ich jemanden, der so eine hatte, persönlich gekannt. Es bereitete mir großes Vergnügen, mit der Hand unter die zerwühlte Decke zu fahren, um sie unter dem Laken zu befühlen. Meine Finger sahen aus, als spielten sie Klavier, wie sie so über die regelmäßige Grübchenoberfläche glitten. Ich zog eine Ecke des Spannbettuchs heraus. Die Schaumstoffauflage war dunkelgelb; als ich darauf starrte, gaukelte das Muster identischer Schatten meinen Augen falsche Dimensionalitäten vor. Mir war, als blickte ich auf eine grobe Annäherung an die wahre Geometrie der Zeit – in Schaumstoff. Jeder andere blieb auf der Lakenebene, nur ich konnte darunterspringen.

Als ich Joyce' Matratzenauflage befühlte, wollte ich

sie küssen. Ich wollte sie nicht nur küssen, was ich mit Hilfe des Zeittricks leicht hätte tun können – ich wollte, daß sie *wußte*, daß ich sie küßte, und daß sie es auch wollte – was um einiges schwieriger zu bewerkstelligen war. Ich drehte in der Küche einen Hahn auf; Wasser tröpfelte heraus (der Wasserdruck ist in der Furche nie gut), und ich trank etwas aus einem Küchenglas. Kurz bevor ich ihre Wohnung verließ und wieder zur Arbeit ging, legte ich unter eine antike Glasflasche auf dem Bord ihres Wintergartenschlafzimmers, völlig dem Blick entzogen, einen zusammengefalteten Glückskekszettel, den ich in einer Schale mit vergessenem Krimskrams auf ihrem Kühlschrank entdeckt hatte. Darauf stand: «Lächle, wenn du soweit bist.» Dann ging ich wieder zur Arbeit. Als ich den Kopfhörer und den gedankenverlorenen, etwas spirituellen Ausdruck des konzentrierten Abschreibers aufgesetzt hatte, schnippte ich alles wieder ins Leben zurück.

Allerdings hatte ich meine Fähigkeit, mit dem Klang von Joyce' abrupt weitersprechender Bürostimme in meinen Ohren schnell zurechtzukommen, nachdem ich einen so großen und verbotenen Eindruck von ihrer Wohnung bekommen hatte, völlig falsch eingeschätzt. Daß sie keine Ahnung hatte, was ich gerade getan hatte, daß sie das ganze Ausmaß meines Wissens um ihre Matratzenauflage nicht kannte, schmerzte mich viel mehr als erwartet – nicht, weil mein ungesetzliches Eindringen eigentlich falsch war, sondern weil ich fand, daß mein nunmehr umfassenderer Eindruck von ihrem Leben es mir nicht erleichtern, sondern erschweren würde, sie einzuladen. Je mehr ich über sie erfuhr, desto mehr wandte ich mich ihr mit einer freundlichen, fast ehelichen Form wohlwollender Zuneigung zu; desto schwieriger war es aber auch, mir vorzustellen, mit ihr zu Abend zu essen und dabei so zu tun, als wisse ich nur das über sie, was sie mir von sich aus erzählte. Ihr Schamhaar, ihr Zopf, damit kam ich gut zurecht; das waren plastische Anblicke und Strukturen, deren Erinnerung mir bei einem eventuellen späteren, eher vorbereitenden Flirt nicht in die Quere kommen würde, aber Stilleben wie Ahornsirup und das Dover-Buch auf dem Küchentisch weckten in mir die Vorstellung, ich verbrächte mein Leben mit ihr, und konnte ich denn mein Leben mit ihr verbringen, wenn ich das Geheimnis meiner Furchenfähigkeiten und -aktivitäten vor ihr bewahren mußte? Ein solcher Zweifel war mir nicht ganz unvertraut, doch früher war ich dann einfach zu dem Schluß gekommen (das letzte Mal, nachdem Rhody eben wegen dieses Themas mit mir Schluß gemacht hatte), daß ich nie heiraten würde, womit ich mich zufriedengab. Nun jedoch war der Gedanke, daß ich gerade erst in ihrer Wohnung, in ihrem Leben gewesen war und auf ihrem Bett gesessen hatte, deprimierend, und dennoch, wenn ich in bezug auf meine Liebe – oder wie auch immer man eine solch hybride Emotion nennen möchte, wenn man wichtige Dinge über eine Frau in der völlig falschen Reihenfolge erfährt – nichts unternehmen würde und sie nicht einlud, dann würde ich mich, wenn ich ihr in einem Jahr oder so auf der Straße über den Weg lief, nicht einmal mehr an ihren Namen erinnern: dann müßte ich in die Furche springen, einfach um höflich zu ihr zu sein.

FÜNF

Offensichtlich habe ich mich geirrt, als ich weiter vorn auf diesen Seiten vorhersagte, Joyce würde in meiner Autobiographie eine untergeordnete Rolle spielen. Ich tippte ihr Band zu Ende und ging zu ihrem Büro hinüber, um es abzuliefern, und mit dem Vorsatz, sie einzuladen. Aber sie redete gerade mit einem witzigen, charmanten stellvertretenden Direktor, den ich als einschüchternd empfand und mit dem ich nicht konkurrieren wollte. Also nickte ich den beiden nur zu und gab ihr die Schriftstücke. Um fünf Uhr ging ich. Als ich nach Hause kam, war ich ungeheuer traurig, ohne Hoffnung, den Tränen nah. Auf meinem Schreibtisch standen drei Vibratoren in verschiedenen Stilisierungsgraden, dazu ein von weiblicher Hand entworfener Muschikribbler sowie eine Jeff-Stryker-Penispumpe. Alles war «original verpackt», wie Spielzeugsammler dazu sagen würden. Ich setzte mich auf einen Stuhl und sah sie an, und das Elend schlug über mir zusammen. Ich hatte sie bei einer Firma in San Francisco bestellt (und noch zusätzlich für Federal-Express-Anlieferung bezahlt), als mich einmal kurz der Gedanke gepackt hatte, ich könnte Joyce bald dabei zusehen, wie sie eines oder mehrere dieser Geräte an sich selbst ausprobierte. Die Penispumpe war mir nachträglich noch eingefallen, damit ich etwas als Feilschmasse in der Hinterhand hatte: «Los, du benutzt diese Vibratoren für mich, und ich pumpe für dich meinen Penis mit der Penispumpe auf.» Aber ich konnte mir diese Geräte gar nicht leisten – Sexhardware für fast zweihundert Dollar –, und es kam mir erbärmlich und unwürdig vor, sie auf Lager zu haben, wenn ich sie im Leben nie mit einer wie Joyce benutzen konnte. Ein Glas Wein vor mir, im Radio ein progressives Jazz-Konstrukt mit den üblichen sauber aufgenommenen Bongos und Stammesflöten aus dem Synthesizer und den schon früher gern gehörten Steely-Dan-Akkorden, füllte ich das Rückgabeformular aus, schrieb auf die GRUND-DER-RÜCKGABE-Zeile *Leider niemand dafür da*, und einen nach dem anderen packte ich sie wieder in den Karton, in dem sie angeliefert worden waren (verantwortungsvollerweise waren sie in recyceltem Styropor verpackt), und mein Selbstmitleid stieg in unwahrscheinliche Höhen. Ich wollte... ich wollte Joyce meinen Traum von einem flatternden blauen Büstenhalter erzählen: daß wir in einem Ruderboot mitten auf einem Schwefelsee festsäßen, und die einzige Möglichkeit, von da wegzukommen, wäre, daß sie sich das Hemd auszieht und ihren flatternden blauen Büstenhalter abnimmt, sich in die Körbchen kniet, die Träger fest anpackt und daran zieht, so daß er aufsteigt, wobei sie mit ihnen als Zügel lenkt. Ich säße huckepack auf ihr, und sie, die edle barbusige Reiterin von Lycra, würde uns in die Lüfte heben und schnell wie der Wind aufs rettende Grün bringen. Des weiteren wollte ich ihr den Traum erzählen, den ich oft morgens kurz vor dem Aufwachen hatte, daß nämlich mein Mund mit einem riesigen vergammelten Bazooka-Kaugummiklumpen ausgefüllt war: Ich hatte mir acht, neun Streifen Kaugummi hineingeschoben, weil der erste Geschmack so aufmerksamkeitsfordernd herb war, aber jetzt hatte er sich zum Schlechteren verändert – war klebrig und erdrückend, fast teigig, fast bratbar geworden, und ich versuchte, diese unangenehme Masse mit dem Finger aus dem Mund zu hakeln, aber es ging nicht, und beim Aufwachen merkte ich, daß die Gummimasse in Wirklichkeit nur meine Zunge war, die, während ich zur Bewußtheit hochtauchte, ihre träge Form den zum Leben erwachenden Gaumennerven bewußtgemacht hatte. Diese Träume wollte ich Joyce erzählen. Doch sie war nicht meine Geliebte, und Geliebte sind die einzigen, die sich die Träume von einem anhören.

Ich glaube nicht, daß Einsamkeit notwendigerweise ein schlechter oder unerbaulicher Zustand ist. Meine Fertigkeit, die Zeit zu tauen, hängt vielleicht sogar von einem fließenden Emotionsgemisch ab, darunter Neugier, sexuelles Begehren und Liebe, die alle im Lösungsmedium Einsamkeit suspendiert sind. Ich mag es, wenn die Hauptfiguren der Bücher, die ich lese, allein leben und sich allein fühlen, weil das Lesen selbst ein Zustand künstlich verstärkter Einsamkeit ist. Wenn man einsam ist, macht man sich Gedanken über das Leben anderer, ist man höflicher zu denen, mit denen man flüchtig zu tun hat, werden Ironie und Zynismus gedämpft. Das Innere der Furche ist natürlich der Ort äußerster Einsamkeit schlechthin, und da gefällt es mir. Doch es gibt Zeiten, da nimmt der Wunsch nach den Stimmen anderer, nach erwiderter Freundlichkeit unangenehme Formen an und wird zu einer Art lähmendem Schmerz. Genauso fühlte ich mich, als ich den Karton mit den Sexmaschinen eingepackt hatte. Ich benutzte einen Packbandabroller, um ihn wieder zuzukleben, genauso wie die Profis bei Mailboxes USA. Ein Packbandabroller ist eine Maschine ähnlich einer Pistole ohne Abzug, mit einem Griff, der einen befähigt, einhändig von dicken Rollen ein Klebeband abzuziehen. Er hat eine Reihe scharfer Metallzähne, an denen man das Band nach Belieben abtrennen kann, so wie die Reihe Zähne, die entlang einer Schachtel Frischhaltefolie verläuft und an der man sich die Finger verletzen kann, wenn man zu hastig in der Schublade wühlt, doch in seiner Gesamtfunktion steht er in einer Schwerter-zu-Pflugscharen-Opposition zur Pistole – er soll versiegeln, reparieren, zusammenhalten und nicht verletzen und zerreißen. Ich hatte ihn mir in einem Bürobedarfsgeschäft zur Belohnung für eine schreckliche Woche gekauft, in der ich bei der Sozialbehörde gearbeitet hatte und Sozialversicherungsnummern in Kästchen getippt hatte, deren Breite keiner der Typengrößen der Schreibmaschine entsprach. Nun nahm ich in dem Augenblick der Verzweiflung, als ich den Karton mit dem Sexspielzeug zuklebte, diese hübsch gewichtete Packbandpistole, hielt sie mir an die Schläfe und erforschte meinen Todeswunsch – und dabei wurde mir augenblicklich klar, wie lächerlich fern mir ein tatsächlicher Selbstmord lag und wie fundamental gut, schön und glücklich mein Leben war. Den Gedanken, wegen eines Pakets mit Vibratoren mit einer Packbandpistole an der Schläfe Selbstmord zu begehen, fand ich geradezu komisch. Er half mir über meine Joyce-Einsamkeit hinweg. Ich beschloß, daß ich jetzt lieber in die Bibliothek gehen, mir noch weitere Autobiographien holen und sie lesen sollte, damit ich eine bessere Vorstellung davon bekäme, wie ich meine hier ordentlich schreibe. Bevor ich losging, schnitt ich den Karton, den ich soeben mit dem Packband verschlossen hatte, auf, nahm einen der Vibratoren wieder heraus (*nicht* den mittelgroßen japanischen in der Form Athenes, die eine Fackel der Weisheit mit einer seltsam geformten Flamme in Händen hält, wobei die Fackel eigentlich eine biegsame, klitorisstimulierende Auswölbung war, sondern das Monasticon, ein großer, sich windender Kapuzinermönch mit einem klitkitzelnden offenen Manuskript) und steckte ihn in meine Aktentasche. Ich putzte mir die Zähne. Dann überlegte ich noch einmal und packte auch noch den grellrosa Muschikribbler ein. Es wäre eine Verschwendung von Lebensmöglichkeiten, sie trübsinnig wieder zurückzuschicken, dachte ich, bloß weil ich sie vielleicht nie mit Joyce benutzen würde. Viel sinnvoller war es, sie gratis in der Bibliothek zu verteilen.

Ich hatte mehr Glück als sonst – die Bücher, die ich wollte, waren da. Maurice Barings Autobiographie *Das Puppenspiel der Erinnerung* stand im Regal, ebenso George Santayanas *Der letzte Puritaner*, die *Erinnerungen* von John Addington Symonds und Jane Addams' *Zwanzig Jahre im Hull House*. Ich setzte mich an einen großen Tisch und sah mir meine Bücher an. Natürlich hatte ich mir diesen Bibliothekstisch nicht ohne Grund ausgesucht: Es saß noch jemand anders daran – eine kleine Frau Ende Dreißig mit lockigen schwarzweiß melierten Haaren, die ein kurzärmeliges Top trug und aus trübgelbem Glas gefertigte Ohrringe. Sie sah mehrere Stapel Mikrofichekopien durch, sortierte sie und umkreiste immer wieder Absätze. Beim Lesen wirbelte sie ihren Stift sanft und lautlos auf dem Tisch herum wie einen Kinderkreisel. Ihre Augen bewegten sich mit eindrucksvoller Geschwindigkeit über die nach Chemie riechenden kanzleiformatigen Blätter, doch sie wirkte müde, nachdem sie Stunden damit verbracht hatte, auf das graue Licht eines dieser schrecklichen Mikrofiche-Lesegeräte der Bibliothek zu starren und sich von den zitternden vergrößerten Schamhaaren und Kratzern auf dem Schirm nerven zu lassen. Ich hielt die Zeit an, um nachzusehen, was sie da auf Mikrofiche las: Es erwies sich als alte Ausgaben des *Harper's Bazaar* vom Ende der vierziger Jahre. Ich faßte sie nicht an. Ich wollte sie nur erregen – oder nicht einmal das, sondern einfach unterschwellig ein Teil ihres Lebens sein. Ich wollte, daß sie vage erregt wurde, ohne zu wissen, daß ich die Ursache ihrer Erregung war.

Ich fand, sie müsse meine rotierenden Psiquadrate sehen oder spüren. In meiner Aktentasche hatte ich drei selten geöffnete Umschläge. Der erste enthielt viele zwei mal zwei Zentimeter große Millimeterpapiere, einige schwarz, einige rosa. Der zweite enthielt Quadrate, die ich aus Modezeitschriften und Garnet-Hill-Katalogen ausgeschnitten hatte, nur Gesichter: schöne, interessante, exotische oder in anderer Weise auffallende Frauen- und Männergesichter. Der dritte Umschlag enthielt Quadrate, die ich aus einer Reklamesendung von einem Versand namens Elmwood Distributors ausgeschnitten hatte, ein eher minderer Pornofilmvertrieb, dessen Produkte größtenteils aus Sammlungen oder «Revuen» von verblüffendem Spezialisierungsgrad mit Titeln wie *Double Hand-Job Revue, Brunette Lactating Hermaphrodite Blowjob Revue* oder *Big Uncut Dick Facial Cumshot Revue* bestanden. Jeder Film war mit einem einzelnen, zwei mal zwei Zentimeter großen Standfoto illustriert, von denen ich einige ausgeschnitten hatte. Ich reihte also Quadrate aus diesen drei Umschlägen wahllos zu einem Rechteck um die Mikroficheseite, auf die die Frau blickte, setzte mich wieder hin, nahm ein Buch auf und schnippte die Zeit für den Bruchteil einer Sekunde an und wieder aus: schnipp-schnipp. Dann ging ich zu ihr und schob jedes Quadrat im Gegenuhrzeigersinn weiter, setzte mich wieder, schnippte erneut die Zeit an und wieder aus. Das machte ich mehrmals, Dutzende und Dutzende von Malen, in der Absicht, ihr eine pulsierende Bilderanzeige am Rand ihres Blickfelds zu geben, während sie ihren *Harper's Bazaar* aus den vierziger Jahren las. Die Arbeit war extrem nervig, das muß ich sagen – immer wenn ich meine rotierenden Psiquadrate lege, empfinde ich aufs neue Hochachtung vor den primitivsten Sesamstraßen-Trickfilmchen und bin tief beeindruckt von Hanna-Barbera. (Manchmal, wenn ich weniger Energie habe, verwende ich nur ein Quadrat, ein Gesichtsquadrat oder Pornoquadrat, etwas, von dem ich nach dem Ansehen der Frau denke, es könnte sie interessieren, lasse es etwa jede Minute einmal an einer anderen Stelle auf der aufgeschlagenen Seite des Buchs aufblitzen, das sie gerade liest. Im jetzigen Fall seufzte die Frau mit den trübgelben Ohrringen auf und senkte einen Augenblick den Kopf. Ich hielt die Zeit an und entfernte alle Quadrate, steckte sie weg und stellte die Zeit wieder an. Sie gähnte und warf den Kopf zurück, die Hände im Nacken; dann drückte sie sich mit dem Daumen fest zwischen die Augenbrauen. Sie glaubte, sie habe zu hart gearbeitet, sie sehe schon Sachen – und tatsächlich hatte sie auch Sachen gesehen: Sie hatte die kleinen Sexquadrate gesehen, die ich in ihr Leben stroboskopiert hatte. Ich spürte, wie sie mich kurz anschaute. Ich blickte nicht auf: geruhsam und konzentriert blätterte ich in Maurice Barings Beschreibungen seiner Jahre in Schweden. Wieder gähnte die Frau und räumte dann ihre Sachen zusammen. Ich hatte keine Ahnung, was sie dachte. Sie ging zu einem Papierkorb neben einem der anderen Tische. Kurz bevor sie einige der *Bazaar*-Seiten wegwarf, hielt ich die Zeit an und legte meinen Monasticon-Vibrator oben auf den Papierabfall, wo sie ihn aus einer Papiertüte herauslugend entdecken konnte. Sie sah ihn tatsächlich: Sie holte die Papiertüte heraus und spähte hinein, schaute nach rechts und links, betrachtete den Inhalt der Tüte noch einmal. Was in aller Welt, so fragte sie sich, machte ein nagelneuer, original plastikversiegelter Vibrator in Form eines Kapuzinermönchs mit einem klitstreichelnden Manuskript im Papierkorb der Bostoner Stadtbücherei? Einen Augenblick lang stand sie da und überlegte stirnrunzelnd, was sie tun sollte, dann wanderte der eingetütete Vibrator lautlos in ihre Büchertasche mit der Aufschrift Boston University.

Sie ging zum Ausgang. Ich warf ihr eine Kußhand nach und wünschte ihr viel Glück.

Damit wäre es mit meiner Großzügigkeit für den Abend wohl vorbei gewesen, da die Bücherei jetzt schloß, wäre nicht, als ich mich am Ausleihschalter anstellte, direkt vor mir eine große, kräftige Frau aufgetaucht. Ich finde es immer schön, hinter einer Frau in der Schlange zu stehen, weil ich sie dann ungehindert betrachten kann, ohne daß ihr davon unbehaglich wird. Die vor mir nun hatte sehr dichtes weiches, lokker fallendes Haar, das möglicherweise hennagefärbt war – jedenfalls war es von einem tiefen Rotbraun. Sie war mollig in der Art, von der man sagt, sie trage es mit Würde. Sie sah toll aus. Sie hatte eine unbestimmbare Anzahl von Schichten sehr weiter Sachen mit riesigen losen Halslöchern an, die einander gleich den exzentrischen Kreisbahnen verschiedener Kometen überlappten – ein Halsloch hing ihr über die Schulter und legte eine Art blauen Bodyträger frei, der möglicherweise die unterste Schicht bildete. Das war ein Kleidungsstil und ein Aussehen, von dem ich bis dahin nicht geglaubt hatte, es könnte mir gefallen, aber an ihr, fand ich, konnte es mir sehr gefallen. Die teilweise entblößte Schulter war übersät mit Sommersprossen, was sie ungewöhnlich glatt und berührbar machte, wie einen Flußstein.

Aber richtig fasziniert war ich erst, als ich das Buch bemerkte, das sie auslieh: Sie war auf dem Heimweg, um etwas mit dem Titel *Nackt unter meinen Kleidern* zu lesen, ein erst kürzlich erschienenes Buch einer Bühnenkomikerin. Inzwischen habe ich mir das Buch angesehen: Es ist ein stellenweise witziges, ganz nettes kleines Buch – das für mich Tollste daran war jedenfalls sein Titel. Jahrelang hatte mich ebendiese selbstverständliche Wahrheit verblüfft, daß wir alle unter unserer Kleidung nackt sind; in der Bücherei einer Frau mit einem Buch zu begegnen, das dieses Faktum im Titel verkündete, bewirkte in mir jenes schmelzende So-erotisch-daß-es-schon-nicht-mehr-erotisch-ist-Gefühl, als versagten meine Knie den ihnen auferlegten Dienst und als wollten meine Eier, aufgeweicht von der Wärme meines Verlangens, sich wie Toffee an ihnen vorbei bis zu den Knöcheln hinabdehnen. Ich wußte, daß die Frau das Buch nur deshalb auslieh, weil sie mal wieder lachen wollte und weil man ihr gesagt hatte, es sei witzig, aber es hatte nun mal diesen provokanten Titel, und jetzt war es ihr trotz ihrer Lockerheit in Sachen Sex doch ein klein wenig peinlich, es auszuleihen.

Ihre Verlegenheit richtete sich, so schien mir, nach vorn, gegen den Mann, der das Kartengerät bediente – ein spindeldürrer häßlicher Mann mit freundlichen Umgangsformen, der sich den Bart seitlich zu weit nach unten rasierte. Aber sie wußte auch, daß jemand hinter ihr war, und sie mochte sich sagen, daß mein Blick auf den Sommersprossen auf ihrer Schulter lag, und vielleicht konnte sie auch spüren, wie er ihren Arm hinabglitt, um den Titel ihres Buches noch einmal zu lesen, *Nackt unter meinen Kleidern* – eine Tatsache, die, weil sie das Buch in der Hand hielt, nicht als allgemeine Wahrheit behauptet wurde, sondern als eine Wahrheit, die speziell sie und sie allein betraf und der ein «Ich bin» vorangestellt war. Ich wollte sie sehr gern nackt unter ihren Kleidern sehen. Und natürlich hätte ich das auch leicht haben können. Doch ich zögerte, in die Furche zu springen und die ganzen Schichten abzutragen, da ich Schwierigkeiten gehabt hätte, mich zu erinnern, wie genau sie in ihrer kunstvollen Lässigkeit übereinanderhingen, wenn es Zeit wurde, sie wieder anzuziehen. (Gott sei Dank trug sie keine solchen Leggings, die in einen Spitzenbesatz auslaufen!) Jede Kurve und Bewegung ihres Körpers schrie: «Ich bin im Augenblick extrem single, und für einen netten Mann, der mir zuhört und mich zum Lachen bringt, nähme ich mir heute abend gern auf ein oder zwei Glas Zeit.» Ich wußte, sie spürte, daß dieses Stocken in der Ausleihschlange ihre letzte Chance war, jemanden kennenzulernen, und ich wußte, ich war zumindest ein besserer Fang als der Büchereiangestellte mit dem unansehnlichen Bart.

Aber obgleich ich selber extrem single war und bin, obgleich ich erst ein paar Stunden zuvor eine schwere Einsamkeitsattacke im Zusammenhang mit einer Packbandpistole erlitten hatte und obgleich ich womöglich eine vergleichbare Dosis rad von Verfügbarkeit und verallgemeinertem Verlangen abstrahlte wie sie, verwickelte ich sie nicht in ein Gespräch, weil ich inzwischen so klug war zu wissen, daß ich eine solche Frau mit meiner zögernden, zuweilen aber erfolgreichen Aufreißmethode verschonen mußte, da alles, selbst wenn wir ein paarmal essen gingen und ein paar Nächte zusammen verbrächten, essentiell traurig, essentiell faul sein würde. Ich war nicht der Mann, den sie eigentlich wollte, und sie war auch nichts für mich – die weiten Halslöcher lösten vorübergehend Staunen und Erregung aus, aber dann würden uns die Unterschiede zwischen uns einholen –, und warum sollte ich das alles tun, wo ich doch nur wissen wollte, wie genau sie jetzt unter ihrer Kleidung nackt aussah? Einiges von dem Ungesehenen konnte ich mir im voraus vorstellen, da ich in meinem Leben nun schon so viele Frauen heimlich ausgezogen habe – gewisse dem Kenner vertraute Korrelationen zwischen dem Gesichtstyp einer Frau und ihrem Rückentypus sind mir geläufig: Ja, ich meinte sogar, eine ziemlich klar definierte Vorstellung davon zu haben, wie ihr Rücken aussehen und sich anfühlen würde, wie hoch ihre verhüllte Hüfte ansetzte. Brüste dagegen waren immer Wildcards, und auch der Arsch (ich meine den Arsch im richtigen Leben, nicht den in schmutzigen Zeitschriften) war eine Sache von Milliarden einmaliger Varianten.

Mangels Kenntnis ihrer Nacktheit wollte ich ihr einfach mit ruhiger, ernster Stimme verkünden: «Ich auch.» Und wenn sie sich dann in soziabler Verblüffung zu mir umdrehte, würde ich auf ihr Buch deuten und erklärend sagen: «Ich meine, daß ich darunter auch nackt bin. Doch, wirklich.» Vielleicht würde sie auf diese lahme Anmache anspringen. Eines der allerersten Male, daß ich überhaupt bei einem Mädchen gelandet bin, war in einem Park, mit fünfzehn: Wir lagen auf einem leichten Hang, inmitten vieler kleiner Koniferen. Irgendwann knöpfte mir ihre Hand die Hose auf und kroch in meine Unterhose, dann hievte sie meine feuchte Troika in die Welt hinaus und ließ sie da liegen. Lange Zeit sah keiner von uns beiden hinunter – ich konzentrierte mich darauf, sie zum Kommen zu bringen, ohne ihr die Jeans auszuziehen, was gar nicht so einfach war. Schließlich gaben wir es auf; wir brauchten einen echten Privatbereich, um etwas zuwege zu bringen, und dann blickten wir beide hinab, und da bot sich uns ein Anblick meiner Nacktheit, wie ich sie noch nie gesehen oder nie darauf geachtet hatte – ein fast schockierend schrecklicher Anblick: die ultrablasse Haut meiner horizontalisierten Eier war sehr fest gespannt, gespannt bis zu einem Eierglasurglanz (weil der Bund meiner zu kleinen Unterhose darunter lag und meine Eier hochdrückte), und sie war mit vielen zarten, kindlichen Blutgefäßen überschrieben, wie auf einer Lennart-Nilsson-Fotografie vom Kopf eines sich entwickelnden Fötus. Zudem bildeten auf der gespannten Haut – was den obszönen Gesamteindruck noch beträchtlich verstärkte – spärliche Haarfollikel kleine weiße Höcker. Obwohl es ein äußerst unerfreulicher oder zumindest äußerst unromantischer Anblick war (meine Freundin zuckte zurück, glaube ich, da sie nun mehr von mir sah, als sie in dem Moment erwartet hatte), konnte ich nicht umhin, mit einiger Befriedigung festzustellen, wie verblüffend spermatiös die Eierhaare mit ihren langen feinen Schwänzen und ihren ovoiden Follikelköpfen wirkten: Haarspermien, die die eiartigen Hoden umschwärmten und versuchten, sie zu befruchten, als böte mein Körper jedem, der es sehen wollte, seine eigene vergrößerte, dreidimensionale Darstellung der Aufgabe, die durchzuführen meine Gonaden ihrem Produkt einprogrammierten.

Die Frau vor mir in der Bücherei, fiel mir jetzt ein, war älter als die sechzehnjährige Freundin von damals, und vielleicht hätte sie nichts dagegen, auf die seltsame Ähnlichkeit zwischen Eierhaaren und Spermatozoen hingewiesen zu werden – aber vielleicht doch. Viel hing natürlich davon ab, wie man ihr die Information mitteilte – der Tonfall selbstüberraschter Unbezähmbarkeit tat es oft am besten. Meine Exfreundin Rhody machte einmal ein Grillfest und lud sechs, sieben Freunde dazu ein. Ich war dafür zuständig, die Holzkohle anzuzünden. Die Beine weit auseinandergestellt, über den kleinen hemisphärischen Grill gebeugt, befächelte ich die Kohle mit dem Feuilletonteil des *Globe* so energisch und schnell, daß meine Eier anfingen, im selben Rhythmus wie meine Arme vor und zurück zu schwingen. Es war ein einzigartiges Erlebnis, wie diese Cocktailzwiebeln da unten mit solcher Leidenschaft hin und her pendelten. Ich hielt inne, um zu Atem zu kommen, blickte, während die Flammen wuchsen, zu der Frau hin, die mit einem Glas in der Hand neben mir stand (eine von Rhodys Arbeitskolleginnen), und sagte in verblüfftem Ton zu ihr: «Meine Eier *schlackern* ja richtig. Eine ganz neue Erfahrung.» Sie nickte zur Seite, lächelte und trank einen Schluck; es schien sie nicht zu stören, daß ich ihr das gesagt hatte. Ich befächelte die Kohlen noch etwas, und dann unterhielten wir uns kurz über Grill-Anfeuerspiralen. «Aber Schlackern scheint Ihnen ja zu gefallen», sagte sie. «Das möchte ich Ihnen nicht vorenthalten.» O Gott, wie sehr ich solche kleinen Flirtgeschichten schätze.

Die Schlange vor der Ausleihe war nicht kurz, ich hatte also reichlich Zeit, mir so viele erotische Gedanken zu machen, wie ich wollte, während ich auf den blauen Schulterträger und die sommersprossige Haut von Ms. Henna vor mir blickte. Der Titel ihres Buchs übte eine immer größere röntgenisierende Macht auf meinen Geisteszustand aus; ich hatte mich kaum noch unter Kontrolle. *Nackt, nackt, nackt, nackt, nackt.* Wie *gern* hätte ich ihren Rücken und die großen weichen Pobacken gesehen! Ich stellte sie mir auf dem Bauch liegend auf einer Massagebank vor, die weichen Haare weggesteckt, die Augen halb geschlossen, versonnen noch vom Dampfraum, ein weißes Handtuch über den Beinen. Ich würde hereinkommen, in der Hand eine große weiße Schale mit grünem Rand, die mit literweise handwarmem Tropenöl und einem runden Dutzend unterschiedlich marmorierter Steineier gefüllt war. Ich würde die Schale auf einem kleinen Rolltisch dicht neben ihrem Kopf abstellen und anfangen, die Steineier langsam mit den Händen in dem Öl herumzurühren und zu -stoßen, wie ein bedächtiger *Saladier*, so daß sie gegeneinander und gegen die Schüsselwand klickten und klackten, und dann würde ich die Hände um zwei davon schließen, einen rötlichen und einen schwarzen mit grauer und lila Zeichnung, und die würde ich dann in der hohlen Hand in ihre Rückenmuskeln zu beiden Seiten der Wirbelsäule drücken. Wie eine schnurrende Katze die Pfoten, würde ich die Hände abwechselnd niederdrücken, so daß die Steineier langsam ihren Rücken hinab palpierten, wobei sie ihr eigenes Öl mitnähmen. Wenn sie trocken zu werden drohten, würde ich sie wieder in die Schale legen, ihre eingetauchten Formen mit den Fingern umherschubsen, dann zwei andere auswählen; diese würde ich wieder auf sie drücken, sie mit den Handmuskeln führen, so daß sie sich unter meinen glitschigen Handtellern drehten. Sie würde versuchen, allein nach dem Gefühl die Farben zu erraten: «Hmm, ich glaube, der linke Stein ist grauweiß und pink durchzogen», würde sie sagen. Doch nein, es war ein quarzblauer. Ich würde ihr beim Umdrehen behilflich sein und die glitschigen Eier über ihre hohen Schenkelmuskeln und an beiden Seiten ihres Hügels entlangrollen, und dann würde ich ihr zur Wahl stellen, welche beiden sie in sich drin haben wollte. Sie würde zwei auswählen, und ich würde die Steineier mit der hohlen Hand hineindrücken, so daß ich gedämpfte Klackgeräusche hören würde, wenn das eine auf das andere traf, und wenn ich dann die Hand wegnähme, würde sie die Muskeln anspannen, und ich würde sehen, wie sich die Haut ihrer Vaga dehnte und sie eine davon gebar, ähnlich wie in jenen wunderbaren mitternächtlichen Szenen von der eierlegenden Meeresschildkröte in *Nature*, wo man sehen kann, wie die Vagina der Schildkröte anschwillt und sich über die Sandgrube reckt, während ein weiteres Ei zum Vorschein kommt, und ganz glatt würde es in meine Hand fallen.

Je plastischer und spezifischer meine erotischen Bilder wurden, desto zahmer, sanfter und weniger aufdringlich erschien dagegen die relativ einfache Vorstellung, ihr den Muschikribbler umzuschnallen – das allermindeste, was ich für sie tun konnte. Ihre Halslöcher und ihr Rücken gaben ihr ohnehin das definitive Aussehen einer Vibratorfreundin. Ich ließ sie ihr Buch ausleihen (sie und der Büchereimann hatten, wie ich erwartet hatte, einen gefühligen Augenblick lang Blickkontakt) und auf die Straße hinausgehen, dann brachte ich das Universum zum Stillstand und holte den Kribbler heraus. Mein Plan war, ihn ihr auf dem Heimweg anzulegen, weil ich glaubte, daß sie ihn in Bewegung vielleicht weniger merken würde als im

Sitzen. Aber ich mußte sichergehen, daß er sie nicht erschreckte – mir lag nichts daran, sie zu beunruhigen oder sie glauben zu machen, sie verlöre den Verstand. Folglich mußte ich das Produkt an mir selber ausprobieren: Ich strampelte Hose und Unterhose herunter, trat, nachdem ich ein Handi-Wipe zwischen die Luststubbel des Geräts und meinen Hodensack gelegt hatte, damit ich Ms. Henna nicht Keimen von mir aussetzte, wenn ich es ihr schließlich anlegte, in die Gurte und zurrte sie fest, bis es bequem saß. Ich ging damit in der Eingangshalle der Bücherei umher, blickte zu den hohen Ecken des Raums hinauf und konzentrierte mich darauf, wie es sich anfühlte. Überrascht stellte ich fest, daß die schwarzen Gurte um meinen Arsch und meine Schenkel beim Gehen kaum zu spüren waren, obwohl sie ziemlich fest saßen. Was ich aber leider spürte, war die Breite des Kribblers selbst zwischen meinen Schenkeln. Ohne die Masse meiner Genitalien hätte sich das Gerät vielleicht bequemer angepaßt, aber selbst dann mochte der Frau sofort auffallen, daß da etwas war. Ich erinnerte mich, in der Zeitung über eine füllige Frau gelesen zu haben, die tragbare Fernseher klaute, indem sie sie sich zwischen die Beine klemmte und so aus dem Geschäft ging; in meinem Fall jedoch wäre eine Form, die die Frau beim Gehen spürte, nicht angebracht. Aber noch war nichts verloren – ich stellte fest, daß es beim Sitzen und sogar mit übereinandergeschlagenen Beinen war, als wäre die Gummiform des Kribblers gar nicht vorhanden. Mein Körper stellte sich sofort darauf ein. Ich legte die beiden Gratisbatterien Marke «Sonic» in das rosa Plastikkästchen und drehte an der Scheibe, bis er anfing zu vibrieren. Voll aufgedreht war der Lärm entsetzlich. Das würde sie hören. Selbst auf der niedrigsten Stufe, die ich einstellen würde, wenn ich ihn ihr anlegte (damit er unterhalb der Bewußtseinsschwelle bliebe und die Vibration nur als Stimmungswechsel wahrnehmbar wäre, nicht als wirkliches physisches Signal), machte er ein Geräusch, das weniger ein Summen als vielmehr eine Art leises Kichern war. Meine einzige Hoffnung, das erkannte ich nun, lag darin, daß sie nicht zu Fuß nach Hause ging, sondern den Bus oder die U-Bahn nahm, wo der Verkehrslärm seine Geräusche überdecken würde. Was das Gefühl des Kribblers an meiner eigenen Ausstattung betraf: es war eigentlich nicht richtig unangenehm, aber besonders wunderbar war es auch nicht (vielleicht lag das auch mit an dem Handi-Wipe), was mir aber im Grunde ganz gelegen kam, da es die Tatsache, daß es Frauen mit Vibratoren so schwer kommt, desto rätselhafter und fraulicher und anders als bei der männlichen Lust machte.

Ich zog mich an, stellte mich wieder in die Schlange, schnippte das Universum an und lieh meine Bücher aus, wobei ich auf die Uhr schaute, um den Mann an der Ausleihe zur Eile anzutreiben. Draußen erblickte ich die Frau an der Ecke Boylston und Dartmouth, wo sie am Fußgängerüberweg stand. Ich trödelte in der Hoffnung, sie würde die Treppe zur U-Bahn hinabgehen, was sie zum Glück tat. Ich beobachtete sie aus einer dunklen Ecke heraus: Niemand konnte mich sehen, also würde auch niemand bemerken, daß ich plötzlich von meinem Standort verschwunden war. Ich hielt die Zeit an und schloß zu der Frau auf. Sie hieß, wie ich herausfand, als ich hastig ihre Brieftasche durchwühlte, Andrea Apuleo, ein vollkommen akzeptabler Name, wenngleich während der ersten Minuten etwas überraschend, wenn man vorher schon die Gelegenheit hatte, sich ein Bild von dem Menschen zu machen. Sie wohnte in Chestnut Hill. Ich hüpfte vor ihr die Treppe hinunter und setzte mich auf eine Bank am Bahnsteig, damit sie, wenn ich in denselben Zug einstieg wie sie, nicht argwöhnte, daß ich ihr folgte. (Ich war mir ziemlich sicher, daß sie mich in der Bücherei nicht genau gesehen hatte.) Als schließlich zehn Minuten später eine C-Bahn erschien, setzte sie sich auf einen Platz in Fahrtrichtung, während ich mich auf einen an der Längswand setzte. Ich hatte mir Sorgen wegen Andreas Body gemacht, hatte geglaubt, ich müsse ihn ausziehen oder beiseite schieben, doch als ich mich dann daranmachte, ihr in der Furche den Kribbler anzulegen, drückte ihn der Body wunderbar an ihren inneren Faltenwurf. Der Kribbler konnte sehr niedrig eingestellt sein, und dennoch würde sie etwas empfinden. Ich schüttelte das Batteriekästchen, um es in der Furche zum Leben zu erwecken, drehte die Scheibe auf die leiseste Andeutung einer Vibration herunter – und dann überlegte ich es mir doch anders: Wenn ich die Zeit in dieser Sequenz das erste Mal anstellte, sollte sie das Gerät nur umgeschnallt haben, ohne Vibration, damit ihr Körper sich daran gewöhnte. Über eine Reihe von sechs oder sieben Zeitverzerrungen erhöhte ich dann ganz langsam seinen Flatter-Level. Ich tat so, als läse ich, und beobachtete sie. An einem bestimmten Punkt begann sie ein eigentümliches Gesicht zu machen, das eindeutig Lust ausdrückte, und langte verstohlen nach unten zwischen ihre Beine, um zu ertasten, was da war (neben ihr saß niemand): Kurz bevor sie die Form des Kribblers mit der Hand ertasten konnte, hielt ich die Zeit an und entfernte ihn. Nachdem Andrea sich vergewissert hatte, daß da nichts war, lehnte sie sich wieder zurück, und als ich ihr das Gerät erneut angelegt und seine Vibration mit der Daumenscheibe ganz allmählich beschleunigt hatte, gerade als der Zug zwischen Copley und Kenmore beschleunigte, entspannte sie sich, legte die Hand auf die Lehne des Sitzes vor ihr und den Kopf an das schwarze Glas des Fensters. Sie wollte aussehen, als liefe gerade eine lange und komplizierte Kette von Erinnerungen an etwas leicht Trauriges und Friedvolles in ferner Vergangenheit in ihr ab, als würde ihr Denken von einer Tonspur mit gregorianischen Gesängen begleitet. Ich aber konnte durch den Firnis ihres inneren Friedens das eindeutig vorhandene sexuelle Moussieren erkennen. Ganz langsam löste sie die Lippen, und ihr Mund öffnete sich oder tat es beinahe: Ihre Lippen berührten sich nur noch ganz in der Mitte, wo sie voller waren. Mittlerweile hatte ich mich von meinem Buch abgewandt; ich mußte sie nun einfach direkt anschauen. Der Rhythmus des Zuges klang wie *Appetenz, Appetenz, Appetenz, Appetenz.* In einem Buch über Hormonrhythmen mit dem Titel *Liebeszyklen*, das ich in Teilen mit großem Interesse gelesen habe, zitiert Dr. Winnifred B. Cutler eine Studie von Sullivan und Brender in einer Ausgabe von *Psychophysiology* aus dem Jahr 1988, in der Frauen «sexuell stimulierende Videobänder» gezeigt wurden, wobei man ihnen elektromyographische Sensoren aufs Gesicht gesetzt hatte. Während sie die Videos sahen, kontrahierten beständig und nahezu unmerklich ihre zygomatischen Muskeln (die zu einer ganzen Reihe von Lächelmuskeln gehören), ein Effekt, den die Forscher ähnlich wie die Pupillenerweiterung als indirektes Anzeichen für Erregung deuteten. Seit ich in diesem Buch herumgelesen hatte (und ich muß en passant darauf hinweisen, daß Dr. Winnifred Cutler mit einem nahezu unmerklichen Mona-Lisaesken zygomatischen Lächeln auf dem Umschlagfoto abgebildet ist und daß dem Klappentext zufolge das Erscheinungsdatum Oktober war, der Monat, in dem nach Dr. Cutler die männliche Hormonproduktion ihren Höchststand erreicht), hatte ich nach diesem Zygolächeln Ausschau gehalten und nicht viele wahrgenommen – aber ich denke, daß Andrea Apuleo zwischen Copley und Kenmore der Welt ein atemberaubendes Beispiel eines solchen geliefert hat – und das in der U-Bahn.

Gerade als ich, nachdem ich den Kribbler fast bis zum Anschlag aufgedreht hatte, die Zeit weiterlaufen ließ, merkte sie, daß ich sie ansah, und unsere Blicke trafen sich und hefteten sich laserfest aneinander; ich versuchte, ihr mit meinem Blick zu sagen, daß ich verstünde, wie schön es war, obwohl sie sich ungeheure Mühe gab, es zu unterdrücken, daß ich der einzige im Zug sei, der sah, was sie durchmachte, daß es mich sehr bewegte, es beobachten zu können, und daß ich niemand anderen auf das aufmerksam machen würde, was sie mich sehen ließ. Ich nickte, schloß die Augen und blickte sie erneut an: nickte ihr in ihrem nahenden Klasmus zu. Sie wandte den Blick ab, heftete ihn auf die Anzeigen von Zeitarbeitsfirmen über den Fenstern, und dann blickte sie mich wieder an, und ich beobachtete, wie sie die unteren Zähne über die oberen schob, wie ihre Augen größer, brauner und voller wurden – und (da bin ich mir fast sicher) sie kam. Dann holte sie tief Luft, raffte mit ihrem zu einem O gekrümmten Zeigefinger ihre Haare zusammen, ließ sie los und streckte die Hand zögernd nach ihren Beinen aus, so daß ich rasch fermatieren, ihr den Kribbler abnehmen, ihn (mit Hilfe mehrerer Feuchttücher) abwischen und wieder in die Schachtel legen mußte, damit er unbenutzt aussah. Ich steckte ihn in einen leeren braunen Umschlag. Als die Zeit wieder lief, lächelte ich ihr erneut auf eine geplättete, törichte Weise zu, und sie lächelte unsicher zurück, da sie nicht so recht wußte, wie sie sich erklären sollte, was gerade geschehen war. An der Haltestelle Chestnut Hill stand sie auf und ging an meinem Platz vorbei. Ich sagte: «Verzeihung!», reichte ihr den Muschikribbler in dem Umschlag und führte dann die Finger an die Lippen. Ich stieg nicht mit aus, weil ich sie nicht aus der Fassung bringen oder bedrohlich auf sie wirken wollte; eine Stunde später kam ich nach Hause, mit dem Gefühl, daß ich, indem ich zwei meiner Sexspielzeuge verschenkt hatte, den Tag gerettet hatte.

SECHS

Bis auf das erste Stück habe ich dieses autobiographische Werk fast ausschließlich nicht in der Furche steckend geschrieben, sondern habe mich in der «Echtzeit» (ein Wort, das meine Exfreundin Rhody schrecklich fand, aber, das möchte ich doch sagen, auf ein Ersatzwort zu kommen ist ziemlich schwierig) zwei Wochen lang abends vorangearbeitet, am Schreibtisch in meinem Zimmer, den Geruch verbrennenden Staubs, den meine Hochleistungslampe verströmt, in der Nase. Als ich diese Schilderung begann, glaubte ich, daß ich jedes einzelne Wort in der Furche schreiben würde, aber wie die meisten ausgefallenen Ideen, die ich anfangs so erregend finde, mußte ich auch diese bei der Umsetzung begraben. Das Schreiben ist schon einsam genug (besonders so, wie ich jetzt schreibe, also mit Ohrhörern drin, bei laufender Musik und somit ohne jede Begleitung inmitten eines weiten, künstlichen stereophonischen Raums, wie eine jener winzigen Figuren, jede in Begleitung ihres stilisierten Schattens, auf einer Le-Corbusier-Zeichnung von einer Stadtlandschaft), da braucht man das Gefühl des Alleinseins nicht noch durch das Anhalten der Zeit zu verstärken. Zudem läuft ja auch nichts im Radio, wenn das Universum stillsteht. Und überdies beansprucht das Schreiben viel Zeit. Ein Absatz kann eine ganze Stunde dauern! Wie ich schon sagte, habe ich nahezu zwei Jahre in der Furche verbracht: Ich bin also eigentlich nicht fünf-, sondern siebenunddreißig, wenn man mein Alter nach meiner inneren Zellzeit bemißt. Würde ich jenem heimlichen Alterungsprozeß noch die ganze Zeit hinzufügen, die ich letztlich mit dem Abfassen dieses Buches verbringen werde, dann würde ich vielleicht oder gar wahrscheinlich mit der Zeit merklich älter aussehen, als meine Geburtsurkunde mich ausweist, und an einem umgekehrten Remake von Dorian Gray liegt mir nichts.

Wenn ich durchlese, was ich bislang zu Papier gebracht habe, fallen mir zahlreiche Ungereimtheiten und Auslassungen auf, aber sehr viel kann ich daran nicht ändern. Allerdings möchte ich lieber früher als später darauf hinweisen, daß mein Geschlechtsleben nicht ausschließlich aus solchen Fermatenaktivitäten wie der soeben beschriebenen in der Bücherei besteht. Rhody und ich schliefen schön und nett miteinander (auch wenn ich vielleicht dazu neigte, zuviel dabei zu reden), echtzeitmäßig eben, und wir waren lange genug zusammen, etwas über sechzehn Monate, um darüber staunen zu können, auf wie viele sich steigernde Variationen ein Paar kommen kann – so geringfügige Variationen, daß sie eigentlich nicht zu kodifizieren sind. Es ging dabei nicht um deutlich voneinander abgegrenzte «Stellungen», sondern um – ich weiß nicht – Kristalle, die in kaum unterschiedlichen Konzentrationen eines Reagens wuchsen, einer oder mehreren Spurenunreinheiten ausgesetzt oder unmerklich stärkeren oder schwächeren Schwerkraftfeldern unterworfen. Und von Zeit zu Zeit probierten wir tatsächlich *neue Sachen* aus, im Bilderbuchsex-Sinn. Eines Sonntags schnitt ich eine ungeschälte Avocado der Länge nach mittendurch und zog sie so auseinander, daß in einer Hälfte noch der stumpfe, schleimige Kern steckte. Obwohl ich im allgemeinen nicht gerade ein Freund der Vermengung von Nahrungsmitteln und Sex bin (keine Schlagsahne, keine Erdnußbutter, kein Sekt), finde ich doch, daß Avocadofleisch mit seiner glitschigen, nichtssagenden Weichheit der Lippenrheologie so ungemein gleicht, daß es für eine Frau durchaus sinnvoll ist, wenn sie eine Hälfte in der Hand hält und sich damit massiert, so daß der dicke Kernhubbel ihre Pflaume stupst. Rhody fand es wohl ganz schön, und auch ich war mit Begeisterung bei der Sache – doch als ich dann unser neues Guacamole-Rezept ausprobierte, kam mir noch die Idee, ein kleines Loch in die Avocadoschale zu schneiden und Rhodys elektrische Zahnbürste schräg in das frische Fleisch hineinzustecken, so daß der Bürstenkopf irgendwo nahe am Kern begraben war. So kam sie dann ganz willig, und sie kam gewaltig, indem sie sich die summende, zahnbürstenbetriebene Avocadohälfte zwischen die Beine hielt, während ich mit dem Haarflaum in ihrem Nakken spielte. Ich notiere das hier nur am Rande, damit ich bei all meinem wohl etwas abseitigen Herumgeschleiche und Herumgedrücke in der Spalte nicht als völlig bar jedes gängigeren Sexualinstinkts erscheine.

Und was wohl andere von der Fermate halten würden? Was würden sie tun, wenn sie ich wären? Obwohl ich meine Fähigkeiten bislang streng geheimhalten konnte, gab es Zeiten, da ich sehr gern erfahren hätte, was andere an meiner Stelle tun würden. Wenn es aber darum geht zu beschreiben, was tatsächlich dabei geschieht, bin ich abergläubisch – ich fürchte, selbst wenn ich es hypothetisch formuliere, wird es, wenn ich anderen die Möglichkeit allzu detailliert ausmale, nicht mehr mein Geheimnis sein und meine zeitweilige Befähigung mich damit für immer verlassen –, und zwar so abergläubisch, daß ich statt dessen oft nach Vorstellungen im Umfeld meines Geheimnisses gefragt habe, etwa, was einer tun würde, wenn er den Röntgenblick hätte. Was würde er sich ansehen, wenn er den Röntgenblick hätte? Darüber hatte ich einmal ein interessantes Gespräch mit einem Mann namens Bill Asplundh. Bill ist einer der wenigen wirklich schnelltippenden nichtschwulen Zeitarbeiter, denen ich begegnet bin – er tippt viel schneller als ich. Er war zur Zeitarbeit gekommen, als er in irgendwas an einer Magisterarbeit saß, genau wie ich, und jetzt gefällt es ihm richtig gut. Wir waren einmal in einem Chinarestaurant, als ich ihn fragte, was er sich ansehen würde, wenn er den Röntgenblick hätte. Er aß ein gelbes Hühnercurry. Er meinte, als erstes würde er sich durch die Wände ansehen, wie die Köche ihr Currypulver machten, da es ein außergewöhnlich gutes Currypulver sei und er es zu Hause nachmachen wolle. Dann räumte er ein, daß er ihn wahrscheinlich auch dazu benutzen würde, Frauen anzuschauen. «Aber woran die Leute nicht denken, wenn sie über den Röntgenblick reden», sagte er, plötzlich animiert, «ist zweierlei. Erstens sprechen wir nicht von einem pauschalen Röntgenblick, wo das Auge jede Substanz durchdringt, sondern von einem spezifischen Röntgenblick, der nur durch Kleider dringt. Wir reden hier von einem Textilröntgenblick. Das ist ziemlich naheliegend, vielleicht aber weniger naheliegend, wenn man bedenkt, was man sieht, wenn man eine Frau sieht, die etwas anhat, aber das, was sie anhat, nicht sieht. Man stellt sich ja vor, daß man sie ohne was an sieht, daß ihre Brüste so aussehen, wie sie ohne BH aussehen würden, aber man muß dabei bedenken, daß sie einen *anhat* und man ihn bloß nicht sieht, daß man also Einkerbungen sieht, wo die Nähte verlaufen, und wenn es ein Stütz-BH ist, dann sehen ihre Brüste ganz zermatscht aus und gar nicht so, wie man sie sich vorstellt. Und denk nur, wenn sie so eine Stützstrumpfhose anhat, die ganz eng sitzt – dann siehst du, wie es ihr den Hintern eindrückt und so. Dann siehst du die Strumpfhosenstreifen, rote Streifen, aber ohne daß die Strumpfhose eigentlich da ist.»

Ich räumte ein, da sei etwas dran, konterte jedoch, daß der Anblick von Brüsten in einem BH, ohne daß der BH sichtbar wäre, auch irgendwie schön sein könnte: Wenn man sehen könnte, wie ihre Brüste sich bewegen, wie sie sich in einem BH bewegen würden und der BH aber trotzdem nicht im Bild sei, dann könnte das eine völlig neuartige halbgezügelte Bewegung sein, nicht einmal eine Bewegung, wie man sie im schwerelosen Raum erwarten würde, weil die Unterseite der Brüste – innerhalb des Spiels des jeweiligen BHs – relativ fest gehalten würde, die obere hingegen, wo sie nicht gestützt würden, ein wenig mehr wackeln würde. Vielleicht wäre der Anblick von Brüsten in einem unsichtbaren BH ja ganz unglaublich gut. Aber wahrscheinlich habe er recht, gab ich zu, wahrscheinlich wären die Brustwarzen ebenso flach gedrückt wie ein Gesicht an einer Glasscheibe, und was den Anblick von Kindern, die ihr Gesicht gegen Glas drücken, komisch macht, ist, daß ihnen damit ihre «Gesichtheit» genommen wird und an deren Stelle eine Art monströser, nasenlöchrig planer Ausdruck tritt. Es wäre merkwürdig, die Form eines BHs in eingedellter molliger Rückenhaut konturiert zu sehen. Wir stimmten darin überein, daß es recht interessant sein könnte, extrem hängende Brüste in einem unsichtbaren BH angehoben zu sehen, da die Vorstellung des Hängens sehr stimulierend ist, ebenso wie die des Anhebens.

Zwar fand ich interessant, was Bill über den Röntgenblick zu sagen hatte, aber mit der Furche hatte es eigentlich wenig zu tun, und so ging ich einen Schritt weiter und schilderte ihm die Möglichkeit, das Universum anzuhalten und dabei selbst mobil zu bleiben, als wäre mir der Gedanke gerade zum erstenmal gekommen. Was würde er tun, wenn er eine Maschine hätte, mit der er alles abschalten könnte, und er wäre hier im Restaurant? Ohne zu zögern antwortete Bill, daß er als erstes in die Küche gehen und versuchen würde, das Currypulverrezept zu finden und abzuschreiben. Er wurde leiser, als er sagte, daß er vielleicht sogar ein bißchen Currypulver *mit nach Hause nehmen* würde, wenn genügend da sei, wobei ihm sein Diebstahlswunsch einen kleinen Schrecken einjagte. «Na gut», sagte ich zu ihm, «aber wenn du dann den ganzen Curry hast, den du brauchst, was dann? Was würdest du angesichts der Frau da drüben machen?» Ich deutete auf eine blonde Frau in Schwarz, die ihm schon vorher angenehm aufgefallen war. «Würdest du rübergehen und dir ihre Titten ansehen, oder was?»

«Schon möglich», sagte er. Er fragte noch nach, wie schnell er die Zeit an- und ausschalten könnte. Dann sagte er: «Nein, wahrscheinlich würde ich mich so verstecken, daß ich Paare, die ich kenne, beobachten kann. Darauf wäre ich ziemlich neugierig.» Der Gedanke überraschte mich, da ich nahezu kein aktives Interesse daran habe, Paaren, die ich kenne, oder überhaupt Paaren beim Sex zuzusehen. Natürlich habe ich das hin und wieder auch mal gemacht, aber nur, weil ich auf andere Anblicke oder Erfahrungen aus war. Nachdem Rhody mit mir Schluß gemacht hatte, zum Teil eben wegen des Themas der Zeitverzerrung, fing sie mit einem älteren geschiedenen Mann etwas an, und ich versteckte mich tatsächlich hinter dem mattgoldenen Ohrensessel in ihrem Schlafzimmer und sah ihr ein-, zweimal (na gut: sechsmal) beim Vögeln zu – und beim letztenmal machte ich dann auch etwas ganz, ganz Falsches. Rhody war auf den Knien, den Arsch hoch in die Luft gereckt, und leckte und biß den Bezug des Kissens, das sie umklammert hielt, was eine Zeitlang *unsere* Lieblingsstellung gewesen war, und ich war verletzt und tief getroffen, daß sie das jetzt auch mit ihm machte, mit diesem geschiedenen Konsultanten, der wie die «Vorher»-Zeichnung in der NordicTrack-Anzeige aussah, und so hielt ich die Zeit mit meinem Nagelknipser an (jedesmal, wenn ich einen Nagel abknipste, schaltete die Zeit um), zog den Kerl von ihr runter und aus ihr raus und schleppte ihn in die Garage, wo ich ihn an einem Stück Sperrholz festband; dann nahm ich genau die Stellung ein, in der er gewesen war, den Schwanz in Rhody drin, knipste die Zeit an und vernahm mit Freude ihren verblüfften Tonwechsel: «O ja! Wow! Das ist schön! Guut!» Ich zog meinen Schwanz heraus, legte ihn auf ihr Steißbein und drückte mit dem Handballen darauf. Das hatten wir oft gemacht, und es hatte ihr immer ziemlich gefallen, weil sie gern, wenn ich losspritzte, meine Komm-Tangenten auf dem Rücken spürte. Ich merkte, wie sie gleich überrascht war, als ich das tat – *Könnte es denn sein?* –, und kurz bevor sie nach hinten sah, ob ich es auch wirklich war, stoppte ich alles, holte den Geschiedenen aus der Garage, richtete ihn so hin wie vorher und stopfte das, was von seiner Erektion noch übrig war, wieder hinein.

«Was ist denn?» fragte Rhody, kaum daß ich die Zeit wieder angestellt hatte.

«Nichts», sagte der Geschiedene. Er versuchte so zu tun, als vögele er sie voller Hingabe, doch inzwischen war er fast völlig abgeschlafft.

«Irgendwas ist doch», sagte Rhody. «Was ist los?»

«Ich hatte eine *ganz* seltsame Halluzination», sagte er. «Mir war, als wäre ich an ein Brett gefesselt und blickte auf die Skier an der Garagendecke. Richtig unheimlich. Entschuldige, Baby.»

Rhody tröstete ihn. Er lag auf dem Bett, machte mit den Händen unangenehme Sachen mit seiner Brustbehaarung und fing an, das «unglaublich lebendige» außerkörperliche Erlebnis zu beschreiben, das er soeben gehabt hatte, gefesselt zu sein und die Skier anzustarren. Schließlich trippelten die beiden auf Zehenspitzen in die Wäschekammer, um Stricke und die Skistiefel zu holen. Bald darauf ging ich.

Ein anderer, den ich fragte, ein Typ, der an der Boston University arbeitete, sagte, wenn er zeitverzerrende Kräfte hätte, dann würde er eine Weile durch Frauenumkleideräume streifen; nach vielen *Hms* und *Ähms* sagte er dann, er würde sich wahrscheinlich Bekannte von ihm ansehen. Kurz davor hatte ich eine hypothetische Szene beschrieben, in der jemand ein ausgeliehenes *Metropolitan* auf seinem Video anschaut und es richtig mag, aber er muß ganz dringend pissen, hält die Fernbedienung auf das Gerät und drückt die Pausentaste, doch anstatt anzuhalten, läuft *Metropolitan* weiter, aber die ganze übrige Welt ist erstarrt – so daß der Fernbedienungsbesitzer so lange Zeit hat, bis der Film zu Ende gelaufen ist, um hinaus in die angehaltene Welt zu laufen und nach Herzenslust zu schnüffeln und zu spannen. Wie schon erwähnt, hat es bei mir mit Fernbedienungen noch nie geklappt, und genau aus dem Grund hatte ich in der Szene, die ich ihm ausmalte, auch die Pausentaste auf einer Fernbedienung eingesetzt – das war mir von den Dingen, die ich in Wirklichkeit gemacht hatte, weit genug entfernt. Auch einige Frauen befragte ich, und eine davon meinte, sie würde unheimlich gern ihren Freundinnen beim Vögeln zusehen. «Wahrscheinlich würde mich das völlig fertigmachen, aber ich würd s trotzdem gern mal sehen.» Ich war ein wenig traurig, daß ich diese Versuchung mit den von mir Befragten nicht teilte.

Eine andere Frau, sie war Anwaltsgehilfin in einer kleinen Kanzlei in einem Gebäude mit einer Statue von Edward Cole davor, gab mir eines Abends, als wir

Überstunden machten und die Unterlagen für ein riesiges Vertragswerk über den Verkauf und das darauffolgende Leasing von Immobilien zusammensammelten, eine lange und interessante Antwort. Sie hieß Arlette. Wir gingen unablässig um einen Konferenztisch herum und häuften in einem einschläfernden Rhythmus eine Kopie einer Zusatzvereinbarung auf die andere, und schließlich fragte ich sie, was sie wohl mit einer Pausentaste machen würde, die statt des Videofilms das Leben anhalten würde. Ich möchte versuchen, den genauen Wortlaut ihrer Antwort aufzuzeichnen: «Also», sagte sie, «erst mal würde ich mich eine Weile lang hinsetzen und zu begreifen versuchen, daß ich der einzige Mensch bin, der sich bewegen kann. Dann würde ich mir einen Plan für die kleinen Racheakte machen, die ich ausführen könnte. Und den würde ich auch bestimmt umsetzen. Stephen Milrose könnte ich einige dieser dennisonfarbenen Pünktchen eins nach dem anderen auf sein mieses Gesicht drükken. Wenn er da so in der Dienstagskonferenz sitzt und seine häßlichen kleinen Bemerkungen abläßt, alle abschießt, die Leute grundlos lächerlich macht, würde ich mir ein Wort aussuchen, irgendein harmloses Wort, das er oft sagt, beispielsweise ‹Hintern›. Jedesmal, wenn er dann sagt, daß ein Geschäft oder ein Kunde sich ‹umdreht und uns in den Hintern beißt›, würde ich die Pausentaste betätigen und ihm einen gelben Punkt aufs Gesicht drücken. *Das* wär toll! Da würden einige zusammenkommen! Mit anzusehen, wie sich sein Gesicht mit diesem Pünktchenausschlag füllt, das würde mir eine enorme Befriedigung verschaffen. Keiner würde was sagen, aber er wäre voll damit. Er sagt ja immer gern ‹Auszeit, Auszeit›. Ich wäre gnadenlos – jedesmal, wenn er ‹Auszeit› sagt und dabei mit den Händen so ein T macht, würde ich eine echte Auszeit nehmen und ihm einen kleinen grünen Punkt aufs Gesicht kleben. Zu sehen, wie sich sein mieses kleines Gesicht mit lauter gelben und grünen Pünktchen füllt, wäre bestimmt zum Schreien. So was in der Art wäre also das erste – den größten zwei oder drei Oberarschlöchern auf dem Stock ein wenig übel mitzuspielen. Das müßte ich erst von der Seele haben. Aber dann müßte ich nachdenken; dann würde ich mir überlegen ...»

Ich sagte nichts, weil ich ihre Antwort nicht in eine bestimmte Richtung beeinflussen wollte.

«Also», sagte sie dann mit einiger Bestimmtheit, «was mir noch einfällt, ich gehe zu Mark Thalmeiser und schwatze mit ihm über irgendwas, und während er mich noch ansieht und unschuldig blinzelt, würde ich ihn mitten im Blinzeln anhalten, mich über ihn stellen, meine Brüste rausholen und sie ihm irgendwie so in die Augen kuscheln. Erst würde ich eine große Puderquaste nehmen und sie ganz einpudern, und dann würde ich meine Brustwarzen in seine Augen kuscheln. Das wäre lustig.»

«Wäre das dann ein Racheakt oder eine Sache, die aus sexueller Anziehung resultiert?» fragte ich sie.

«Beides. Mark ist in gewisser Weise Sex auf Rädern. Und seine Frau ist auch Sex auf Rädern.» Sie sah mich vielsagend an.

«Ach», sagte ich gedehnt.

«Ja. Ich mag eigentlich nicht Mark, ich mag Marks Frau. Na ja – ich mag sie beide. Sie hat den besten

Mund. Der ist irgendwie wie der Mund von Leslie Caron. Nein – wenn ich eine Fernbedienung hätte, die die Welt erstarren läßt, würde ich folgendes machen. Ich wäre in einem Blumenladen, und Kari Thalmeiser würde reinkommen, um Schnittblumen zu kaufen. Sie hat was Schönes an, lässig, aber teuer – gelbe Hosen, so in der Art –, aber sie kann es tragen. Sie würde sich in den Blumenkühler beugen, um an einem Strauß zu riechen, einem kalten Strauß, und da würde ich sie anhalten, wie sie gerade lächelt und mit geschlossenen Augen den Duft einer richtig widerlichen Blume einsaugt. Das heißt, nein, noch besser, ein Strauß richtig hübscher Blumen, vielleicht Nelken. Aber egal, was für Blumen, ich stelle sie einfach weg, nachdem ich die Fernbedienung gedrückt habe, denn jetzt bin *ich* dran, Kari Thalmeiser, und ich rücke das Drahtregal auf dem Kühler so hin, daß es gerade unterhalb ihres Kinns ist, und ich steige darauf, hocke mich auf die Fersen und spreize meine dicken, massigen Megaschenkel für sie, so daß sie einen Zentimeter von meiner riesigen, triefenden, schlunzigen, saftigen, suppenden Blumenbüchse entfernt ist. Ich merke, wie ich über die ganzen Blüten tropfe, die in den Vasen auf dem Boden des Kühlers stehen. Das Metall an meinem Arsch ist kalt. Ich sehe ihren Mund, ihren Leslie-Caron-Mund, wie er über den Blumenduft lächelt, sie hat die Augen zu, und dann rubbele ich so richtig frettchenmäßig los. Kurz bevor ich völlig abdrehe und mich nicht mehr bremsen kann, packe ich sie am Hinterkopf, ramme ihr Gesicht in meine Saftdose und drücke die Fernbedienung, so daß die Zeit gerade eine halbe Sekunde für sie aufblitzt. Zu schnell, daß sie was merkt. Wenn ich dann komme, bin ich gnädig und halte sie wieder an, und dann komm ich und komm und komm an ihren wunderschönen Lippen – und sogar an ihrer Nase, ihre Nase wäre für meine Klit genau das Richtige. Ja, ich würde sie an den Ohrläppchen packen und ihr Gesicht in mich reinziehen, bis ich mir auch den letzten kleinen Komm-Kick aus den Hüften gepreßt hätte, und dann würde ich aus dem Kühler steigen und alles wieder so hinstellen, wie es war, die ganzen hübschen Nelken und Sommerblumen und den ganzen Scheiß, und ich würde ihr sorgfältig das hübsche Gesicht mit einem geblümten Tüchlein abtupfen, weil wir ja nicht wollen, daß Kari aussieht, als hätte sie eine Wassermelone gegessen. Ein paar Minuten würde ich damit verbringen, ihr die Lippen nachzuziehen. Dann würde ich alles wieder laufenlassen und sagen: ‹Halloo, Kari Thalmeiser, wie geht's denn so!›»

«Interessant!» sagte ich und amüsierte mich über Arlettes Schweinereien. «Könntest du denn deine Schenkelhämmer nicht auch mal für mich spreizen? Mir deine dicke fette Georgia O'Keefe zeigen?»

«Nie im Leben», sagte Arlette. Wir lachten, weil es so offensichtlich unmöglich war. Beide wollten wir nicht den anderen, sondern uns durch Reden dem nähern, was wir eigentlich wollten. Clark-Kent-mäßig schob ich mir die Brille hoch, ohne dabei zu bedenken, daß es gerade die Zeit war, in der das Brillehochschieben tatsächlich den zeitanhaltenden Sprung auslöste. Als mir klargeworden war, daß ich einen Sprung ausgelöst hatte, fuhr ich aus Neugier der reglosen Arlette mit der Hand unter den Rock, um nachzusehen, ob das Gerede über Kari Thalmeiser sie spürbar feucht gemacht hatte. Hatte es nicht. Die Phantasie war für sie in dem Moment nichts als ein verbaler Schnörkel, eine rhetorische Selbstdarstellung – sie bezog ihre übersprudelnde Lust ebenso aus dem fröhlichen Schockieren wie aus der wirklichen Empfindung ihres sexuell aufgeladenen Blumenladenidylls. Aber ich hatte den starken Verdacht, daß es da noch ein Nachbeben geben würde – daß sie, wenn sie von der Arbeit nach Hause kam, noch einmal an Kari und den Blumenkühler denken und sich ohne die Ablenkung durch mich als Publikum *doch noch* gestatten würde, davon heiß zu werden, und das hätte ich wirklich gern gesehen.

Also folgte ich ihr nach Hause, schob, wenn erforderlich, die Brille hoch, etwa, als ich an ihr vorbeiglitt, während sie mitten im Türöffnen erstarrt dastand. Lautlos in nicht einsehbaren Ecken und Schränken stehend, beobachtete ich sie, wie sie ihre Arbeitssachen auszog und sich in Unterwäsche an den Küchentisch setzte, eine Schale Reis mit Sojasoße aß und sich dabei die Nachrichten ansah. Als sie mit dem Reis fertig war, fing sie an, an ihren Schamhaaren zu zerren und zu zwirbeln. Sie tippte mit dem Mittelfinger an ihre Öffnung und roch daran. Und dann ging sie ins Schlafzimmer. Inzwischen war es nahezu dunkel. Sie hatte einen stämmigen, sexy feldhockeymäßigen Körper. Nirgends eine Schlangentätowierung, kein Körperteil durchbohrt. Sie machte es sich zweimal, erst mit den Fingern, falsch herum im Bett mit den Füßen an der Wand, wobei ein Fingernagel ihren Arschstumpf kitzelte, und das zweite Mal mit ihrem Hitachi-Vibrator – und beim zweitenmal hatte sie vor Wonne die Augen geschlossen und den linken Arm seitlich aufs Bett geworfen, so daß ihre Hand, das Innere nach oben zeigend, in der Luft hing, was aussah, als wollte sie damit etwas festhalten. Ich schob die Brille hoch, hielt die laufenden Ereignisse an, trat aus dem Dunkel des offenen Wandschranks und kniete nieder, so daß mein großer stummer schwachsinniger Schwanz dicht über diesem aufwärts gedrehten Handteller hing. Ich wollte meine Hände um ihre Hand schließen, um meinen Schwanz. Es war, als wäre es aufgrund ihrer Beschreibung dessen, was sie unerlaubterweise mit Kari Thalmeiser machen würde, in Ordnung, ihr ungefragt eine Handvoll von mir zu geben, wobei ich natürlich wußte, daß es das eigentlich nicht war. Es gibt nichts Erotischeres, als eine stramme junge Lesbe kommen zu sehen, die Beine in Karoform, die Füße zusammen, und dazu so eine Hitachi-Campingtaschenlampe, so ein exotischer, glupschäugiger Hitachi-Tiefseefisch, der es dumpf und unermüdlich in ihrem Marianengraben treibt. Von der Lautstärke des Vibrators ermutigt, riskierte ich es, gesehen zu werden, glich meine Masturreibungen dem Zittern ihrer Knie und dem etwas Zenartigen Pfeifen ihres Atems an, und als sie kurz vor dem zweiten Kommen war, hielt ich dann doch für einen Augenblick die Zeit an und legte ihr meinen Schwanz in die Hand, schloß meine Faust um ihre Faust, drückte so fest zu, daß meine Knöchel gelb wurden, und glitt innerhalb meiner Haut in ihrem Griff vor und zurück. Als mein Klasmus unaufhaltsam nahte, zog ich meine Brille herab, so daß mein und ihr Leben zusammenfielen, und als sie kam, entlud ich Spermazeilen ihren Unterarm entlang und preßte dann die letzten halb schmerzhaften Tröpfchen meines Orgasmus auf ihren eingerollten Finger aus. Ich ließ sie, nachdem sie fertig gekommen war, gerade noch registrieren, daß da auf ihrem Arm mein Schleim abkühlte, bevor ich die Zeit anhielt, sie abtrocknete und ging. Am nächsten Tag sah sie mich seltsam an – sie sagte: «Warst du...?» und «Hast du...?» und brach dann ab. Ich sagte: «War ich was?» und lächelte unschuldig. Sie ging nicht weiter darauf ein.

Da ich es nun hier festgehalten habe, scheint mir, als könnten Arlettes Blumenladengeschichte und mein Verhalten in ihrer Wohnung das Ende einer Phase meines Furchenlebens und den Beginn einer neuen bezeichnen. Bis dahin war ich bei meinen sexuellen Abenteuern in der Furche immer oder wenigstens fast immer sehr vorsichtig, ja übervorsichtig, doch Arlettes Dreistigkeit befreite mich, wenigstens bis zu einem gewissen Grad. Manchmal, wenn ich mir detaillierte Notizen mache, während ich eine Frau ausziehe («linker BH-Träger gefallen» oder «Höschen linksherum und teilweise in Arschspalte gerutscht»), damit ich auch alles wieder so zurücklasse, wie ich es vorgefunden habe, spüre ich, wie Arlettes fröhliches Scheißdrauf-Gefühl in mir brodelt, und dann möchte ich am liebsten ganz Boston ausziehen, alle Kleider mitten auf der Washington Street auf einen Haufen legen, oben auf der Spitze tanzen und «Wir sind alle total splitternackt, wir sind alle total splitternackt!» brüllen – oder falls das nicht geht (da eine plötzliche umfassende Großstadtnacktheit zu Vergewaltigungen oder anderen unvorhergesehenen Turbulenzen führen könnte), würde ich vielleicht alle in einer idyllischen Kleinstadt wie Northampton ausziehen wollen und zusehen, wie die damit zurechtkommen. Dann könnte dieser Schauspieler aus *Unerklärliche Rätsel* einen netten zwanzigminütigen Beitrag darüber machen – «Das ruhige College-Städtchen, das sich auszog». Niemand würde die Sache mit mir und meinem Solonoiden in Verbindung bringen. Seit Arlette bin ich noch viele weitere Risiken eingegangen; zunehmend wollte ich der Welt etwas geben, woran sie zu knabbern hatte – etwas Großes, Anarchisches und Schlunziges, aber nicht (so hoffe ich) für die betroffenen Personen längerfristig Verletzendes oder auch nur besonders Peinliches. Möglicherweise geht meine Entscheidung, etwas über mein Leben zu Papier zu bringen, zum Teil auf diesen Drang zurück.

Dennoch kenne ich Grenzen und Augenblicke des Zögerns. Nur wenige Tage nach meinem abendlichen Plausch mit Arlette wartete ich in der Eingangshalle desselben Gebäudes ziemlich spät auf ein Taxi. Es war gegen elf Uhr abends. Eine Hammermill-Schachtel voller Sicherungsdokumente mußte mit dem Taxi zum Haus eines Geschäftspartners gebracht werden. (Der Geschäftspartner war krank, doch der Gute beabsichtigte trotzdem, die ganze Nacht durchzuarbeiten.) Das Taxi hatte Verspätung. Immer wieder sah ich eine Ratte im Dunkeln schnell über den Platz huschen. Der Wachmann war zu einem Schwätzchen aufgelegt. Ich kannte ihn flüchtig. Er war um die Vierzig und hatte schlimme Zahnprobleme. Als ich ihm einmal kurz guten Tag gesagt hatte, hatte er von einem Musikstück geschwärmt, das gerade in seinem Radio lief – «Hören Sie sich das an, ist das nicht phantastisch! Wenn ich nur wüßte, was es ist. Das ist spitze!» –, stolz auf seine plötzliche Affinität zu Rachmaninow oder Bruckner oder für was er es sonst hielt. Ich hörte mir ein, zwei Takte an und erkundigte mich, ob das nicht die Titelmusik von *Love Boat* sei. Sein Gesicht durchlief eine männliche Menopause, als er merkte, daß ich recht hatte und daß sein Versuch, seine Kultiviertheit zu demonstrieren, ihn verleitet hatte, begeistert mit einer matten alten Fernsehmelodie mitzusummen. Im großen und ganzen fand ich ihn also ganz nett. Während ich nun auf das Taxi wartete, beschloß ich, ihn zu fragen, was er tun würde, wenn er eine Fernbedienung hätte, die, statt das Video anzuhalten, das gesamte Universum erstarren ließe. Er begriff die sexuelle Implikation dessen, was ich ihn da fragte, sofort.

«Was ich tun würde?» sagte er. «Ich würde mir die hübscheste, schönste Mieze suchen, die ich finden könnte, würde ihr die Kleider vom Leib reißen und sie auf der Stelle nageln.»

Ich war etwas betroffen. «Aber sie würde sich ja gar nicht bewegen. Würden Sie sie wirklich ficken?»

Er meinte, unbedingt. «Ich würde mir die hübscheste, spitzenmäßigste Mieze suchen, die ich finden könnte, würde sie in eine Seitengasse tragen, ihr die Kleider vom Leib reißen und sie bis zum Anschlag durchnageln.»

«Aber sie würde doch gar nicht reagieren!» protestierte ich erneut.

«Na und? Ich rede jetzt doch von einer Spitzenmieze, einer echten Spitzenmieze. Wenn sie spitze ist, dann wär's mir piepe, ob sie sich bewegt. Oder, gut, wenn sie sich nicht bewegt, dann würd ich mal eben die Fernbedienung drücken, dann würd sie sich kurz wehren und sich bewegen, und dann würd ich wieder ausschalten und sie weiternageln.»

«Aber dann wehrt sie sich ja», sagte ich. «Das ist doch Vergewaltigung.»

«Tja, hm, stimmt schon», sagte er. «Vielleicht bin ich ja total krank und verkorkst, aber genau das würd ich machen. Mein Freund Jerry da, der kommt bei den Frauen an. Der würd ihn wahrscheinlich nicht reinstecken und sie bürsten. Der würd sie vielleicht lecken und an ihren Titten saugen und so.»

«Aber das wäre ja eigentlich auch nicht richtig», sagte ich und wurde immer verwirrter und unglücklicher.

«Ich weiß», sagte er. «Oder – vielleicht würd er sie auch bloß ansehen, was weiß ich.»

«Im Grunde ist das ja alles eins», dachte ich laut. «Letztlich ist es genauso schlimm, einen Knopf aufzuknöpfen, weil sie das ja nicht will. Aber aus irgendeinem Grund glaube ich das nicht so recht. Ich finde, daß es da verschiedene Ebenen gibt. Ich jedenfalls würde sie nur ausziehen.»

«Was, sie ausziehen und sich einen von der Palme zupfen?» rief er. «Sie würden bloß ein paar Knöpfe aufmachen und einen Blick auf ihre Titten werfen und sagen: Oh, entschuldigen Sie, daß ich Sie betatschen mußte, und dann würden Sie *masturbieren*, eh? So eine Verschwendung! Da würd ich aber sofort einspringen. Ich würd Ihnen die Fernbedienung wegreißen und anfangen, sie zu bürsten. Wo ist da der Unterschied? Soweit ich sehe, ist überhaupt kein Unterschied zwischen bloß die Kleider vom Leib reißen und sie nageln.»

«Im Grunde vermutlich nicht», sagte ich. Ein

braun-weißes Taxi fuhr langsam vorbei, hielt aber nicht an. «Trotzdem – da steht sie, in einer bestimmten Haltung, und regt sich nicht. Sie ist doch trocken! Wie können Sie sie nur ficken wollen?»

«Leicht, ich würd ihr einfach die Arme rumlegen, ihr die Beine hinbiegen.»

«Aber sie ist doch ganz trocken!» Ich versuchte noch immer, ihm eine Hintertür offenzulassen, damit er es sich überlegen und einen Rückzieher machen konnte.

«Also gut. Sagen wir, ich seh da eine unglaubliche Mieze aus dem NAPA kommen.»

«Aus was?» fragte ich.

«Aus dem NAPA. Autoteile. Ich ziehe sie in die Seitengasse, ich reiß ihr die Kleider vom Leib, ich versuch, ihn ihr reinzustecken, und sie ist ein bißchen trocken, ja? Dann merk ich, daß sie in der Tasche, die sie dabeihat, so ein Scheißfett hat, eine Tube Achsenfett, das sie für ihren Mann gekauft hat, ja? Davon drück ich ein bißchen was auf meinen Schwanz und fick sie so, und dann laß ich sie da liegen, und sie wacht auf und sagt: Verdammt, was ist denn los? Oder nein, ich zieh sie wieder an und stell sie dahin, wo sie war, vor das Geschäft, mach mich davon und klick die Fernbedienung, und dann steht sie da auf der Straße, und in ihrer Fotze kribbelt's, und später wischt sie sich dann ab, und da läuft ihr das ganze schwarze Scheißfett über die Hand, und sie denkt: Verdammt, was ist denn hier los?»

«Ich verstehe nicht, warum Sie sie in eine Seitengasse zerren müssen», sagte ich. «Warum nicht gleich vor dem NAPA-Laden?»

Er sah mich an, als könnte ich nicht bis drei zählen.

«Auf der Straße könnte ich das *nie*. Nicht in der Öffentlichkeit. Auch wenn alle stockstarr sind. Bei meinem Pech würd sich bei einem bestimmt noch der Augapfel bewegen, und er würd mich sehen und mich dann voll identifizieren können. Ich würd sie irgendwo in eine Ecke schleppen und sie bis zum Anschlag knallen, bis der Schwanz wund ist. Dann erst würd ich mir 'n paar Banken vornehmen.» Sein Blick schweifte in die Ferne, er stellte sich das alles vor. «Jaa, aber was ist, wenn ich die Fernbedienung anklicke, wie ich sie gerade ficke, damit sie sich ein bißchen wehrt und mein Gesicht sieht? Was mach ich dann, hm? Was mach ich dann?»

«Sie wollen sie doch nicht etwa umbringen, oder?» sagte ich, echtes Entsetzen in der Stimme. «Sind Sie verheiratet?»

«Ja, bin ich.» Wie aufs Stichwort zog er ein Familienfoto von seiner Frau und einem blonden Kind und einem Säugling hervor und zeigte es mir stolz. Dann sagte er: «Nein, ich würd sie nicht umbringen. Aber wissen Sie was? Lieber wär ich unsichtbar, dann würd ich die Mieze bespringen und sie knallen, während sie sich die ganze Zeit wehrt. Das wär mir dann scheißegal, warum auch nicht?»

«Das wäre Vergewaltigung», sagte ich wieder.

«Stimmt», sagte er.

«Na gut, aber sagen wir doch mal, es wäre eine, die Sie kennen.»

«Eine Mieze, die ich kenne?»

«Ja», sagte ich. «Eine, die Sie richtig schön finden.»

«Eine, die ich schon immer mal ficken wollte und die mich abgewiesen hat?»

«Na gut, ja», sagte ich.

«Die würd ich vielleicht erst küssen, bevor ich sie bis zum Anschlag nagle. Ich würd die Fernbedienung drücken und dann sagen: ‹Du hast mich abgewiesen, aber jetzt bist du meine Puppe.›» Dann fiel ihm noch etwas ein. «Nein, okay, sagen wir, sie ist eine *Nette*, ein richtig nettes Mädchen. Sagen wir, ich bin scharf auf sie, denke, daß ich sie nageln will, also drück ich die Fernbedienung und mach sie starr, und dann geh ich ihr an die Titten oder so, und dann überkommt mich was, und ich schaff's einfach nicht, obwohl ich's doch so dringend will, und eine dicke Träne läuft mir übers Gesicht, und ich sag: ‹Ich hätt dich haben können, aber ich laß dich laufen.› Ja? Das wär echt die Tränendrüse. Und ich zisch ab. Aber vorher – *spitze!* – das wär spitze! – davor schreib ich ihr noch meine Telefonnummer auf die Titte. Ja? Das würd ich in der Phantasie machen, aber jetzt sag ich Ihnen, was ich in Wirklichkeit machen würde, ja? Ich würd einer nachgehen, die ich immer toll gefunden hab, wie die Mieze von der High-School, Christine – deren Mutter ist rattenscharf. Deren Mutter ist *nett*. Ja, zu den Wheelers, da würd ich wahrscheinlich als erstes hingehen – erst würd ich Christines Mutter bis zum Anschlag nageln, und dann würd ich Christine bis zum Anschlag nageln.»

Die Unterhaltung mit dem Wachmann erschütterte mich. Ich fand, daß er und ich radikal verschiedene Menschen waren (eine Erkenntnis, die schon an und für sich deprimierend sein kann, weil man doch will, daß einem der Rest der Menschheit, dem man über den Weg läuft, einleuchtet, aber zugleich fand ich, daß etwas für eine fundamentale Ähnlichkeit zwischen uns sprach, dabei wollte ich wirklich nicht so sein wie er. Moralisch *bin* ich anders als dieser Wachmann – nein, jetzt nichts durcheinanderbringen: moralisch bin ich ein bißchen besser als er. Aber ich akzeptiere, daß einige von den Dingen, die ich gemacht habe – ich muß es einfach sagen –, vergewaltigungsähnliche Handlungen sind, die manche Beobachter vehementer verurteilen würden als die so dahingesagten Fernbedienungsphantasien des Wachmanns, weil ich es eigentlich wissen müßte und weil sie sich in meinem Fall tatsächlich zugetragen haben.

Aber ich erwähne den Wachmann, die Anwaltsgehilfin Arlette und meinen Freund Bill Asplundh nicht, um das Reizthema Vergewaltigung aufzuwerfen. Ich möchte nur herausstellen, was, wie ich glaube, meine Eigenheit ist: Anders als bei allen, die ich befragt habe, läuft das, was ich in der Furche tun will und dann letztlich auch tue, darauf hinaus, daß ich meinen immerwährenden Wunsch auslebe, dem Leben von Frauen eine neue Wendung zu geben. Arlette wollte sich mit ihren Klitfalten ins Leben einer Frau wühlen, der Wachmann wollte mit seinem kleingeistigen Schwanz darin eindringen; aber ganz so direkt will ich nicht sein. Statt dessen ersetze ich die weiße Kreide in Miss Dobzhanskys Hand durch blaue; Joyce schiebe ich einen Glückskekszettel unter eine Flasche; den Vibrator lege ich dahin, wo die Frau in der Bücherei ihn finden kann. Gleichwohl zwinge ich ihnen natürlich meinen Willen auf – aber das arrangiere ich gern so, daß sie sich dieses Zwangs bewußt werden und daß er, wie kalkuliert er auch sein mag, ein Element simulierter Zufälligkeit enthält. Mich fesselt die schlichte Idee, einer Frau etwas in den Weg zu legen, so daß sie die Wahl hat, es sich anzusehen oder zu lesen oder eben auch daran vorbeizugehen. Am College kaufte ich einmal vier nagelneue *Kinflicks* und legte sie nebeneinander vor einem der Erstsemesterwohnheime neben einem Ginkgobaum auf den Gehweg, so daß die Frauen auf dem Weg ins Seminar sie sehen, sich bükken, sie aufheben und mitnehmen konnten. (Eine Frau in meinem Wohnheim hatte mir gesagt, das Buch sei sehr «orgasmisch» – ich hatte es damals nicht gelesen und habe es bis heute nicht.)

Was mich endlich zu meinen eigenen, selbstveröffentlichten Erotika oder «Roheiten» bringt. Vor einiger Zeit, ich lag hinten im Garten bei mir auf einem Badetuch in der Sonne, reizte es mich auf einmal, die Furche dazu zu benutzen, eine Frau auf meine eigenen Worte stoßen zu lassen. Zu undiszipliniert, um einfach nur aus Freude am Schreiben zu schreiben, sah ich mich dennoch dazu in der Lage, solange es einem speziellen sexuellen Zweck diente. Zuerst stellte ich mir vor, wie ich in einer Buchhandlung ein paar Regale entfernt von einer Frau herumstrich, die mir zusagte: Während sie ein Buch aus dem Regal nahm und es durchblätterte (etwa Eva Figes' *Licht*), fermatierte ich und schrieb etwas Schweinisches an den Rand, etwa: «Ich brauche sofort eine dicke zuckende Klit unter der Zunge!» Dann beobachtete ich, wie sie meine Anmerkung las, voller Abscheu den Kopf schüttelte und das Buch zurückstellte. Aber vielleicht stellte sie das Buch auch nicht zurück; vielleicht war sie gar nicht wegen Eva Figes' *Licht* in der Buchhandlung, sondern wegen einer scharfen nackten Zunge auf ihrer zuckenden Klit;

vielleicht begriff sie meine Marginalie als Vorzeichen kommender, sexuell befruchtender Zeiten.

Seltsamerweise habe ich diesen ziemlich kruden Gedanken erst vor kurzem in die Tat umgesetzt, weil mich der Gedanke, ein Taschenbuch im Handel mit pornographischen Graffiti zu verschandeln, traurig machte: Ein an den Rollstuhl gefesselter Collegelehrer für Kunstgeschichte hielt einmal eine beeindruckende Moralpredigt aus dem nicht gelähmten Mundwinkel darüber, wie brutal es sei, in Bücher zu schreiben, die einem nicht gehörten, und das hatte ich mir zu Herzen genommen. Vor ein paar Monaten jedoch probierte ich die Sache eines Abends bei Waterstone's in der Exeter aus. Eine gutgebaute Dreißigjährige in einem schwarzen Baumwoll-Rollkragenpulli mit grauen Ärmeln stand in der Literaturabteilung und zog ein Buch namens *Das aufgeschobene Paradies* von John Mortimer aus dem Regal. Es war ein rotes Taschenbuch. Ich kannte es nicht, wenngleich ich von John Mortimer gehört hatte. Sie schaute kurz auf die Rückseite, schlug dann die erste Seite auf und sprang schließlich irgendwohin in die Mitte, wo eine Szene ihre Aufmerksamkeit weckte. Sie las ein paar Sekunden, und dann tat sie etwas, worauf ich gehofft hatte: Sie wellte die Ecke der Seite unter der Fingerspitze, um gleich umblättern zu können, wenn sie soweit war – wodurch sie mir signalisierte, daß sie bestimmt auch auf die nächste Seite schauen würde. Ich schnippte mit den Fingern, um die Kupplung zu treten, nahm ihr sanft den Mortimer-Roman aus der Hand und schrieb auf die Seite, auf die sie gleich umblättern würde, in einer so eleganten Kursivschrift, wie ich nur konnte: *Ich muß auf der Stelle meine*

Eier auf ein Paar kleine sexy Titten klatschen!! Ich ließ die Zeit-Kupplung schnalzen und beobachtete sie aus sicherer Entfernung, wie sie umblätterte und las, was ich geschrieben hatte. Fast unmerklich schaute sie ein zweites Mal hin, und dann blätterte sie weiter, um nachzusehen, ob da noch mehr Handgeschriebenes stand. Sie blickte sich um, bemerkte mich, wie ich in *Die Prinzessin von Kleve* versunken war, und da ich (wenn auch etwas holzschnittartig) wie ein «Intellektueller» aussehe (die Brille), fühlte sie sich darin bestätigt, daß, wer auch immer jenes Desiderat in das von ihr herausgezogene Buch geschrieben hatte, dies vor längerer Zeit, vielleicht vor Monaten, getan hatte und jedenfalls nicht mehr im Laden war. Dann stieß sie einen Schlußseufzer aus, stellte das Buch ins Regal zurück und nahm sich etwas von Muriel Spark mit dem Titel *Vorsätzliches Herumlungern* vor. Titel sind einsamen Stöberern ja so wichtig. Auch in dieses Buch hätte ich etwas Schweinisches schreiben können, doch ich widerstand dem Drang, nicht nur, weil sie dann Angst bekommen hätte, daß jemand es auf sie abgesehen hatte, sondern auch, weil ich es aus irgendeinem Grund nicht über mich brachte, schlimme Sachen in ein Buch zu schreiben, das eine Frau geschrieben hatte. John Mortimer konnte ich ohne Gewissensbisse verunstalten, nicht aber Muriel Spark. Ich trieb mich noch so lange herum, bis die Frau in der schwarzen Baumwolle schließlich ging (mit *Frühstück bei Tiffany*), und dann kaufte ich den Mortimer selber, da ich ihn ja ruiniert hatte. Ich habe ihn noch; eines Tages werde ich ihn lesen.

Viele, die meisten meiner Furchenabenteuer verlaufen so – ohne ein Ergebnis; aus mancher Sicht Zeitverschwendung. Aber ich mag es, wenn meine kleinen Komplotte nicht richtig hinhauen – ich habe dann dennoch das Gefühl, daß ich zwischen mir und der Frau, mit der die Zwischenzeit zu vertreiben ich beschlossen hatte, ein Band geknüpft habe. Irgendwann wird die Frau in Schwarz vergessen, daß ich ihr oben auf eine Seite von *Das aufgeschobene Paradies* etwas hingeschrieben habe, weil es schwierig ist, die aktive Erinnerung an unbedeutende Begebenheiten, die in kleinerem Rahmen unerklärlich oder willkürlich erscheinen, zu konservieren, aber dennoch wäre es möglich, daß sie sich an jenem Abend für kurze Zeit, vielleicht ein paar Stunden lang, mit Spekulationen darüber, was für ein Mensch wohl bei Waterstone's stöbern und schmutzige Apostrophen in moderne englische Romane schreiben würde, unterhalten haben mag. Vielleicht hat sie die Sache sogar auf einer Party am darauffolgenden Wochenende zur Sprache gebracht – vielleicht redete jemand über die Geschichte des Waterstone-Gebäudes, worauf sie sich dann an die Kuriosität erinnerte, die ich ihr geliefert hatte, und anfing, die Geschichte zu erzählen, und dann merkte, daß es ihr ein wenig peinlich wäre, vor anderen zu wiederholen, was ich geschrieben hatte, und jemand anders am Tisch, ein gerne stichelnder Schwuler, hätte gesagt: «Ach, komm, Pauline, jetzt hast du schon so viel erzählt, da kannst du uns nicht so hängenlassen, schließlich sind wir ja alle erwachsen», worauf sie es den Anwesenden mit ihrer nachdenklichen, gleichmäßigen Stimme wiederholt hätte, überrascht darüber, daß sie den Text doch noch im Gedächtnis hatte: «Also, ich glaube, da stand: ‹Ich muß auf der Stelle meine Eier auf ein Paar kleine sexy Titten klatschen.› Ausrufezeichen.» Und daraufhin hätte es dann kleine Ausbrüche pseudoschockierter Heiterkeit gegeben. Und alles wegen mir, alles wegen mir.

SIEBEN

Aber kehren wir kurz zu dem Moment zurück, als ich hinten im Garten auf dem Badetuch lag, weil ich an jenem Vormittag in meiner Phantasie tatsächlich noch weiter ging, als bloße Forderungen in Taschenbücher zu schreiben, und die Art und Weise, wie sich die Ereignisse infolge meiner Phantasien entwickelten, ist ganz bezeichnend für mein Furchenleben. (Vielleicht wäre «Interleben» ein gutes Wort für den Teil meines Lebens, den ich in der Zwischenzeit, in der Furche verbringe.) An jenem Vormittag wälzte ich eine ganze Reihe ausgefeilter Gedanken, hauptsächlich jedoch überlegte ich mir, ob ich eine eigene kurze Amateursexgeschichte schreiben und sie irgendwohin praktizieren sollte, wo eine Frau sie finden konnte. Ich hatte die Vision, ein Autor privater Erotika zu werden – ein «Roh»ling, ein heimliches Mitglied der Literohturszene. Insbesondere stellte ich mir vor, schnell etwas über eine Frau auf einem Aufsitzmäher zu verfassen, das ich dann ausdrucken, an einer Ecke zusammenheften, in einen Frischhaltebeutel mit Clip-Verschluß stecken und unmittelbar dort im kälteren, unsiebbaren Sand vergraben würde, wo eine warmhäutige, sonnenbadende Frau mit dem Gesicht nach unten auf ihrem Badetuch irgendwo an einem Strand lag und träge herumbuddelte.

Zu der Zeit besaß ich keine Furchenfähigkeiten – volle acht Monate hatte ich die siderische Zeit nicht nach Belieben unterbrechen können, für mich eine ziemlich lange brache Periode, und während ich anfangs wie gewöhnlich erleichtert darüber war, nicht die ablenkende Wahl zu haben, alle Uhren anzuhalten, wann immer ich nachdenken, spionieren oder betasten wollte, so sehnte ich mich jetzt doch ziemlich heftig danach, etwas von dem alten Zauber wiederzuhaben. Was wäre, wenn ich nie wieder einen erfolgreichen Sprung hinbekäme? Entsetzlich. Ich wollte kontrollierte Nacktheit, und zwar sofort. Der Kalender, der Das-Jahr-auf-einen-Blick-Brieftaschenkalender, jene wunderbare Erfindung, bei der zwölf lokomotivenförmige Monate hintereinander die vermischte Fracht der Tage eines vollen Jahres ziehen, war mein Feind geworden. Was hatte ich mit dieser ganzen feinen Zeit gemacht? Was mit meinem Leben, meinem Interleben? Oft hatte ich den Spruch im Sinn, den ungefähr zehn Jahre zuvor irgendein Selbsthelfer geprägt hatte: «Heute ist der erste Tag vom Rest deines Lebens.» Das ist ein guter, erregender, auf Touren bringender Spruch. Doch nach und nach begann ich mich zu fragen, was der Mensch, der ihn sich ausgedacht hatte, mit *seinem* restlichen Leben gemacht hatte, dem nach jenem bedeutsamen Augenblick, als er ihm eingefallen war. Hat ihm sein griffiger Autoaufkleber selbst geholfen? Hat er überhaupt noch etwas anderes Nennenswertes geleistet, als ihn hinzuschreiben? Wird seine gewaltigste Leistung lediglich die Erfindung einer denkwürdigen Formel sein, die andere dazu drängt, etwas zu leisten? Und ist die Welt dadurch besser geworden, daß er das, was er geschrieben hat, geschrieben hat? Die Welt hat den erhellenden Wert dieser Formel zur Kenntnis genommen und restlos absorbiert; vielleicht hat sich in manchen Fällen das Leben einzelner durch ihre Existenz verbessert – Schularbeiten mögen gemacht worden sein, die sonst nicht gemacht worden wären, neue Vorsätze gefaßt, und schwierige Telefonate erledigt –, doch nun ist ihr großer Augenblick der Wirksamkeit dahin, sie kann uns nicht mehr so überraschen, daß wir uns unversehens am Riemen reißen, und dennoch ist der Mensch, der sie erdacht hat, fast sicher noch unter uns, verlebt gerade nicht Tag 1, sondern Tag 1234 oder Tag 3677 kläglich enttäuschenden Rest seines Lebens – wobei er, wie wir alle, wiederholt jenes kurze kalendarische Bedauern empfindet, wenn es nicht mehr der tapsig unschuldige Fünfte oder Sechste eines Monats ist, sondern einer zwischen dem Zehnten und dem Zwanzigsten, noch in der Mitte, und dann ist plötzlich der Sechsundzwanzigste, und der Monat ist auf immer vorbei, der einzige Oktober, den man in dem Jahr bekommt, und der falsche Optimismus eines neuen jungen Monats steht vor der Tür gleich einem Aktiensplitting, das ohne Änderung der grundlegenden Voraussetzungen den Preis pro Anteil wieder verlockend billig erscheinen läßt; und dann geht die «3» vom Datum des neuen Monats erneut in die «5» über, und die «5» mutiert zur «12», wobei jedes der dreißig oder einunddreißig aufeinanderfolgenden numerischen Daten ungeachtet dessen, was tatsächlich an jenem Tag passiert, ein Default-Gefühlsgemenge mitführt, das sich einzig durch seinen Platz auf dem Gerüst des Kalenders definiert – ein spezifisches Verhältnis zwischen der Restentschlossenheit, alle schwierigen oder unangenehmen Dinge, die noch unerledigt sind, in den verbleibenden Tagen des Monats zu erledigen, und der wachsenden Verzweiflung angesichts der vielen schwierigen und unangenehmen Dinge, die in den noch verbleibenden Tagen einfach nicht zu erledigen sind und in den nächsten Monat mitgenommen werden müssen. Der Kalender war mein Feind, weil ich keine Kontrolle mehr über ihn hatte, keine Möglichkeit des Aufschubs, keine Auswurftaste, und nun hatte ich ihn seit über acht Monaten nicht mehr unter Kontrolle gehabt.

Andererseits hatte meine Koordinatorin Jenny an dem Tag keine Arbeit für mich gehabt, ich hatte also frei. Ich war einem Architektenbüro in Cambridge zugeteilt worden, doch dann hatte man angerufen und die Sache storniert, und etwas anderes hatte sich nicht ergeben. Ich hatte noch eine Weile im Bett gelegen, hatte dann geduscht und war mit einem großen schweren trockenen Badetuch nach hinten in den Garten (eigentlich den meines Vermieters) hinausgeschlendert. Ich weiß nicht mehr, welches Datum es war, jedenfalls war es am Anfang des Monats, als er noch voller Hoffnung war (oder vielleicht auch so weit am Ende des Monats, daß ich die ungetrübt anstehende Hoffnung des darauffolgenden Monats in ihrer ganzen Fülle spürte), und es war gegen Ende des Frühjahrs. Es war eines der ersten Male in jenem Jahr, daß ich mich hinaus in die Sonne gelegt hatte; ein klarer, knallblauer, knospensprengender Wochentag im gemäßigten Boston. Über mir zogen hundert sehr kleine flußpferdförmige Wolken dahin, und obwohl ich nicht weniger als andere den strikt wolkenfreien Morgen mag und schätze, an dem die einzig möglichen Schattensekunden, die man da auf dem Badetuch erwarten kann, jene seltsam paranormalen Ex-machinas sind, wenn ein in großer Höhe fliegender Vogel (eine Möwe unterwegs zu einer Müllkippe im Landesinnern) oder ein nahezu unhörbares Flugzeug für einen Augenblick zwischen die Augenlider und die Sonne gerät und einem dabei die konische Geometrie umbraler Zufälle noch bewußter macht – obwohl also diese gleichmäßig verteilten Wolken tatsächlich da waren und regelmäßig ideale Kühlintervalle von etwa fünf Minuten spendeten, in denen die Bäume ihr tiefes Grün wiedergewannen und ich Gelegenheit hatte, den bis dahin unbemerkt gebliebenen Schweiß auf meinem Bauch wahrzunehmen, und obwohl ich nichts als ein Zeitarbeiter war und es mir momentan an dem einen mangelte, was meinen Stolz intakt hielt, nämlich meiner fermationalen Gabe, war ich gleichwohl ganz zufrieden mit dem, was mir der Tag zu bieten hatte. Nach einer Dusche bin ich ohnehin stets klarsichtig und mit meinem Leben zufrieden (es gibt eine Illusion geistiger Klarsicht, die mit einem gründlich durchfeuchteten und verjüngten Nebenhöhlensystem und dem Gefühl nasser Haarspitzen im Nacken einhergeht), selten jedoch bin ich zufriedener mit dem Leben, als wenn ich direkt aus der gekachelten Dusche hinaus auf ein sauberes, warmes, sonnenbeschienenes Badetuch auf dem Rasen treten kann. Ich nahm Uhr und Brille ab und legte beides an den Rand des Tuchs, neben das Fieldcrest-Etikett; ich zog mein T-Shirt aus und drapierte es vorsichtig über das schnurlose Telefon, das da ins Gras geduckt lag, damit es nicht überhitzte. Ich selbst streckte mich bäuchlings auf dem Tuch aus (ein blau-weiß gestreiftes Tuch; die blauen Streifen waren fühlbar wärmer als die weißen) und ließ das Gewicht auf meinem Brustkorb ein Stöhnen tiefster Zufriedenheit erzeugen.

Keine Gedanken an unbekleidete Frauen störten meine wachen Sinne, und die sonnige Jahreszeit war auch noch nicht so weit fortgeschritten, daß leichtgewichtige mottenartige Hüpftiere störend auf meinen Beinen hätten landen können; erst nach ein wenig Herumgerücke, ein wenig Ausprobieren, als es der dem Boden zugewandten Seite meines Gesichts, wie letztlich immer, gelang, in unmittelbarer Halsbeugereichweite eine Verbindung verschiedener Sodenbuckel oder Dolmen zu finden, die meinen Wangenknochen durch die Isolierung des sonnenerwärmten Handtuchs recht bequem barg, merkte ich, wie glücklich ich war. Wie wenn ich in einem jener altmodischen Behandlungsstühle beim Zahnarzt Platz nahm und entdeckte, daß das Gewicht meines ganzen Kopfes von zwei schwenkbaren Okzipitalpolstern gestützt werden würde, die genau bestimmten, wie weit ich auf meinem Arsch zurückrutschen müßte, so wurde nun plötzlich auch meine Lage auf dem Rasen durch diese befriedigende Wangenknochenlagerung unarbiträr: Ich war zu Hause, hatte die Augen geschlossen, atmete leicht nach der soeben genossenen Dusche, war hier und da noch feucht, aber nicht von Schweiß, sondern von Sauberkeit, und konnte, wenn ich mich konzentrierte, indem ich die Kopfknochen tief in das flauschverwischte Fieldcrest-Muster preßte, ganz dicht an meinem Ohr die einsame Mühsal eines Käfers oder einer Larve hören, der oder die sich kauend mit einer vergeblichen Mission im strohigen Gras abquälte. Machte das Gewicht meines Kopfes der Larve das Leben schwerer? War da überhaupt eine Larve, oder war es nur das Geräusch des unbewohnten Grases selbst, das sich meinem Gewicht anpaßte? Das konnte ich nicht wissen, doch tat es mir leid, falls ich einem Lebewesen Ärger machte. Ich zupfte ein paar Halme heraus; ich hörte die erstickten, durch die unter mir verlaufenden Rhizome übertragenen Bruchgeräusche. Ich war entspannt, gedankenvoll, ruhig – aufs heiterste unproduktiv.

In meiner Trägheit hatte ich natürlich die Möglichkeit, mein Denken jederzeit in einige dezent erotische Richtungen schweifen zu lassen, doch schien es mir wichtig, diesen Verlockungen im Augenblick zu widerstehen. Es wäre ja so einfach gewesen, mir drei Frauen im weißen Badeanzug vorzustellen, wie sie auf einem hellblauen Kreuzfahrtschiff in weißen Liegestühlen liegen, den Kopf in unterschiedliche Richtungen geneigt, und jede hätte ein Bein angezogen und die Augen geschlossen, in der Hand eine vergessene Flasche Sonnenschutz von der Farbe jener älteren Tercels oder Civics, deren Besitzer ihre Garagen dazu benutzen, andere Dinge als ihr Auto darin abzustellen, und deren Lack folglich in einen Zustand freskoesker, ungesättigter Schönheit oxidiert ist, ähnlich wie M&Ms, die man eine Minute lang gelutscht und dann in die

Hand gespuckt hat, um sie zu untersuchen. Es wäre so einfach gewesen, fest an die sehnigen Schenkel zu denken, wie sie in die Beinlöcher der weißen Badeanzüge kurvten; an eine der Frauen, die ein strammschenkliges Bein streckte und das andere anzog; daran, wie wohl sie sich in der Sonne fühlten. Doch ich wollte mich, wenn möglich, wenigstens bis halb eins, besser noch halb zwei von den Beinlöchern fernhalten, weil es einfach herrlich war da in der Sonne, und schließlich gab es auch noch unendlich viele andere komplizierte und intellektuell lohnende Ideen auf der Welt, mit deren Betrachtung ich meinen Vormittag des *otium liberale* nutzen konnte, vom wesenhaft Guten des blauen Himmels in die Höhen gelehriger Aufmerksamkeit getragen, und wenn ich meinem Rautenhirn auch nur die leiseste Gelegenheit gäbe, eine wohlgestaltete sexuelle Form zu erdenken, würde mein Meditationsbereich unweigerlich enger werden, würden sich die Sexgedanken eifrig reproduzieren, sich weiter polymerisieren, kurze schlüpfrige Erzählketten bilden, die sich mit anderen, zuvor unschuldigen Bildern verbinden und sie verlüstern würden, sich wie Lipoproteine zu eigenständigen masturbatorischen Subrealitäten verzerren und weiter dann zu voll bewußten Ausgehurten meiner Invagination, und ich würde feststellen, daß ich mich auf den Rücken gedreht hätte, damit der Schweiß auf meiner Brust eine Erklärung fand, und ich würde ein Knie beugen und vielleicht zögernd in meine Badehose greifen, um sicherzugehen, daß alles tipptopp war, und fünf Minuten später wäre ich wieder in meiner Wohnung, wo meine Augen sich noch nicht an das schwächere Licht gewöhnt hätten und wo es unbefriedigend kühl und unsonnig war, und ich würde vier graue Streifen Vaterschaft und Vaterschaftsnebenprodukte auf ein Papiertuch mit Baummuster verströmen, das garantiert zu über fünfundsiebzig Prozent aus recyceltem Altpapier hergestellt war, und jeder Streifen wäre kürzer und albuminöser als der vorherige. Und danach würde der weitere Tagesverlauf ebenfalls eine altpapiermäßige Färbung annehmen, eine Nach-dem-großen-Ereignis-Färbung, wie wenn samstags die Post ungewöhnlich früh da war und ich spätnachmittags nach einer Besorgung nach Hause fahren würde, mich irrtümlich darauf freuen und denken würde: Also, das ist ja vielleicht ein doofer Tag heute, aber wenigstens kommt noch die Post, bis ich dann zusammensackend merkte, daß die Post ja schon gekommen war – die üblichen Sperrgutpakete mit der Aufschrift: «Darf nur vom Adressaten geöffnet werden» oder «Enthält sexuell ausgerichtetes Material» oder «Über 70 neue einpeitschende Artikel!! Wir befehlen Ihnen, noch heute zu bestellen».

Also versuchte ich, mittels einer Art phantasietötendem Schaum ein unüberwindliches geistiges Oval um mich herum zu ziehen, das alle Sex-Pixxxel, alle Vorhautspiele, alle floptischen Vichsionen abhalten sollte – ganz so, wie eine Kontrabassistin, die ich in Santa Cruz gekannt hatte, einmal einen Nachmittag lang in ihrer Wohnung in abgeschnittenen Jeans inmitten eines großen weißen Kreises aus Insektenschaum übte, den sie auf den Teppichboden um sich herum gesprüht hatte, damit die Zuckerameisen ihr nicht die gebräunten und herausfordernd unrasierten Beine, den Stachel ihres Instruments und den Dreifuß ihres Notenständers hochkrabbelten. Sie war sehr nett gewesen, sehr nett – einfach ein sehr netter Mensch mit einem Paar hinreißend autonomer Jamaikas. Ich hatte einen Nachmittag damit verbracht, neben ihr am Strand zu liegen und Vanilleplätzchen mit ihr zu essen, und dann legte ich ihr auf einmal spontan je ein rundes Plätzchen auf die vollen türkisen Körbchen ihres Bikinioberteils. Sie gab ein tolerantes Warngeräusch von sich, hob kurz den Kopf und aß beide Plätzchen auf; dann wischte ich einen Krümel von einer Brust, wobei ich einfach sagte: «Ein Krümel.» Aber wir haben nie miteinander geschlafen, sie und ich. Und als ich den Krümel wegwischte, tat ich es mit so leichter, scheuer Hand, daß ich lediglich einen unbelebten Bikinisaum wahrnahm und nichts von der aufständischen, warzengekrönten Last darunter. Welch eine tragisch verpaßte Gelegenheit! (Das war, als ich in meinem vorletzten Studienjahr war, eine furchenlose Zeit.) Aber genau deshalb dachte ich jetzt natürlich mit solcher Sehnsucht an sie zurück und nicht an eine der Frauen, mit denen ich geschlafen, oder an die Hunderte, die ich heimlich ausgezogen hatte. Ich sollte also dankbar dafür sein, daß ich so schüchtern gewesen war, als ich den Krümel wegwischte, da ich nun an sie denken und sie vermissen und begehren konnte – nur daß ich mir ja, wie ich mir in Erinnerung rief, untersagt hatte, in sexuelle Richtungen zu denken.

Ich versuchte, mich auf die gehirndämpfende Struktur des Handtuchs an meinem Ohr und meiner Wange zu konzentrieren, auf seinen sauberen Geruch und darauf, wie wenig ich weibliche Nacktheit brauchte, um mit meinem Leben zufrieden zu sein. Die bloße Vorstellung, wie sauber dieses Badetuch war, wie schnell es sich für mich vor ein paar Tagen in der Schleuder der Waschmaschine im Waschsalon gedreht hatte, damit ich nun darauf liegen konnte, war mir mehr als genug. Ich erinnerte mich an John Lennon, wie er der Welt verkündete, daß er allein vom Betrachten einer Blume high werden könne. Ich brauchte keine großen Brüste, keine Magnumkörbe Tittenfleisch, keine dikken heißen Fleischtöpfe, die in ihren tittenstützenden schwarzen Selbstbedienungsbrustwehren wackeln – nein, ich konnte schon davon high werden, daß ich auf einem Handtuch lag. Bedauerlicherweise aber waren Handtücher für mich kein ganz unbelastetes Thema: Sie standen in engem Zusammenhang mit meiner zweiten erfolgreichen Fermatierung, wenige Monate nachdem ich den Zeittransformator in Miss Dobzhanskys Klasse eingesetzt hatte – und vielleicht sollte ich diese frühe Episode der Ordnung halber jetzt beschreiben.

(Während ich so hin und her springe, muß ich doch sagen, daß ich nicht begreife, wie *echte* Autobiographen wie Maurice Baring oder Robert von Ranke-Graves das machen. Wie schaffen sie es nur, so flüssig und zwanglos von *a* nach *b* und *c* zu kommen? Mich demütigt die Schwierigkeit, mein Leben wahrheitsgemäß darzulegen, ohne als Verfechter allzu vertrauter nichtlinearer Orthodoxien zu erscheinen. Es ist ja nicht so, daß ich fände, meine bisherige Unordnung sei in irgendeiner Weise protzig oder künstlerisch; vielmehr ist es so, daß, wenn ich versuche, ein verantwortungsbewußter Memoirenschreiber zu sein und meinen Erlebnissen ihren ordnungsgemäßen Platz auf einer Zeitlinie zuzuweisen, mein Interesse daran erlischt und sie sich rundweg weigern, sich erzählen zu lassen. Ich merke, daß ich jeder anekdotischen Versuchung nachgeben muß, wie sie gerade entsteht, ungeachtet ihrer zeitlichen Priorität, damit sie für mich adäquat zu Wörtern erblüht.)

Chronofugierung also. Im Sommer vor der Fünften ging ich immer die wäscheübersäte Treppe in den Keller hinab (die Kellertreppe war unser Wäschekorb) und verbrachte erhebliche Teile des Nachmittags damit, die Laken, Handtücher und Kleider der Familie beim Stampfen und Schleudern zu beobachten. Es gab eine Sicherungssperre, einen aufgehängten, nach innen schwingenden Riegel, der den Motor abstellte, wenn der Deckel während des Schleudervorgangs aufgeklappt wurde, aber es war ein leichtes, ihn außer Gefecht zu setzen: Ich hebelte ihn einfach mit einem Stift aus. Viele Stunden stand ich so vor der Waschmaschine und vertiefte meine Würdigung der Zentrifugalkraft.

Bei maximaler Geschwindigkeit dreht sich die Trommel einer Waschmaschine mit etwa sechshundert Umdrehungen pro Minute. Handtücher, für gewöhnlich die Seele großmütiger Absorbierfähigkeit, werden bei sechshundert U/min. zu flegelhaften, keilförmigen Brocken roher Textilität zusammengepreßt, zu Apotheosen des Geknülltseins, deren Falten so endgültig geschichtet und deren Tausende sanft gezwirbelter Turftroddel in ihrer Reservekapazität so ausgeschwemmt oder -geschwammt sind, daß ich mir, nachdem die letzten steten Liter blaugrauen Wassers durch den Abflußschlauch pulsiert sind und nachdem das laute Ticken aus der Maschine ein letztes Auskuppeln des Getriebes signalisiert und das Schleudern langsamer wird und endet, vorkomme, als würfe ich statt potentieller Werbemittel in einem Weichspülerspot Keulen ohne Knochen oder (im Fall von Waschlappen) kleine Steaks in den Trockner. Oft weist das geschleuderte Waschgut beim Entnehmen ein Muster aus erhabenen Pünktchen auf, wo der Stoff vergeblich versucht hat, sich im Gefolge des Wassers, das er gerade noch widerstrebend abgegeben hat, durch die Löcher in der Trommel zu ergießen.

Anfangs beobachtete ich in jenem Sommer den Waschvorgang bei geöffnetem Deckel aus purer Lust – ich stellte mir mich dabei immer als Rührwerk vor, das das Wasser mit seinen Flügeln kraftvoll umwälzte; doch mit der Zeit erwachte in mir der Verdacht, daß in dem Schleuderkreislauf unerschlossene Zeitkräfte schlummerten. Etwas, was Bekleidungsgegenstände so schnell und sicher im Kreis rotieren lassen konnte, mußte doch auch in meinem Bemühen, nach dem Rennbahntransformator einen zweiten Weg zu entdecken, Mädchen und Frauen ohne ihr Wissen auszuziehen, von Nutzen sein. Am oberen Ende der Rührwerkflügel waren Wörter eingeprägt – das auf unseren lautete SURGILATOR –, und eines Tages ließ ich die Finger leicht auf diesem bedeutungsvollen Rotatorium liegen, als eine letzte Beschleunigung einsetzte. Das Wort, von Seifenresten etwas schmierig geworden, zirkulierte unter meiner Berührung zunehmend schneller, bis es bis zur Unleserlichkeit vibrierte und seine Buchstaben zu einem wirbelnden probabilistischen Endring verschmolzen, und ich spürte, daß das Geheimnis des Schleuderns von der Maschine auf mich übergegangen war.

Und ich hatte recht – das Geheimnis des Schleuderns

lag tatsächlich unter meinen Fingerspitzen, doch es dauerte eine Weile, bis ich herausgefunden hatte, wie genau ich es einsetzen konnte. Zuerst dachte ich, *ich* müßte schleudern. Ich ging in der Dämmerung hinaus, übte Herumwirbeln mit ausgestreckten Armen, wobei es mich nicht allzusehr kümmerte, daß ich einen Zuschauer an Julie Andrews in *Meine Lieder, meine Träume* erinnern könnte, und versuchte, meine roten Blutkörperchen dazu zu bringen, sich mit solcher Macht meine Unterarme hinabzudrängen, daß die Fingerspitzen wegknallten und ich triumphierend die Pachysandra vollblutete. Aber natürlich hielten meine Fingerspitzen, und die Zeit tickte weiter. (Fingerspitzen sind ja *so* widerstandsfähig. Sie platzen nicht einmal dann, wenn man sie als temporären Schuhlöffel benutzt; sie kribbeln nur kurz, wenn die stoische Ferse sich daran vorbeizwängt.) Dennoch wußte ich, daß ich experimentell auf dem richtigen Weg war, als ich eben um die Zeit in einem MassPike-Geschenkladen an einer Drehsäule auf ein Taschenbuch über UFOs stieß. Es war eine Sammlung von Briefen von allen möglichen Leuten an die Air Force, in denen gesichtete fliegende Untertassen, deren Interieur und so weiter beschrieben wurden. Ein Brief kam von einem Mann, der glaubte, UFOs generierten die Antischwerkraftkräfte, auf denen sie vermeintlich schwebten, indem sie bestimmte Mengen loser Erde und Felsbrocken in einem donutförmigen inneren Ring, der ins Rund des Raumschiffs eingebaut sei, herumschleuderten. Der Autor des Briefes hatte eine grobe Zeichnung beigefügt, die die rotierende Masse und den daraus resultierenden Auftrieb zeigte. Ich wußte, daß seine Theorie fehlerhaft und töricht war, aber ebenso wußte ich, daß er wie auch ich die evokative Besonderheit der Zentrifugierung, ihr möglicherweise mystisches Potential zu Recht geahnt hatte. Das Schleudern neutralisierte nicht den Sog der Schwerkraft, so fand ich – sondern den Sog der Zeit.

Je länger ich unsere Waschmaschine bei geöffnetem Deckel studierte, desto deutlicher wurde mir, daß ich, «um beste Ergebnisse zu erzielen», mit den unnatürlichen Kräften, denen meine Kleider ausgesetzt waren, unmittelbar verbunden sein mußte. Doch ich zögerte, in die Wäschetrommel zu steigen. Ich hatte Geschichten von gebrochenen Fingern und ausgerenkten Schultern gehört. Wenn ich allerdings, so dachte ich, einen Weg fände, wie ich ein Kleidungsstück von mir aus dem Zustand extremen Schleuderns herausreißen und anziehen könnte, solange es noch feucht wäre, dann bekäme die Zeit so einen Schock, daß sie stehenbliebe, bis mein Kleidungsstück getrocknet wäre. Einen Versuch war das immerhin wert. Kurz vor dem Ende eines Spülgangs band ich ein Stück braune Schnur so fest ich konnte um ein tropfendes dunkelrotes T-Shirt und schmiß es wieder in die Maschine. Als der Schleudergang einsetzte, stellte ich mich auf einen Stuhl und hielt das Ende der Schnur über die Trommel, so daß sie ungehindert spindeln konnte. Im richtigen Augenblick brüllte ich «Jetzt!» und riß fest an der Schnur. Mein rotes T-Shirt flog wie eine aufgescheuchte Ente wirbelnd ins Zimmer. Ich zog es an und rannte voller Hoffnung hinaus. Doch die zweifarbigen Blätter flatterten an den Linden, und ich hörte den üblichen Verkehr, war also gescheitert. Aber wie das Hemd an mir trocknete und die Farbe heller wurde, das war schön.

Ein paar Tage später, als sich wieder genügend schmutzige Wäsche für eine Füllung angesammelt hatte, schlug ich einen Senkstift in den Tisch neben der Waschmaschine und steckte eine Rolle dicken Bindfaden darauf. Das Ende des Fadens schlang ich beim Beginn des Schleudergangs im Uhrzeigersinn um das Rührwerk der Waschmaschine. Die Fadenübertragung verlief mit wachsender Geschwindigkeit. Die kleine Rolle wirbelte wie wild, während ihr Baumwollintegument abgespult wurde. Ich packte die Rolle und hielt sie fest, so daß der Faden, der in die Maschine gezogen wurde, reißen mußte – und erwartete, daß im Moment des Reißens die Zeit ganz mir gehören würde. Doch auch da gehörte die Zeit nicht mir; offenbar war ich noch immer nicht eng genug mit dem reinen Schleuderzustand verbunden.

Wie so oft kam der Erfolg schließlich durch die Zusammenführung mehrerer voneinander unabhängiger Forschungswege. In unserem Garten stand eine lange Seilschaukel. Diese Schaukel war ich Tag für Tag ein wenig höher geklettert in der vagen Ahnung, daß etwas Ungewöhnliches passieren könnte, wenn ich es bis zum obersten Knoten schaffte, der vielleicht zehn Meter vom Boden entfernt war. Wo wir uns normalerweise beim Schaukeln am Seil festhielten (während wir auf einem daran festgebundenen aufgerollten Industrieteppichbodenrest saßen und uns von einer Holzkiste, in der einmal ein Kühlschrank gewesen war, abstießen), war dieses glatt, doch je höher ich kletterte, desto rauher wurde die hanfene Textur. Tag für Tag wurde ich ein bißchen kräftiger, in den Bauchmuskeln ebenso wie in den Armen; auch wurde ich besser darin, einen Teil des Gewichts an meinen Armen auf die Beine zu verlagern, indem ich das Seil darum herumwand und es zwischen der Oberseite des einen Turnschuhs und der Sohle des anderen einklemmte. Jedesmal brannten mir die Hände mehr. Ich ballte und öffnete sie, wenn ich wieder sicher auf dem Boden stand, damit der Schmerz darin wegging. Nach eineinhalb Wochen erreichte ich schließlich den obersten Knoten und schlug auf die mit feinen Rissen überzogene Rinde des tragenden Asts, von dem das Seil herabhing, erstaunt und sogar etwas erschrocken darüber, daß ich es so weit hoch geschafft hatte. Nach diesem Siegesschlag erwartete ich, mit frischen Kräften zur Erde zurückzukehren, aber in Wirklichkeit hatte ich gar keine frischen Kräfte: Das einzige, was ich hatte, waren vierzehn oder fünfzehn wunderbare ovale Schwielen an den Fingern, auf die ich sehr stolz war. Wenn ich allein war, drückte ich beim Nachdenken auf diesen Schwielen herum.

An einem Wochenende während dieser Zeit nahm mich mein Vater mit zur Eisenwarenhandlung. Auf dem Parkplatz davor war ein Mann, den wir den Nadelmann nannten. Der Nadelmann war taubstumm; zum Lebensunterhalt verkaufte er in der ganzen Stadt Nähnadelpäckchen. Er war ein kleiner, zahnloser Mann um die Sechzig und trug stets eine Baseballmütze. An einem Knie hatte er etwas: Es bog sich zur Seite, wenn er es belastete. Er trat an uns heran und begann mit seinem stummen Verkaufsritual: Er zückte ein Nadelpäckchen, zuckte die Schultern, blickte weg, zückte erneut das Nadelpäckchen, leckte sich den Daumen und probte die Windrichtung, lächelte, machte

Kaubewegungen, zuckte die Schultern, blickte weg, blickte uns an. Mein Vater gab ihm einen Dollar für die Nadeln. Der Nadelmann nickte und ging. Nie ließ er Dankbarkeit erkennen. Ich verband ihn mit Rumpelstilzchen und mit Gollum aus *Der Hobbit*. Wir hatten schon etliche Päckchen, die wir von ihm gekauft hatten, und so gab mir mein Vater das neue. «Vielleicht kannst du was damit anfangen», sagte er.

Allerdings konnte ich etwas damit anfangen. Ich holte mir aus dem Nähkorb eine frische Rolle Faden. Ich öffnete das Nadelpäckchen, das eine praktische Vorderlasche wie ein Streichholzbriefchen hatte. Die Nadeln waren der Größe nach geordnet und erinnerten an Orgelpfeifen; mit hoher Präzision waren sie durch zwei Falten aus blauem Folienpapier gesteckt – eine Handkathedrale. Ich wählte eine mittelgroße Nadel, fädelte den Faden ein und verbrachte fast den ganzen Nachmittag damit, meine Schwielen vom Seilklettern auf verschiedene Weise zusammenzunähen. War die Nadel halb durch eine Schwiele, tippte ich auf ihre Spitze, um die Spannung innerhalb der verdickten Haut zu ertasten; für gewöhnlich war das schmerzlos. Ich wackelte mit den Fingern, in denen zwei Nadeln steckten, vor dem Spiegel und tat, als würde ich gefoltert. Wenn ich eine Nadel ganz durchgestoßen hatte, kitzelte der nachfolgende Faden fast; meine Nerven wurden auf eine Weise gereizt, die sie darüber im ungewissen ließ, was nun innen und was außen war. Es war, als könnte ich hören, wie der Faden durch die Löcher in meiner Haut gezogen wurde, anstatt es zu fühlen. Ich nähte alle Finger der Reihe nach zusammen und ging stöhnend und nach Publikum schielend im

Haus herum; dann spielte ich etwas ganz Einfaches von Bach auf dem Klavier. Daß da im Augenblick des Kontakts mit der Klaviertaste auch noch der Faden war und dazu die eingeschränkte Reichweite meiner Finger, ließ die Musik ungewöhnlich pointiert und intelligent und rein erscheinen. Mit vernähten Händen spielte ich besser, genußfreudiger, mehr wie Glenn Gould (wenn auch mit viel mehr falschen Noten) – ebenso wie gewissenlose Abrichter Schaupferde (das hatte ich irgendwo gelesen) mit Senf und Ketten an den Fesselgelenken preisverdächtig herumstolzieren ließen. Ich war meine eigene Marionette. Ich brach den Bach mittendrin ab und klappte den Klavierdeckel zu. Und als ich den Deckel schloß, wußte ich, was ich zu tun hatte.

Ich schnippelte die ganzen Fäden von meinen Händen, raffte eine Ladung schmutzige Wäsche vom Fußboden meines Zimmers (durch mehrere Handtücher ergänzt) und startete einen großen warmen Waschvorgang mit offenem Deckel und blockiertem Sperrhebel. Während die Wäsche durch die ersten Waschgänge stampfte, wählte ich eine neue Nadel, fädelte den Zwirn ein und stieß sie durch die bis dahin ungenähte Schwiele unten am Mittelfinger meiner linken Hand. Ich setzte die Rolle auf den Nagel und wickelte das lose Ende des Fadens um die Welle der Waschmaschine. Als dann der Schleudergang einsetzte, zog es den Faden, indem die Welle ihn auf sich selbst aufwickelte, durch meine Schwiele, durch einen Teil von mir. Der Faden lief überraschend leicht durch das Loch in meiner Haut, schneller, immer schneller. Meine Hand lag, die Innenseite nach oben, auf dem Rahmen der Waschmaschine. Die Reibungswärme begann zu schmerzen; als ich es fast nicht mehr aushielt und schon eine Faust über dem Faden machen wollte, um ihn abzureißen, trat das Ereignis – oder eher Nichtereignis – ein. Alles brach ab. Ich blickte in den Bottich der Waschmaschine und konnte voller Faszination jene Fiktion der Naturwissenschaft, die Zentrifugalkraft, sehen und sogar berühren. Ohne Schaden zu nehmen, konnte ich nun hineinfassen und Wäscheteile anfassen, die mitten im Schleudern bei sechshundert U/min. begriffen waren. Ich steckte die Hand in die Maschine. Das blaue Wasser, in seiner Aufgewühltheit erstarrt und dennoch naß, war besonders schön. Die Welt stand wieder zum Ausgezogenwerden zur Verfügung. Doch ich wußte, wenn der Faden, der durch meine Schwiele lief, riß, würde die Welt wieder weiterlaufen. Ich war also dummerweise an die Maschine gefesselt.

Über einen Zeitraum von zehn Minuten zog ich den Faden mühevoll durch meine Schwiele, damit ich nach oben in den Garten konnte. Draußen schwebte ein Vogel, ein Rotkehlchen, ungefähr einen Meter über dem Rasen starr in der Luft – ich berührte es an den ausgestreckten Flügeln, wenn auch nicht so fest, um es von seiner Pausenstelle zu verrücken. Ich haspelte meinen Schwielenfaden weiter ab, bis ich die Straße erreicht hatte. In einem Kombi saß eine Frau, den Ellbogen auf der Tür. Ich berührte sie mit der Hand an der Schulter, griff ihr dann in die Bluse, fuhr ihr unter den BH und befühlte ihr schweres, heißes Straußenei von einer Brust. Ihre Brustwarze war verblüffend weich. Ihre Haare waren reglos windzerzaust; der Tacho stand auf dreißig Meilen die Stunde. Die weiche, unbefangene

Brustwarze, die ich berührte (meine allererste seit meiner Säuglingszeit, wie ich mich erinnere), fuhr mit dreißig Meilen die Stunde dahin, während ich sie in aller Ruhe streichelte und dabei stand! Als ich genug über das Gewicht und die hochentwickelte Beweglichkeit ihrer Jamaika in meiner rauhen und vernähten Hand wußte (als ich sie schüttelte, erinnerte sie mich zu meiner Überraschung an das variable Gewicht einer Spielzeugspirale, wenn man deren gekrümmte Länge von Handfläche zu Handfläche hin- und herschnellen ließ), trat ich zurück auf den Gehweg, damit ich nicht überfahren wurde, und zerrte an dem Faden, bis er riß. Ich zog ihn aus dem Loch in meiner Schwiele. Prompt sauste der Kombi vorbei – ich sah das Profil der Frau aufblitzen, dann das Heck ihres Wagens, das bedeutungslos spezifische Nummernschild, dann das Aufleuchten des Blinkers, dann, wie sie in die Southland Street einbog, und weg war sie. Unten im Keller schleuderten meine Sachen weiter, als würde ich noch immer an der Waschmaschine stehen und hineinsehen. Keiner in den nachfolgenden Autos schien zu bemerken, daß ich gerade neben dem buschigen Schößling auf dem Ulmenstumpf wie aus dem Nichts aufgetaucht war.

Damit, es mag August 1969 gewesen sein, endete meine zweite erfolgreiche Sprungphase: Sie war, ebenso wie das Zeittransformator-Experiment, das mir in Miss Dobzhanskys Bluse verhalf, offenbar nicht wiederholbar, da sie wohl exakt von jenen bestimmten Kleidern und Handtüchern, jenen Schwielen und genau jenem neuen Nadelpäckchen des Nadelmanns abhing. Sich an eine Waschmaschine zu binden war ohnehin eine etwas ungünstige Art, die Zeit ins Aus zu zwingen, wenngleich ich mich, als ich auf dem Badetuch im Garten jene Zeit überdachte, in keiner Weise an diese Mißlichkeiten erinnerte, sondern nur daran, wie unbändig glücklich ich im weiteren Tagesverlauf gewesen war, weil ich nach all meinen Fehlstarts und gescheiterten Versuchen endlich wußte, daß es tatsächlich mehr als eine Art gab, die Kupplung des Universums zu treten.

Draußen im Garten erwog ich nun, da ich den Kalender so dringend anhalten wollte, etwas Ähnliches zu versuchen: meine Finger zu vernähen und genau das Badetuch, auf dem ich jetzt lag, zu waschen. Allerdings war meine Erwachsenenhaut dazu viel zu dünn. Vom Tippen bekommt man keine dicken Schwielen. (Beim Tippen fühle ich die erhabenen Lustpünktchen auf der J- und F-Taste der Normtastatur, die da aufgeprägt sind, damit man weiß, daß die Finger ordnungsgemäß in der «Ruhe»-Stellung liegen, und verspüre dabei fast so etwas wie Unbehagen, so empfindlich sind meine Fingerspitzen.) Vielleicht bestand eine Möglichkeit für einen Sprung, wenn ich vorgab, krank zu sein, und zu Commonhealth, meiner Gesundheitsstelle, ging und alle möglichen rätselhaften Schmerzen und Schwindelgefühle beim Duschen aufzählte, so daß der Arzt ein umfassendes Blutbild erstellen ließe, und wenn das Blut dann aus meinem Ellbogen gesaugt wäre und bei sechstausend U/min. in einer Zentrifuge im Labor schleuderte, damit sich das gelbe Plasma von den roten Blutkörperchen trennte, dann würde jene schnellere Selbstzentrifugierung die Bedingungen der Urwaschmaschine wiederherstellen und ich könnte während des Schleudervorgangs den BH der hispanischen Phlebologin lösen, während sie beim fachgerechten Anzapfen einer anderen Ader in der Fermate posierte. Doch ich verwarf diese Möglichkeit, denn selbst wenn es mit einem Zeithämatokriten klappen würde, wäre er zu unberechenbar und unmöglich zu kontrollieren; ich brauchte etwas, wodurch ich die Zeit schnell und leicht an- und ausschalten konnte.

Doch die Vorstellung der Selbstzentrifugierung war und ist für mich von ungeheurem Reiz, und manchmal, wenn ich mitten auf einer Seite dieser Erinnerungen innehalte und überlege, welche meiner vergangenen Fermaten ich als nächstes erzählen soll, habe ich das deutliche Gefühl, daß ich, um meine Lebensgeschichte angemessen aufzuschreiben, das gesamte Behältnis meines Bewußtseins geschleudert haben muß, so wie der Rotor der Ultrazentrifuge seine Phiolen mit ihrer biologischen Fracht schleudert, schnell genug, um die Diffusion zu überwinden und eine künstliche Ordnung herzustellen. Ich muß in einem strengen Vakuum an einem drei Millimeter starken Klavierdraht baumeln (wie der Rotor in der alten Spinco-Ultrazentrifuge Modell E, die in den fünfziger Jahren von Edward G. Pickels und seinen Kollegen entwickelt wurde und bis heute bei einigen Forschungsprogrammen in der Proteinchemie, denen die Mittel zusammengestrichen wurden, Anwendung findet), während eine Xenonlampe auf irgendeiner unerbittlichen Wellenlänge über meine Erinnerungsprobe blitzt und dabei sechzigmal schneller rotiert als damals die Waschmaschine bei mir im Keller – ich will, daß diese ganzen halberinnerten Bilder halbbekleideter Frauen, die ganzen Fragmente meiner voyeuristischen Geschichte, die noch in einer wirren kolloiden Suspension verharren, mit Einsichtsgeschwindigkeit herumfliegen, bis sie gezwungen sind, sich ein für allemal in einer sauberen radialen Gradiente makromolekularer Gleichförmigkeit ablegen zu lassen, wie geschichtete Cocktails oder ausgefallene multicolore Schöpfungen aus Wackelpeter. Seit einem dreiwöchigen Auftrag in der Forschungsabteilung von Kilmer Pharmaceuticals (so oder so kann man als vifer Zeitarbeiter hier und da eine Menge Wissen aufschnappen) weiß ich zufällig, daß Biochemiker routinemäßig die Zentrifuge benutzen (insbesondere das sehr mäßige Tischmodell von Beckman namens Microfuge), um DNS-Fäden auszuschleudern oder zu «pelletieren», um sie zu isolieren oder zu säubern. Und alles im Gehirn – jenem letzten Triumph der Proteinchemie – ist gleichermaßen in hilfloser Bewegung, fliegend, diffus, unrein, unwillig, sich zur Ausfällung zu bekennen: Nur eine künstlich herbeigeführte Denkkraft von hunderttausendfacher Schwerkraftstärke kann einen einigermaßen verständlichen Bruchteil des wahren eigenen vergangenen Ichs, der eigenen frustrierend polydisparaten Persönlichkeit zu einem Druckpellet ausschleudern.

Vor kurzem schnippte ich eines Abends nach der Arbeit aus einem Bedürfnis heraus, mich wieder auf Touren zu bringen, um einen weiteren Abschnitt des vorliegenden Dokuments zu schreiben, die Zeit aus und machte mich auf einen Hausspaziergang durch die Forschungsgebäude von Mass General, um nach Ultrazentrifugen sowie nach atemberaubenden Assistentinnen, die sie bedienten, Ausschau zu halten. Wiederum hatte ich die vage Vision, einige meiner Zellen zu zentrifugieren, nun jedoch um des reinen ideationalen Rausches willen: Ich könnte ja eine ganze Pause darauf verwenden, kleine Proben meines Blutes (oder womöglich auch Spermas, wenngleich mir das als eine unnötige Graumsamkeit meinen Spermien gegenüber erschiene) in jede Ultrazentrifuge von Sorvall, Beckman und Hitachi in Boston und Cambridge zu geben und sie alle auf Höchstgeschwindigkeit einzustellen. Am Ende wäre ich anämisch und teilnahmslos, aber das wäre egal, weil ich dann wüßte, daß in dem Moment meine munteren kleinen Zellen von exotischen Megaschwerkräften in teuren Vakuen in jedem NEH-geförderten Hochleistungsforschungsprogramm in der Umgebung zu alternativen Protoplasma-Weltordnungen gequetscht würden, und dieses Hochstaplerwissen würde mich zu Verzückungen der Selbsterkenntnis und Selbsthingabe hinreißen. Aber ich tat es dann doch nicht, weil ich nach Beendigung der Durchläufe die ganzen blutigen Teströhrchen hätte reinigen müssen, da ich den Forschern nicht etwas so Verstörendes wie herkunftsloses gelbes Plasma zurücklassen wollte. Furcht ist die mir unliebste Emotion, und ich möchte dafür verantwortlich sein, sowenig wie möglich davon zu erzeugen. Immerhin sah ich mir eine ziemliche Menge Ultrazentrifugen an und stellte dabei fest, daß die großen Standmodelle, die von Beckman Instruments in Palo Alto gebaut werden, eine überraschend ausgeprägte Ähnlichkeit mit Waschmaschinen hatten. Sie waren ein wenig breiter, und sie waren blau (was eigentlich die Standardfarbe für Waschmaschinen sein sollte, es aber verblüffenderweise nicht ist), und ein näherer Blick auf die

Schalttafel ergab, zusätzlich zu vertrauten Wörtern wie SPEED, TIME und TEMP, die weniger waschmaschinenrelevanten Begriffe VACUUM und ROTOR – aber dennoch hatten sie oben eine ovale Öffnung, die man nach dem Beladen mit einem simplen Riegel verschloß, und ihr Direktantriebsmotor (das lernte ich, als ich in einer der Laborbibliotheken ein Lehrbuch durchblätterte) arbeitete nach demselben Induktionsprinzip wie eine Maytag. Der große Unterschied zwischen diesen beiden Gebrauchsgütern (und ich finde, mit das Beste an «Zentrifuge» als Substantiv ist der Geist des Wortes «Fuge», den es enthält) war, daß die Beckman-Maschine einen mit acht oder gar zwölf kleinen, irgendein Biorisiko enthaltenden Röhrchen bestückten Rotor bei sechzigtausend U/min. drehen konnte. Mit anderen Worten, sie konnte, ohne auseinanderzufliegen, zu überhitzen oder störende Geräusche zu machen (ich stellte fest, daß sie leiser als eine Waschmaschine war) bei über eintausend Umdrehungen pro *Sekunde* verläßlich schleudern.

In einem der Laboratorien hob ich einen der Rotoren aus dem Regal. Er war kein leichter Gegenstand. Er war aus einer Art komprimierter Titanlegierung gefräst und in einem eleganten anodisierten Schwarz gehalten. Er sah aus wie ein dunkler Geburtstagsschokoladenkuchen zu fünfundvierzig Dollar, mit Löchern darin für sagen wir acht ungewöhnlich dicke Kerzen – aber er wog etwa soviel wie eine Bowlingkugel oder ein menschlicher Kopf. Ich bin selten so beeindruckt, wie ich es eigentlich sein sollte, wenn ich höre, daß eine gewichtslose Einheit wie etwa ein elektrischer Impuls in seinen Silikon-Bewässerungsgräben tausendmal pro

Sekunde oder sogar einemillionmal pro Sekunde herumsausen kann, weil Elektrizität nicht greifbar ist; man kann sie nicht festhalten. Aber wenn eine kalifornische Firma eine Maschine herstellte, die schon etwas schwer ausfallen konnte, so schwer, daß man leise ächzte, wenn man sie anhob, und die den Rasen eindellte, wenn man sie fallen ließ, und wenn diese Maschine tausendmal pro Sekunde rotierte, dann schien diese Leistung dem Vorstellbaren so nahe zu sein, daß sie unvorstellbar wurde. Ein Kopf, der sich tausendmal pro Sekunde drehte! Ich war schon beeindruckt, als das kleine Mädchen in *Der Exorzist* den ihren einmal herumdrehte. Als ich den Rotor in dem Wissen, das einzige bewegliche Wesen im Zentrum eines vorübergehend unbeweglichen Universums zu sein, in Händen hielt, wollte ich auf einmal sehr, daß mein eigener Kopf sich mit ultrazentrifugaler Geschwindigkeit drehte – ich wollte so schnell rotieren, daß meine Ohren vom Kopf abrissen und gegen entgegengesetzte Wände klatschten; ich wollte, daß meine grotesk in die Länge gezogene Zunge, uneinziehbar geworden, nachdem ich den Mund zu dem üblichen «Hilfe!» des faustischen Erfinders geöffnet hatte, die Form eines rosa Saturnrings oder eines elisabethanischen Kragens annahm, bevor mein Gehirn schließlich platzte. Der menschliche Kopf konnte nicht nur sechzigtausend U/min. nicht aushalten, dachte ich, er konnte es kaum aushalten, über sechzigtausend U/min. nachzudenken. Und tatsächlich, wenn ich jetzt darüber reflektiere, dann wird mir klar, daß meine Furchenausflüge in vieler Hinsicht der Zentrifugierung entsprechen, denn wenn ich ein paar Stunden Qualitätszeit in der

Furche verbringe, stecke ich eigentlich in der Vakuumkammer einer einzelnen, äußerst geduldigen Millisekunde und mache potentiell tausend Dinge, lese ganze Bücher, durchwandere Gebäude voller wissenschaftlicher Instrumente und sause daher aus der Sicht eines Unbeteiligten mit wundersamer Spinco-Geschwindigkeit auf meiner geschlossenen Kreisbahn dahin.

ACHT

Aber kehren wir wieder zu dem blau-weiß gestreiften Badetuch vom vergangenen Jahr zurück. Erneut versuchte ich, mir einzureden, wie genügsam ich da in der Goldman-Sachs-Sonne ausgestreckt läge und wie unnötig daher jegliche Art von Zeitverzerrung, chronofugal oder sonstwie, für mich sei. Ich hatte einen ganzen freien Arbeitstag, an dem ich machen konnte, was ich wollte; beispielsweise konnte und sollte ich eigentlich ein Buch lesen. Ich konnte in eine Buchhandlung gehen, mir ein schönes neues Taschenbuch aussuchen, es kaufen und die Nase hineinstecken, um den feinen Brechreizgeruch zu schnuppern, den neue Bücher oft haben. Hätte ich Kupplungsfähigkeiten gehabt, dann hätte ich in einer Buchhandlung stöbern können, bis ich eine Frau sah, die mir gefiel... und da kam ich dann auf die schon erwähnte Idee, auf den oberen Rand eines Buches, dessen Kauf eine Frau gerade erwog, eine aufregende Unanständigkeit zu schreiben. Mit einer Willensanstrengung schob ich das Phantasma von mir: Überall gab es wunderbare nichtgonadotrope Themen, und ich wollte ihnen unbedingt den Gefallen tun, über sie nachzudenken – als bewußtes Wesen war es geradezu meine Pflicht, über sie nachzudenken. Beispielsweise die gestaltenden Künste. Unwillkürlich fiel mir Sir Lawrence Alma-Tadema ein und mit welchem Geschick er klares Wasser und nassen Tüll darstellte. Es wäre schön, auf einem Badetuch an einem Strand zu liegen, während die hispanische Phlebologin die Seiten eines großformatigen Bandes von Sir Lawrence Alma-Tademas Gemälden mit ihren flach hängenden, kokosgeölten Brüsten aufhielt, so daß mir die karibische Brise nicht die Seite verschlug. Ich hatte noch immer die Augen geschlossen, das Handtuch roch noch immer sauber, ich war noch immer klarsichtig, aber ich wußte, daß ich soweit war, mich auf den Rücken zu drehen, und ich wußte, wenn ich mich auf den Rücken drehte, würde im nächsten Moment auch meine Badehose fallen (und was machte es schon, wenn mich jemand sah – ich wollte ja, daß man mich sah! –, aber ich war mir ziemlich sicher, daß unten niemand zu Hause war, weil in der Einfahrt keine Autos standen), und wenn die Badehose dann erst gefallen war, würde sich mein Saftmann strecken und an meinem Schenkel länger werden, bis er bei dem Versuch, sich zu erheben und trunken eine Erklärung abzugeben, das Gleichgewicht verlöre und schwer auf meinen Hüftknochen zurückfiele, wo er sich dann weiterwinden würde. Als letztes Mittel, um mich daran zu erinnern, daß die Welt die meiste Zeit asexuell war und dennoch eines genaueren Hinsehens wert, öffnete ich die Augen, und mit kurzsichtiger monokularer Deutlichkeit sah ich meine riesige sonnenbeschienene Uhr und meine Brille.

Durch ein Glas der Brille konnte ich das Fieldcrest-Etikett sehen, vielmehr sein Verso im Innern, das hübscher war als die Vorderseite, weil man die ganze verschwenderische Üppigkeit des weichen Fadens sehen konnte, die notwendig gewesen war, um das kleine vertraute Logo und das Warenzeichen zu nähen – wenngleich dieser Anblick meinen Furchendrang wiedererweckte, denn auch die Zeit wirkte üppiger, wenn sie verkehrt herum war. Jenseits der scharfrandigen inneren Begrenzung meiner Myopie sah ich die Histiozythe meines T-Shirts, das über dem Telefon lag, welches nur klingeln würde, wenn sich Jenny, meine Koordinatorin, mit einem späten Auftrag für mich meldete, und ich stellte mir das schnelle, höher werdende Arpeggio des metallischen Klickens vor, das die Chromteleskopantenne machte, wenn ich sie grob herauszog, um den Anruf entgegenzunehmen, wobei sich jedes Segment, wenn es das Ende seines Gleitstücks erreichte, beim nächsten unterhakte, und dieselben Klicks in umgekehrter Reihenfolge, nachdem ich aufgelegt hatte und den aspirinförmigen Endknubbel hinabstieß. Auf ähnliche Weise schob sich die Zeit zusammen; es wäre äußerst hilfreich, wenn ich jedesmal, wenn ich die Antenne meines schnurlosen Telefons herausziehe, einen Sprung auslösen könnte. Alles, was mir in den Sinn kam, ließ mich an Pausierungsmechanismen denken, und zwar so sehr, daß ich das Gefühl zu haben begann, ich stünde kurz vor der Wiedererlangung meiner Fähigkeit.

Ich schloß die Augen und öffnete sie wieder, und diesmal sah ich nur auf meine Brille, und da fand ich, das Allerbeste am Sonnenbaden sei, daß man jederzeit die Augen öffnen konnte und die eigene gesellige Brille sah, wie sie da so nah vor dem Gesicht auf einen wartete und ihren scharfen Schatten warf: mit äußerster Klarheit konnte ich die dicke, opake Begrenzung der randlosen Gläser und die Bügel sehen, wie sie sich an ihren knieartigen ohrwärtigen Enden überkreuzten, auch das Wimpernhaar, dessen Bogen mir die Krümmung der Sehhilfe noch sympathischer machte, und den Staub, der sich so allmählich angesammelt hatte, daß er mir nicht aufgefallen war, und die Padstege, die schmutzig waren, deren Schmutz jedoch irrelevant war, weil niemand sonst ihn sehen konnte, und die paarige Reflexion einer verzweigten Bläue in der schwach verkratzten Oberfläche – und diese ganze neunzehntes-Jahrhundert-mäßige Präzision, die ich Tag für Tag im Gesicht trug und die mir genauer anzusehen ich nie schaffte, weil ich die Brille eben immer nur nachts abnahm und automatisch zusammenklappte, neben das Bett legte und am Morgen wieder aufsetzte. Egal, wie oft ich die Augen schloß, meine korrigierenden Gläser würden da in der Sonne liegen, wenn ich sie wieder öffnete, und darauf warten, gelobt und gesehen zu werden, genauer und klarer gesehen zu werden, als wenn ich eine andere Brille aufhätte und sie durch diese hindurch sähe, weil meine Kurzsichtigkeit die Mindestbrennweite verkürzte und selbst fünf Zentimeter entfernte Gegenstände voll betrachtbar machte. Ich sah meine eigene Brille besser, als jeder andere, der keine Brille brauchte, sie je sehen würde. Das Wort «Klarheit» erschien mir sehr schön. Mein Glück besaß eine Klarheit. Mein Glück war optisch. Mein Glück war das unmittelbare Ergebnis meiner

Brille. Sollte ich zur Feier der unschuldigen Klarheit meines Glücks zehn Liegestütze machen? Sollte ich zehn Liegestütze nackt machen? Ich zog die Badehose aus und machte nackt zehn Liegestütze, und jedesmal, wenn ich mich bebend zur Erde hinabließ und mein herabhängender Weichmann widerspruchslos ins Handtuch stupste, drehte ich den Kopf, damit ich meine Brille sehen konnte, wie sie darauf wartete, daß ich sie würdigte. Möglicherweise fand ich sie teils deshalb schön, weil sie hybrid war, weil sie genau zwischen Wissendem und Gewußtem existierte, zwischen dem, was ich sah und wie ich sah. Mir war, als betrachtete ich, wenn ich sie betrachtete, meinen eigenen Gesichtssinn, ja mich selbst.

Allmählich wuchs in mir die Überzeugung, daß ich nur die Brille aufsetzen müßte (die Bügel und Padstege wären mittlerweile ganz heiß – so ließ ich mich gern verbrennen), um die Zeit wieder unter Kontrolle zu haben. Jedesmal, wenn ich sie mit dem Zeigefinger die Nase hochschöbe, würde die Zeit sofort den Dienst einstellen. Mein Wunsch, etwas durch sie genauer zu betrachten, wäre Auslöser genug. So sicher war ich mir, daß meine Brille, indem ich sie endlich einmal einfach *gesehen* hatte, zum Faltenauslöser geworden war, daß ich es nicht einmal gleich ausprobierte: Statt dessen lag ich da und erinnerte mich, wie ich einmal mit Rhody an einem Strand war. Ich ging mit ihr, die Brille auf, in die Brandung, damit ich wenigstens einmal die hokusaischen Bordüren auf den Wellen sehen konnte. Ich wußte, daß ich einen bedeutenden Verlust riskierte (da hatte ich noch meine Linsen, zweifellos untragbar schimmelig), aber törichterweise glaubte ich zu wissen, wie ich mich über den Brechern halten könnte. Rhody sagte: «Willst du sie wirklich auflassen?» Ich sagte, ich würde ganz vorsichtig sein. Nach zwanzig Minuten riß uns die zweite von zwei unerwarteten großen Wellen um. Als sie ablief, hatte ich die Brille nicht mehr auf. Sie war irgendwo im Ozean. Ich war blind und stand im einen Meter fünfzig tiefen, kalten kabbeligen Salzwasser. Rhody und ich tasteten in der sandigen Trübnis herum und lachten hoffnungslos. Allmählich fand ich mich damit ab, daß ich sehr dumm gewesen war und meine geliebten Augengläser verloren hatte. Sekunden später jedoch spürte Rhody zu ihrer Verblüffung, wie sie an ihrem Bein vorbeistrichen, und sie packte sie und schwenkte sie durch die Luft. Ich setzte sie auf und umarmte Rhody, wobei ich sie wie auf einem Reiseposter hochhob. Es war der beste Augenblick der Reise; auf dem Heimflug stritten wir – vor allem, weil ich, ähnlich wie Tolstoi, als er Sonja nach der Verlobung seine verwegenen Journale zeigte, fand, daß ich die Idee der Zeitverzerrung an ihr ausprobieren müsse (was ich ihr natürlich nur als Phantasie dargelegt hatte). Sie nahm es mir sehr übel – und einen Monat später waren wir getrennt.

Ich erhob mich vom Badetuch auf die Knie, setzte die Brille auf und band die Uhr um. Ich blickte hinab auf den Schatten meines halbsteifen Richards auf den blauen Streifen. Was zählte auf der Welt außer der Masturbation? Nichts. Ich schob die Brille am Steg hoch und überzeugte mich, daß Wind und Wolken stehengeblieben waren. In der Furche nahm ich, das Lied «Back in the Saddle Again» auf den Lippen, meine Casio-Schreibmaschine, ging hinaus auf den

Storrow Drive, zog einen Kerl von seinem Motorrad und fuhr damit zwischen den Fahrstreifen voller angehaltener Autos hinaus aufs Cape. An den Stränden war ziemlich wenig Betrieb, was mir gelegen kam; ich war etwa zwanzig Minuten gegangen, als ich eine Frau sah. Sie sah ganz gut aus, wie sie da in einem zweiteiligen Badeanzug von der graugrünen Farbe einer Pflanze namens Kreuzkraut bäuchlings auf einem Handtuch lag. Sie war gerade dabei gewesen, blind zwei diagonale Rampen zu beiden Seiten ihres Handtuchs in den Sand zu graben, was mir sehr zupaß kam. Ihr Oberteil war gelöst, die Träger lagen liebenswert unstraff da und stellten ihre Innenseite zur Schau; ihr Rücken war nicht sehr braun, und beim Auftragen der Sonnencreme hatte sie eine dreieckige Fläche in der Nähe eines ihrer sehr ausdrucksstarken, wohlgeformten Schulterblätter ausgelassen, was in ein paar Stunden schmerzen würde, wenn ich ihr nicht ein wenig Sonnencreme auftrug, was ich tat. Mit gekreuzten Beinen setzte ich mich in der Badehose neben sie, schaltete meine Schreibmaschine an und fing an, eine Geschichte zu schreiben, die, so hoffte ich, sie auf mehr oder weniger niedrigem Niveau interessieren würde.

Natürlich hatte ich keine Ahnung, was ihr gefiel, ob sie ein besonders sexuell orientierter Mensch war, aber sie war eben zufällig diejenige am Strand, die träge im Sand herumscharrte, und mehr brauchte ich nicht von ihr. Der Rest war meine Sache. Ich schrieb eine Geschichte über Vibratoren und Dildos. Ich arbeitete ungefähr sieben Stunden (sieben persönliche Strine-Stunden), vielleicht auch länger. Die ganze Zeit über war es ein Uhr achtunddreißig. Immer wenn ich glaubte, meine Brille würde gleich den Nasenrücken hinabrutschen, schob ich sie eilig wieder hoch, weil ich nicht wollte, daß die Transpiration die Zeit versehentlich wieder in Gang setzte. Ich machte bloß ein paar Pausen; eine, in der ich ihre Brüste sanft von der Seite drückte, um sicherzugehen, daß sie keine Implantate hatte (das Wissen, daß ein Brustpaar falsch ist, ist für meine Lust leider tödlich), und eine, in der ich in der reglosen Brandung schwamm. In der Furche schwimmen hatte ich bis dahin nicht gemacht: Die Viskosität des Wassers variierte, Bereiche pausierter Wildheit in einer brechenden Welle lösten sich, wenn ich hindurchschwamm, auf wie Klümpchen in einem Teig. Muscheln und Kiesel hingen in der Unterströmung wie Unterholz im Wald. Ich fuhr mit dem Finger den stillen scharfen Kamm einer Welle nach und schnippte einen Tropfen Meerwasser mit dem Fingernagel zu Gischt. Das Brustschwimmen die steifspitzen pektinösen Wogen auf und ab war sehr anstrengend. Dennoch fand ich das «Schwimmen» erfrischend (auch da hatte ich natürlich die Brille auf, da keine Gefahr bestand, daß sie mir von der Brandung weggerissen wurde), und als ich ans Ufer trat, tat ich noch ein weiteres, um einen klaren Kopf zu bekommen, indem ich einer Frau um die Fünfzig, die drei Zentimeter im Wasser stand und ihre Füße betrachtete, vorn am Badeanzug zog: ich linste hinein, um mir ihre dicken, tiefhängenden weißen Brüste im gefilterten Licht des Stoffes anzusehen.

Als Pornistenneuling wollte ich eigentlich nur etwas hinhauen, das eine reelle Chance hatte, die Sonnenanbeterin neben mir zu erregen, wenn sie es fand.

(Immerhin wußte ich, daß sie lesen konnte – in ihrer Strandtasche waren ein Roman von James Clavell und ein Buch darüber, wie man einen Job bekam.) Doch als ich losschrieb (über eine Bibliothekarin, einen jugendlichen Nachbarn und einen UPS-Mann, da ich – schließlich war ich Anfänger – meinte, ich sollte wenigstens versuchen, mich an die Konventionen zu halten), wobei ich den Schauplatz und die körperlichen Eigenschaften meiner wenigen Figuren ziemlich willkürlich wählte, fand ich das, was ich da tat, allmählich spannend und merkte, daß ich große Lust bekam, selber zu kommen. Während der ersten ungefähr zwanzig Minuten drückte ich jedesmal, wenn ich das Wort «sie» oder «ihr» tippte, die entsprechenden Buchstaben ganz langsam nieder, wobei mich, aufgrund des bloßen Vorgangs, ein weibliches Pronomen auf die Seite zu setzen, das fast unwiderstehliche Verlangen überwältigte, mich am Riemen zu reiben. Doch ich versagte es mir; statt dessen zog ich die Badehose aus und kniete nieder, kauerte über der Schreibmaschine wie auf einem Gebetsteppich, zeigte dem Ozean meinen offenen Arsch und meine euterhaft baumelnden Eier. Zu der Zeit war ich es, wie ich schon sagte, nicht gewohnt, mich nackt in die Sonne zu legen, und ich entdeckte, daß das Gefühl, daß die Hälften meines emporgereckten Arschs keinen Kontakt mehr hatten – das Gefühl einer feinen Frischluftverdampfungskühle direkt an meinem Arsch*loch* und an der gewöhnlich feuchten gespannten Haut ganz oben an den Seiten meiner Eier –, höchst interessant war. Keineswegs aber wollte ich, daß etwas in mein Arschloch *hinein*drang, nein, nein, ich wollte nur, daß es einmal im Freien war, einmal an der Sonne, und seine Duschsauberkeit wellenwärts zur Schau stellte, auf eine Weise exponiert, die gleichzeitig lüstern und verletzbar war. In dieser ehrerbietigen Haltung schrieb ich mehrere Stunden lang intensiv.

Nicht, daß ich fand, das, was ich da schrieb, wäre nach äußeren Maßstäben unbedingt gut gewesen: Ich war einfach nur direkt neben einer Frau plaziert, die mein Publikum sein würde, auch wenn sie es da noch nicht wußte, und ich befand mich in ihrer unmittelbaren Gegenwart und schuf allein für sie eine alternative «Sie»-Figur, die, indem sie genau so über Dildos und Vibratoren dachte, wie ich es wollte, möglicherweise die wirkliche willkürliche «Sie» neben mir unterhalten würde. Im Grunde verspürte ich zum erstenmal jene berauschende paarige Kombination von Befriedigungen, die der sexuelle Proseur am Beginn eines neuen Projekts empfinden kann, wenn sich sein lange vernachlässigter künstlerischer Ehrgeiz, wie zögernd oder innerlich verhöhnt auch immer – der Wunsch, etwas Wahres und Wertvolles und vielleicht sogar in winzigem Maßstab Schönes zu schaffen –, mit elementarer, ächzender, fotzenleckender Lust verbindet, wobei die beiden Empfindungen einander verstärken und einen, das heißt mich, aus einem hochfliegend verdoppelten Sendungsbewußtsein heraus fast zum Wahnsinn treiben. Einmal, als ich gerade einen Absatz fertiggeschrieben hatte, schrie ich: «Ja, verflucht, ich schreibe Erotika!» in die lautlose, dichte Luft. Und an dem Punkt stellte sich dann die erste leise Unzufriedenheit mit dem Wort «Erotika» ein. Von da an ließ ich das Wort zugunsten seines Ersatzes «Roheit» in der Versenkung verschwinden, und ich habe es nie bereut. Ja, ich hatte mich in ein «Rohlingsrefugium» hier am Strand zurückgezogen, meinen kühlen, trocknenden Arnus in die Sonne reckend, mein Schwanz so hart wie eine leere Perrierflasche, aber seit Stunden und Stunden unberührt. Um meiner Roheiten willen entsagte ich.

Wenn ich einmal stockte oder Inspiration brauchte, legte ich der sonnenbadenden Frau neben mir einfach die Hand auf den Arsch, schob zuweilen auch die Finger in ihr Beinloch oder ließ die Hand auf dem Stoff ruhen; manchmal drückte ich, manchmal tätschelte ich ihn leicht. Ich versuchte, die Schreibmaschine auf ihren Arsch zu stellen, doch das erwies sich als zu unstabil. Einmal zog ich ihr das Bikinihöschen aus und setzte mich unmittelbar auf ihre Weichheit, betrachtete über ihre braunen Beine hinweg das Tableau vivant der Wellen, Arsch an Arsch mit meiner zukünftigen Leserin. Es war angenehm, zu ruckeln und herumzukreisen, zu fühlen, wie sich unser beider vereinigtes Arschfleisch mit seiner lockeren Muskulatur wie *ein* Fleisch über unseren tief darunterliegenden Knochen bewegte: Es war fast eine Form der Kommunikation. Und wenn ich neben ihr kniete und ihre Arschbacken nach außen zog, konnte ich *ihren* Anus freilegen, und das tat ich denn auch mehr als einmal, wobei es mir großes Vergnügen bereitete, meine eigene himmelwärts entblößte Freiluft-Arnalität zu spüren und gleichzeitig die ihre offenzuhalten. Die ihre war ein schönes braunes Pünktchen, ein kleiner, durch einen Asteroidenaufprall entstandener Krater, der eine genauere Untersuchung lohnte. Als Teenager und Twen hatten mich Frauenani nie interessiert – ich glaube, daß sie zu den echten erworbenen Vorlieben gehören. Sie sind diskret, singularisch, klar begrenzt, konzentriert, ganz im Gegensatz zum überreich gefältelten Gyno-Durcheinander der Vaga.

Als ich eine Reinschrift der Geschichte fertig hatte, steckte ich sie in einen Frischhaltebeutel und schloß die Tüte mit einem Clip-Verschluß. Ich hob den Sand unter ihrer rechten Hand aus, da, wo sie gegraben hatte, legte ich die eingetütete Geschichte hinein und bedeckte sie, wobei ich den Sand so fest wie möglich daraufschichtete und das Loch, das sie gegraben hatte, wieder mit den weichen Konturen versah, die ihre Muße ihm gegeben hatte. Ihr Arm war warm. Ihre Haare waren übrigens mit einer Klemme hochgesteckt; sie waren blond mit dunklen Wurzeln. Ich richtete mich hinter einer nahe gelegenen Düne ein, faßte meine Brille am Steg und zog sie herab, wodurch ich die Zeit zum erstenmal, seit ich meine Fähigkeit wiederentdeckt hatte, wieder in Gang setzte. Durch mein Fernglas beobachtete ich, wie sie selbstvergessen grub, als wäre nichts geschehen. Ich finde es immer sehr erregend zu sehen, wie eine Frau wieder lebendig wird, nachdem ich sie für längere Zeit habe pausieren lassen: Sie kann unmöglich wissen, daß gerade ein Zeitabschnitt vergangen ist, der ungleich inhaltsreicher war als jeder, der ihm unmittelbar vorangegangen war. Ein riesiges hellblaues norwegisches Kreuzfahrtschiff von einer Millisekunde hat gerade angelegt, füllige Touristen sind ihm entstiegen, haben Strohhüte und Schmuck gekauft und sind dann alle wieder an Bord gegangen, und das

Schiff hat seine Tonnage zurückgesetzt, die Schiffsschraube hat das Wasser aufgewölbt – und dennoch glaubt sie, die ganzen Millisekunden ihrer jüngsten Vergangenheit entsprächen einander, seien kleine Einer und Dschunken, die hier und da im Hafen dümpeln. Und ich, der ich jene ungeheure Millisekunde bewußt durchlebt, ja gesteuert habe, habe bis zu einem gewissen Grad vergessen, wieviel besser eine Frau ist, wenn sie *nicht* reglos ist, wenn beispielsweise ihre Schulterblätter sich raffiniert in ihrem Rücken herumbewegen können; ihr Lebendigsein hat für mich immer auch etwas von einer Offenbarung.

Nach ungefähr einer Minute gerieten die im Sand verjüngten Fingerspitzen der Frau auf der unerwarteten Glätte der Plastiktüte ins Rutschen. Sie hob den Kopf, um nachzusehen, was sie da gefunden hatte, wobei sie versuchte, den Oberkörper nicht vom Badetuch zu nehmen und dabei zu viel Jamaika zu entblößen. Sie zog meine eingetütete Geschichte aus dem Sand, wischte sie ab und löste den Clip. Und dann fing sie an zu lesen. Im Ernst – *sie fing tatsächlich an zu lesen, was ich geschrieben hatte.* Als ich sah, wie sie die erste Seite meines zweizeiligen Typoskripts nach hinten unter den Stapel schob, noch immer auf dem Bauch liegend, aber mit abgespreizten Ellbogen, das Kinn auf den Händen, schob ich die Faust in meine Badehose und ergriff meine Fleckstange. (Natürlich hatte ich die Hose wieder angezogen, da ja die Welt nun wieder da war.)

Nun folgt, was ich ihr zutage zu fördern und zu lesen gegeben hatte, leicht gekürzt und redigiert (wie es auf der Kolumnenseite immer heißt):

NEUN

Karyn, eine Bibliothekarin in der Abteilung seltene Bücher, war mit David verheiratet, der am etwas provinziellen örtlichen Staatscollege Journalismus unterrichtete. Seine eigenen journalistischen Tage waren vorüber, und er war ein wenig zum Jammerlappen geworden. Er war nach einer bestimmten Marke Nasenspray süchtig und mußte es alle paar Stunden geräuschvoll hochsprühen, was Karyn eigentlich nicht störte, außer wenn Gäste da waren. Sie war Frühaufsteherin, wohingegen ihr Mann bis halb drei oder drei aufblieb und Zeitschriften las, für die er einmal unter verachtungsvollem Stöhnen geschrieben hatte. Sie hatten nicht besonders viel Geld, weil sie Davids Sohn aus einer früheren Ehe ein Studium am Wesleyan bezahlten. Eines Samstags hatten sie einen großen Streit, nachdem David ein paar Pflanzen kaufen gefahren und mit einem Aufsitzmäher für zweitausend Dollar in seinem Transporter wiedergekommen war. Der Nachbarsjunge hatte immer den Rasen gemäht, für fünfundzwanzig Dollar, was wegen der Größe des Rasens nicht zuviel war; es bestand also kein Grund für eine solche Ausgabe. David sagte, er habe nicht umhingekonnt, ihn zu kaufen, weil es ein Modell sei, dessen Motor eine Neuerung am Zylinderkopf aufweise, über die er in *Popular Mechanics* gelesen habe, und es sei ihre Pflicht, Firmen zu unterstützen, die etwas für die Forschung taten und Neues ausprobierten. Karyn war sehr wütend und aufgebracht. Es war wie damals, als er zwei pyramidenförmige Bienenstöcke und eine komplette Bienenzuchtausrüstung für vierhundert Dollar gekauft hatte. Ein Jahr lang hatte es wahre Ströme Honig gegeben, dann waren beide Völker auf rätselhafte Weise eingegangen. Auch hatte der Honig einen «leichten Wildgeschmack» gehabt, um Davids Euphemismus zu benutzen – was hieß, daß er deutlich nach Kuh schmeckte. Trotzig mähte David auf dem neuen Mäher den halben Garten (sie hatten zwei ungenutzte Hektar), kurvte um die mit Planen überzogenen Bienenstöcke herum und kam dann herein, um sich etwas Eistee zu machen und die Beine hochzulegen. Karyn sagte ihm, sie wolle eine Weile von ihm getrennt sein, und so packte er die oberste Schicht Papiere in seinem Arbeitszimmer und ein paar Sachen zum Anziehen zusammen und zog aus.

Sogleich war Karyn glücklicher. Während der folgenden Tage schaffte sie den riesigen Fernseher weg, der sie schon immer gestört hatte, und entfernte die beiden primitivistischen Porträts von Davids Vorfahren aus Connecticut. Sie kleidete sich sorgfältiger, und als ein Mann in der Bank eine Einzahlungsquittung aufhob, die sie hatte fallen lassen, lächelte sie ihn auf eine Art an, wie sie seit langem keinen mehr angelächelt hatte. Sie hatte das Gefühl, sie sei zu haben.

Der neue Aufsitzmäher mußte natürlich auch weg. Doch weil David ihn schon benutzt hatte, war er jetzt offiziell ein gebrauchter Rasenmäher. Der Kerl beim Händler bot ihr einen lachhaft niedrigen Rückkaufpreis, und trotzig sagte sie zu ihm, das könne er vergessen, und ging. Glücklicherweise schickte ihre Mutter ihr, als sie ihr sagte, sie habe David endlich hinausgeworfen, prompt einen Scheck über dreitausend Dollar. Da nun die unmittelbaren Geldsorgen behoben waren, ließ sie den Nachbarsjungen mit dem neuen grünen Aufsitzmäher den restlichen Rasen mähen. Er hieß Kev. Sie sah ihm aus verschiedenen Fenstern zu, wie er auf ihrem Rasen herumkutschierte. Die Risse in den Beinen seiner Jeans, aus denen seine braunen Knie hervorragten, waren betont auffällig, und er trug braune Arbeitsstiefel. Das Hemd hatte er ausgezogen. Er war sehnig; er besaß die Fähigkeit des Heranwachsenden, sich in der Taille zu beugen, ohne daß sich dabei das kleinste Wülstchen Hüftspeck zeigte. Die kleinen Seitenmuskeln seiner Oberarme hatten eine Art schiefe S-Form, die ihr ins Auge stach. Das waren die Muskeln, die er einsetzen würde, wenn er sein Gewicht über ihr abstützte.

Sie beobachtete ihn, wie er sich auf dem leichten Hang zu dem Traktorreifen mitten im Vorgarten in eine Kurve legte. Der Vorbesitzer hatte den Reifen dort hingelegt, weiß angestrichen und Päonien hineingepflanzt. David hatte darauf bestanden, ihn so zu lassen, wie er war; er war einer jener nichtschwulen Pseudo-Camp-Liebhaber, die für jede Geschmacklosigkeit schwärmten, und mittlerweile fand auch Karyn den Reifen ganz nett. Sie hätte nie erwartet, daß sie einmal in einem solchen Haus wohnen würde, an einem Highway eine Meile außerhalb der Stadt und eine Stadt von der entfernt, in der das College war, und sich daran aufgeilen würde, wie sie einem siebzehnjährigen Nachbarsjungen zusah, der mit ihrem Rasenmäher herumfuhr. Seine Brustmuskeln waren unbestreitbar eckig und flach; das Kabel zu seinen Walkman-Ohrhörern wirkte vor seiner Haut fein und leicht pervers. Wie konnte er bei laufendem Mäher überhaupt Musik hören? Sie stellte sich vor, daß sie ihm sanft die Ohrstöpsel herausnahm und die Hose auszog und dann eine Art Kräuterkränzchen für seinen jungen Penis flocht, hauptsächlich aus süßem Genueser Basilikum (eine Art, die sie unlängst angepflanzt hatte), wie eine Lorbeerkrone; vielleicht konnte sie ihm als I-Tüpfelchen auch noch ein kurzes Zweiglein krause Petersilie in die Harnröhrenöffnung einführen, so daß das Petersilienzweiglein, wenn sie seine weiche Neugeborenen-Sexhaut unter Drehbewegungen auf und ab schob und ihm dabei zumurmelte, er solle sich keine Sorgen machen, die Natur nehme eben ihren Lauf, und er dann das abschließende Wimmern herauspreßte, unter dem Druck seines verdickten Spermas in die Luft flitzte. Aber halt, halt – mit einem Siebzehnjährigen wollte sie ja eigentlich nicht schlafen; überdies mochte sie die Mutter des Jungen nicht, die sich ständig beschwerte und Verschwörungstheorien aufstellte und auch nicht besonders helle war. Und so bezahlte Karyn dem Jungen seine fünfundzwanzig Dollar und dazu noch zwei Dollar Trinkgeld.

«Das nächste Mal», sagte sie etwas schüchtern zu ihm, «mußt du mir zeigen, wie man das Ding fährt.»

Sie bemerkte, daß er darauf geachtet hatte, sich das Hemd anzuziehen, bevor er an die Tür kam, um sich sein Geld abzuholen – eine rücksichtsvolle Geste. Er war ein guter Junge. Er sagte: «Ist gut.»

Als er gegangen war, machte Karyn das Schmutzigste, was sie sich vorstellen konnte, nämlich ganz schnell zum Supermarkt zu fahren, sich ein *Cosmopolitan* zu kaufen, nach Hause zu fahren, die Jalousien herunterzulassen und sich auf dem Wohnzimmerboden nackt über die Zeitschrift zu hocken, die bei einem ganzseitigen Kopfbild von Patrick Swayze aufgeschlagen war. «Sieh mal, was ich dir zeige, Patrick», sagte sie und strich sich über die Innenseite ihrer geöffneten Schenkel, wobei sie an ein paar Schamhaaren zog, um der Sache noch eine pikante Empfindung hinzuzufügen. Patricks Augen starrten ohne zu blinzeln zwischen ihren Beinen zu ihr hoch, halb verdeckt von ihrem Busch. «Ja, genau, sieh nur, was ich wegen dir mit meiner großen Klit mache», sagte sie. «Willst du meine dicke fette Fotze kommen sehen? Ja?» Bald verklammerte sich ihr Blick mit dem Patricks, und dann setzte sie sich plötzlich auf seine Nase und den fein lächelnden Mund, wodurch sich das Hochglanzmagazin wellte. Das alles war so untypisch für sie, daß sie sich hinterher aufgeblüht und erfrischt fühlte.

In der Woche darauf regnete es eineinhalb Tage, und am Samstag mußte dringend der Rasen gemäht werden. Wegen seines Fußballtrainings konnte Kev erst um halb vier kommen. Karyn verbrachte den Tag damit, mehrere stark gewucherte Fliederbüsche zu stutzen und in der neuen Jean-Stafford-Biographie weiterzulesen. Als Kevin dann erschien, war sie der Meinung, sie habe ihre sexuelle Energie vollkommen unter Kontrolle und werde schon keine Annäherungsversuche machen, die sie später bereuen würde. Er zeigte ihr, wie man den Mäher fuhr, wobei er sich mehrmals dafür entschuldigte, daß er den Mäher seiner Eltern besser fahren konnte, und er sagte, daß man im Grunde nur dies und jenes tun und auf dieses und jenes achten müsse. Für diese Unterweisung zahlte sie ihm fünfzehn, die er zunächst nicht annehmen wollte, dann aber doch einigermaßen anstandslos einsteckte, und sie winkte ihm nach und begann zu mähen. Es war erregend, durch das Gras zu pflügen, besonders dann, wenn sie die leichte Steigung zum Haus hin hochfuhr und hörte, wie sich der Motor dabei ein wenig anstrengen mußte. Zunächst mähte sie eine Art Bustrophedon-Muster, hin und zurück, dann wechselte sie zu einer aztekischen Rechteckspirale mit dem weißen Traktorreifen als Mittelpunkt. Je sicherer sie in den scharfen Kurven und im Gebrauch des Gaspedals wurde, desto besser verstand sie, warum David diese Maschine besitzen wollte – das Gefühl, sie zu beherrschen, diese breite Bahn damit zu mähen, es war der helle Wahn.

Mit der Zeit bemerkte sie jedoch, daß sie von dem bloßen Gefühl, Herrin über zwölf Komma fünf Pferdestärken zu sein, durch etwas Machtvolles abgelenkt wurde, nämlich dadurch, daß die unablässige Vibration der Maschine nach und nach ihren Klit-Schacht überwältigt, ja ihren ganzen Damm erobert hatte. Sie begann sich zwei große sehnige Männer vorzustellen, wie sie mit hochgeschobenem T-Shirt sterbenden Sklaven gleich über den Traktorreifen hingestreckt

streckt lagen, zum Himmel hinaufschauten und langsam an ihren michelangelesken Penissen zogen. Sie sah sich nackt im frischen kühlen Gras liegen, über sich ein riesiges, sich langsam drehendes Holzrad, an dessen Speichen zwölf nackte Männer festgebunden waren, die Köpfe zur Mitte hin; ihre Hodensäcke hingen sämtlich halb an ihren unbeschnittenen Schwänzen herab, und alle masturbierten sie träge mit der einen freien Hand. Während sich das Folterrad über ihr drehte, spürte sie den bewundernden Blick aus allen zwölf Augenpaaren auf ihren Hüften und Schamhaaren, mit dem sie sahen, wie sie die genau in der Mitte liegenden Schenkel zusammenpreßte, und jedesmal, wenn der Schwanz eines Mannes über ihrem Gesicht in Position kam, öffnete sie den Mund, streckte die Zunge heraus, schloß die Augen und spürte, wie ihr warme samige Spritzer auf Lippen und Hals tropften.

In Wirklichkeit umkreiste sie mittlerweile unablässig den weißen Traktorreifen, mähte längst gemähtes Gras und stand kurz vor dem Kommen, schaffte es aber nicht ganz. Sie war froh, daß der junge Kev gerade nicht zu sehen war, sonst hätte sie sich wohl nicht beherrschen können. Sie ging ins Haus, duschte und kam dann so heftig wie lange nicht mehr, im Liegen auf dem Schlafzimmerboden, die Beine auf dem Bett, indem sie mit einem Finger ihre Pistazie polierte und mit der anderen Hand um das Bein herumgriff und sich den schlimmen Finger gab. Sie verlängerte die Nachgasmen, indem sie sanft ihre Klit quetschte, als wäre sie eine Brustwarze.

Doch als sie eine Stunde später darüber nachdachte, war sie nicht völlig befriedigt. Der Orgasmus selbst hatte zwar fraglos einen Anfang, eine Mitte und ein Ende gehabt, aber ungeachtet seiner Intensität hatten ihm das üppige Grün, die gewundenen Straßen und die heißen, früchtebeladenen Basare gefehlt, die sie nach ihrer Stunde Rasenmähen fast rechtmäßig erwartet hatte. Vielleicht brauchte sie etwas, um ihre Masturbationstechnik aufzupeppen; vielleicht hatte ihre Klitoris ihre Finger nach all den Jahren einfach satt. Die Vibrationen des Mähers waren so unerwartet schön gewesen. Ein Jahr zuvor hatte Davids Wagen Probleme mit der Spur gehabt, so daß das Lenkrad bei ungefähr dreiundsechzig Meilen die Stunde dramatisch zu zittern anfing, und nun fiel ihr wieder ein, daß sie, bevor er es hatte reparieren lassen, ein paarmal hatte rechts ran fahren müssen, um ihren Orgasmus wegzuschaffen, damit sie keine Gefahr für andere Verkehrsteilnehmer darstellte. Sie brauchte einfach mehr Vibration in ihrem Leben, schnellere Vibration – so einfach war das. Der Gedanke an sexuelle Hilfsmittel war ihr in den vergangenen Jahren eher lächerlich erschienen, und als er ihr nicht mehr lächerlich erschien, fand sie ihn zu trendy – sie konnte sich nicht des Verdachts erwehren, daß die Mehrzahl der Vibratoren noch immer als Scherzgeschenke bei offiziellen Abschiedsfeiern überreicht wurden. Aber warum sollte sie nicht doch wenigstens einmal so ein Spielzeug ausprobieren? Sie hatte David vom Hals, sie begann ein neues Leben. Sie nahm sich wieder ihr *Cosmo* vor, wobei sie Patrick mied (der ohnehin etwas verschlissen wirkte), und stieß ganz hinten auf die Anzeige einer Firma in San Francisco, «von Frauen geführt». Diese schickten ihr, ihre Atemlosigkeit spürend, in Windeseile den Katalog, und zehn Tage später bat sie der gute alte UPS-Mann um eine Unterschrift auf Zeile vierunddreißig für ein großes weißes Paket, das nach Karyns Erwartung vier Handgeräte und eine Tube Astroglide enthielt. Der UPS-Mann sah, wie sie erleichtert registrierte, zwar gut aus, war aber nicht perfekt – er hatte ein leichtes Doppelkinn, ein angenehmes asymmetrisches Lächeln, und seine Figur hatte etwas von Davids einsetzender Massigkeit.

Als sie jedoch das Paket öffnete, stellte sie fest, daß sie nur drei Spielzeuge bekommen hatte und nicht die vier bestellten. Da war der verblüffend realistische handbemalte, leicht aufwärts gebogene «Arno Van Dilden Heavydick» mit beweglichen Eiern und Saugnapfsockel, dann der «TorqueMaja Desnuda», made in Switzerland, mit seinen zwölf Spezial-«Power-Stoß»-Geschwindigkeiten und schließlich das mixereske «Oster»-Spiralmodell mit Netzanschluß und der kleinen Zubehörbox; doch sie vermißte den einen Meter zwanzig langen doppelköpfigen «Royal Welsh Fusilier» mit den beiden beweglichen Vorhäuten – er sollte in einigen Tagen nachgeliefert werden. Zunächst ärgerte Karyn sich; sie wollte alle vier Artefakte dahaben, um sie eins nach dem anderen auszuprobieren, aber dann fand sie, daß die, die sie schon hatte, mehr als genug waren, um sie über die nächsten achtundvierzig Stunden zu bringen. Besonders hatte es ihr der schnell summende und erfrischend unpenile Oster angetan. Sie klaute ihrem vernachlässigten PC den Überspannungsschutz und steckte ihn unterhalb des Steckers der Waschmaschine ein (sicher ist sicher), dann schloß sie den klittig knubbeligen Oster an und kam mit seiner

Hilfe mit mystischer Intensität, nackt auf dem kalten Deckel der Waschmaschine, die Tür zur nahen Garage weit offen, während sie auf ihr bebendes Tittenfett hinabblickte und ihre ganzen BHs und Unterhosen im feuchten Dunkel unter ihr herumschleuderten. Und wenn der Radiowecker sie wochentags um halb sieben weckte, zog sie ihn aus der Verlängerungsschnur und steckte den Oster hinein, wobei sie sich der Illusion hingab, daß sie die Zeit anhalten könne, wenn sie den Tag gleich mit einem flotten spiralgetriebenen Klasmus begann.

An dem Tag, als der noch ausstehende Vibrator eintreffen sollte, nahm sie Urlaub. Als der UPS-Laster gegen ein Uhr noch immer nicht gekommen war und Karyn, schon in ihrer dritten Unterhose, plötzlich einen Perlmutthandspiegel an eine ihrer Brustwarzen hielt und beobachtete, wie sich die Aureole schrumpelnd zurückzog, und als sie dann versuchte, die Brustwarze durch ein Knopfloch in ihrer Leinenbluse zu drücken, fand sie, daß es an der Zeit war, etwas zu *tun* – den Rasen zu mähen, der es in der Tat nötig hatte. Sie zog einen vollen, weiten Zigeunerrock mit nichts darunter an sowie ein geripptes schwarzes Mieder ohne BH und fuhr den Mäher aus der Garage in den Garten, den mit frischen Batterien bestückten Van Dilden auf dem Schoß. Mitten im Vorgarten sprang sie herunter, und vor aller Welt (allerdings zu schnell, als daß jemand richtig hätte sehen können, was sie vorhatte), mit dem Rücken zur Straße, leckte sie den vier Zentimeter breiten Saugnapfsockel, preßte ihn fest auf den Sitz der leerlaufenden grünen Maschine und drückte den kleinen Schalter. Sie betrachtete es, dieses entzükkend obszöne verschwommene Realismusrohr, wie es da auf dem Sitz bebte, simultan von seinem eingebauten Minimotor und dem Makromotor des Mähers erschüttert, und ihre Schlippe lechzte danach, von ihm aufgestoßen zu werden. Sie schlug einmal dagegen; das Gerät schwang ein wenig zur Seite, löste sich aber nicht ab. *Jetzt* wollte sie mähen; sie wollte den verdammten Rasen mähen, wie sie ihn noch nie gemäht hatte.

Die Füße fest auf das Bodenblech des Mähers setzend, sich am Steuer festhaltend, schwang sie gelassen den Rock über den Sitz und senkte sich mit durchgedrücktem Nacken und geschlossenen Augen langsam herab, bis sie spürte, wie der summende hirnlose Kopf des Van Dilden sie unten in den Schenkel stupste. Sie mußte sich nur noch ein ganz klein wenig zurechtrükken, schon befeuchteten kitzlige Tröpfchen ihre auf sich selbst konzentrierten, öffnungsbereiten Schlippelippen, und sie war bereit, sich von unten ficken zu lassen: Lächelnd blickte sie zu den vorbeifahrenden Autos hin und stieg aufs Gas, und mit einem langen Stöhner, den das jähe Aufheulen des Motors übertönte, wurde ihre schwappende Fotze zurück und hinab auf die breite handgegossene Masse des Van Dilden gestoßen. Schwer saß sie darauf und mähte und mähte, und wie sie so mähte, war ihr, als würde sie der ganze Rasen mit geballter Kraft ficken: Jeder kleine Hubbel, jedes Auf und Ab der Soden, jeder Stoß von einem zähen Distelstiel wurde über den mit Autoschwanz ausgerüsteten Mäher direkt in ihren verdutzten Gebärmutterhals telegraphiert, während die zwölf kolbenhebenden Pferdestärken noch ihre internen

Verbrennungen beisteuerten. Zehn Minuten oder länger traktierte sie den Rasen, wobei sie einen Ohnmachtsanfall riskierte, aber erfolgreich vermied, und immer wieder zum Verkehr hinlächelte, weil da ja niemand etwas von dem absoluten Ganzbecken-Fotzenfick ahnen konnte, den sie sich beim Mähen gab. Sie senkte den Kopf Richtung Steuerrad, war gerade kurz davor, sich leise wimmernd kommen zu lassen, als sie den UPS-Laster rechts ranfahren sah. Der Fahrer winkte ihr mit dem Klemmbrett zu und kam mit einem langen rechteckigen Karton herübergelaufen, wobei er seine Sonnenbrille in die Hemdtasche steckte. Karyn richtete sich auf und bemühte sich um Fassung. Es gab keine Möglichkeit, den Van Dilden abzuschalten, ohne den Rock zu heben. Sie war schweißüberströmt. Jenseits aller menschlichen Hörfähigkeit schrien ihre Brustwarzen nach einem kundigen Mund. Sie unterschrieb, wo der UPS-Mann hinzeigte, Zeile 27, und hoffte, der leerlaufende Motor würde ihn verscheuchen, und beinahe hätte er ihr auch den Karton übergeben, doch dann sagte er etwas, was sie nicht verstand.

Er gestikulierte mit dem Karton fragend in Richtung vordere Veranda; Karyn nickte. Sie sah ihm nach, wie er zur Veranda lief. Er rannte wie ein Trainer. Ihr war noch gar nicht aufgefallen, daß er attraktive Augen hatte; sein hilfsbereites Zögern war ganz sexy, als sie es der Vorstellung des gegossenen Dings gegenüberstellen konnte, das sie jetzt gerade fickte. Dennoch wollte sie, daß er weiterfuhr, damit sie zu Ende mähen konnte.

Er war den Hang zu seinem Laster schon halb hinabgegangen, als er stehenblieb und mit einem «Dürfte-ich-Sie-um-etwas-bitten?»-Blick zurückkam.

«Ja?» schrie sie.

Er sagte etwas, das sie nicht verstand. Widerstrebend stellte sie den Mähermotor ab. «Entschuldigen Sie – was?»

«Ach, den hätten Sie nicht abzustellen brauchen», sagte er. «Ich wollte Sie nur fragen, ob ich mir bei Ihnen vielleicht den Kopf abduschen könnte. Ich verbrenne gleich. Da hinten im Laster sind es bestimmt an die vierzig Grad.» Plötzlich runzelte er die Stirn. «Hören Sie das?»

Es war der Vibrator. Er fühlte sich so schön an. Sie lächelte und schloß die Augen. «Was genau hören Sie denn?»

«Läuft der Motor noch?» sagte er.

«Nein, da ist nichts», sagte Karyn. «Gehen Sie sich nur den Kopf abduschen. Der Schlauch ist gleich seitlich am Haus. Ach, verdammt – ich hab ja das Wasser im Keller abgestellt, weil es irgendwo rausläuft.»

«Na ja, lassen Sie nur, schon gut.» Er wandte sich ab. Ihm schien tatsächlich heiß zu sein. Die Vorstellung, daß er sich den Kopf abduschte, gefiel ihr.

«Das Wasser ist schnell wieder angestellt, ich steig nur kurz von dem Ding da runter.» Karyn streckte die Hand aus, und er hielt sie stützend fest. «Uff», sagte sie. Sie hob sich vorsichtig von dem Van Dilden und stieg vom Mäher. Die schimmernde Schwanzform summte auf dem glitschigen, mancherorts sogar schaumigen Sitz brav weiter. «Verzeihen Sie», sagte sie und tat den Anblick mit einer wegwerfenden Handbewegung ab. «Ich hab bloß was ausprobiert.»

«Ist das...» sagte er mit herabhängendem Kiefer und deutete darauf. «Hab ich das neulich angeliefert?»

«Ja. Kommen Sie, ich stell Ihnen den Schlauch an.»

«Warten Sie.» Er zog sich das Hemd aus und legte es über den Dildo.

«Danke», sagte Karyn.

Während der UPS-Mann sich in der Hüfte herabbeugte und im kalten Schlauchstrahl prustete und schnaubte, machte Karyn den neuen Karton auf. Darin lag, mittig umgeknickt, der lange, schlanke, doppelköpfige «Royal Welsh Fusilier».

«Ist das das Richtige?» erkundigte sich der UPS-Mann, während er sich das Wasser aus den Augen wischte. «Wenn nicht, kann ich es für Sie zukleben und gleich wieder zurückschicken.»

Karyn nahm ihn heraus und schob probehalber die beiden Vorhäute zurück. «Ja, es ist mehr oder weniger so, wie ich es mir vorgestellt habe.»

«Was haben Sie damit vor? Ich heiße übrigens John Westman.»

Karyn stellte sich ebenfalls vor, und sie gaben sich die Hand. Sie spürte, wie sein Blick über ihre Brustwarzen strich. «Ich weiß schon, was ich gern machen würde», sagte sie, «aber leider geht das auf meinem neuen Aufsitzmäher nicht, weil das, was mir vorschwebt, etwas mehr Privatsphäre erfordert.»

«Na, wie wär's denn hinten in meinem Laster?»

«Daran habe ich auch gerade gedacht. Sie müssen aber dabei fahren. Und ich werde nicht mit Ihnen schlafen – ginge das für Sie?»

«Ja, glaub schon. Ich bin nur neugierig. Sie haben mich ganz neugierig gemacht.»

Zusammen holten sie sein Hemd und ihren Van Dilden.

«Lecken Sie mal da dran?» sagte sie. Er leckte den Saugnapf, und sie setzte den Schwanz auf den Metallboden seines Lasters. Zu beiden Seiten von ihr waren auf Drahtregalen Kartons gestapelt. Zum Fahrersitz hin gab es einen schmalen Durchgang. Der UPS-Mann setzte sich nach vorn und sah ihr zu. Er drückte sich durch die Hose hindurch zwischen den Beinen.

«Nun fahren Sie einfach los», kommandierte sie, während sie den Rock hob und sich über den Van Dilden kniete. «Suchen Sie einen Feldweg und fahren Sie. Ich will, daß der Laster holpert.»

«Mit Vergnügen», sagte er. Sie stellte den Vibrator auf voll und glitt halb darauf hinab. Während sie auf die beiden Enden des Fusiliers Astroglide schmierte, schaltete er herunter und bog auf einen Feldweg ab. Der Laster schaukelte und schlingerte. «Jaa, das ist es», sagte sie, von unerwarteten UPS-Laster-Seitenfickbewegungen gestoßen. Noch vom Mähen erhitzt, wurde sie ungeduldig. «Halten Sie jetzt mal kurz an. Ich möchte, daß Sie mir das eine Ende da in den Arsch stecken.»

Mit einer Hand zog sie den Rock über den Arsch hoch, beugte sich vor und reichte ihm den doppelköpfigen Vibrator. Der Kopf des Van Dilden steckte noch in ihr.

«Soll ich ihn anstellen?» fragte er, während er die kleine Fernbedienung untersuchte.

«Ja, eigentlich schon, aber, hm, das wichtigste ist, daß Sie ihn mir jetzt sofort in den Arsch schieben.» Er schaltete ihn an dem kleinen Bedienungskästchen an. Die zwei Summtöne hatten unterschiedliche Frequenzen und wauten abwechselnd phasengleich und -verschoben. Karyn spürte, wie etwas Hartes gegen ihre Arschmuskeln stieß. «Ja», sagte sie. Sie entspannte sich und ließ den Kopf eindringen. «Noch ein bißchen tiefer. Wow. Und jetzt fahren Sie – Herrgott, fahren Sie Ihren Scheißlaster.»

Der UPS-Mann sprang wieder auf seinen Sitz und legte den Gang ein. Karyn machte die Beine gerade und setzte sich flach auf den Van Dilden, die ausgestreckten Beine vor sich. Dadurch wurde auch der Royal Welsh Fusilier tiefer in ihren Arsch gestoßen. Es war wie ein fleischiges Schwert. «Ich hab ein Spielzeug in der Fotze und eins im Arsch», ächzte sie. Der Laster polterte und schunkelte los. Sie zog den flexiblen Fuselier über ihr Steißbein hoch und bog ihn um die Hüfte herum, und wie sie gehofft hatte, kam sie mit dem anderen Ende leicht bis an ihre Klit. Sie zog die «Vorhaut» zurück und drückte den glatten zweiten Kopf gegen sich. «Oh, fuck», sagte sie, als sie spürte, wie es sich in all ihren Kreisläufen regte.

«Ist das recht so?» rief der UPS-Mann. Mannhaft fuhr er von einem Schlagloch zum nächsten, wobei er mit einer Hand steuerte. Die andere hatte er, wie Karyn sah, zur Faust geballt und rieb damit seinen überraschend fleischigen, korallenbegiebelten Schwanz auf und ab. Die braune UPS-Hose hing ihm um die Knie, der Reißverschluß war zum Zerreißen gespreizt. Der Feldweg führte bergab.

«Wird schon ganz schön», rief Karyn höflich. Dann nahm ihre Stimme einen Befehlston an. *«Und jetzt machen Sie die Stotterbremse.»* Sie hielt den Rocksaum mit dem Kinn fest, damit sie auf ihre gespreizte Vaga blicken konnte. Die Straße rammte die Van-Dilden-

Schwanzform in ihre brennende Fotzenhaut. Sie langte nach hinten und drehte den Fusilier in ihrem Arsch. Ihre Klit sah aus, als wollte sie gleich aufspringen und auf alte Freunde trinken; das andere Ende des Doppelköpfigen saß seitlich daran fest und redete im schnellen, gleichmäßigen, selbstgewissen Ton des Zuträgers böser Gerüchte, den Vibratoren bei ihren Klit-Kundinnen gebrauchen, auf sie ein. Karyn spürte, wie ihr ein sagenhafter, riesiger, dickmuskliger Orgasmus langsam die Beine hochkroch und sich nach allen Öffnungen hin ausbreitete. Sie spuckte ihren Rock aus. «Stottern Sie schneller!» befahl sie erneut. «O Scheiße! O Gott! Das ist es! Stottern Sie. Bremsen, bremsen, bremsen. Ja, genau so. FICK MICH MIT DEINEM LASTER! WICHS DIESEN DICKEN FIESEN SCHWANZ UND FICK MICH MIT DEINEM LASTER IN DEN ARSCH!»

Der UPS-Mann trat im schnellen Rhythmus des langgezogenen weißknöcheligen Auf und Ab seiner Faust aufs Bremspedal. Er sah aus, als könnte er es keine Sekunde mehr zurückhalten. Der Laster ruckte und bockte. Ein Karton von Harry and David's stürzte neben Karyn um. Ächzend preßte sie sich auf ihre Spielsachen, spürte, wie sie ihre Sexlöcher bis zur Schmerzgrenze dehnten. «Jetzt sieh her, wie ich komme! ICH KOMME! AAAAAAAAH, fick fick fick, ich komme, ICH KOMME!» Sie drückte den Silikonschlangenkopf fester gegen ihre Klit und ließ sich von dem lastergenerierten Orgasmus durchfluten.

Der UPS-Mann hielt den Kopf nach hinten gereckt und glotzte stieläugig auf ihre vollgestopfte Möse. Er stöhnte vokalisch auf und hob den Hintern von seinem

Sitz. «Ja, da kommt's!» sagte er. Mit einem letzten Aufwärtszug spritzte sein kompakter dicker Schwanz eine Ladung United-Parcel-Kolbenkleister über den Ärmel seiner Uniform. «Ooh, ja, Baby. Ooh, ja.»

Er nahm den Gang heraus, und beide rangen sie nach Luft. Karyn stand wacklig auf und strich sich den Rock glatt. Der Royal Welsh Fusilier fiel mit einem schlangenartigen Plumps aus ihrem Arsch auf den Boden. Der UPS-Mann seufzte glücklich auf. «Als ob Sie es selbst hinbringen», sagte er kopfschüttelnd.

«Wie wahr», sagte Karyn.

Als die Bremsen abgekühlt waren, fuhr er sie nach Hause. Und noch Monate danach, wenn John der UPS-Mann ein weißes Paket anlieferte und Karyn die Bibliothekarin zu Hause war, half er ihr, das Sexspielzeug zu testen, das garantiert darin war. Auch ohne ihn hatte Karyn mit Hilfe diverser Dildi eine Vielzahl von Freiluft-Orgasmen auf ihrem Aufsitzmäher, und wenn sie einen Nachmittag mit Mähen und Kommen verbracht hatte, breitete sie oft hinten im Garten ein Handtuch in der Sonne aus und legte sich die eine oder andere Stunde hin, die Brille neben ihrer Hand zusammengeklappt, und roch den Geruch von gemähtem Gras und Benzin und Sexsaft an ihren Fingern.

ZEHN

Ich weiß ja, als Erohtikon war das hier und da eine Idee überdreht, aber als Erstversuch, fand ich, müßte es gehen. Das Schreiben machte Spaß. Aber viel, viel mehr Spaß machte es, meiner sonnenbadenden Begleiterin beim Lesen zuzusehen. Ich hatte so viel Zeit neben ihr verbracht, daß sie mir schon wie eine alte Freundin vorkam, und dennoch hatte ich keine Ahnung, wie sie darauf reagieren würde. Durchs Fernglas starrte ich auf ihren Mund. (Sie hatte die Sonnenbrille aufgesetzt.) Jede Zeile, die sie las, war für mich ein persönlicher Triumph; jedesmal, wenn sie eine Seite weiterblätterte, war ich im siebten Himmel. Das war eine Freude, wie ich noch keine erlebt hatte. Schon bevor sie anfing zu lesen, ließ der Anblick, wie sie das Päckchen aus dem Sand zog und den silbernen Clip öffnete, mein Herz in alle Richtungen ausschlagen wie das des Cocoa-Puffs-Kaninchens. So sehr wollte ich, daß sie meine selbstfabrizierte Schweinerei in der Hand hielt und las! So sehr wollte ich ein Gefühl gesteigerter Neugier in ihr geweckt haben. Einen Ausdruck verblüffter Neugier im

Universum geschaffen haben, wo zuvor nur eine Frau gewesen war, die in einem grünen Badeanzug in der Sonne am Strand lag und im Sand scharrte.

Und – ich wünschte, ich könnte das um des dramatischen Effekts willen wispern – *sie wurde tatsächlich ein bißchen geil*, doch, doch. Ein erstes Anzeichen dafür war, daß sie sich umblickte, um sich ihrer Abgeschiedenheit im Dünengras zu versichern, dann richtete sie den Oberkörper auf den Ellbogen unmerklich etwas auf, so daß sich ihre Tittenform verlängerte, und als sie, die beiden saumseligen Cherubim, fast frei über der Erde schwebten, bewegte sie die Schultern, so daß ihre Brustspitzen leicht über die offenen maschenbesetzten Körbchen ihres abgelegten Bikinioberteils strichen. Ich erwog, die Zeit anzuhalten, um sie einen Augenblick lang zu umfassen, wollte ihre Reaktion dann aber doch lieber kontinuierlich, ohne Unterbrechung sehen. Ein wenig später, etwa bei der vierten Seite meines Typoskripts, kratzte sie sich lange am Bein, offenbar ohne sich dessen bewußt zu sein. Ich nahm das als gutes Zeichen, als Zeichen des Versunkenseins. Dann zog sie plötzlich das Kinn ein, von etwas überrascht, und schüttelte den Kopf. Sie sah sich um. Sie las weiter. *Dann* ging es los: das rhythmische antiphone Anspannen ihrer Pomuskeln, erst der linke, dann der rechte, links rechts, links rechts, so daß ihre herzförmige Arschkurve vor meinen Augen systolierte und diastolierte. Ich wußte, daß diese marschierenden Kontraktionen ihr Buschbein fest gegen das Handtuch und in den entgegenkommenden Sand darunter drückten, und der Anblick dieser heimlichen Selbstbestätigung machte mich so scharf und wild, daß ich, um die Energie abzuführen, das Fernglas fallen lassen, die Brille hochschieben und den ganzen Strand entlangrennen mußte, barfuß im Slalom um die angehaltenen Familiengruppen, die einzelnen Muschelbetrachter und die ergrauten Voyeure herum. Auf dem Rückweg, ich rannte etwas langsamer, verharrte ich vor einem großen, sechzehn- oder siebzehnjährigen Mädchen in einem blauen Maillot, das vor der Kälte zurückschaudernd einen Schritt weit im Wasser stand, und ich blieb einen Augenblick keuchend stehen, damit ich ihr die engsitzenden Schulterträger abstreifen und ihren weißen, breithüftigen, sexuell unfertigen Körper betrachten konnte, während der Badeanzug verkehrt herum an ihren Beinen hing. «Wird schon noch werden», sagte ich zu ihr, als ich sie wieder anzog. Dann nahm ich meine Fernglasstellung in der Nähe meiner arschig-aggressiven Leserin wieder ein und verschnaufte erst einmal. Seltsamerweise hatte ich Gewissensbisse, weil ich sie mit der Siebzehnjährigen betrogen hatte.

Sie las die ganze Geschichte, und als sie fertig war, steckte sie sie wieder in die Plastiktüte, machte den Clip darum, begrub sie da im Sand, wo sie sie gefunden hatte, und markierte die Stelle mit drei kleinen Muscheln. Dann langte sie nach hinten, hakte ihr Oberteil fest und drehte sich um. Ich sah, wie ihr Bauch sich hob und senkte. Ich bildete mir ein, daß sie ein bißchen schneller atmete, als sie es getan hätte, wenn ihr nicht gerade meine Worte durch den Kopf gegangen wären. Ich war *in* ihrem Kopf. Sie hatte Sachen gelesen, die ihr nicht gefielen oder die sie blöd fand, aber trotzdem rumorte es in ihr, und deshalb wollte sie jetzt *nach Hause* gehen. Sie setzte sich auf, zog ein weites ausgebleichtes T-Shirt über, das ihr fast bis zu den Knien reichte, löste ihre Haare und ging den Weg zu einer Gruppe neuerer Blöcke mit Eigentumswohnungen am Ende des Strandes hoch. Wie üblich hielt ich sie an, als sie gerade die Tür aufschloß, so daß ich an ihr vorbeihuschen und mich irgendwo in ihrer Wohnung verstecken konnte. Ich finde es schrecklich, mich in der Wohnung einer Frau zu verstecken, wenn sie da ist, weil ich dann plötzlich zum Eindringling werde und mir unweigerlich die ganzen gräßlichen Filme einfallen, in denen sich einer im Haus versteckt, während die Musik dreiklangmäßig ominös zu werden droht. Das allerletzte, was ich will, ist, jemanden zu erschrecken.

Zum Glück bin ich aber gut darin, in Gegenwart einer Frau unentdeckt zu bleiben. Noch nie habe ich einer Angst eingejagt. Und die Wohnung der Frau hier war perfekt, da sie ganz offen und loftartig war und das von Trägern gestützte Schlafzimmer eine Wendeltreppe hoch lag. Ich setzte mich auf ihr Bett und hörte gespannt zu, wie sie unten herumpusselte, und als ich sie die Treppe hochkommen hörte, hielt ich die Zeit an, ging an ihr vorbei (duckte mich unter ihrem Arm hindurch) nach unten und setzte mich auf einen Stuhl in der Küche. Von dem ganzen zeitverzerrenden Schieben und Ziehen an meiner Brille waren meine Ohren oben schon ein bißchen wund, aber das war ein geringer Preis dafür. Wasser begann durch die Rohre zu laufen, immer ein gutes Zeichen. Ich drückte meine dreieinige Schrittbeule gegen die kühle Kante der Corian-Arbeitsplatte.

Schließlich sprang ich und ging nach oben, um nachzusehen, ob es das Waschbecken, die Dusche oder ein Bad war, und traf sie nackt und vornübergebeugt dabei an, wie sie hinten in einer Schublade kramte, während der Hahn die Wanne füllte. Eine halbe Minute lang studierte ich ihr Profil: Sie hatte ein lebhaftes, etwas schmales, vom Sonnenschutz noch öliges Gesicht mit einem hohen Nasenrücken, einer Nase, die intelligenter als ihre Augen wirkte, falls man das sagen kann. (Wobei ich bei der Bewertung der Intelligenz von Frauenaugen in der Furche allerdings sehr vorsichtig sein muß, weil sich das Aussehen eines Menschen von einem Augenblick zum nächsten radikal verändert; ich konnte sie ja in einem Moment unvorteilhafter Unaufmerksamkeit erwischt haben.) Ihre Mundwinkel waren angespannt, während sie die Hände in der Schublade hatte. Ich konnte nicht erkennen, was sie da unter ihren zusammengelegten Sweatshirts und Leggings suchte, doch ich hatte so meine Hoffnungen.

Kurz bevor eine Frau ein Bad nimmt, wenn das Wasser schon einläuft, gibt ihre Nacktheit plötzlich all die aufgeladenen Lüsternheits-Ionen ab und wird gänzlich *artistique*: Sie ist nackt, um zu baden, wobei *baden* ein Wort mit einer so weichen Oberfläche, einem so offenen Vokal und so bescheiden ist, daß man die Einzelheiten ihrer Schönheit würdigen kann, ohne daß einem dabei irgendwelche erektilen Wildheiten in die Quere kommen. Plötzlich ist sie eine moderne Tänzerin, ein Wassergeist, eine Waldnymphe, eine Nudistin, ihre Titten sind nicht eigentlich Titten, sondern Brüste und sprechen, ganz gleich, wie irre sie geformt sind, doch weniger den Grapscher und Taschenbillardspieler, sondern eher den liebevoll würdigenden Ansel Adams in uns an. Und das trotz ihrer manifesten protosexuellen Reize – ihrer sanft gewölbten Warzenhöfe und des maurischen Bogens, den ihr Arsch beschrieb, indem er ansatzlos in ihre Schenkel überging –, die ich erst jetzt, wo sie aufrecht auf den Beinen stand, einer gründlichen Betrachtung unterziehen konnte. In jener ersten Furche blieb ich jedoch nicht sehr lange, da ich unbedingt wollte, daß sie in ihrem Vorsatz fortfuhr, egal, worin er bestand. Ich verschwand wieder, stellte die Zeit an und zerstreute mich mit der Lektüre eines halben Artikels im *Conde Nast Traveler* über eine kanadische Seenplatte (der Name meiner Badenden war, dem Adreßaufkleber auf der Zeitschrift zufolge, Michelle Hoffman), und dann, als das Wasser aufhörte zu laufen, schaute ich wieder nach, was sie trieb.

Sie war in die Wanne gestiegen. Ihre Knie befanden sich über der Wasseroberfläche, die Kniescheiben waren flach und eckig und das Wasser klar (diese Frau brauchte kein genitalreizendes Schaumbad!), und sie hatte gerade einen Arm angehoben, so daß lange hellgrüne Wasserbanner und -schlangen reglos davon herabströmten. Die Hand hielt locker einen roten, von einem Rand nicht fallenden Wassers weichen Waschlappen. Mit Leichtigkeit hätte ich mich zu ihr in die Wanne knien und beim Anblick der flußartigen Wasserläufe wichsen können, die sich an ihrem Ellbogen vereinten und herabfielen, ungefähr wie die fröhlichen dreieckigen Vinylfähnchen, die um Gebrauchtwagengelände herum hängen.

(Das heißt, nein – in dem Moment mußte ich überhaupt nicht an ein Gebrauchtwagengelände denken, sondern daran, wie bei einer Frau der Urin zwischen den Beinen herabfällt, nämlich wirr, in einem stegosaurischen Fächer aus schwierig zurückzuverfolgenden Hahnenkammdreiecken. Ich hatte immer geglaubt, daß das Harnen bei Frauen so verzwickt anders als bei Männern klang, habe nur etwas mit den Endpunkten dieses geweiteten Abflusses zu tun, da es so viele gesonderte Auftreffpunkte auf dem Toilettenwasser gab, im Gegensatz zu dem einzelnen, gebündelten Fall des steten männlichen Stroms – neulich aber, als ich Joyce in der Damentoilette von der Nebenkabine aus beim Pinkeln zuhörte, erkannte ich, daß es nicht nur daran lag. Der wesentlichere Unterschied ist, daß der männliche Urin beim Austritt aus dem Penis *kein Geräusch macht*, weil er aufgrund der übermäßigen Länge der männlichen Harnröhre zu einem gebündelten, laserartigen Strom geworden ist. Das einzige Geräusch also, das Männer machen, ist das Geräusch, das ihr abgegangener Urin später produziert, wenn er auf diejenige Struktur oder Substanz prallt, auf der er auftrifft. Doch die Harnröhre der Frau arbeitet nicht heimlich, still und leise. Sie ist kurz, weil sie nicht dazu benötigt wird, einen Kommschuß abzufeuern (das heikle Thema der Feminakulation übergehe ich an dieser Stelle); ihr Urin drängt aufgeregt heraus, anstatt sich in einer einzelnen laminaren Säule zu ergießen, und dieses Austrittssprühen selbst macht ein deutliches Geräusch, ein liebenswertes, hohes Pfeif-Träller-Zischen, das man über dem Grundton komplexen Endplätscherns hören kann. («Wasser lassen» als Euphemismus trifft daher viel eher auf das zu, was Frauen machen, als auf das, was Männer tun.)

Aber noch wollte ich bei Michelle nicht kommen – ich war neugierig darauf, ob sie selbst noch sexuelle Pläne hatte. Um ehrlich zu sein, ich war ein wenig verletzt, daß sie die Geschichte, die ich geschrieben hatte, nicht mit nach Hause genommen hatte, um sie für immer zu behalten – wenngleich ich mich mit dem Gedanken tröstete, daß sie, indem sie sie wieder vergraben hatte, vielleicht so rücksichtsvoll war, eine streng geheime Interliebhabersendung in Ruhe zu lassen. Dennoch fühlte ich mich ein wenig zurückgesetzt, und ich hoffte, wieder besseren Mutes zu werden, wenn ich ihr zusah, wie sie ganz für sich allein etwas machte, was als echter, konkreter Beweis dafür diente, daß ich ihr genitalisch aktiv nahegekommen war. Ein Bad allein genügte da noch nicht. Wie ich so am Wannenrand kniete, nahm ich im Wasser neben ihren Füßen etwas Dunkles wahr. Ihre Zehen kringelten sich darum. Als ich den Kopf ganz dicht an die Oberfläche des verschwenderisch chlorierten Wassers hielt, wobei ich mich an einem ihrer Knie abstützte, stellte ich fest, daß der Gegenstand, wie ich natürlich gehofft, aber nicht zu erwarten gewagt hatte, ein großer, realistischer schwarzer Gummidildo war. Sie badete mit ihrem Gummidildo – o Poesie! Sie relaxte, hielt die Augen geschlossen, dachte nicht an das zielstrebige U-Boot, das da außer Sichtweite jenseits ihrer abgewinkelten Knie kreuzte, doch da es fraglos dort im Wasser bei ihr war, hatte sie es auch im Hinterkopf, wo es sie gerade so auf der Kippe zur bewußten Erregung hielt. Es war an der Zeit, etwas bei ihr zu wagen.

Ich räumte alle Sachen aus dem hohen Wäschekorb, der unter dem Badezimmerfenster stand, häufte sie auf ihr Bett und stieg in den Korb, ein zerknittertes dunkelgraues Leinenhemd von ihr locker übers Gesicht gelegt. Obwohl ich in einer etwas fötalen Lage war und durch das Leinen nicht besonders gut sehen konnte, bekam ich doch eine gewisse Vorstellung davon, was vor sich ging, wenn sie weiterbadete. Ich furchte mit der Brille aus; sogleich spannte sich ihre Hand um den roten Waschlappen, und ein Wasserschwall rann ihren Arm entlang herab. Dann passierte eine Weile nichts. Mehrmals wischte sie sich mit dem Waschlappen Schweißperlen von der Stirn und stieß insgesamt drei lange Seufzer aus. Es gab Platscher, deren Ursprung ich nicht bestimmen konnte. Eine Weile rasierte sie sich die Beine. Sie ließ heißes Wasser nachlaufen und verteilte es. Ein paarmal flüsterte sie laut vor sich hin, ging, soweit ich es mitbekam, irgendwelche Fetzen erinnerter Gespräche durch. Ein paarmal hob sie, wie es aussah, die Beine zu Streckübungen. Als der Schmerz in meinen Knien zu heftig wurde, sprang ich, stieg aus dem Wäschekorb und machte unten eine Pause, in der ich den Artikel über die kanadischen Seen zu Ende las. Ich sang das Beatles-Lied «Here, There, and Everywhere», wobei ich in ihrem Wohnzimmer herumging. Ich ließ meine Sachen als kleinen Hügel auf ihrem Couchtisch liegen, ging wieder hoch und zwängte mich in den Korb, das Leinenhemd über dem Kopf; ich wußte, daß etwas Schönes passieren würde. Nach ungefähr einer Viertelstunde stand sie auf, ließ das Wasser von sich ablaufen und trocknete sich ab. Ich war bereit, jeden Moment die Brille hochzuschieben, falls sie sich entschloß, das Handtuch in den Korb zu werfen, doch sie tat es nicht. Nachdem sie sich die

Haare abgetrocknet hatte, legte sie sich das Handtuch über die Schultern, und dann stützte sie sich mit den Händen auf dem Wannenrand ab und kniete nieder, ein Bein im Badewasser, das andere außen auf dem Fußboden. «Uuh, ist das kalt», sagte sie, als ihre Vaga den gerundeten Wannenrand berührte.

Ich war in dem Korb viel zu eingeengt, um auch nur daran denken zu können, etwas mit meinem Richard anzustellen, aber ich wollte ohnehin nur sehen, was sich mir da bot: der Anblick, wie sie sich auf die Hände vorlehnte und sich mit dem ganzen Gewicht ihrer Hüften auf dem Rand der Badewanne wiegte. «Wo ist der Schwanz?» sagte sie. «Ich will den Schwanz sehen.» Sie fischte im Wasser herum, zog den Dildo heraus und sah ihn an. Sie tauchte ihn mehrmals ins Wasser und zog ihn heraus, wobei sie ihn jedesmal abschüttelte; offenbar gefiel es ihr, wie er glänzte. Dann rutschte sie den Wannenrand entlang und heftete den schwarzen Pimmel mit seinem Saugnapf ungefähr auf Augenhöhe an die geflieste Duschwand. Sie fuhr mit dem Gesicht darüber, küßte ihn auf die wunderbarste fetischistische Weise und knabberte daran herum. «Das gefällt dir, wenn ich deinen dicken Pimmel da lutsche, was?» sagte sie. Sie legte zwei Finger auf den Wannenrand und schob sich darauf, so daß sie gespreizt unter ihrer Klit lagen. Sie ließ sich den Kopf des Gummipimmels über die geschlossenen Lider streichen, dann erhob sie sich ein wenig, ein Bein noch immer in der Wanne, das andere außerhalb, und rieb sich sehr schnell ihren Schlitz, wobei sie den an der Wand befestigten Pimmel mit ihren Brustwarzen umkreiste. Als sie die Beine ganz durchgestreckt hatte, konnte sie sich an die Fliesenwand lehnen, den Gummipimmel zwischen die Beine nehmen und mit seiner federnden Masse über ihr Klitknötchen streichen. Mit Stirn und Brustwarzen berührte sie die kalten grünen Fliesen. Einmal küßte sie das Handtuch über ihren Schultern. Ich verging vor visuellem Glück.

«Willst du meinen Arsch?» fragte sie den Dildo und schien eine bejahende Antwort zu bekommen, denn sie wandte sich, die Hände auf dem Wannenrand, von ihm ab und wackelte mit dem Arsch davor hin und her. Der Saugnapfsockel verlor seine Saugwirkung, und plötzlich fiel der Schwanz auf eine Muschelseifenschale hinab. «Och, hab ich dich schockiert, Süßer?» sagte sie. «Bin ich zu schnell für dich?» Sie tauchte ihn wieder ins Badewasser, schüttelte ihn ab, stellte sich rittlings über die Wanne, befestigte ihn auf dem Wannenrand und lutschte ihn. «Siehst du, wie leicht es ist, dich wieder steif zu kriegen?» sagte sie. Sie stellte sich darüber, zog an ihren Schamhaaren, so daß sie ihre Klit sehen konnte, und sagte zu dem Dildo: «Bist du bereit, die schöne saubere Fotze da zu ficken? Weil ich nämlich für dich bereit bin. Bestimmt bist du es. Bist du groß und steif genug, um die hungrige Fotze da auszufüllen?» Sie beugte die Knie, bis der Gummikopf den Eingang fand, dann setzte sie sich fest darauf. Eine Weile fickte sie ihn hüpfend, dann erhob sie sich, ging sich einen Spiegel holen und stellte ihn so hin, daß sie zusehen konnte, wie der Gummimann bei ihr ein und aus ging. Sie fickte ihn noch eine Weile. Durch den Gazeschleier ihres Hemds, das ich trug, beobachtete ich, wie ihre Finger die Klitfalten umkreisten, bis mir angesichts dieses Lyrismus fast die Tränen kamen. War Michelle auch sonst so schweinisch? Wohl nicht. Um den Dildo in ihrer Kommode zu finden, hatte sie ja richtig wühlen müssen. Das war kein alltäglicher Automatikfick für sie, bestimmt nicht. Vielleicht hatte doch mein UPS-Laster damit zu tun.

Ich verhielt mich völlig ruhig, atmete kaum, während sie ihrem Klasmus immer näher kam. Kurz vor dem Kommen hielt sie plötzlich inne, fickte dann langsam noch etwas weiter den Dildo und rammte ihn sich dann fest hinein. Dann fing sie an, durch die zusammengebissenen Zähne unglaubliche Geräusche zu machen, gefolgt von so herrlichen fasanigen Lauten, daß ich überrascht war, wie ich ohne sie überhaupt hatte leben können. Ihr kleiner Finger fuhr in ihr Arschloch, und sie begann zu schielen – die Starterlaubnis war erteilt. Dann sagte sie: «Ah, fick die Fotze, Baby, fick sie, fick die Fotze», immer wieder. Schließlich verzerrte sich ihr Gesicht zu einer schiefen, hektischen Grimasse, und ich stieß die Brille hoch und hielt sie mitten in ihrem Dildoorgasmus an.

Ich stieg aus dem Korb, ganz langsam, weil ich so steif war. Ich begutachtete ihr Höhepunktgesicht aus jedem Winkel, versuchte, mir sein kurzlebiges extremes Aussehen einzuprägen. Ich hielt ihren kecken kleinen Finger, der noch immer in ihrem Anus steckte. Ich legte das Ohr ungefähr zehn Zentimeter von ihrem offenen Boot entfernt auf den Wannenrand und betrachtete den Finger, der sich ihres hellrosa angeschwollenen Nervs annahm, und die sehr weiche Innenhaut dahinter, die sich fest um meinen amerikanischen Landsmann spannte, meinen Gummigenossen, der wie ich Verstecken spielte. Was ich da sah, gefiel mir sehr. Ich leckte ihre Knöchel; ich tippte mit dem Schwanz gegen ihre Brüste, um zu sehen, wie sie bebten; ich setzte mich, ihr zugewandt, ebenso wie sie rittlings auf die Wanne und bearbeitete wie wild meinen Richard, bis er fast soweit war. Als ich bereit war, stand ich auf und sagte mit seltsamer Stimme, in einem fast flehenden Singsang: «Laß mich bei dir sein, Süße, du bist so sexy, bitte, laß mich auf dein Gesicht kommen», und ohne eine Antwort abzuwarten, ließ ich meine ganze heiße Bechamelsoße auf ihre fest geschlossenen Augen schießen, unfähig, mich zurückzuhalten, obwohl ich wußte, daß ich es womöglich hinterher bereuen könnte – nicht zuletzt deshalb, weil es so viel Mühe machen würde, das alles aus ihren Wimpern und Brauen zu wischen. Als ich fertig war, setzte ich mich kurz auf die Wanne, um auszuruhen. «Danke», sagte ich. Auf den Anblick meiner Soße auf ihren geschlossenen Augen war ich nicht besonders scharf, doch die Schönheit ihres ekstatischen Ausdrucks überdeckte ihn; ja, daß das Ergebnis meines Orgasmus auf ihrem noch immer kommenden Gesicht zu sehen war, schien völlig nebensächlich, und so sollte es ja auch sein. Ich stellte die Zeit für den winzigsten Bruchteil einer Sekunde an, damit sie einen haptischen Flash vom Gefühl flüssiger Wärme bekäme und dies ihrem Klasmus vielleicht eine neuartige Note verliehe, und dann verbrachte ich volle zehn Minuten damit, alle Spuren meines Spermas von ihr abzutupfen und vorsichtig abzuspülen. Ich stopfte ihre schmutzige Wäsche wieder in den Korb. Ich warf einen letzten Blick durch den Raum, um sicherzugehen, daß ich alles ordentlich hinterlassen hatte. Ich stellte mich hinter sie und ließ die Zeit ein, zwei Sekunden lang aufflackern, um sicherzugehen, daß sie nicht postorgasmisch argwöhnte, sie habe Gesellschaft gehabt, und als ich mich davon überzeugt hatte, daß sie sich sicher und ungeschändet fühlte, ging ich nach unten, zog mich an und ging leise hinaus. In Wirklichkeit war nichts geschehen.

Ich hatte vorgehabt, meine UPS-Geschichte im Sand, wo sie die Stelle mit drei Muscheln gekennzeichnet hatte, falls sie sie später noch einmal wollte, begraben liegenzulassen, doch als ich auf mein geliehenes Motorrad stieg, überkam mich die Eitelkeit, und ich rannte zurück, um sie auszugraben. Dann, noch immer in der Furche, fuhr ich langsam nach Hause. Während ich den Seitenstreifen der Route 3 entlangfuhr, dachte ich unablässig an Michelles Bad; ich hatte das brennende Verlangen nach einem Bild von Michelles Komm-Gesicht (bevor ich selbst darauf gekommen war, meine ich); es war ein Anblick, der einem das Leben ein ganzes Jahrzehnt lang verschönern konnte. Bedauerlicherweise lassen sich in der Furche gemachte Polaroid-Bilder nicht richtig entwickeln – ich weiß das, ich hab's versucht. Einmal war da eine Frau in einer Flugzeugtoilette: Ich hatte sie am Zeitschriftenstand am Flughafen eine *Playboy*-Nummer «Girls of Summer» durchblättern sehen und sie dann im Flugzeug im Auge behalten, und als sie auf die Toilette ging, wußte ich, daß sie es sich wahrscheinlich machen würde. Ich sprang also, zog einer der Flugbegleiterinnen den Schlüssel aus der Tasche, öffnete die Tür und sah sie, einen hohen Absatz im Stahlbecken, den anderen in die Luft gestützt, da, wo die Tür gewesen war, und sie war atemberaubend am Kommen, worauf ich mir bei einem Passagier die Polaroid lieh und ein Bild von ihr machte, doch durch irgendeine Eigenheit der Furchenchemie, die ich nie begreifen werde, kam das Grün nur sehr schwach heraus, und das Orange und das Rot waren überhaupt nicht zu sehen; mehr als mein visuelles Gedächtnis hatte ich also nicht. Nebenbei bemerkt überrascht es mich, daß es noch kein Männermagazin namens *O-Shots* gibt, das sich ausschließlich Nahaufnahmen von im Orgasmus begriffenen Frauengesichtern widmet. Am unteren Rand eines jeden Foto-Layouts wäre dann ein kleines, amtlich aussehendes, von dem Model unterschriebenes Echtheitszertifikat, in dem es hieße: «Hiermit bestätige und schwöre ich, daß ich während der oben abgebildeten Fotoaufnahmen einen oder mehrere weibliche Orgasmen gehabt habe und daß mein Gesichtsausdruck weder fiktiv noch halb fiktiv ist, sondern das wahre, unsimulierte Ergebnis meiner eigenen Lust und meines Vergnügens darstellt.» Ich würde es abonnieren. Oder vielleicht einen O-Shot-Kalender – das Orgasmusgesicht März, das Orgasmusgesicht November?

Der Typ, dessen Motorrad ich geliehen hatte, hockte finster an einem Baum nicht weit von der Stelle, wo ich ihn abgeworfen hatte. Der Zettel, den ich ihm ans Bein geheftet hatte, steckte zerknüllt in seiner Hand; er lautete: *Ich habe mir Ihr Motorrad geliehen. Warten Sie hier, ich bringe es Ihnen in Kürze zurück.* Vernünftigerweise hatte er gewartet, aber glücklich war er nicht. Ich stellte die Maschine vor ihm ab, ging nach Hause und legte mich ins Gras. Ich nahm die Brille ab und rieb mir die Augen. Überall ging die Zeit wieder an. Ich war erschöpft. Die verstrichene Strine-Gesamtzeit hatte fast elf Stunden betragen; die verstrichene Echtzeit etwas über zwei Stunden. Im Zeitraum eines einzigen «Tages» war ich ein doch etwas erfolgreicher Amateurpornograph geworden. «Roheit verschönt das Leben», seufzte ich glücklich und dachte dabei an den einsamen alten Henry James. Dann döste ich noch ein Weilchen auf dem blaugestreiften Handtuch.

ELF

Ich habe mir einen neuen, besseren Arbeitsrhythmus angewöhnt. Jetzt verbringe ich jede zweite 24-Stunden-Periode in furchenumhüllter Isolation. Um halb acht wache ich auf, und wenn es ein Furchentag ist, schnippe ich schwerfingrig die Zeit aus, schüttle die Uhr, um sie zu entstarren, und dann verbringe ich die ganzen folgenden vierundzwanzig Stunden in der stillen Halbachtheit meines Zimmers und arbeite an diesem Buch. Laute Ohrhörer habe ich mir abgewöhnt; ich kann jetzt denken, ohne dabei Musik zu hören. Gelegentlich mache ich einen kleinen Spaziergang. Ich nehme Mittag- und Abendessen ein und gehe zur selben Zeit zu Bett, wie ich es tun würde, wäre die Zeit in Kraft, und dennoch habe ich einen ganzen ruhiggestellten Schreibtag im frühen Morgenlicht, das gut für meine Konzentration ist. Nach einer durchschlafenen «Nacht» wecke ich die Welt mit einem zweiten Schnippen, dusche und gehe zu meiner fortlaufenden Zeitarbeit in der MassBank. Es tut mir nicht besonders gut, die Hälfte meines Lebens in der Furche zu verbringen und damit mein Alterungstempo zu verdoppeln, aber ich habe vor, diesen alternierenden Rhythmus nur so lange aufrechtzuerhalten, bis ich mit meiner Autobiographie etwas vorangekommen bin. Ein unerwarteter Vorteil dieses Verfahrens ist, daß das wirkliche Leben, das Leben, das ich im Zeitenfluß verbringe, auf nicht unangenehme Weise ausgedehnt wirkt, als wäre ich wieder zehn Jahre alt; meine privat interpolierten «Gestern» schieben Ereignisse von nur zwei oder drei Tagen davor in die mittelferne Vergangenheit.

Bin ich ein entfremdeter Mensch? Mancher, der bis hierher gelesen hat, könnte das meinen; mancher könnte meinen, daß einer, der auf das ekstatisch schielende Orgasmusgesicht einer unbekannten Frau spritzt, ohne daß sie sich dessen bewußt ist, doch ein entfremdeter Mensch sein muß – oder noch etwas Schlimmeres. Und Zeitarbeiter sind ja auch aufgrund ihrer beruflichen Wurzellosigkeit *prima facie* entfremdet. Doch ich erkenne nicht, wie dieses näselnde, soziologisch klingende Wort in irgendeiner sinnvollen Weise auf mich Anwendung finden könnte. Ich komme gut mit anderen Menschen aus. Es ist mir vielleicht nicht so gut gelungen, in diesem Abriß meines Lebens meine Zurechnungsfähigkeit deutlich zu machen, da ich mich auf die Episoden der Zeitverzerrung konzentrieren mußte, die meine Erfahrungen einzigartig machen und fast durchweg die als kontrollierte Geistesstörung bekannte sexuelle Erregung einschließen, doch bin ich keineswegs ein Verrückter. Ich habe keinen kaputten Affekt. Ich bin freundlich und liebenswert. Hin und wieder gehe ich mit einer Frau aus. Ich habe sogar mehrere Freunde. Längerfristige Beziehungen hatte ich mit drei Frauen, wovon Rhody die letzte war. Der einzige größere Unterschied zwischen mir und jeder beliebigen Anzahl von Bewohnern des Großraums Boston ist, daß ich fähig war und bin, verschiedene Arten der Chronokupplung zu erfinden und einzusetzen. Halt, einen Unterschied gibt es wohl noch: Ich bin so arrogant, wenigstens manchmal zu glauben, der Grund dafür, daß unter allen Zeitgenossen *ich* ausgewählt wurde, um diese chronanistische Fähigkeit zu empfangen und zu entwickeln (wenn es denn eine übernatürliche Zeitarbeitsvermittlung gibt, die so etwas auswählt), sei vielleicht der, daß man mir damit *vertrauen* kann – wenigstens so weit, daß ich niemandem ernsthaften Schaden zufüge. Moralische Grundsätze hängen teilweise von ihren Folgen ab, die Folgen von der Zeit; und da meine Amoralität ausschließlich in flüchtigen Pikozuständen zeitloser Folgenlosigkeit aufflackert und erlischt, haben die üblichen Regeln einfach nicht dieselbe Verbotskraft. Niemand sollte das Recht haben, nach Belieben, nach einem Fingerschnippen oder dem Umlegen eines Schalters, einer Frau die Kleider auszuziehen, ich aber schon, wie ich finde, denn zunächst einmal liegt in meiner Neugier mehr Liebe und Toleranz als in der anderer Männer. Bevor Rhody mit mir Schluß machte, erzählte sie mir einmal, der Reiz, etwas mit einem Maler zu haben (sie meinte einen gegenständlichen Maler), liege in der Möglichkeit, daß er sie richtig sehen und alles, was es über die Form ihres Körpers zu wissen gäbe, wissen würde – wenn sie sich für ihn auszöge, dann hätte das eine erregende Vollkommenheit. Niemand anderem würde ihre Körperlichkeit so viel bedeuten wie seinem Blick, und daher wäre ihre Nacktheit bei ihm erotischer als bei jedem anderen. Ich bin kein Maler, ich bin nur Zeitarbeiter und kreativer Gelegenheitsrohling, und dennoch behaupte ich, daß ich, wenn ich eine auf der Straße vorbeigehende Frau ausziehe, weil ihr Gesicht oder ihr Körper mich ansprechen, mehr in ihr sehe als andere. Natürlich mag das viel mit Selbsttäuschung zu tun haben. Doch kann ich wahrheitsgemäß sagen, daß ich nie enttäuscht bin, nie – etwas anderes als Liebe und Dankbarkeit kann ich gegenüber einer Frau, wenn ich sie heimlich ausziehe, gar nicht empfinden. Sagen wir, sie hat da eine tiefe Kaiserschnittnarbe, die außer ihrem Mann noch niemand aus der Nähe gesehen hat. Sagen wir, ich sehe bei ihr einen Körperteil, auf den sie nicht besonders stolz ist. Indem ich ihn sehe, spüre ich, wie das Gute in mir *erblüht* – ich weiß, es wäre ihr peinlich, daß ich ihn gesehen habe, egal, was für einer es ist, und ich verwandle das Wissen um diese ihr unterstellte Peinlichkeit in aufwallende Zuneigung für sie und ihre Verletzbarkeit.

Jeden anderen, der täte, was ich getan habe, würde ich aufs schärfste verurteilen. Die Sache aber ist, ich habe es getan, *ich* habe es getan, und ich kenne mich, ich weiß, daß ich niemandem weh tun will, daß ich es gut meine. Ich möchte einfach gern wissen, wie jede Frau aussieht und sich anfühlt. Ich möchte nur würdigen, wie sich die Rippen einer völlig Fremden unter meinen Händen anfühlen, oder Haare anfassen, die ich noch nie angefaßt habe, oder auf das Gesicht einer Frau kommen, während sie in ihrem eigenen Orgasmus erstarrt ist. Und da ich in der Fermate diesen Bedürfnissen nachkommen kann, ohne die Frau zu belästigen –

ohne sie zu beschämen, zu ängstigen oder in dem zu unterbrechen, was sie gerade tut oder denkt –, einfach, indem ich das gesamte bekannte Universum ein paar Minuten oder Stunden lang anhalte, finde ich das, was ich tue, nicht so falsch, daß ich mich über mein unwiderstehliches Verlangen, es zu tun, hinwegzusetzen hätte. Ja, vielleicht ist das, was ich tue, sogar einfach richtig und gut! Nie glotze ich lüstern auf dem Gehweg. Die Furche hat mir gestattet, meine Heimlichkeiten zu perfektionieren. Vielleicht würde jede Frau, die ich ausgezogen habe, würde sie mich kennen, würde sie wissen können, was ich dachte, während ich den Reißverschluß ihres Kleides öffnete und ihren BH löste, wollen, daß ich sie auszog und an ihren Brüsten leckte und ihren Körper verstand, wie er wahrhaft verstanden zu werden verdiente.

Rhody sah das allerdings nicht so. Als ich diesen Gedanken ihr gegenüber erwähnte (auf dem Rückflug von unserem Strandurlaub), zeigte sie anfangs Interesse daran, wandte sich dann aber dagegen, wobei sie zu seiner Bezeichnung schreckliche und meiner Meinung nach völlig unangebrachte Begriffe wie «Nekrophilie» gebrauchte. Ich möchte feststellen, daß ich nicht nekrophil bin. Diese Vorstellung hat für mich keinen Reiz. Liaisons zwischen Untoten mögen in Mode sein, in mir jedoch fließt kein Tropfen Vampirblut. (Vor ein paar Jahren allerdings, auf dem Höhepunkt meiner Furchenphase mit dem Druckbleistift, legte ich bei Barnes & Noble der berühmten Anne Rice ein Paar sogenannter «Nippelschlingen» an. Für ein paar Minuten klickte ich die Zeit an, um ihr die Möglichkeit zu geben, sie zu spüren, während sie mein

Buch signierte – es sollte ein Geburtstagsgeschenk für jemanden werden. Dann nahm ich sie ihr wieder ab. Wenn sie etwas gemerkt hat, dann war sie extrem cool und ließ sich nichts anmerken.) Die Fermate läßt Dinge zu, die das genaue Gegenteil des nekrophilen Ideals sind: Sie gibt mir genügend Zeit, an einer bestimmten gelebten Sekunde im Leben einer Frau teilzuhaben, am Zuwachsergebnis von lauter Entscheidungen, Mißgeschicken, Freuden und Kümmernissen, während sie unmittelbar dabei ist, das alles in seiner Flüchtigkeit zu verarbeiten. Daß man alle Aspekte ihres gedankenlosen Lebendigseins erforschen kann, wo ihre Sachen spannen, die Struktur ihres Körpers, ihren Ausdruck, ihre Gerüche, wie sie gerade steht oder geht, wie das alles in einem einzelnen totalen, unmittelbaren weiblichen Ich-Delta zusammenfließt – das ist die große Verlockung der Furche. Die Furche gestattet mir, ihr in Zeiten, da sie vollkommen bei Bewußtsein, aber nicht im mindesten ihrer selbst bewußt ist, sexuelle Gerechtigkeit widerfahren zu lassen: «Hinhaltungen», wie Hopkins diese Zeiten genannt haben könnte, im täglichen Fluß ihres Lebens, dessen spezifischer Komplex von Eigenschaften ansonsten für jedermann unsichtbar vorübergegangen wäre – unfotografiert, ungepriesen, ungewürdigt, ungeliebt. Gerade ihre Wahllosigkeit und oft auch ihr Mangel an unverhüllter Erotik macht diese Momente erotisch so kostbar. Mein Gesichtssinn ist unendlich und liebevoll promisk, und mit jedem Sprung erhalte ich eine weitere Gelegenheit, einen auserwählten Körper so zu lieben, wie er wirklich ist: beispielsweise den Arsch einer Frau zu sehen, wenn seine Besitzerin und Betreiberin gerade an einem Münzfernsprecher redet und an andere Dinge denkt als daran, daß sie einen Arsch hat, weswegen ihr Arsch vollkommen er selbst sein kann.

(Beispielsweise habe ich einmal in einem Einkaufszentrum einer Frau zugesehen, wie sie die lange Glasfläche vor der Gefriertheke der Eisdiele abwusch, in der sie arbeitete – sie wischte mit dem Tuch so heftig über das Glas, daß ihr Arsch ungehemmt im Uhrzeigersinn kreiste, um sie bei ihrer harten Arbeit im Gleichgewicht zu halten. Sie trug, was ich nicht ganz begreifen, aber verzeihen kann, eine extrem enge Stretchjeans, und ich schrieb die Gleichung hin, mit der ich damals in die Furche gelangte – ich hatte sie aus einer Gleichung abgewandelt, die ich einmal in einer Mathematikzeitschrift gesehen hatte –, und dann zog ich ihr die Hose herunter und kam in eine Zuckertüte, während ich auf ihre Arschspalte starrte. Jetzt aber sehe ich, daß das eigentlich kein gutes Beispiel dafür ist, wie ich einen Arsch würdige, während er selbstvergessen er selbst ist, weil der Grund dafür, daß sie mich anzog, der war, daß ich sie zuvor schon ein paar Minuten lang beobachtet hatte, als sie einen Kunden bediente, und ich hatte gespürt, wie relativ unstolz sie auf ihr Gesicht und ihren Oberkörper war und wie sicher sie sich war, daß ihr Arsch das Beste an ihr darstellte, und wie sehr sie daher, obwohl es ziemlich sauber war, das Glas vor ihrem Laden hatte waschen *wollen*, den Rücken den ganzen Jungs im Einkaufszentrum zugewandt. Als deren Stellvertreter, in deren Namen kam ich.)

Das Entscheidende ist jedenfalls, daß ich mich nie für eine Frau interessieren könnte, die sinnlos betrunken ist, unter Beruhigungsmitteln steht, im Koma liegt oder tot ist; denn dann ist sie sich meiner nicht bewußt, und ich will ja so mit ihr zusammensein, daß sie sich meiner bewußt wäre, wenn ich mich nur nicht in eine Ritze ihres Tages gedrängt hätte, die so unendlich klein ist, daß sie nicht wissen kann, daß ich gekommen und wieder gegangen bin.

Die Diskussion mit Rhody hatte damit angefangen, daß sie im Flugzeug apropos winziger Latino-Badehöschen verkündet hatte, es interessiere sie immer mehr, nackte Männer und ihre Penisse zu sehen. Sie sagte, besonders gefielen ihr Semis – damit meine sie Penisse, die nicht ganz hart seien, da eine harte gerade Linie am menschlichen Körper unschön wirke, aber auch nicht ganz weich und schrumplig, sondern lässig, geschwungen, voll und interessiert und bereit, sich aufrichten zu lassen, wie (erklärte sie) Jimmy Cliffs Penis in *The Harder They Come*. Da wurde ich lebhaft, weil ich gern über Sex rede, und ganz spontan beschloß ich, daß dies der richtige Augenblick war, ihr meine Furchenvergangenheit zu gestehen, wobei ich sie zunächst als hypothetischen Fall anlegte. Na schön, sagte ich zu ihr, was hielte sie wohl davon, wenn es auf dem Klavier einen Akkord gäbe, bei dem jedesmal, wenn er gespielt wird, die Zeit stehenbleibt? Angenommen, damals, als sie an der Tufts war, hätte ihr Klavierlehrer (in den sie, wie sie mir erzählt hatte, verknallt gewesen war) an einer endgültigen Ausgabe eines Stücks mit dem Titel *Map* von einem einst vergessenen, aber nun zunehmend geschätzten Komponisten des zwanzigsten Jahrhunderts namens Mascon Albedo gearbeitet. Angenommen, Rhodys Klavierlehrer Alan Sparkling hätte bei einem Vergleich der auf Mikrofilm aufgenommenen Manuskripte mit der Ausgabe des Werks von Yates und Boling aus dem Jahr 1903 eine überraschende Anzahl erheblicher Fehler entdeckt und sie korrigiert. Während sich seine Korrekturen häuften, hätte sich sein Eindruck verstärkt, daß *Map* ein viel bedeutenderes Werk war, als man hatte wissen können, aber auch daß er, Alan Sparkling, einen sicheren Instinkt für Albedos Stil entwickelte. Und dieser Instinkt sagte ihm, daß es da einen Akkord gab, der, obwohl er sich im Vergleich mit mehreren der relevanten Manuskripte als korrekt erwies, dennoch ganz falsch oder wenigstens unvollständig klang. Er klang überhaupt nicht wie ein Akkord, den Albedo an der Stelle im Stück verwendet hätte. Zudem war er von entscheidender Bedeutung für den Sinn des Stücks – ein sehr leises Klingen, das auf einen langen, schwammigeren Klaviersatz folgte und fremdartig und triumphal wirken sollte, dies aber, so wie es dastand, nicht konnte. Über dem Akkord stände eine Fermate.

Sparkling witterte also eine bedeutende Entdekkung, die seine neue Ausgabe krönen würde, ging wieder zur Sewanee University, wo Albedos Manuskripte lagen, und sah erneut einige der Notizbücher durch, die der Meister während der Zeit, als er jenen Satz von *Map* komponierte, geführt hatte. Albedos späteres Leben war mit eigenartigen Vorfällen und kleineren Skandalen garniert gewesen – es hatte sogar Gerüchte gegeben, er sei wahnsinnig geworden. In den Notizbüchern standen über bestimmten motivischen Schnipseln rätselhafte Anmerkungen – etwa «O Gott, ja!» und «Und hier entwickelt das Feld eine größere Kraft». Alan bekam nach und nach den Eindruck, daß *Map* für Albedo mehr als ein Stück Klaviermusik gewesen war; daß es für ihn eine Art magisches Klangrezept oder magischen Bann darstellte. Langsam wuchs in ihm auch der dringende Verdacht, daß die Fehler in der Ausgabe von Yates und Boling nicht vom Verlag verursacht, sondern bewußte letzte Änderungen von Albedo selbst gewesen waren, Änderungen, die jedwede Macht, die *Map* den Interpreten gab, außer Kraft setzen sollten, damit er, Albedo, ihr alleiniger Besitzer bleiben konnte. In einem der Notizbücher stieß er schließlich auf eine Seite mit einer stark radierten Stelle unter einer großen Fermate, und mit Hilfe einer Lupe konnte er den Akkord lesen, der da gestanden hatte. Es war eine unvergleichlich bessere Variante des falsch klingenden Fermatenakkords in *Map*.

Zutiefst beeindruckt von sich, nahm Professor Sparkling die letzte Maschine nach Boston, nunmehr sicher, daß er ein Meisterwerk des zwanzigsten Jahrhunderts in der Aktentasche hatte, poliert, gereinigt, wiederhergestellt, durch seine profunde Gelehrsamkeit und seinen feinen musikologischen Instinkt aus seinem dodekaphonischen Schlummer erweckt. Am folgenden Tag gab er Klavierunterricht. Rhody war seine allerbeste Studentin, und an dem Vormittag raste sie mit solcher Verve durch das *Tombeau de Couperin*, daß er sich ihr aus einer Laune heraus, die er selbst nicht ganz begriff, mit dem Ausdruck tiefsten Ernstes zuwandte, sie an den Schultern faßte und ihr sagte, sie allein müsse die neue autorisierte Version von *Map* ausarbeiten. Er machte ihr eine Kopie seiner eigenen Korrekturen, damit sie sie in die Partitur einarbeiten konnte. Eine Woche verging. Alan, der sich an seinen

Entdeckungen weidete, spielte die eine oder andere Stelle aus *Map* für sich selber und hörte mit halbem Ohr hinein, die meiste Zeit jedoch verbrachte er damit, seinen Artikel darüber für *The Quarterly of New Music* fertigzustellen. Da es sich um ein ungeheuer schwieriges Werk handelte, machte er gar nicht erst den Versuch, die ganze Komposition von Anfang bis Ende durchzuspielen, nicht einmal oberflächlich. Dazu waren, wie er fand, begabte Studentinnen wie Rhody da.

Die ganze Woche übte Rhody hingebungsvoll *Map*; sie war sich bewußt, was für eine Ehre es darstellte, die erste zu sein, die die korrigierte Fassung wieder zum Leben erwecken durfte. Bald wurde ihr klar, daß Professor Sparkling zu Recht begeistert war: Mascon Albedo entpuppte sich nicht als ein lediglich drittklassiger Freund von Luciano Berio, sondern als plötzlich aufragender Titan der Klaviermusik. Wenngleich ihr das Stück an der Oberfläche zunächst verzwickt und überintellektuell geklungen hatte, merkte sie, als sie ihr Spiel vervollkommnete, daß es ganz im Gegenteil einen fast verstörenden sinnlichen Sekundärreiz hatte: Es machte ihr die physische Realität ihres Spiels aufs äußerste bewußt. Verlangte das Stück einen schlichten As-Dur-Dreiklang mit der linken Hand, dann hatte sie dabei ein Gefühl, als wären die schwarzen As- und Es-Tasten sanfte, flache, baumbestandene, von vergessenen Gletschern abgeschliffene Hügel und das C dazwischen ein nebelerfülltes Tal, über das sich ihre schwebenden Finger ganz früh morgens an einem Fallschirm herabsenkten; eine gewöhnliche Ansammlung reiner Viertel und Fünftel durchfuhr sie wie die Notenlinien eines Eierschneiders; sie spürte regelrecht, wie die filzbedeckten Hämmer sanft gegen die Klavierdrähte stießen, sanft wie die Nasen von Schafen im Pferch oder Fische gegen Glas; mit außerordentlicher Lebhaftigkeit spürte sie, wie ihr rechter Fuß seine kleinen Sprünge auf dem Haltepedal vollführte, wodurch gerade gespielte Harmonien fortgeschwemmt wurden und aus ihrer Schlammringkampf-Vergangenheit sauber eine neue Harmonie erwuchs. Das Stück schien das Erstaunen wiederzuentdecken, das im Grunde jeder Klavierspieler über die Erfindung des Klaviers empfinden sollte. Überdies merkte sie beim Spielen, daß mit ihrem Zeitempfinden merkwürdige Dinge geschahen, aber nur, wenn sie ganz am Anfang begann und das Stück in einem Zug durchspielte.

Ein anderer Klavierschüler, Paul Mackey, klopfte am Vorabend ihrer Stunde mit Professor Sparkling an die Tür ihres Übungsraums. Er fragte sie, was sie da tue. Sie antwortete ausweichend, meinte nur, sie sitze für Sparkling an einem Albedo-Stück. Paul schien beeindruckt und fragte, ob er etwas davon hören könne. Zunächst widerstrebte ihr das, aber dann begann Rhody doch zu spielen. Paul ging beim Zuhören in dem winzigen Raum auf und ab; er hatte die irritierende Angewohnheit, Runden um das Klavier zu drehen, wenn er seinen Freunden beim Spielen zuhörte. Doch die Musik war so machtvoll, daß Rhody merkte, sie konnte ihn erfolgreich ignorieren, wenigstens so lange, bis etwas Unerwartetes geschah. Sie kam zu dem korrigierten Akkord, dem leisen, der wie eine Klettertrompete unter der Fermate baumelte, und spielte ihn, wobei sie das Haltepedal gedrückt hielt; dabei blickte sie zu Paul auf, um zu sehen, wie er darauf reagierte, und sah, daß er vollkommen reglos war, mitten im Schritt in einer Art Trance erstarrt. Der Akkord verklang langsam; als er nicht mehr zu hören war, schaute Paul sie unvermittelt an und sagte: «Warum hast du aufgehört?»

«Warum bist du stehengeblieben?» fragte Rhody.

«Wie meinst du das?» sagte Paul. «Du hast gerade diesen komischen Stakkato-Akkord angeschlagen und dann aufgehört zu spielen.»

«Das war wohl kaum ein Stakkato-Akkord», sagte Rhody. «Es steht ja sogar eine Fermate drüber. Da.»

Paul schaute auf die Noten und hob die Augenbrauen. «Also, du hast ihn jedenfalls wie einen Stakkato-Akkord gespielt.»

Rhody dachte kurz über Pauls Reaktion nach, ging dann ein paar Takte zurück und spielte das Stück zu Ende. Diesmal zeigte Paul kein ungewöhnliches Verhalten.

In jener Nacht hatte sie einen Traum, in dem sie mit einer Vaginalhantel Kegel-Übungen machte, bis ihre PC-Muskeln so kräftig waren, daß sie, als sie in dem UV-Licht auf die Bühne trat und einen roten Minihefter Swingline 99 in ihre Vagina einführte, ein leuchtendes Flugticket damit zusammenheften konnte. Professor Sparkling saß im Publikum und sah zu, wie sie die Flugtickets heftete, die die anderen Männer schüchtern heraufbrachten und ihr zwischen die Beine hielten. Er hatte eine Tube phosphoreszierende Gleitcreme, die er auf den Schaft seines Penis quetschte, so daß dieser, als er anfing, ihn zu reiben, in einem hellblauen Licht erstrahlte. Er ging die Seitentreppe hoch auf die Bühne und kniete vor ihr, die auf einem schwarzen Thonet-

Stuhl saß, nieder. In einer Hand hielt er das Manuskript seines Aufsatzes über Mascon Albedos bewußte Verschlimmbesserung von *Map*. Bis auf seinen halbsteifen leuchtenden Penis war er nahezu unsichtbar, wenngleich das NOTAUSGANG-Schild einen rötlichen Schimmer auf seine wilden Dershowitz-Locken und seine behaarten Schultern warf; er steckte ihr eine Ecke des Manuskripts zwischen die Schenkel, worauf sie sich vom Sitz hob und die Klemmbacken des Swingline über das Papier setzte, dann wie ein Gewichtheber ächzte, ihre Vaginalmuskeln so fest anspannte, wie sie nur konnte, und den Hefter erfolgreich dazu brachte, eine Heftklammer durch alle neun Seiten zu pressen. Applaus erscholl. Professor Sparkling verbeugte sich und trat ab, wobei er gelehrt über seinen Penis strich. Die ganze Zeit über war im Hintergrund der Fermatenakkord aus *Map* erklungen und verhallt, erklungen und verhallt.

Noch immer unter dem Eindruck ihres Traums stehend, ging sie im Zustand orientierungsloser, taumelnder Geilheit in ihre Neunuhrstunde. «Dies ist ein bedeutsamer Anlaß», sagte Professor Sparkling nekkisch. Wie gewöhnlich setzte er sich auf eine niedrige Couch, legte einen Knöchel auf das andere Knie und das Stück aufgeschlagen neben sich. «Bitte schön», sagte er und machte eine aufmunternde Handbewegung. Sie spielte. Als sie an den Fermatenakkord kam, spreizte sie die Finger, um ihn zu spielen, senkte die Hände sanft hinab und spürte, wie beide Mittelfinger in die flachen weißen Tastentäler hinabstiegen, gebogen, wie Ballettänzerinnen die Mittelfinger biegen, wenn sie in zweiter Position stehen. Auf das Haltepedal vertrauend, blickte sie zu Sparkling hinüber: Wie Paul tags zuvor war er stierend erstarrt, mitten in der Bewegung fixiert, als er sich gerade am Oberschenkel kratzte. Unter seiner locker sitzenden Hose konnte sie den profanen, brokkoliförmigen Umriß seines Schwanzes und der Eier erkennen. Rasch, solange der Akkord noch anhielt, hob sie ihren Rock, steckte sich zuerst den linken, dann den rechten Mittelfinger in den Schlitz und kitzelte ihren Gebärmutterhals. Dann spielte sie das Stück weiter. Als sie fertig war, applaudierte Sparkling, sich selbst ebenso wie ihr. «Großartig, ganz großartig», sagte er und stand auf. «Ein eigenartiges, bewegendes Stück, finden Sie nicht?»

«Doch», sagte Rhody und blickte auf ihre beiden Mittelfinger, die noch immer glitschig waren vom saftigen Eintauchen.

«Meine einzige Frage betrifft die Fermate», sagte Sparkling. «Ich verstehe nicht, warum Sie sie so abgekürzt haben. Das ist doch der Höhepunkt des ganzen Werks. Versuchen wir es einmal so.» Er legte seine Finger über die ihren und spielte den Akkord mit ihr zusammen. Dann fiel ihm etwas auf. «Warum transpirieren denn Ihre Mittelfinger so, wenn ich fragen darf?» fragte er.

«Das machen sie immer», sagte sie.

«Ach.»

Er bat sie, das Werk noch einmal von vorn zu spielen, und diesmal stellte er sich mit verschränkten Armen hinter sie. Als sie an den Fermatenakkord kam, schlug sie ein wenig fester an als beim erstenmal, um eine längere Hallpause zu bekommen. Sie wirbelte zu Alan herum, wobei sie darauf achtete, den Fuß fest auf dem Haltepedal zu lassen. Er war reglos wie eine Statue. Sie öffnete seinen Reißverschluß und zog geschickt seine schweigsame, nach Moschus riechende Handvoll heraus. Dreimal lutschte sie ausgiebig seinen Schwanz. Er war groß und frühstücksfleischig in ihrem Mund; daran zu lutschen war, wie an einer fleischgewordenen Version seiner Stimme oder seines Geistes zu lutschen. Auf jeden Fall wollte sie seinen Pimmel wieder verstauen, bevor ihr der *Map*-Akkord davonhallte, doch das Lutschen dauerte ein wenig länger als geplant, und so hatte sie kaum noch Zeit, sich wieder zur Klaviatur umzudrehen und zu Ende zu spielen. Sie hörte einen kleinen Ausruf der Verblüffung hinter sich und das hastige Hochziehen eines Reißverschlusses.

Als sie fertig war, wandte sie sich wieder zu Sparkling um und wartete schweigend seine Reaktion ab. Er schien zutiefst beunruhigt; er versuchte, etwas zu begreifen, was nicht zu begreifen war; seine offensichtliche Verwirrung und Nervosität, für ihn so ungewöhnlich, waren liebenswert.

«War die Fermate jetzt ein bißchen besser?» fragte Rhody.

«Ja, ich glaube.»

«Es ist ein sehr ausdrucksvolles Werk», sagte Rhody und genoß Professor Sparklings Sprachlosigkeit. «In seiner Wirkung völlig anders als die veröffentlichte Version.»

«Ja, das stimmt», sagte Sparkling.

Und mal angenommen, das wäre das Ende der Stunde (sagte ich zu Rhody). Und angenommen, sie nähme den Fermatenakkord auf Band auf und schüttelte dabei das Bandgerät, damit es liefe, und angenommen, sie ginge damit ins Tonstudio und hörte sich diesen Ton an (der für den Zuhörer tatsächlich wie ein Stakkato-Akkord klang) und kopierte ihn, so daß sie einfach, indem sie die PLAY-Taste eines Walkman drückte, bis zu dreißig «Minuten» lang die Zeit anhalten könnte. Würde sie nicht, so fragte ich sie, ihre Freiheit nutzen und die PLAY-Taste drücken, wann immer sie die leiseste Neigung verspürte, sich mal die indolenten Schwanzspezifika irgendeines Mannes, der ihr auffiel, anzusehen?

Anfangs glaubte ich, sie habe wirklich Gefallen daran gefunden, da sie mit einer gewissen Begeisterung «Hmm!» machte. Ein-, zweimal während meiner hypothetischen Geschichte (die ich hier für die Nachwelt ein wenig aufgemotzt habe, wenngleich sie im wesentlichen so ist, wie ich sie ihr erzählt habe) hatte sie ein interessiertes Glitzern in den Augen bekommen. Zu meiner Bestürzung aber schien sie sich, je mehr sie das ganze Konzept der Zeitverzerrung überdachte, dagegenzuwenden. Ich versuchte, sie mit weiteren Beispielen zu gewinnen: Wäre es für sie denn nicht ein kleines bißchen interessant, an einem öffentlichen Ort wie der Park Street Station zu sein, auf den Zug zu warten und dann die PLAY-Taste zu drücken, mitten durch die Männerhorden mit ihren Krawatten und Jacketts zu gehen und ihnen forsch die Hose herunterziehen zu können, so daß ihre idiosynkratischen Idole schüchtern hinter ihren Hemdschößen hervorspähten, verfügbar für alle möglichen beiläufigen Bewertungen, Vergleiche und kursorischen Tätscheleien? Das würde sie doch bestimmt machen, wenn sie über die Fermatierungsfähigkeit verfügte, oder? Wenn sie in einer bestimmten Stimmung sei?

Vielleicht hat eine gewisse Intensität in meinem Blick sie ein wenig aus dem Gleichgewicht gebracht. Je mehr ihre Begeisterung für die ganze Idee abnahm, desto eifriger wollte ich sie davon überzeugen, daß sie doch einen Reiz für sie haben müsse. Jede winzige Latino-Badehose sei dann Freiwild, sagte ich. Jede Penis-Beulung *auf der Welt*, die sie untersuchen oder gar prüfend anheben wollte, stünde ihr zur Untersuchung und Prüfung zur Verfügung. Ja? Doch obwohl sie zu Beginn des Fluges deutlich gesagt hatte, daß die Vorstellung, schöne nackte Männer zu sehen, für sie einen immer größeren Reiz habe, behauptete sie nun, daß der Anblick eines Penis per se ihr eigentlich gar nicht so viel bringe. Ja, doch, das eine oder andere Gemächte würde sie wohl schon eingehender in Augenschein nehmen, wenn der Gemächte-Kontext wirklich außergewöhnlich wäre, aber im Grunde sei es ihr doch viel wichtiger, die Möglichkeit zu haben, daß ein Penis sich ihrer bewußt werden und mit Hilfe dieses Wissens wachsen und sich entwickeln könne. Sie müsse in einer Art sich entfaltender dramatischer Beziehung zu einem bestimmten Penis stehen, damit er für sie zu einem richtigen Sexobjekt werden könne.

«Aber du bist doch ein solcher Voyeur», konterte ich. «Wenn wir spazierengehen, versuchst du immer, einen Blick in die Fenster zu erhaschen.»

«Das ist kein Voyeurismus, sondern Foyerismus», entgegnete sie. «Ich will in Fenster schauen, weil ich gern sehe, wie die Leute ihre Zimmer eingerichtet haben, für welches Leben sie sich entschieden haben.

Hätte ich einen magischen Tristan-Akkord auf Band, der die Zeit anhält, würde ich wahrscheinlich bei den Leuten durch die Wohnung gehen, wenn sie nicht abgeschlossen wäre.»

«Aha! Sehr schön!» sagte ich ungestüm. «Jetzt kommen wir der Sache schon näher. Und wenn du auf einem solchen Gang auf ein angehaltenes Paar triffst, das gerade bei seinem Sonntagnachmittagssex ist, würdest du dann nicht wenigstens hingehen und den angespannten Arschmuskel des Mannes zwischen ihren gespreizten Beinen berühren, während er ihr gerade seinen Pimmel reinschiebt? Oder wenn du auf einen Typen stößt, der es sich gerade selber besorgt und seinen Hering mit beiden Fäusten bearbeitet, die Augen geschlossen, das Gesicht ganz schlaff vor Lust, würdest du ihm nicht die Hände wegziehen und ein paarmal an dem Riesenbalken von Schwanz lutschen, wenn er extra gut und lutschbar aussieht? Und ob!»

Rhody überlegte. «Das will ich nicht ausschließen. Aber ich brauche Bewegung. Was du da erzählst, ist so statisch. Ich will verführt werden. Das ist es nämlich. *Ich will verführt werden.*» Sie sagte das mit solchem Nachdruck, daß ich das ganze Thema fallenließ. Es war klar für sie, daß, würde das Universum angehalten, jegliche Form der Verführung unmöglich wäre. Ich widerstand der Versuchung, die vielfältigen Formen der Verführung aufzuzählen, die ein Furcheneffekt ermöglichte, weil ich nicht den Eindruck erwekken wollte, ich würde ständig nur daran denken. Ich redete einfach nicht mehr davon. Ich dankte ihr nochmals, daß sie meine Brille gefunden hatte.

Eine Woche danach hatte ich, als ich nach der Arbeit in Kibbeson's Discount House of Electricity in der Mass Ave. stöberte, eine Offenbarung. Ich erkannte, daß ich nur einen Restposten richtig billiger Schalter – vielleicht die 100-Milliampere-Druckschalter mit den 12-Millimeter-Lagerschalen, die besonders vielversprechend aussahen – zu kaufen und in der Hosentasche mit mir herumzutragen brauchte. Ich hatte so eine Ahnung, daß ich nur einen festhalten und mit dem Daumen drücken mußte, während ich so fest ich konnte an ein Stundenglas dachte, das in einer Zentrifuge geschleudert wird, um den Elementarkräften ein kleines Zugeständnis zu entlocken und auf diese Weise in die Zeitspalte hinabsteigen zu können. Selbst wenn die Schalter nach nur einem Sprung ausgebrannt waren wie der Kippschalter des Rennbahntransformators, waren sie doch so billig, daß ich mir das leisten konnte. Ich kaufte einen Haufen unterschiedlicher Mikroschalter und probierte sie auf der Straße aus, fummelte damit in der Tasche herum, wobei ich stirnrunzelnd den Verkehr betrachtete. Keiner der Druckknopftaster funktionierte, dafür tat es ein unauffälliger Sechzehn-Ampere-Wippenschalter mit Einschnapp-Rahmenbefestigung ganz wunderbar. Ich kaufte ein Dutzend für fünf Dollar.

An dem Abend schliefen Rhody und ich zusammen – nicht so ausgefallen wie mit der elektrischen Zahnbürste und der Avocado, aber auch nicht schlecht. Während ich sie langsam von hinten fickte, kam es ihr allmählich; ihr Buschfinger flog nur so. Ich war noch lange nicht soweit. Ich kam nie gern, wenn sie schon gekommen war, weil ich dann nicht glauben konnte, sie habe wirklich noch Interesse daran. Hastig fischte ich einen der Wippenschalter aus meiner Hosentasche (zum Glück lag meine Hose direkt neben mir auf dem Bett) und drückte ihn, wobei ich mir ein schleuderndes Stundenglas vorstellte. Es gab einen brennenden Funken in meiner Hand, als die Zeitsicherung durchknallte. Ich zog meinen Schwanz heraus und blickte auf seine verführerisch offene Negativform in Rhodys Vaga, wo er gerade noch glücklich und zufrieden gesteckt hatte – sie zog sich nicht zusammen, wie es außerhalb der Furche der Fall gewesen wäre. Ich ging ins Nebenzimmer und schaute mir durch den Rahmen der offenen Tür an, wie sie aussah, während sie mit mir fickte. Sie hatte die Brille auf. Mit den Händen hielt sie Lakenfalten umklammert. Obwohl sie sich auf Ellbogen und Knien abstützte, hingen ihre Brüste nicht senkrecht herab, wie sie es getan hätten, wenn sie in dieser Stellung posiert hätte, sondern waren vom Schwung verformt, die Schwerkraftzentren nach vorn verlagert, weil wir ziemlich heftig gegeneinandergestoßen waren und sie gerade zu einem Rückstoß gegen meinen Richard angesetzt hatte. Sie blickte an ihren Brüsten vorbei nach hinten auf ihre Schenkel oder vielleicht auch auf meine Eierlinge, die unmittelbar unter ihrem Busch schaukelten. Ihr Gesicht war hochrot, teils, weil sie den Kopf so nach unten hielt – ganz deutlich konnte ich eine Ader auf ihrer Stirn erkennen. Meine Freundin! Ich zog das Kondom ab, da mich die unschönen Knittergeräusche beim Masturkneten störten. Die Kühle der frischen Luft an meinem Richard erinnerte ihn daran, wie schön es war, steif zu sein. Ich legte mich neben sie aufs Bett, betrachtete ihre nach vorn geschleuderten Brummer und das gerötete Gesicht und stellte mir vor, wie sie sich vorstellte, den trägen Schlämmer ihres Klavierlehrers zu lutschen, oder sich vorstellte, wie einer oder ein paar, die für sie um einiges erotischer waren als ich, etwas Nettes und Gewagtes mit ihr machten, und in meinem Bestreben, zu ihr aufzuschließen, wäre ich fast zu weit gegangen und allein gekommen – ich zuckte einmal unter einem zodiakallichtartigen Präorgasmus zusammen, einem Spasmus, der (wenn man mir dies unelegante Simile verzeiht) dem Scheinspülvorgang sehr ähnelt, der im Spülkasten einer Toilette auftreten kann, wenn man den Griff nicht lange genug gedrückt hält, so daß der Mechanismus dem unzweideutigen Wunsch, er solle einen vollen Spülvorgang durchführen, nicht entsprechen kann. Ich ließ meinen Schwanz einen Augenblick in Ruhe und begann dann wieder, ihn hochzufahren. Er war jetzt so besinnungslos hart, daß ihm das Gefühl eines kneifend neuen Kondoms, das der Länge nach auf ihm entrollt wurde, vollkommen gleichgültig war. Ich fugte mich wieder in Rhody ein und drückte den Wippenschalter, klatschte gegen sie, als hätte es gar keine Unterbrechung gegeben, und kam genau in dem Moment, als sie auch kam.

Ich fühlte mich ein wenig schuldig, daß ich auf die Art einen simultanen Orgasmus arrangiert hatte (und was wäre, wenn sie durch einen dummen Zufall später das zweite Kondom fände?), und während ich in der ansonsten zufriedenen postkoitalen Ruhe dalag, erwog ich ernstlich, ob ich mir nicht doch einen Ruck geben und ihr meine ganze zeitverzerrende Vergangenheit erzählen sollte.

«Was hast du denn da in der Hand?» fragte sie und drückte meine Finger auf.

«Ach, das? Das ist bloß so ein Talisman.»

Sie betrachtete den verkohlten Wippenschalter, den ich blöderweise während unseres Orgasmus nicht hatte verschwinden lassen. «Hattest du das etwa die ganze Zeit, als wir jetzt gevögelt haben, in der Hand?» fragte sie und sah mich verständnislos an.

«Ich glaube, nicht die *ganze* Zeit», sagte ich.

«Wo kommt das denn her? Ich versteh das nicht.»

«Na ja», sagte ich, auf Zeit spielend, «das war so – mir ist eingefallen, daß ich noch ein paar Wippenschalter in der Hosentasche hatte, und da hab ich mir einen geschnappt, als ich dich von hinten genommen hab. Das war übrigens ganz *toll.*» Ich hätte runde zwanzig Minuten gebraucht, um zu überlegen, wie ich ihr antworten und ob ich ihr von der Furche erzählen sollte, aber ich konnte ja schlecht einen anderen Wippenschalter herausholen, während sie auf die Ellbogen gestützt auf der Seite lag und mich so bekümmert ansah. Ich mußte nach meiner blitzartigen Erkenntnis handeln, die besagte, daß jetzt eigentlich doch nicht der rechte Zeitpunkt war, ihr von meinem Furchenleben zu erzählen. Es paßte mir gar nicht, daß ich so merkwürdig auf sie wirkte.

Sie sagte: «Während wir miteinander schliefen, hast du in die Hose gelangt, so ein Elektrikteil herausgezogen und es in der Hand gehalten? *Warum?*» Sie setzte sich jetzt auf und wollte unbedingt eine Ausführung von mir, die alles aufklärte. Ihre Brüste sahen gekränkt aus.

«Das ist schwer zu erklären», sagte ich. «Ich glaube,

ich wollte mir vorstellen, ich sei ein Androide.» Ich lachte verlegen, um mein Hirngespinst glaubhaft zu machen. «Ein unbesiegbarer Hartkörper-Androide. Ich weiß, es ist blöd.» Ich war verzweifelt darüber, wie lächerlich diese Erklärung klang, aber ich brachte es nicht über mich, mich jetzt an die Wahrheit zu machen, da ich fürchtete, sie würde sie schlecht aufnehmen. «Schrecklich, diese blöden Kondome», sagte ich genervt und machte in das, das wir gerade benutzt hatten, einen Knoten.

Rhody schüttelte den Kopf. «Mir ist nicht ganz wohl dabei, Arno. Ich hatte wirklich nicht vor, mich heute von einem Elektromotor vögeln zu lassen.»

«Hast ja recht. Entschuldige.»

Schuldbewußt nahm ich sie in den Arm. Sie legte sich auf den Rücken und dachte nach. «Eines möchte ich dich fragen», sagte sie dann. «Ist das deine Vorstellung vom idealen Leben, jederzeit die Zeit anhalten und Frauen in der U-Bahn auszuziehen und ihre Brüste betatschen zu können?»

«Ich weiß, was du denkst», sagte ich. «Du denkst, daß ich mich als so eine Art Technosex-Perverser entpuppe.»

«Ach! Nein, ich bin nur ein bißchen überrascht. Erst erzählst du mir diese lange Geschichte über einen Klavierakkord und bestehst darauf, daß ich einiges an dieser Idee sexuell erregend finde, und nun hältst du das Ding da in der Hand – was ist das überhaupt?»

«Bloß ein stinknormaler An-aus-Schalter, ein Wippenschalter», sagte ich. Ich versuchte es mit mildem Unwillen. «Es ist nichts weiter! Vergiß es. Ist doch bloß ein kleiner Sechzehn-Ampere-Wippenschalter.»

«Also ich finde es schon sehr merkwürdig, so was mit ins Schlafzimmer zu nehmen. Das hättest du mir auch vorher sagen können. Wenn es dich erregt, so zu tun, als wärst du eine Maschine, wenn du mit mir vögelst, schön und gut. Aber du mußt mich da einbeziehen. Ich finde es einfach nicht gut, wenn ich merke, daß du so komische Sachen buchstäblich hinter meinem Rücken treibst.»

«Hast ja recht, ich hätte dich einbeziehen sollen», sagte ich. «Aber, na ja – ich hab versucht, dich in was für mich ziemlich Wichtiges einzubeziehen, als ich dir von dem Fermatenakkord erzählt habe, und ich muß schon sagen, sehr begeistert warst du nicht.»

«Tja, allerdings, das war eine lieblose Phantasie. Da war keine Liebe mit dabei.»

«Aber für mich war es ein Akt der Liebe, sie dir zu erzählen!»

«Nein», sagte Rhody. «Diese Phantasie besagt, daß es für dich der Himmel ist, auf die PLAY-Taste eines Walkman drücken, Frauen ausziehen und ihre Brüste betatschen zu können, oder?»

«Ich glaube nicht, daß es so ganz der Himmel für mich ist», sagte ich etwas verlegen. Tatsächlich hatte ich nämlich gerade am Tag davor in der Red Line eine Frau mit einer wunderschönen Bluse ausgezogen, die einen gelben Lily-of-France-BH, Größe 32-B anhatte; es fiel mir daher schwer, mit der rechten Pauschalmißbilligung zu antworten. «Wie du ja selber gesagt hast, es ist nicht leicht, die Möglichkeit einer gelegentlichen Kapitulation vor der Neugier ganz auszuschließen.»

Rhody ließ sich nicht gern paraphrasieren. Sie wurde wütend. Sie sagte, sie habe über meine Geschichte nachgedacht, über den Fermatenakkord, und ihr sei immer klarer geworden, daß eine solche Phantasie sie überhaupt nicht anspreche. Und da kam sie dann mit Worten wie «Nekrophilie» an – vielleicht hat sie, ich will ja nicht unfair sein, auch nur «implizite Nekrophilie» gesagt. Mir war, als würde mein ganzes Leben in Frage gestellt, und ich versuchte, mich zu verteidigen: Das ist doch *bloß* eine Idee, *bloß* eine Phantasie, usw.

«Was würdest du sagen», fragte Rhody, «wenn ich eines Tages die Zeit anhielte, während wir gerade vor einem Kino anstehen, dir die Hose runterzöge und dir einen blauen Radiergummi in den Anus schieben würde? Überleg dir das mal.»

«Das hinge total, aber total von deiner Absicht ab», sagte ich. «Wenn du mir den blauen Radiergummi aus einer Mischung von Verlangen und Neugier in den Anus steckst und einfach bloß wissen willst, wie es ist, so was mal zu machen, dann hätte ich nichts dagegen. Nur zu. Aber wenn du es aus einem Verlangen heraus tätest, mich zu verletzen und mich im Geiste meiner Würde zu berauben, dann hätte ich natürlich was dagegen.»

«Das war ein schlechtes Beispiel», sagte Rhody und winkte ab. «Was würdest du sagen, wenn eine völlig Fremde auf der Straße die Zeit anhalten, dir die Hose runterziehen, das Hemd aufknöpfen und jeden Zentimeter deines Körpers genauestens untersuchen würde?»

«Also», sagte ich fromm, «wenn es sie bloß interessiert, wie ich im Detail aussehe, und wenn ihr Motiv nicht Feindseligkeit, sondern Hingezogensein wäre, dann würde ich mich geschmeichelt fühlen und hätte nicht das mindeste dagegen. Sicher gibt es an mir Sachen, von denen ich nicht möchte, daß eine völlig Fremde sie von so nah sieht, aber solange ich wüßte, daß sie es aus irgendeinem positiven Gefühl mir gegenüber macht und daher das, was sie sieht, interessant und nicht abstoßend findet, würde ich sagen, na schön, dann zieh mir die Hose runter. Nur muß ich nicht unbedingt was davon wissen.»

«Aha, aber was wäre, wenn es ein Mann ist?» sagte Rhody. «Was wäre, wenn ein Schwuler die Zeit anhält, dir die Hose runterzieht und dir ganz langsam einen bläst? *Was wäre, wenn er einen Schnäuzer hat?*»

Das überraschte mich nun doch etwas, aber ich überspielte es. «Ich gebe zu, daß mich das nicht besonders reizt. Ich habe mir eher vorgestellt, daß eine Frau die Untersuchung vornimmt. Aber um konsequent zu sein, würde ich wohl sagen müssen, schön, wenn der Schwule in guter Absicht handelt und er will mir einen blasen, ohne daß ich es weiß, davon ginge die Welt nicht unter. Soll er doch. Was ich nicht weiß, macht mich nicht heiß.»

«Wie kannst du nur so was Windelweiches sagen», sagte sie und zog sich die Socken an. Sie war wieder wütend.

«Warum soll das windelweich sein?» sagte ich aufgebracht. «Das Entscheidende, das wirklich Entscheidende ist doch, laß die Fremden aus dem Spiel. Als ich dir die Geschichte von dem Klavierlehrer erzählte, hab ich nicht von einem völlig Fremden geredet, der die Fähigkeit entwickelt, die Zeit anzuhalten, indem er einen bestimmten Akkord spielt, sondern ich habe davon geredet, daß du, du allein sie entwickelst.»

Rhody war inzwischen fertig angezogen. «Ich glaube, im Grunde hast du versucht, mich für deinen kleinen Traum zu interessieren, Frauen in der Öffentlichkeit auszuziehen, alles mögliche mit ihnen anzustellen und dafür nicht strafrechtlich verfolgt zu werden. Sorry – ich finde das keinen guten Traum.» Daß sie das sagte, schien sie vor eine Entscheidung zu stellen. Ein paar Wochen später hatten wir wieder Streit, und sie verkündete ihren Entschluß; bald waren wir kein Paar mehr, was furchtbar schade war, weil ich sie sehr geliebt habe und sie noch immer wirklich vermisse, auch jetzt noch, nachdem ich (was ich noch schildern werde) mit Joyce essen war.

ZWÖLF

ICH WILL VERFÜHRT WERDEN.» Die Ironie in Rhodys Argument gegen die zum sexuellen Kitzel benutzte Fermatierung liegt darin, daß ich nie mit ihr zusammengewesen wäre, hätte die Furche nicht eine ganz wesentliche Rolle dabei gespielt. Bevor ich auch nur ein Wort mit ihr redete, hatte ich ihr schon das Hemd ausgezogen und ihre zarten kleinen Brüste begutachtet, auf denen sich schwache Dreiecke von den Rändern des BHs abzeichneten. Ihre Haut war sehr blaß. Das geschah in einem Thai-Restaurant in einer Seitenstraße der Boylston. Ich setzte mich, schaute mich um und bemerkte eine Frau mit sehr kurzen schwarzen Haaren und einer Brille mit runder schwarzer Fassung. Sie studierte die Speisekarte. Ihre Unterlippe war etwas voller als die Oberlippe, wie bei einer Habsburgerin, etwas, was ich anziehend finde – wobei ich es aber auch mag, wenn ich es mir so überlege, wenn die Oberlippe voller als die Unterlippe ist. Sie bestellte, bat den Kellner, ihr ein Glas heißes Wasser zu bringen, und packte einen gelben Teebeutel aus.

Während der Tee zog, holte sie ein Buch hervor. Es war offenbar kein Lesezeichen darin, und dennoch mußte sie, wie ich bemerkte, nicht groß blättern, um die richtige Seite zu finden. (Später erfuhr ich, daß Rhody sich immer automatisch an ihre Seite im Buch erinnerte. Bei Telefonnummern war sie nicht so gut, und sogar ihre Sozialversicherungsnummer bereitete ihr gelegentlich Schwierigkeiten; die Seitenzahl des Buches jedoch, das sie gerade las, fiel ihr ganz mühelos wieder ein, sobald sie es zur Hand nahm und den Umschlag sah. Manchmal, sagte sie mir, falle ihr die Zahl sogar zu den unmöglichsten Tageszeiten ein, und dann denke sie: Zweihundertvierundfünfzig, so eine rätselhafte und suggestive Zahl! Dann dauere es einen Augenblick, bis sie merke, daß die Zahl einfach deshalb ungewöhnlich schön wirke, weil sie auf dieser Seite weiterlesen werde. Romane aus dem neunzehnten Jahrhundert waren ihr ein und alles. Entscheidend war nicht, ob sie ihr gefielen; sie waren für sie eine neurologische Notwendigkeit, wie Schlaf. Eine Mrs. Humphrey Ward, ein Reade oder ein Trollope pro Woche versorgten sie mit einer Art kritischem Koenzym, sagte sie, das ihr gestatte, gesellschaftliche Sinneseindrücke zu ordnen. Es sei schön, wenn der Roman gut sei, aber auch ein sehr mittelmäßiger tue es; ohne eine tägliche Dosis viktorianischer Literatur wisse sie nicht so recht, wie man mit Leuten reden und verstehen solle, was sie sagten. Ich vermisse sie.)

Sie nahm den Teebeutel mit einem Löffel aus der Tasse und schnürte den Faden fest um das Beutel-Löffel-Duo, womit sie das meiste Wasser, das noch in den Blättern war, in die Tasse ausdrückte. Diese Art des

Umgangs mit einem gebrauchten Teebeutel war mir bis dahin noch nie untergekommen. Sie begeisterte mich; und wie es bei mir so ist, brauchte es nicht viel mehr als das, damit ich mich verliebte. Ich wollte zu gern wissen, was für ein Buch sie las. Ich zog meinen Druckbleistift hervor, der zwar schon Monate zuvor seine Wirksamkeit als eigenständige Furchensonde eingebüßt hatte, aber in Verbindung mit jener Gleichung, die ich aus einer Mathematik-Zeitschrift abgewandelt hatte, noch immer funktioniert. Ich schrieb sie auf das Tischset: die Strine-Ungleichheit. Auf ihr Potential war ich eines Sonntagnachmittags in einem Graduiertenleseraum der Harvard University im Zustand einer Tourettesches-Syndrom-artigen Versunkenheit gestoßen, die, wie ich inzwischen wußte, oft einer Fermaten-Entdeckung vorausging. Ich schlug wahllos eine Nummer des *Canadian Journal of Geometry* auf und war verblüfft darüber, wie viele symbolische Systeme die Mathematiker für ihre Zwecke eingespannt hatten: natürlich griechische und russische Buchstaben, aber das britische Pfund-Sterling-Zeichen? Großbuchstaben in einer schwülstigen Schrift, die aussah wie die auf einer Hochzeitseinladung? Aus einem kurzen Aufsatz mit dem Titel «Minimal vergoldete Hodge-Stern-Operatoren und quasigewöhnliche Henkelkörper innerhalb einer lokalisierbaren 4-Mannigfaltigkeits-Whitney-Invarianz» schrieb ich eine Gleichung heraus; sie lautete:

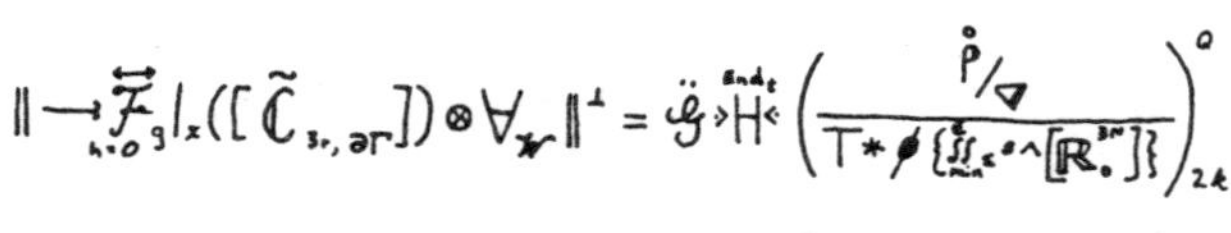

Mehrere Stunden später, ich saß in der Ritz Carlton Bar, ersetzte ich, von einem Willen geleitet, der stärker als mein eigener war, einige Kernvariablen im Original durch internationale Etikettsymbole für die Textilpflege und änderte das Gleichheitszeichen zu einem Kleiner-als-oder-gleich-Zeichen. Mir war, als redete ich in fremden Zungen, während ich zusah, wie meine besessene Hand ein durchgekreuztes Bügeleisen und ein durchgekreuztes Dreieck («nicht bleichen») sowie einen stilisierten halbvollen Waschzuber mit einer großen Hand darin («mit der Hand waschen») zeichnete. Als ich mit den Ersetzungen fertig war und die Strine-Ungleichheit vollständig auf dem Blatt stand, erhob sich ein Ton, der Ton eines fernen, anhaltenden Lippensaugens, das Geräusch einer am Kosmos vorgenommenen kosmetischen Feinarbeit, von taktvoll zu sich genommenen Schlückchen und Häppchen, während fernen Sternensystemen, wo sie nicht vermißt würden, unendlich haarfeine Zeitabschnitte entzogen und mir fortlaufend in großen Mengen bereitgestellt wurden, damit ich sie der Reihe nach durchleben konnte. Wieder einmal hatte ich die Freiheit, die Furche zu durchstreifen. Um in die Zeit zurückzukehren, mußte ich nur das Ungleichheitszeichen ausradieren, womit ich seine Macht brach.

Das war die Formel, die ich auf das Set in dem Thai-Restaurant schrieb. Als sie wirkte, ging ich zu Rhody hinüber und nahm ihr das Buch aus der Hand. Es war ein grünes Virago-Taschenbuch, *Lady Audley's Geheimnis* von Mary E. Braddon. Auf dem Rückumschlag stand, *Lady Audley's Geheimnis* habe «die viktorianische Öffentlichkeit mit seinen Enthüllungen der

Schrecken im Herzen der ehrbaren Gesellschaft und ihrer ehrbarsten Damen schockiert». Ermutigt blätterte ich es durch, las Dinge wie «Haube» und «mit aufgeputztem Japanlack überzogene eiserne Teetabletts» sowie das Satzfragment «mit großem Genuß betrachtete er ihre beringten weißen Hände, wie sie sanft über die Tasten glitten und die Spitzenärmel von ihren anmutig geschwungenen Handgelenken herabfielen». Ich schlug die Innenseite des Rückumschlags auf; darauf hatte Rhody (oder *Rhoda E. Levering*, so der ins Buch geschriebene Name) sich mehrere Notizen gemacht. Ihre Handschrift verriet selbstsichere Intelligenz. Die einzige Notiz jedoch, aus der ich mir einen Reim machen konnte, lautete:

Erotik von Männern, die in der Öffentlichkeit
die Uhr abnehmen

Wie ich benutzte sie die Umschlagseite ihres Buches, um beim Lesen gemachte Beobachtungen darauf zu notieren. Ich steckte das Buch zurück in ihren Griff, knöpfte ihr dann das Hemd auf und nahm, soweit ich konnte, ihre Brüste in Augenschein. Eine leichte Asymmetrie weckte spontane Zuneigung. (Frauen, die Virago Modern Classics lesen, haben fast immer faszinierende Brüste.)

Ich hatte vorgehabt, beim Essen einen Testbericht über den neuen Mazda 929 in *Road & Track* zu lesen, aber das war jetzt natürlich nicht mehr möglich. Ich war versucht, in der Furche in eine Buchhandlung zu gehen und mir ebenfalls ein Virago zu holen, um Eindruck bei ihr zu schinden, überlegte es mir aber wieder anders: ein zu aggressiv inszenierter Zufall. Statt dessen radierte ich die Ungleichheit aus, um die Zeittransplantation zu beenden, und zog, als ich wieder im Strom war, eine um die Jahrhundertwende verfaßte Biographie über Edward FitzGerald von A. C. Benson hervor, die ich zu der Zeit halbherzig las; ich hielt sie mit dem Rand meines Tellers aufgeschlagen. Der Kellner kam. Ich bestellte mit ziemlich lauter, freundlicher Stimme, um Rhody auf mich aufmerksam zu machen. Als ich die Speisekarte zurückgegeben hatte, senkte ich den Blick sofort auf mein Buch, als wollte ich unbedingt gleich weiterlesen, und fing dann geistesabwesend an, meine Uhr am Handgelenk auf und ab zu schieben. Ich wußte, daß «Rhoda E. Levering» mich beobachtete. Ich blätterte um, wofür ich den Teller anhob, und spielte weiter mit meiner Uhr. Unvermittelt schaute ich auf, erfaßte Rhodys Blick und warf ihr mit den Augen ein freundliches Hallo zu. Dabei kam ich mir ein bißchen gemein vor, weil ich weiß, wie schwierig es ist, wieder in ein Buch hineinzukommen, gleich, wie vertieft man darin war, wenn man allein an einem Restauranttisch sitzt und einem jemand auffällt, der einsam sein mag oder auch nicht und neugierig auf einen oder auch nicht – plötzlich, man mag sich darüber freuen oder nicht, ist eine feurige Transversale entstanden, die beide verbindet, wo zuvor nur ein schmales, geradliniges, mit grünem Teppichboden ausgelegtes Thai-Restaurant war, das Alleinleser duldete.

Ich wandte mich wieder meinem Buch zu, schnitt bewußt häßliche Gesichter mit aufgeworfenen Lippen, um anzuzeigen, daß ich von *Edward FitzGerald* zutiefst gefesselt war – und um Rhody aus der Tyrannei der

Transversale zu entlassen, falls sie sich wieder *Lady Audley's Geheimnis* widmen wollte. Ohne den Blick von der Seite zu nehmen (obgleich ich mir noch immer sicher war, daß ihre schwarzgerahmte Brille in meine Richtung blitzte), hob ich die linke Hand und zog mit aufreizender Langsamkeit am Bandende meiner Uhr, bis der winzige goldene Dorn der Schnalle aus dem leicht länglichen zweiten Loch freikam. Wie ein Stripper, der den letzten Entkleidungsschritt hinauszögert, hielt ich die losgeschnallte Uhr eine Zeitlang so, wie sie war, wobei ich das Handgelenk langsam in seiner gelösten Umschlingung drehte; schließlich schob ich die Schnalle vom Band herab und fing das Gehäuse der Uhr auf, als sie mir vom Arm fiel. Ich machte das alles so glatt und unjäh und liebkosend, wie ich konnte, nicht, als wäre ich mir Rhodys bewußt und versuchte, sie zu becircen, sondern als läse ich mit solch intensiver Konzentration, daß meine unbewußten Uhrabnehmbewegungen von der Verzückung durch meinen Lesegenuß auf einen Bruchteil ihrer normalen Geschwindigkeit verlangsamt worden wären. Ich legte die Uhr unmittelbar oberhalb meines aufgeschlagenen Buches ab, wobei die beiden gerundeten Bandsegmente eine Möwenform bildeten. Dann schaute ich erneut direkt und fragend zu Rhody hinüber. Ihr Blick fiel auf ihre Buchseite.

Das war der große Augenblick des Abends. Von da an ignorierten wir einander. Sie verlangte die Rechnung, und gleich darauf ging sie an mir vorbei auf die Toilette. Ich fischte meinen Druckbleistift heraus, stellte die vollständige Ungleichheit auf meinem Set wieder her und nutzte die ideale Privatheit der Furche, um die Tampons in ihrer Handtasche zu zählen. Es waren fünf. Ich radierte die Zeit wieder an und ließ sie auf die Toilette gehen. Als sie wieder auftauchte, sprang ich erneut und zählte die Tampons: Es waren noch vier. Da ich immer das dumme Pech habe, mich mit Frauen auf dem Höhepunkt ihrer Periode anzufreunden, versuchte ich da noch nicht, hallo zu ihr zu sagen. Statt dessen strich ich auf meinem Kalender einen Tag zwei Wochen später an, an dem sie wahrscheinlich ihren Eisprung hatte oder kurz davor war, und an dem Tag beobachtete ich nach der Arbeit ihr Haus in der Marlborough Street. Gegen halb sieben kam sie nach Hause. Eine halbe Stunde später tauchte sie in Jeans wieder auf. Diskret folgte ich ihr zum Harvard-Book-Store-Café in der Newbury. Kurz bevor sie den Laden betrat, vervollständigte ich die Ungleichheit auf meinem Papierblock und schlüpfte vor ihr hinein. Ich kauerte mich in einem der Gänge in der Nähe der Mrs. Humphrey Wards nieder und radierte mich wieder in die Zeit zurück. (Ich wollte für niemanden im Laden wie aus heiterem Himmel erschienen sein.) Ich stand auf, irgendein Buch in der Hand; ich stellte das Buch zurück; dann nahm ich ein Virago-Taschenbuch aus dem Regal. Ich hörte jemanden in den Literaturgang treten und war mir fast sicher, daß es Rhody war; sie war es. Ich drehte mich um, betrachtete sie mit einem leeren, unschuldigen Blick und durchlief dann ein erfreutes Stirnrunzeln des Erkennens. Sie erwiderte die Gunstbezeigung. (Natürlich hielt ich das Buch so, daß meine Uhr voll sichtbar war.) Den darauffolgenden «Waren-Sie-nicht-vor-ein-paar-Wochen-im-Thai-Star?»-Dialog überspringe ich, da er nichts Berichtenswertes enthielt – ich möchte nur bemerken, daß ich, obwohl ich das ganze Zusammentreffen inszeniert und gesteuert hatte, ebenso überglücklich und nervös und erleichtert war, als sie anfing, über die stille Größe von Mrs. Humphrey Ward zu reden, als wäre ich ihr wirklich durch puren Zufall über den Weg gelaufen.

«Weißt du, was mich eigentlich auf dich aufmerksam gemacht hat?» fragte sie einige Wochen später, nachdem wir eine Hafenrundfahrt gemacht und zweimal zusammen Mittag gegessen hatten. «Wahrscheinlich erinnerst du dich nicht mehr daran, aber als du da im Thai Star gelesen hast, hast du die Uhr abgenommen und sie über deinem Buch abgelegt.»

«Dann hast du mich also *doch* beobachtet!» sagte ich. «Du bist mir jedenfalls sehr aufgefallen.»

«Ja, ich habe dich beobachtet. Du hast deine Uhr abgenommen, und es sah aus, als würdest du jeden kleinen Schritt des Vorgangs auskosten. Der Anblick eines Mannes, wie er die Uhr abnimmt, hat mir schon immer gefallen. Es muß keine teure Uhr sein, allerdings habe ich Lederarmbänder lieber als welche aus Metall.» Sie senkte die Stimme. «Ich mag es, wenn der Mann sich anschließend das Handgelenk reibt.»

«Das ist ja interessant», sagte ich. «Genau das ist so eine Angewohnheit von mir – ich glaube, angefangen hat es im Lernsaal in der High-School. Es wirkte so erwachsen.» (Das war nicht ganz unrichtig.)

«Ich war verliebt in einen Typen am College, ein höheres Physiksemester, der immer, wenn er sich zum Arbeiten an einen Tisch in der Bibliothek setzte, so ein ganzes Ritual durchlief. Er streifte die Schuhe ab – er trug immer makellos weiße Tennissocken und ganz saubere helle Jeans – und drapierte seine Uhr neben sein Lehrbuch, wobei er eine Bandhälfte unter die andere legte.»

«Da hast du ja einen guten Fang gemacht», sagte ich.

«Aber das Interessante daran ist, daß ich gerade ein paar Tage bevor ich *dich* die Uhr habe abnehmen sehen, einen bei der Arbeit dasselbe habe machen sehen, und das hat mich wieder daran erinnert, wie... na ja, wie verführerisch das ist, obwohl ich in dem Fall an dem Menschen, der es machte, überhaupt kein Interesse hatte. Bloß an seinem Handgelenk. Ich hatte mir sogar in dem Buch, das ich da gerade las, eine Notiz gemacht, wie sexy es ist, einem Mann dabei zuzusehen. Tja. Ist es nicht komisch, wie solche Sachen immer zweimal passieren?»

Ich pflichtete ihr bei, daß es komisch war, und wir gerieten in eine Diskussion über Rupert Sheldrake und die morphischen Resonanzen, die angeblich die Proteinsynthese unterstützen sollen. An dem Abend nahm sie mich in ihre Wohnung mit, um mir die Notiz hinten in *Lady Audley's Geheimnis* zu zeigen. Dann landeten wir schließlich zum erstenmal im Bett. (Es war ein denkwürdiger Augenblick, als meine Hände flach auf einem Sierra-Club-Wandkalender lagen, während ich sie langsam in den Mund fickte. Und es gab einen weiteren denkwürdigen Augenblick, als sie eine Gurke ein paar Sekunden lang in die Mikrowelle legte, um ihr die Kühle zu nehmen, und ich den Korkenzieher, mit dem wir die Flasche Cabernet geöffnet hatten, in ihr eines Ende drehte und Rhody mich zusehen ließ, wie sie sich damit gurkte, wobei sie sie an dem hellen Holzgriff hielt.) Ich behaupte nicht, es wäre völlig ausgeschlossen gewesen, daß wir beide in dem Thai-Restaurant zusammengekommen wären, wenn ich einfach zu ihr hingegangen und sie angesprochen hätte. Vielleicht hätte ich sie auch ohne Tricks erfolgreich anmachen können. Aber ebenso wahrscheinlich ist, daß sie mich höflich wieder weggeschickt hätte. Ich bin bei Frauen weniger entspannt, wenn ich mir ihre Brüste nicht schon vorher angesehen habe. Die Lehre daraus ist daher: Rhody lag mit ihrer Vermutung, die Fermate sei ihrem Wesen nach antithetisch zur Verführung, völlig falsch. Mit Hilfe der Fermate hatte ich *sie* verführt.

DREIZEHN

Als es mit Rhody auseinanderging, tat mir das schon ziemlich weh. Ich hatte ihr einen Einblick in mein Innenleben gegeben, und sie hatte mich unmißverständlich zurückgewiesen. Aber wie ich jetzt erkenne, während ich das mit Rhody zu Papier bringe, erwuchsen aus unserer gekappten Beziehung gute, greifbare Dinge. Hätte ich nicht den Satz über Männer und Uhren hinten in ihrem Virago-Taschenbuch gesehen und mein Vorgehen darauf abgestimmt, dann wäre ich wahrscheinlich später nicht auf die Idee gekommen, schmutzige Aufforderungen in Taschenbücher zu schreiben, kurz bevor die Frauen darin blätterten, und wenn ich nicht *darauf* gekommen wäre, dann wäre mir vermutlich auch nicht eingefallen, die Furche als Rohlingsrefugium zu nutzen und das Resultat dorthin zu legen, wo eine Frau es finden konnte. Daß Rhody den Einblick, den ich ihr in mein Geheimnis gewährte, verschmäht hatte, gab mir in gewisser Weise die Freiheit, sein Potential weiter zu erforschen.

Nach den Geschehnissen auf dem Cape schrieb ich

noch weitere Sachen: eine Geschichte über eine nackte Frau, die während der Rush-hour über einer Fahrspur des Callahan-Tunnels auf einem Trapeznetz aus schwarzer Schnur lag, durch die viereckigen Maschen auf die langsam unter ihr vorbeifahrenden Autos hinabblickte und ausgiebig auf sie hinabpißte, während ihre Schiebedächer aufglitten; eine Geschichte über einen Mann, der einer jungen Frau beibrachte, auf seiner uralten mechanischen Schreibmaschine, einer Oliver Nr. 9, blind zu schreiben, wobei er seine Hände über die ihren hielt, die Augen schloß und fühlte, wie ihre Finger einer nach dem anderen auf die tiefen, hebelbetriebenen Typen hinabsanken, und wußte, daß sie H-Ü-F-T-E-N schrieb, und nicht anders konnte, als ihr die Hände auf die Hüften zu legen, und dann, als er fühlte, wie ihre Finger auf den runden schwarzen, körbchenartigen Tasten B-R-Ü-S-T-E tippten, nicht anders konnte, als ihre Brüste zu umfassen und sie an sich heranzuziehen; eine Geschichte über eine Gruppe Karibiktouristen, Sporttaucher, die den Engelbarsch mit Cheddar aus der Spraydose verwöhnten, wobei sie manchmal Käseherzen ins Wasser machten, die die Fische dann, während sie sie fraßen, für einen Moment nachbildeten, den Spraykäse manchmal aber auch auf latexumhüllte Arme oder Brüste spritzten und ihn von den Fischen abknabbern ließen; eine über eine Frau, die ihr Haustier, einen Einsiedlerkrebs, über ihren ganzen Rücken trippeln ließ, während sie *Barron's* las und von blauäugigen Männern mit massenhaft Geld träumte; eine über mehrere Höhlen mit Stalagmiten, alle in einer anderen Farbe, die, wenn man sie abbrach und in eine Vaga schob, glühten und aus ihren Stümpfen bidetartig

Ströme von warmem unterirdischem Mineralwasser abgaben.

Ich verbrachte einige Privatzeit bei Ami Pro und einem Kopierer und band je ein paar Exemplare dieser Geschichten, dazu die über Karyn und den Aufsitzmäher, als Broschur. Als Umschlag nahm ich den hellblauen Umschlag von einem Buch mit dem Titel *Geschichten von französischer Liebe und Leidenschaft* – eine stark ironische Neuausgabe einer Schmuddelausgabe diverser leicht pikanter Erzählungen von Guy de Maupassant aus dem Jahr 1936, die ich beim Archie-McPhee-Versand bestellt hatte. Mein selbstgemachtes Büchlein plazierte ich an vielen Stellen – in Postversandexemplaren von *Self* und *The American Scholar*, kurz bevor sie in den Briefschlitz gesteckt wurden, auf Damentoiletten in Tanzbars, unter der Zimmerbibel in mehreren Räumen des Meridien-Hotels, bei Cocktailpartys auf dem Couchtisch, beim Eintrag «Leben: Bedeutung und Wert» in der Bibliotheksausgabe der *Encyclopaedia of Philosophy* –, doch aus diesen ganzen Mühen ergab sich für mich nichts auch nur annähernd so Erregendes wie der schlichte Anblick von Michelle, der Cape-Cod-Frau, wie sie ihren Dildo ins Badewasser tauchte und abschüttelte.

Der Höhepunkt meiner Das-Leben-ahmt-das-Rohe-nach-Phase kam eines Samstags auf dem Massachusetts Turnpike. Ich befand mich auf einer Spazierfahrt. Es war Herbst, und der Hormonspiegel stieg. Ich sinnierte, ob ich meine Northampton-Idee weiterverfolgen sollte – die, bei der ich alle auf der Hauptstraße ausziehe und ihre Kleider, wenn ich sie schon nicht zu einem einzigen Haufen aufhäufte und darauf tanzte, so doch wenigstens säuberlich in einer Plastiktüte in die Hand des Besitzers oder der Besitzerin legen würde: die Vorstellung einer nackten Stadt, die merkt, daß sie ihre Kleider in einer Plastiktüte mit sich herumträgt, faszinierte mich. (Der Anblick nackter Frauen mittleren Alters im Dampfraum bestimmter Country Clubs, die ihren Schmuck aus Angst, im Spind würde er ihnen gestohlen, in schlaff herabhängenden Plastiktüten mit sich herumtragen, fasziniert mich ebenfalls; ich war mit ihnen im Dampfraum; ich habe ihre feuchten Plastiktüten mit dem Schmuck angefaßt.) Mein Ehrgeiz erstreckt sich nicht auf die ganze Welt, ich stelle mir keine nackte Nation oder Metropole vor; die Hauptstraße einer Kleinstadt oben ohne jedoch, insbesondere die einer Kleinstadt mit einem exklusiven Frauencollege – das ja. Ich beschloß, daß ich, wenn es mir zuviel wurde, die ganze Stadt zu entblättern, wenigstens die Fernsehzeitschriften im Supermarktregal durch meine persönlichen *Geschichten von französischer Liebe und Leidenschaft* ersetzen und die Reaktion der Leute beobachten könnte. Doch bis Northampton kam ich gar nicht erst. Gleich hinter Worcester wurde ich nämlich heftig von einer Frau in einem Auto abgelenkt.

Ich fuhr auf der langsamen Spur. Mein Fenster war offen, im Wagen sauste der Fahrtwind. Mein linker Arm (mit der Armbanduhr) war draußen; mit der Hand bildete ich eine Flügelform, um zu sehen, ob ich einen Auftrieb zustande brachte und sie im Wind sinken und steigen lassen konnte. Im Rückspiegel erschien eine Frau in einem blauen Kleinwagen. Kein Gesichtsausdruck ist so unbewegt wie der einer Frau im Rückspiegel: Er hat eine so unvoreingenommene und umfassende Unbewegtheit, daß er geradezu danach schreit, überrascht zu werden. Sie war schneller als ich und setzte unbewegt zum Überholen an; einen Moment lang verlor ich sie aus dem Auge, als sie in jenen Raum geriet, in dem überholende Autos nicht existieren – eine Art Furcheneffekt des Außen- und Innenspiegels. Ich beschleunigte ein klein wenig, so daß ihr Überholvorgang länger dauerte. Ihr Gesicht hatte ich nur einen Augenblick lang gesehen, ja ich hatte nur kurz zur Kenntnis nehmen können, daß sie eine Frau um die Zwanzig war, mit dichten, gewellten Haaren in vielen Blondtönen, und daß sie allein fuhr, doch mein sehr flüchtiger, vereinfachender Eindruck von ihrem windgeschützten Gesicht verschmolz mit meinem ebenfalls vereinfachenden Eindruck von den Scheinwerfern ihres unauffälligen blauen Autos, so daß sie in meiner Phantasie sogleich zu einer gut entwickelten Persönlichkeit wurde. Als sie auf der Überholspur unsichtbar näher zu mir aufschloß und ich ihre Reifen singen hörte und spürte, wie nahe sie mir war, wurde die Vorstellung, daß sie mich bald überholen würde, ohnmachtsartig überwältigend: das Lenkrad schien biegsam zu werden und sich in größer werdenden Wellenkränzen auszudehnen; mir war, als wäre ich ein glühender Klumpen von etwas Schmelzendem. Ich konnte es nicht fassen, daß diese Frau in ein paar Sekunden oder so neben mir auftauchen würde und ich zu ihr hinübersehen könnte; wenn es dann soweit wäre, glaubte ich, schreien oder weinen zu müssen.

Gleichzeitig erglomm in mir ein Fünkchen selbstverachtenden Abscheus vor der erstaunlichen Macht solcher Autoliebeleien und davor, wieviel geistige Sendezeit sie verbrauchten, wenn ich fuhr. Es war *verrückt* zu glauben, eine sei wunderbarer oder geheimnisvoller, bloß weil sie mich in ihrem Auto überholte. Was könnte normaler sein als zwei Menschen, die nahezu Seite an Seite auf einem Highway fahren und langsam aneinander vorbeiziehen? Warum konnte ich mich nicht einfach zurücklehnen und sie fahren lassen, ohne mich vorübergehend total in sie zu verlieben? Dennoch lief gerade genau das ab – und vielleicht sogar auch bei ihr: Vielleicht hörte sie gerade Terry Gross im National Public Radio und bemerkte kaum, daß da ein Auto (ich) rechts neben ihr war, aber vielleicht stiegen und fielen ihre Hoffnungen auch jedesmal suchtartig, wenn sie einen Mann allein am Steuer überholte – vielleicht versuchte sie, ebenso wie ich es getan hatte, sich einen Eindruck von der Liebenswertigkeit und Heiratsfähigkeit jedes Menschen auf der Grundlage der lächerlich unzulänglichen verfügbaren Informationen zu machen, also dem Kopf des Fahrers, dem Herkunftsstaat auf dem Nummernschild, der allgemeinen Persönlichkeit des Autos (alle Autos sind als süß / keck oder elegant / mysterioso oder Camaro / vulgaro klassifizierbar), ob eine Hand oder beide am Lenkrad sichtbar waren, und dem Zustand des Blechs. Als ihr Türgriff auf gleiche Höhe mit meinem kam, versuchte ich, gegen das Verlangen anzukämpfen, mich zu ihr umzudrehen, doch ohne Erfolg; mit großen Augen sah ich zu ihr hin, genau als sie mit großen Augen zu mir hersah; dann wandten wir uns beide ab und sahen schnurgeradeaus auf unsere Spur. In dem Moment fuhren wir fast mit derselben Geschwindigkeit. Wir waren einander nahe. Es kam mir wie ein Wunder vor, daß wir uns in einem solchen Zustand sitzender Ruhe befinden und dennoch durch die Oberfläche des Highways getrennt sein konnten, die so schnell zwischen uns dahinsauste, daß, hätte ich die Tür öffnen und versuchen wollen, hinüberzugehen und zu ihr ins Auto zu steigen, meine Füße und Schienbeine ratzfatz abgeschmirgelt worden wären. Mit quälender Muße zog sie schließlich davon, setzte den Blinker und schwenkte mit ihrem blauen Autopo vor mir ein. (Der Wagen erwies sich als ein Ford Escort, bei dem ich auf langen Fahrten immer an einen Escort-Service denken muß.) Dann sah ich etwas Fesselndes – einen Smith-College-Aufkleber auf der Heckscheibe und darüber einen Aufkleber der University of Chicago. Ich mußte ja gar nicht bis ganz nach Northampton fahren; das Smith College war hier, direkt vor meiner Nase! Doch ich zögerte, meine Brille hochzuschieben, da ich noch nie eine ausgewachsene Chronvulsion im fahrenden Auto durchlebt hatte. Wäre das denn sicher? Würde meine hohe Geschwindigkeit in bezug auf den Highway nicht unvorhergesehene Gefahren auslösen? Das Universum bei einer Geschwindigkeit von sechzig Meilen die Stunde anzuhalten schien mir doch äußerst unbesonnen und abartig.

Ich starrte weiterhin auf ihre Rücklichter. Ich sah, wie sie mich kurz im Rückspiegel ansah. Dann schüttelte sie ihre massigen, grob gewellten Haare auf, so daß einige davon über den Nackenstützhöcker auf ihrer Rückenlehne fielen. Das hohe kleine runde Chromschloß auf der Rundung ihres Kofferraums sah ein wenig so aus, wie ich mir ihr Arschloch vorstellte.

Ich beschloß, daß ich überleben würde, was auch immer geschähe. Ich ließ eine Höflichkeitsspanne verstreichen, scherte dann auf die linke Spur aus und beschleunigte, um sie zu überholen. Die Straße war leicht abschüssig. Als ich näher kam, überflutete mich dasselbe ohnmachtsartige Gefühl wie zuvor, nur daß jetzt ich und nicht sie diese unausgesprochene Erregung herbeiführte; als unsere Profile auf gleicher Höhe waren, sah ich nicht hinüber; ich wußte, daß sie wußte, daß ich sie überholte, und daß sie mich nicht ansehen würde, weil die Regel beim Highwayflirt besagt, daß man bei der zweiten Annäherung nicht hinsehen soll. Statt dessen trat ich auf die Kupplung und glitt ein paar Sekunden frei neben ihr her, wobei ich mich innerlich auf die Loslösung von der zeitlichen Fahrfolge einstellte, dann schob ich ganz langsam die Brille den Nasenrücken hoch; als ich sie losließ, waren die Smith-Frau und ich noch immer Seite an Seite auf dem Mass Pike, doch wir bewegten uns nicht mehr vorwärts. Mein Radio war stumm.

Die Tür war nicht leicht zu öffnen. Ich mußte mit der Schulter dagegendrücken, um den gelierten Windstrom zu verdrängen. Und die Straßenoberfläche um mein Auto herum bot einen seltsamen Anblick: Zwar war sie bewegungslos, doch wirkte sie leicht vernebelt und unbestimmt, wie durch ein mit Vaseline eingeriebenes Objektiv fotografiert; ich konnte sie nicht scharf sehen. Als ich behutsam ausstieg – die Tür ließ ich offen – und auf Zehenspitzen hinten um das Auto herumging, merkte ich, daß der Asphalt unter meinen Füßen sogar etwas federte; seine Geschwindigkeit meinen Schuhsohlen gegenüber macht es den beiden Flächen offenbar unmöglich, normal zu interagieren, und verlieh der Straße die Eigenschaften eines irgendwie dichten, ja, schwammigen Bodenbelags, wie Moos. Eigentümlich war auch, daß ich in den Ohren pfeifende und röhrende Geräusche hatte, wenn ich in oder gegen die Richtung ging, in die ich gefahren war: Meine Vermutung war, daß das etwas mit Vektoren und erstarrten Tonwellen und dem Dopplereffekt zu tun hatte, doch damit gab ich mich jetzt nicht ab. Statt dessen stellte ich mich über die weiße Linie zwischen dem Auto der Smith-Frau und meinem und streckte die Arme aus, so daß ich beide mir zugewandten Türen berührte, ihre und meine, und uns so verband. Diese quasigekreuzigte Stellung behielt ich eine Zeitlang bei, blickte auf die Berge hinüber und auf die Autos vor mir und überlegte, daß mein Wagen, wenn ich jetzt in dem Moment an meiner Brille zöge, um die Zeit wieder in Gang zu setzen, führerlos dahinrasen und irgendwann mit etwas kollidieren würde, während ich, der ich ja mitten auf der Straße stand, fast sicher von einem der Autos hinter uns überfahren werden würde. Ich sah sie durch ihr Fenster an, das Gesicht Zentimeter von ihrem Profil entfernt. Ich ging herum und öffnete die Beifahrertür, die zum Glück unverschlossen war, räumte den Krempel auf dem Sitz weg (zumeist Kassetten und einige Bücher auf Kassette aus der Bibliothek) und setzte mich neben sie.

Ich muß nicht extra betonen, daß ein Auto ein äußerst privater Ort ist; das Gefühl, daß ich etwas ethisch Fragwürdiges tat, indem ich in den kleinen blauen Hochglanzford dieser Frau einstieg, war stärker, als ich es von Fermatierungen der letzten Zeit in

Erinnerung hatte. Von der geradezu schockierenden Erregung meiner Missetat brach mir der Schweiß aus. Meine Fußsohlen fühlten sich warm an. Ich war in ihrem Auto. «Tja, da wären wir also», sagte ich laut zu mir. Ich brachte es nicht über mich, nachzusehen, wie es mit ihren Brüsten aussah, oder überhaupt etwas Radikaleres zu tun, als ihr die Hand leicht aufs Gasbein zu legen (sie trug einen riesigen dicken rosa Pullover mit eingestickten Rosen und ausgebleichte Jeans); ich hatte das Gefühl, mich gefährlich weit vom vertrauten Terrain entfernt zu haben, vielleicht, weil das Lenkrad und das Bremspedal meines Wagens so nahe und doch so eigenartig außer Reichweite waren. Was tun? Sollte ich mir einfach auf dem Beifahrersitz neben ihr einen runterholen? In der Regel masturbiere ich nicht gern im Auto. Ich konnte aussteigen, mich auf die Straße stellen und auf ihr Kofferraumschloß oder das Fenster der Fahrertür wichsen oder erst das Fenster herunterkurbeln und dann direkt ins Wageninnere. Aber es wäre primitiv gewesen, ihr meine zähe Soße über die ganzen Blumen auf ihrem Pullover zu spritzen, der teuer und handgestrickt aussah, vielleicht ihr Lieblingspullover. Im übrigen konnten meine Schuhe schmelzen oder Feuer fangen.

Ich wollte einfach nur ein paar Augenblicke im Auto dieser Frau verbringen, während sie fuhr – ich stieg also auf den Rücksitz, legte mich hin und reaktivierte mit der Brille so lange die Zeit, bis ich schnell bis fünf gezählt hatte, dann deaktivierte ich sie wieder. Es war herrlich, in ihrem Auto zu fahren. Sie hatte Musik an, etwas Bekanntes, und ich glaubte, sie leise mitsummen zu hören. Ihr Auto war viel leiser als meines. Als mein

Sprung vorüber war, setzte ich mich auf und sah zu meinem leeren Auto hinüber: Es war ein wenig nach rechts geraten (möglicherweise weil die Tür «plötzlich» geöffnet worden und nun wieder zugefallen war), aber obwohl es ein paar Sekunden lang führerlos gewesen war, hatte es die Spur einigermaßen gut gehalten, genau wie ich erwartet hatte.

Ich lag noch eine ganze Weile auf dem Rücksitz der Smith-College-Frau, den Kopf auf ihrer Reisetasche, spielte mit einem gewellten Strang ihrer Haare und überlegte mir, wie ich ein Teil ihres Lebens werden konnte. Ihre Haare wurden teilweise von einer großen gezahnten Klammer gehalten. Ich wurde neugierig, was sie da hörte, stieg wieder nach vorn neben sie und drückte die Kassette heraus: Es war Suzanne Vega, *Solitude Standing*. Sie war nur etwa bis zur Hälfte der ersten Kassette mit der Hörversion von *Gullivers Reisen* vorgedrungen, dann hatte sie lieber Musik hören wollen. Und auf einmal hatte ich einen kleinen Plan ausgeheckt. Er würde Zeit erfordern, aber das sollte er ruhig. Sie war es wert.

Ich tat Folgendes: Ich ging fast eine Stunde bis zu einem Einkaufszentrum mit einem Diskontladen, wo ich einen ziemlich hochwertigen Kassettenrecorder mit Kassetten und Batterien kaufte. (Kaufte: das heißt, ich ließ die ungefähre Geldmenge dafür in der zuständigen Kasse zurück, dazu einen Zettel, auf dem stand, dieses Geld sei die Bezahlung für Artikel Nummer sowieso, sowieso.) Des weiteren stellte ich mir in einem Feinkostgeschäft einen festlichen Picknick-Lunch zusammen und ließ auch dort Geld da. Etliche Arno-Stunden später kam ich zu meinem Wagen zurück, zog meine *Geschichten von französischer Liebe und Leidenschaft* hervor und setzte mich auf den Beifahrersitz der Smith-Frau. Ihr Name, den ich aus ihrer Brieftasche hatte, lautete Adele Junette Spacks.

«Hallo und verzeihen Sie», sagte ich mit einer tieferen Stimme als sonst in den Kassettenrecorder, wobei ich Miss Spacks direkt ansah. «Mit Hilfe meiner gutartigen autokinetischen Fähigkeiten habe ich mir die Freiheit genommen, die Suzanne-Vega-Kassette, die gerade lief, herauszudrücken und auf den Sitz neben Ihnen zu legen. Ich habe sie durch die Kassette von mir ersetzt, derjenigen, der sie im Augenblick zuhören. Ich möchte gern anonym bleiben, Ihnen aber doch sagen, daß auch ich momentan auf dem Mass Turnpike in westlicher Richtung fahre und Sie mich vor kurzer Zeit überholt haben und daß ich, wenngleich Ihnen das vielleicht nicht aufgefallen ist, in den paar Sekunden, die wir nebeneinander herfuhren, eine der intensivsten Von-Auto-zu-Auto-Verknalltheiten meines Lebens erlebt habe. Ich habe mir überlegt, daß ich diesmal ausnahmsweise meinen Gefühlen gehorchen und Ihnen dieses selbstaufgenommene Band zu Ihrer Unterhaltung schenken werde. Sie können es sich anhören oder auch nicht, ganz wie Sie wollen. Drücken Sie jederzeit die Auswurftaste, wenn etwas darauf Sie stört. Es geht darin um Nacktheit und sexuelle Situationen, sogar um eine ganze Menge Nacktheit und sexuelle Situationen. Aber es sind ja bloß Wörter. Ich möchte Sie nur beim Fahren unterhalten. Wenn mein Band Sie verletzt, werfen Sie es am besten aus dem Fenster und nehmen Sie meine Entschuldigung an. Ganz wie Sie wollen, ganz wie Sie wollen.»

Nach diesem Einleitungssermon las ich erneut die Geschichte vor, die ich neben der Cape-Frau mit dem grünen Badeanzug auf den Knien geschrieben hatte. Wie ich so nah neben Miss Spacks in ihrem Auto saß, in einer Stille, die tiefer war als in jedem Aufnahmestudio, wurde ich, als ich an die expliziteren Textstellen kam, ein wenig befangen, mein Vortragsstil wurde krampfig, und meine Erzählerstimme verlor immer mehr an Autorität; schließlich mußte ich mich samt dem Kassettenrecorder aus Miss Spacks Wagen in meinen begeben, wo ich mit durch die Distanz gewachsenem Selbstvertrauen den Rest mehr oder weniger in einem Rutsch und ohne allzu viele Patzer zu Ende sprach. Es war gut, zur Abwechslung einmal selber ein Band zu *machen*, anstatt die von anderen abzuschreiben. Trotzdem war ich, als ich fertig wurde, nicht ganz zufrieden. Zum einen war das hundertzehnminütige Memorexband noch nicht voll. Und dann schien es mir nicht besonders großzügig von mir, daß ich diesem nagelneuen Menschen meine alten Roheiten andrehte. Ja, ich fand, daß ich ihr *untreu* war, genauso wie ich der Frau auf Cape Cod untreu gewesen war, als ich in der Furche den Strand entlanggesprintet war und mir das Mädchen angesehen hatte. Die alte Geschichte war Teil einer alten Verführung gewesen, und Adele Junette Spacks, die, ohne es zu wissen, so viel Zeit «mit» mir verbrachte, verdiente dafür etwas Frisches, etwas Gewagtes, etwas, das für das, was ich mir genau in dem Augenblick auf der Straße in ihrer Gesellschaft ausdenken konnte, repräsentativer war. Ich verzehrte auf dem Kofferraum meines Autos meinen Lunch und dachte dabei Schmutz, Schmutz, Schmutz. Dann holte ich die Casio heraus, die ich in den Kofferraum gepackt hatte, und in gerade mal zwölf Stunden schrieb ich eine zweite Abenteuerfolge für Karyn die Bibliothekarin. Ein paar Anblicke, deren Zeuge ich in dem Badezimmer auf Cape Cod geworden war, arbeitete ich darin ein. Teil zwei ging folgendermaßen.

VIERZEHN

Mitte September ließ Karyns sexuelles Interesse unerklärlicherweise nach. Sie legte alle ihre Dildi und Vorrichtungen in die Schublade, in der David einst seine Pullover aufbewahrt hatte. Die letzten beiden Spielzeuge, die sie bestellt hatte – ein winziger Vibro mit aufreizend eckzahnigem Aussehen, jedoch einer makellos *comme il faut* geformten eingelegten Okraschote nachgebildet, und ein riesiges Armande-Klockhammer-Autogramm-Modell – probierte sie nicht einmal mehr aus, bevor sie sie weglegte. Sie empfand eine milde snobistische Verachtung gegenüber Leuten, die so viel von ihrer Freizeit auf Solo-Sexspiele verwandten. Ihr ganzjähriger Garten beispielsweise war viel befriedigender als ein Haufen vergangenheitsloser, zukunftsloser Orgasmen. Begeistert las sie Blumenkataloge. Nach eingehender Auswahl bestellte sie bei Mack's mehrere hundert Tulpenzwiebeln. Als sie mit UPS kamen, wich sie sanft vor dem gierigen skrotalen Geifern ihres Freundes John in dem braunen Laster zurück. Es war erregend und seltsam, mehr als ein sexuelles Wesen zu sein,

Interessen zu haben. Als sie sich die Zwiebelkartons ansah, wurde ihr jedoch klar, daß sie beim Beetejäten und Einpflanzen Hilfe brauchen würde, und so holte sie sich Kevin, den Nachbarsjungen.

Seit sie ihren Rasen selber mähte, hatte sie den Kontakt zu dem jungen Kevin verloren. Er schien fünf Zentimeter gewachsen zu sein. Er machte neuerdings Hochspringen, und er hatte sich eine Freundin namens Sylvie zugelegt, die, wie er sagte, «echt jemand Besonderes» war. Ein ganzes Wochenende und drei kühle Nachmittage hindurch präparierten er und Karyn gemeinsam den Boden der Beete mit säckeweise Torf und setzten dann die Zwiebeln ein. Die Erde fühlte sich kühl an durch Karyns Handschuhe. Nach der schüchternen Frage, ob es denn recht sei, brachte Kevin sein Radio mit. Anfangs irritierte sie die Musik ein wenig; sie störte ihren bukolischen Alpha-Zustand – aber im Lauf der Zeit lösten sich einige der Songs aus der Masse der anderen heraus. In einem sang eine Frau etwas über die Einsamkeit, die in der Tür stand. Sie sang: «Her palm is split with a flower with a flame.» Karyn wippte im Rhythmus des Lieds mit, erst mit ihrer Kelle, dann mit dem Kinn. Als sie es zum zweitenmal hörte, fragte sie Kevin (und war dabei schüchtern): «Von wem ist das Lied?»

Kevin schaute auf. «Suzanne Vega.»

«Ah», sagte Karyn. «Das gefällt mir.»

«Ja, ist ziemlich gut», sagte Kevin. Man konnte unmöglich erkennen, was er dachte. Er ließ wieder eine dunkle Zwiebel in ein Loch fallen und häufelte vorsichtig Erde darauf. Karyn blickte immer wieder zu ihm hin. Über einem grauen Sweatshirt trug er ein graues

Leichtathletik-T-Shirt. Wenn er die Erde über einer ihrer Zwiebeln festdrückte, stellte sie sich den Muskel an der Seite seines Arms vor, wie sie ihn gesehen hatte, als er das Hemd ausgezogen hatte, damals, vor langer Zeit, zu Beginn des Sommers, bevor sie mähen gelernt hatte. Und später, als das Lied noch einmal kam, schaute er zu ihr hoch, lächelte und pflanzte dann weiter – und Karyn bemerkte, daß er ganz rote Ohren bekommen hatte.

Sie goß die Zwiebeln und vergaß sie dann. Der Boden wirkte zunehmend kälter – drei lange Beete mit sehr kalten Zwiebeln. Als der Winter kam, beteiligte sich Karyn an der Auseinandersetzung mit einem Bauträger, der ein weiteres Einkaufszentrum vor der Stadt errichten wollte. Es sollte riesig werden und auf seine Weise ganz wunderbar – aber es gab schon ein Einkaufszentrum mit einer Discountkette darin, bei der ein Konkursverfahren lief, und dann würde die Innenstadt darunter leiden, wie es immer der Fall war. Ein paarmal ging sie abends mit einem Mann aus, den sie bei den Versammlungen wegen des Einkaufszentrums kennengelernt hatte und mit dem sie sich gern unterhielt (er war einer jener Männer, die ein leidenschaftliches Interesse an einem bestimmten Autor haben, das anfangs ehrlich wirkt, am Ende aber nahezu willkürlich erscheint – in seinem Fall war es Rilke: Rilke schien ihm Dinge zu geben, die ihm auch jeder x-beliebige andere Dichter gegeben hätte, wobei er gerade das Einzigartige an Rilke übersah), mit dem sie aber dennoch nicht mehr anfangen wollte, als ihn in ihrer Einfahrt freundschaftlich zu küssen.

Als es dann endlich Frühling wurde, ging sie täglich

zu ihren Tulpenbeeten, um zu sehen, ob sich schon etwas tat. Es war ein ungewöhnlich trockener, warmer Frühling, und sie meinte, sie müsse gießen, um ihren Beeten gute Startbedingungen zu geben, aber ihr Schlauch trieb sie zur Verzweiflung. Dummerweise tropfte der Hahn noch immer. Die Spritze war angerostet. Was die Zwiebeln richtig glücklich machen würde, fiel ihr plötzlich ein, wäre ein eigener Pollenex-Duschkopf. Sie würde den Klempner kommen lassen, und der würde ihren Pollenex entsprechend anpassen, damit sie ihn auf den Schlauch stecken könnte. Ihre Tulpen mußten sehr fein, sehr zart, aber regelmäßig besprüht werden – eine Gartenspritze konnte das nicht leisten. Auch fand sie das Schlauchwasser viel zu kalt – sie meinte, wärmeres Wasser wäre besser für die Zwiebeln. Ihr war klar, daß ihre Gedanken nicht besonders rational waren, aber dennoch stellte sie es sich so vor: Der Gartenschlauch kam an die Duschleitung im Bad, von da aus lief er zum Fenster hinaus, und am anderen Ende saß dann der Pollenex-Duschkopf. Diesem interessanten Einfall folgten weitere; sie bestellte den Klempner.

Der Klempner war ein dünner, spöttischer Mann mit dem üblichen Klempnerkörpergeruch, der, als er ihren Plan hörte, die Augen verdrehte und meinte, das hätte sie auch allein machen können, aber einwilligte, wo er nun schon mal da sei, es für sie zu machen. Er rüstete die Schlauchenden und den Pollenex mit einem Schnellschlauchstück von Gardena aus, damit sie rasch für innere Dusch- oder äußere Gartenanwendungen umgesteckt werden konnten. Als er fertig war, sah das Duschrohr mit den knubbeligen Sechskantmuttern und Anschlußstücken komisch aus, doch beim Testlauf funktionierte das System recht gut. Und der Klempner war, als er saubermachte, bester Dinge und freute sich inzwischen, daß er etwas gebaut hatte, was er noch nie zuvor gebaut hatte, und daß er seinem Kompagnon von dem verrückten Job erzählen konnte, den diese Frau ihn hatte machen lassen. Er zeigte ihr sogar, wie man das Teflonband benutzen mußte, und ließ sich breit über dessen Vorteile älteren Dichtmitteln gegenüber aus. Dann trug er seinen schweren roten Werkzeugkasten zu seinem Lieferwagen hinaus und fuhr davon.

Während der nächsten Tage öffnete Karyn nach ihrer morgendlichen Dusche das Fenster, steckte die Dusch-Schlauch-Verbindung zusammen und drehte die Hähne auf, um ihre Tulpen zu wässern. Sie benutzte nur die Soft-Massage-Einstellungen; sie behandelte ihre Pflanzen, wie sie gern selbst behandelt wurde. Die Tulpen reagierten mit Begeisterung – nach einer Woche explodierten die Farben auf ihren Beeten. *Die* kannten den Unterschied zwischen Wasser aus der Dusche, für den menschlichen Gebrauch bestimmt, und Wasser aus einem kruden, leckenden Außenhahn. Sie saß auf einem Alustuhl, die Beine in der Sonne, und las *Die Maschine im Garten*. Immer wieder blickte sie zu ihren Tulpen hinüber. Sie war glücklich. So hatte sie es geplant, und so war es auch gekommen: Sie hatte sublimiert, und nun erntete sie den Lohn. Der junge Kevin sollte sehen, was sie gemeinsam geschaffen hatten, dachte sie, doch als sie bei ihm anrief, sagte seine griesgrämige Mutter, er sei beim Training. Bitte sehr, dachte sie, bitte sehr. Nach und nach lenkte sie ihre

Gedanken wieder auf die Schublade voller Dildi. Aber so etwas brauchte sie jetzt nicht; nein, darüber war sie hinaus.

Gerade da tauchte Kevins kleine graue Katze mit den weißen Pfoten auf ihrem Rasen auf, machte ungehörige Geräusche und benahm sich sonderbar. Noch vor kurzem war es – sie – ein Kätzchen gewesen. Nun war sie unmißverständlich läufig, wahrscheinlich zum erstenmal – und es war sehr verantwortungslos von Kevin oder Kevins Mutter, sie nicht sterilisiert zu haben! Sie kroch dahin, die Vorderpfoten ganz tief auf dem Boden, und machte leise, verzweifelte Mezzomaunzer, der Schwanz schnellte zurück, und ihre kleinen schmalen Katzenhüften rollten und zuckten in der Luft, während die Hinterpfoten schnelle Trippelschritte machten. Karyn konnte ihre grau umfellte Öffnung sehen; drinnen schimmerte es feucht. Sie ging hin und drückte mit dem Finger leicht auf die winzige Ritze des Tiers; grazil erwiderte die Katze den Druck und trippelte leidenschaftlich dagegen an. Diese Katze war von einer neuen Erfahrung gefesselt. Karyn wischte den Finger im Gras ab und stellte fest, daß sie der Anblick des wedelnden Hinterteils der Kreatur scharfgemacht hatte. In dem schlichten Wunsch der Katze, auf der Stelle gefickt zu werden, lag eine Reinheit und Ernsthaftigkeit, die Karyn erfrischend fand. Die Katze wollte keine Liebe – sie wollte einen Katerschwanz.

Karyn war jedoch nicht wirklich zoophil – zumindest glaubte sie das nicht. Gut, sie und ihre beste Freundin aus der Sechsten hatten einmal den schwarzen Labrador ihrer Freundin dazu gebracht, zwei schnelle klare Samenspritzer abzuschießen, indem sie seine dichte, tiefsitzende Knolle sanft drückten, während er mit geöffneten Beinen und halb geschlossenen Augen auf dem Rücken lag, doch eine Schwalbe machte noch keinen Sommer. Karyn war auf Wohl und Wehe ein Fan des menschlichen Schwanzes. (Dennoch hatte der Hundehammer für sie einen gewissen Reiz, zum Teil deshalb, weil er, wenn er herauskam, etwas Klitorales, fast Hermaphroditisches hatte: Sein Anblick löste etwas Bisexuelles in ihr aus.) Erneut ging sie im Geiste ihre Dildos durch – wie hatte sie sie (mit Ausnahme einer oder zweier Nächte) nur den ganzen Winter hindurch verschmähen können? Die Vorstellung, sich ein Bad einzulassen und sich dann rittlings auf den kalten Wannenrand zu setzen, so daß sie mit ihrem ganzen Gewicht auf der weichen Stelle zwischen ihrer Vaga und ihrem Arsch saß, wurde immer reizvoller. Sie konnte einen der mittelgroßen Dildi nehmen, ihn im Badewasser herumschwenken und abschütteln, so daß er obszön wackelte, und ihn dann auf den Wannenrand heften und ganz mit Astroglide einschmieren. Sie konnte sich darüberstellen, sich mit den Händen auf dem Wannenrand abstützen und an ihren hängenden Brüsten vorbei auf den glitschigen Dildo hinabblicken, wie er langsam in ihren Sexhaaren verschwand und sich dick in sie hineinbohrte. Sie ging ins Haus, um genau das zu tun, doch als sie dann das Bad eingelassen und hineingestiegen war, was sie viel zu erregt, um zahme Sachen im Bad zu treiben. Sie stieg heraus, trocknete sich ab und zog sich ein Kleid über. Sie hatte einen neuen Plan. Sie wollte einen ausgewachsenen Betty-Dodson-PC-Muskel-Klasmus im Freien, zu Ehren ihres Tulpengartens.

Sie ging barfuß hinaus und suchte nach einem geeigneten Ort. Kevins Katze war verschwunden. Nach einigem Herumlaufen und -schauen wählte sie eine Stelle zwischen zwei Tulpenbeeten, in deren Nähe sie Kevin rote Ohren hatte bekommen sehen, als sie über das Lied mit der Einsamkeit, die in der Tür steht, geredet hatten. Das Problem war nur – was konnte sie als stabile Unterlage nehmen, um ihre Dildos daraufzustellen? Die Grashalme wären ein kitzliges Ärgernis. Sie ging wieder hinein und probierte in der Küche ein rechteckiges schwarzes Lacktablett aus, doch das hatte eine erhabene Kante, von der ihr, als sie es auf einen Stuhl legte und sich versuchsweise darauf setzte, der Po weh tat. Sie zog eine Thanksgiving-Servierplatte in Betracht, hatte aber Angst, sie könnte zerbrechen; sie grübelte über eine kleine Plastikplatte nach, die von einem erstklassigen Tiefkühlgericht übriggeblieben war, aber die war nicht schwer genug. Schließlich ging sie ins Eßzimmer und räumte das Teeservice von dem Messingtablett ihrer Großmutter. Das Teeservice war an sich nichts Besonderes, das Tablett aber war eine schöne Wiener Arbeit, mit einem Hochrelief von Bukettringen und dickschuppigen Fischen, Tannenzapfen und mythischen Pantherwesen ziseliert. In der Mitte war eine sehr stilisierte Sonne – sie sah aus wie ein Spiegelei –, und diese erwies sich als die ideale Fläche, um den Saugnapf eines Dildos darauf zu befestigen.

Der berühmte Tänzer in der Golden Banana, Armande Klockhammer Jr., hatte ein einziges Mal in seiner fulminanten Karriere eingewilligt, einen Abdruck seiner Fleischestrilogie, die ihm so viele Türen geöffnet hatte, im Wachsausschmelzverfahren anfertigen zu lassen. Über die Unterseite des leicht aufwärts geschwungenen und bestürzend lebensechten, hochwertigen Silikonschwanzstiels verlief Armandes direkt vom Lizenzvertrag übernommene Unterschrift, und zwar so, daß die beiden Basrelief-*m* seines Nachnamens genau da standen, wo, wäre dies sein echter Schwanz gewesen, die empfindlichste Stelle gewesen wäre. Karyn drapierte ihr jungfräuliches Armande-Klockhammer-Autogramm-Modell zusammen mit vielen seiner altgedienten Kollegen auf ein Leinendeckchen, das sie auf ihrem Messingtablett auseinandergefaltet hatte, und trug sie in den Garten. Sie stellte das Tablett an der auserwählten Stelle im dichten Gras ab, wobei sie zu beiden Seiten Platz für ihre Füße ließ. Am Himmel hing ein leichter Dunst, so daß es sonnig, aber nicht zu sonnig war. Als sie das Deckchen zur Seite zog, schimmerte das Licht auf dem alten Muster des Tabletts und, nachdem sie ihm die Spitze mit reichlich Astroglide beschmiert hatte, auch auf der Oberfläche ihres erwählten Dildos – der prachtvoll unzüchtig aussah, wie er da von dem Erbstück aufragte.

Dann, als sie wußte, daß sie Armande hatte, wo sie ihn wollte, spielte sie die Unnahbare und machte sich auf einen heiteren kleinen Spaziergang. Sie trug einen mit großen, diffusen Blumen bedruckten Hänger und nichts darunter. Sie ging zum Briefkasten, überzeugte sich, daß die Post schon da war, ließ sie aber darin liegen. Sie nickte einem vorbeifahrenden Radler zu – er trug hautenge Radlerhosen, die sie eigentlich nicht mochte; nun jedoch störte es sie nicht, seine sich abzeichnenden Schenkel zu sehen. Mehrere Minuten lang stand sie mit verschränkten Armen am Ende der Einfahrt, sog in vollen Zügen die Frühlingsluft ein und fühlte sich friedvoll und zufrieden, das heißt, vielmehr spielte sie eine Frau, die im Garten stand, tief die Luft einsog und zufrieden war, während ein Teil von ihr eher daran dachte, was für dildische Ungezogenheiten ihrer hinten im Garten harrten. Auf dem Rückweg bückte sie sich und befühlte ganz beiläufig ein Blatt an einer ihrer Pfingstrosen im Traktorreifen vorn im Garten, womit sie der Straße Gelegenheit gab, ihre Formen unter dem Kleid zu würdigen, und murmelte: «Hm, ich glaube, die könnten auch mal wieder etwas Wasser vertragen.» Sie ging ins Haus und stellte die Wassertemperatur in der Dusche gerade richtig ein, dann zog sie den Schlauch ins Badezimmerfenster und schloß ihn am Duschhahn an. Draußen drehte sie den Wasserstopp auf (der Klempner hatte ihn da angebracht, damit sie das Wasser auch am Schlauchende an- und ausstellen konnte), ging damit durch den seitlichen Gartenstreifen und sandte einen ausgelassenen Sprühnebel aus ihrer mobilen Wasserquelle über den Rasen und die Pfeifenstrauchblätter. Sie summte «Private Dancer». Sie hörte einen Laster auf der Straße vorbeifahren.

Als sie hinten um die Hausecke bog, überraschte sie ein Reh, das vorbeigestakst war, angezogen von den leckeren Tulpenblüten. Es schien mit seiner rosa Zunge an der ebenfalls rosa Spitze des Armande Klockhammer zu lecken. «Also, das geht aber zu weit!» rief Karyn, und das Reh hetzte davon. Sie blickte sich um, um sicherzugehen, daß sie auch wirklich allein war, stellte den Fuß auf ihren Liegestuhl, raffte ihren Hänger hoch, hielt ihn in einem einhändigen Knäuel unmittelbar oberhalb ihrer Brüste und richtete die Krone der Wasserdüsen auf ihre Klit-Statt. Das Wasser war genau richtig. «Ah, schön», sagte sie und sah zu, wie der Guß im Gras verschwand. Die Vorstellung, daß sie ihre tägliche Dusche mit sich herumtragen konnte, im Freien, bereitete ihr große Freude. Sie ließ ihr Kleid fallen und goß weiter, besprengte der Reihe nach die Tulpenbeete. Ihre Maraschino kribbelte. Sie tat, als bemerkte sie zum erstenmal, daß da etwas Fremdes und Fleischiges aufragte, das mit seinem Rosa im allgemeinen Grün jenseits des ihr nächsten Tulpenbeets gänzlich fehl am Platz war. «Was ist denn das?» Sie richtete das Duschwasser darauf (womit sie auch eventuellen Rehspeichel abspülte). «Was steht denn dieses Geschlechtsorgan da so aufgerichtet in meinem Garten? Ob es wohl was zum Ficken braucht?» Sie zog ihr Kleid hoch. «Will Armande etwa das?» Wieder richtete sie den Duschkopf zwischen ihre Beine, drehte ihn nun aber auf MASSAGE. Große pimmelförmige Wassergeschosse wummerten gegen die Haut um ihre Klitperle, gegen ihre Vaga und stachelten, wenn sie die Hüften wiegte, die Arme-Verwandten-Empfindlichkeit ihres Arschlochs an. «O Mann», sagte sie genießerisch. «Hör mal, wenn dir die Bambizunge da gefallen hat, dann erst recht meine heiße kleine Punze.» Der Dildo reagierte nicht. Sie trat näher und sprach ihn direkt an. «Ach! Du weißt nicht so recht? Du weißt nicht mal so recht, ob du in meinem heißen kleinen *Arsch* sein willst? Schüchtern bist du? Tja, das tut mir aber leid, denn dir bleibt keine Wahl – du mußt mich jetzt in den Arsch ficken.» Sie holte die Tube Astroglide aus der Tasche ihres Kleides, schob sie sich zwischen die

Backen und spritzte sich damit voll, bis es ihr die Beine hinablief. Dann stellte sie die Füße auf beide Seiten des Messingtabletts und hockte sich langsam hin, bis sie spürte, wie der Klockhammer über ihren Pomuskel strich. Den Duschkopf richtete sie wieder auf ihre Klit. Es war ihr egal, ob ihr Kleid dabei naß wurde. Ihre Schenkel bebten schon unter der Anstrengung, sich über dem dildismischen Druck zu halten, ohne an Armande hinabzugleiten. Schließlich konnte sie nicht mehr; sie öffnete ihr Arschloch seiner großen Spitze und setzte sich voll darauf, bis ihre Backen das kalte verzierte Metall des Tabletts berührten. Sie schaukelte auf dem Gefühl einer strammen Schwanzvoll Lust in ihrem Arsch und richtete sich darin ein. Das klatschnasse Kleid hing ihr über die Schenkel. Sie fickte Armande Klockhammers Autogramm! Gott, war das gut.

«Hallo?» erscholl eine Stimme. Karyn blickte auf und sah den jungen Kevin mit einem Mädchen Hand in Hand etwas weiter weg stehen. Sie vermutete, daß das Mädchen Sylvie war, Kevins neue Freundin. Kevin sah frisch geduscht, herausgeputzt und stolz auf sich aus, wenngleich auch im Augenblick etwas verwirrt. Karyn bemerkte, wie sein Blick über ihre entblößten, nassen Beine glitt. Beide trugen sie rot-weiß gestreifte Polohemden im Partnerlook. Karyn unternahm einen hastigen Versuch, ihr Kleid über sich und einige der Sexspielzeuge neben ihr zu ziehen. Sie begann die Tulpen in kleinen Schwenks mit dem Duschkopf zu gießen, als dirigiere sie einen Sousa-Marsch.

«Hi!» sagte sie. «Entschuldigt, ich hab grade ein bißchen gegossen. Kommt doch her. Ich stell's gleich ab. Der Klempner war da und hat mir das so gebaut. Bist du Sylvie?»

«Ja, hi», sagte Sylvie. Sie beugte sich vor und gab Karyn die Hand. Sie war ein zierliches, munteres Mädchen mit kleinen Brüsten, langen braunen Haaren und einem angenehm pfiffigen, scharfnasigen Gesicht. Karyn fand sie sogleich sympathisch.

Kevin sagte: «Meine Mom hat mir gesagt, daß Sie angerufen haben, und da dachten wir, wir schauen mal vorbei und sagen guten Tag.»

«Ich wollte dir bloß diese ganzen Tulpen zeigen», sagte Karyn. «Ich glaube, sie sind ganz gut geworden. Danke, daß du mir dabei geholfen hast.»

Kevin nickte. «Die krausen gefallen mir besonders gut.» Er wandte sich an Sylvie. «Letzten Herbst habe ich ihr geholfen, das alles einzupflanzen.»

«Die sind wirklich richtig schön», stimmte Sylvie zu. Ein betretenes Schweigen trat ein. Aus einem entfernteren Teil des Gartens drang ein seltsam zischendes Geräusch. Kevins graue Katze erschien hinter einem der Pfeifensträucher. Ein riesiger goldener Straßenkater mit abgekauten Ohren hatte sie gepackt. Kevins Katze kroch ein paar Zentimeter vorwärts und blieb dann liegen, während der goldene Kater sie niederhielt, sie ziemlich fest ins Genick biß und dabei kleine Stöße mit dem Hinterteil vollführte, wobei sein gesträubter Schwanz tief über dem Boden lag. Die beiden Tiere, die einander nicht besonders zu mögen schienen, starrten ins Leere, während sie fickten.

«Junge, Junge», sagte Kevin.

«Du hättest wirklich mit ihr zum Tierarzt gehen sollen, Kevin», sagte Karyn; allerdings sagte sie es sanft.

«Das hatte ich ja auch vor.»

«Ich kann ein Kätzchen übernehmen, falls es welche gibt», sagte Sylvie munter und vorausschauend. «Vielleicht sogar zwei.»

Karyn lächelte ihr zu. «Das wäre ja dann gelöst. Tja!» Es wurde Zeit, daß sie wieder gingen. «Ich hab mich wirklich gefreut, daß ihr vorbeigeschaut habt. Es war sehr nett, dich kennenzulernen, Sylvie.»

«Fand ich auch. Aber darf ich Sie was fragen?» sagte Sylvie. «Was ist das da?» Sie zeigte auf die Sexspielzeuge, die auf dem weißen Leinendeckchen ausgebreitet waren. Karyns Kleid hatte sie doch nicht richtig verborgen.

«Ich weiß nicht, ob wir das weiter erörtern sollten», sagte Karyn.

«Oh, ja, natürlich», sagte Sylvie. «Ich weiß ja eigentlich auch, was das ist – das sieht man ihnen ja an, aber ich wollte bloß wissen, was Sie hier draußen damit machen. Wollen Sie sie vergraben oder einpflanzen oder so was?»

Kevins Ohren wechselten die Farbe. Er korrigierte sein Bild von seiner Arbeitgeberin. Sylvie machte einfach ein freundliches, pfiffiges und neugieriges Gesicht.

Karyn sagte: «Nein, ich vergrabe sie nicht. Ich habe nur gedacht, es wäre toll, ein paar im Freien auszuprobieren, und ich wußte nicht recht, welche ich wollte. Ich fand, es paßte alles so hübsch zusammen, mein Garten und dazu die neuen Papageientulpen.»

«Darf ich einen ansehen?» sagte Sylvie.

Karyn reichte ihr den schicklichsten Dildo – eine mittelgroße durchsichtige, dickadrige Akrylfigurine, die im Katalog Eisprinzessin hieß. Sylvie behandelte sie vorsichtig, faßte sie mit den Fingerspitzen an, nicht, wie es schien, aus Abscheu, sondern aus Höflichkeit den Schätzen eines anderen gegenüber.

«Sylvie», sagte Kevin mit gedämpfter Stimme. «Ich glaube, sie möchte, daß wir gehen.»

«Sie darf sich gern ansehen, was sie möchte», sagte Karyn beiläufig. Der Klockhammer in ihrem Anus machte wieder seine Ansprüche geltend; er brachte jedwede Einwände, die sie sonst gehabt hätte, zwei Teenagern mit gestreiften Hemden im Partnerlook ihre fickbaren Spielzeuge zu zeigen, zum Schweigen.

«Darf ich mir mal den ganz langen da mit den zwei Enden ansehen?» fragte Sylvie.

«Mm, ja – das ist mein Royal Welsh Fusilier. Bitte.»

«Echt!» Sylvie hielt die beiden Schwanzenden zusammen, ruckelte an ihnen, so daß sich die beweglichen Vorhäute im Tandem runzelten und spannten. Sie hielt ein Ende Kevin hin, der nicht anders konnte, als es fasziniert zu betrachten.

«Ich verstehe nicht recht, wozu Sie so einen langen mit zwei Enden brauchen», sagte er.

Karyn zögerte. «Da gibt's viele Gründe.»

«Von denen einer ist», sagte Sylvie zu Kevin, «wenn du dich noch einmal irgendwie mit Marian danebenbenimmst, stecke ich dir das eine Ende in den Po, dann springst du beim nächsten Sportfest mit dem hinten drin.»

«Das mit Marian ist vorbei», sagte Kevin. Achtungsvoll dankte er Karyn und gab ihr sein Ende zurück. «Wo haben Sie denn bloß diese ganzen Sachen gekauft?» fragte er mit großer Ernsthaftigkeit.

«Ach, bei einer Firma in San Francisco», sagte Karyn. Sie bot die ganze ihr zur Verfügung stehende Willenskraft auf, um den beiden nicht mitzuteilen, daß sie einen massiven Dildungsroman in ihren Arsch eingeführt hatte.

«Sie könnten uns ja irgendwann mal die Adresse geben», sagte Kevin, noch immer sehr ernst, sehr erwachsen. «Vielleicht bestellen wir uns da ja auch mal was. Ja, Syl?»

«Man kann nie wissen», sagte Sylvie.

Karyn betrachtete die beiden und lachte glücklich. «Gott, ist junge Liebe nicht schön», sagte sie. «Dann schlaft ihr also schon miteinander?»

Beide nickten. «Wir haben uns in zwei Monaten zweiunddreißigmal geliebt», sagte Sylvie stolz. «Gerade jetzt», fuhr sie fort, wobei sie Kevin den Arm um die Taille legte, «wollten wir eine kleine ‹Ausfahrt› machen, weil Kevins Mutter nicht mehr möchte, daß wir in sein Zimmer gehen – was ich verstehen kann.»

«Aha, eine kleine ‹Ausfahrt›», sagte Karyn. Sie sah Kevin voller amüsierter Überraschung an – die Arbeitgeberin, überrascht von der Frühreife ihres Angestellten.

«Ja», pflichtete Kevin bei und zeigte vage zur Straße hin. «Vielleicht gehen wir rüber zur Fischzuchtanlage.»

«Ja, toll», sagte Karyn. «Dann laßt es euch ganz phantastisch gut gehen. Ich wünschte, ich könnte... ich meine, ich wünsche euch alles Gute.» Sie ruckte ein wenig auf dem Messingtablett hin und her und spürte, wie der dicke, standhafte Dilderstatesman ihr offizielle Lustanweisungen die Beine hinab und hoch zu den warmen, unvergessenen Fidschiinseln ihrer Brustwarzen sandte. Es war so verflucht *hart* – so hart, sich zu verkneifen, das zu sagen, was sie, ihn tief in sich drin, sagen wollte: Sie wollte ihr nasses Kleid vor ihnen hochreißen und sagen: «Geht hin und fickt euch windelweich! Seht ihn euch gut an, diesen Monsterschwanz, der da in meinem Po steckt! Kommt, seht her, wie mein Arschloch mit diesem dicken fetten *Pimmel* vollgestopft ist, und dann geht hin und fickt und leckt euch und rammt eure Leiber gegeneinander!» Ihre Haut kribbelte von dem nahezu unwiderstehlichen Verlangen, obszön zu sein. Aber dann sagte sie nur: «Ich muß schon sagen, ich beneide euch beide ein bißchen. Tut mir leid, daß ich nicht aufstehen und euch verabschieden kann ...»

Sylvie war sogleich voller Besorgnis. Sie faßte Karyn leicht am Arm. «Ist alles in Ordnung? Können wir Ihnen helfen? Ihr Kleid ist ja ein bißchen naß geworden.»

«Ich weiß, ich weiß», sagte Karyn. «Ich habe überall gegossen.»

«Überall?» sagte Sylvie. «Ist das nicht ein bißchen kalt?»

«Das Wasser ist warm. Es kommt aus meiner Dusche. Fühl mal.» Karyn drehte den Wasserstopp auf und lenkte den Duschstrahl kurz über Sylvies ausgestreckte Hand.

«Fühlt sich echt gut an», sagte Sylvie nachdenklich.

«Für die Tulpen ist es wunderbar», sagte Karyn. «Aber sagt, wollt ihr beiden mir nicht den Gefallen tun und euch ein paar pflücken, bevor ihr geht? Als Geschenk von mir? Pflückt die, die euch am besten gefallen. Die Etruskische Pflaume ist gerade meine Lieblingssorte, aber nehmt euch, welche ihr wollt.»

Sylvie und Kevin fanden das prima und machten sich daran, einander einen Strauß zusammenzustellen. Da sie nun nicht mehr Karyn ansahen, konnte die sich wieder frei auf dem Tablett bewegen und gedämpfte Lustgeräusche machen. Sie sah ihnen zu, wie sie um ihre Beete herumgingen. Sie stellte sie sich ganz außer Atem und liebevoll und mit großen Augen an einem schattigen Plätzchen bei den Fischzuchtteichen vor. Sie waren schön – fit, gesund, unglaublich jung –, aber so unerfahren, daß sie glaubten, ihre zweistelligen Gunstbeweise oder Brunstbeweise machten sie zu erprobten Fickern. Sie wußte so viel mehr als sie. Sie hob den triefenden Saum ihres Kleids ein wenig an, richtete den Duschkopf zwischen ihre Beine und wässerte ihre Pflaumenritze. «Das reicht aber noch lange nicht, Kevin – pflück noch mehr!» rief sie fröhlich. Sie ließ es darauf ankommen, daß er das unbezähmbare vulvale Wallen und Stocken in ihrer Stimme hörte.

Als sie wieder vor ihr standen und ihr ihre Tulpensträuße hinhielten, damit sie sie bewundern konnte, erklärte sie beide Gebinde für gleich schön und sagte, sie sollten sie einander schenken. Das taten sie auch mit großer Feierlichkeit.

«Danke!» sagte Kevin zu Sylvie.

«Danke!» sagte Sylvie zu Kevin.

Sie küßten sich. Es sah aus, als paßten ihre Münder gut zusammen. Karyn, die es sonst schauderte und abstieß, wenn sie Zeuge von heftigem Paarbandeln in der

Öffentlichkeit wurde, beobachtete diesen Kuß jetzt mit reinen, guten Gefühlen. Schließlich war *sie* ja die Öffentlichkeit. Es gab einige Züngeleien, doch das hatte etwas von der Zügellosigkeit der Jugend und machte den Eindruck, als wäre es schöner, als es aussah. Sie umklammerten einander fest; Sylvie setzte eine Ferse hinter die Kevins und preßte mittels dieser Hebelkraft ihren bejeanten Hügel gegen ihn.

Als sie voneinander abließen, sagte Karyn: «War das ein toller Kuß! Ihr beiden seid ja richtig *tolle* Küsser. Es muß so schön sein, wenn ihr ... euch liebt. Eure Körper passen so gut zusammen. Ich wünschte, ich könnte –» Wehmütig schüttelte sie den Kopf, die Hand auf dem Herzen, und ließ sie ruhig über die Unmöglichkeit dessen lachen, was sie sich vorstellte, damit sie sich schon mal an den Gedanken gewöhnen konnten. Dann schlug sie sich mit der Hand auf die Beine und sagte: «Ich sag euch was. Wenn ihr was von dem Spielzeug da ausleihen wollt, bitte, bedient euch. Wirklich. Die sind mir nicht so besonders wichtig – sicher könnt ihr auch ohne, aber wer weiß, bloß so zum Spaß ...»

Sie sahen unentschlossen drein.

Karyn erhöhte den Druck noch ein ganz klein wenig. «Sucht euch einen aus – oder auch ein paar.» Sie spürte, wie ihr der Schweiß den Rücken hinabrann.

«Was meinst du, Kevin?» fragte Sylvie.

Kevin zuckte die Schultern. «Tja, hm, warum nicht.»

Sie knieten nieder, wobei es sie offenbar nicht störte, daß sie sofort mit den Knien ins nasse Gras einsanken. Sylvies Gesicht war, wenngleich abgewandt, ganz dicht an Karyns dran. «Welchen würden Sie denn empfehlen?» fragte das Mädchen schließlich, nachdem sie alle vorsichtig berührt hatte.

«Mmmm, also –» Das war nun einfach zuviel für Karyn. Sie merkte, daß ihr Widerstand zusammenbrach. «Im Augenblick mag ich einen am liebsten, den ich gerade neu habe», sagte sie. «Er heißt Armande Klockhammer. Wie ihr vielleicht wißt, ist oder war Armande Klockhammer Jr. ein Stripper in der Golden Banana. Er ist ziemlich groß. Fast zu groß, je nachdem, wo er rein soll.»

«Welcher ist das?» fragte Sylvie.

Karyn räusperte sich. «Leider kann ich ihn euch gerade nicht zeigen.»

«Warum nicht?» Sylvie blickte sie mit unschuldiger Neugier an.

«Es geht eben nicht.»

«Aber warum denn?» drängte Sylvie. «Wo ist er?»

«Er ist in Gebrauch», sagte Karyn. Sie blickte ihre zwei jungen Freunde an und dann hinab auf ihr nasses Kleid.

Kevin schaute verblüfft drein. Endlich hatte es bei ihm geklingelt. «Sie meinen, die ganze Zeit, die wir jetzt hier sind, ist er...»

Karyn holte tief Luft. «Ja, in meinem Arsch.»

«In Ihrem... Er ist also nicht in Ihrer... er ist in Ihrem...?» Sylvie zeigte auf die entsprechenden eigenen Körperteile, um ihren Ausruf zu verdeutlichen, und schien ernstlich überrascht.

«Es ist ein super Gefühl, das muß ich euch sagen», sagte Karyn. «Aber das ist nicht das eigentlich Irre. Das eigentlich Irre ist, wie dringend ich ihn euch zeigen möchte. Während er drin ist, meine ich. Ich wehre mich mit allen Kräften dagegen, mein Kleid hochzuheben, mich zurückzulehnen und euch zu zeigen, wie schön er sich da in meinem engen Po anfühlt. O Mann! Wenn ich nur daran denke, komme ich in Fahrt. Findet ihr das abstoßend?»

Sie schienen noch immer etwas überrascht, aber nicht abgestoßen.

Karyn fuhr fort. «Leider habt ihr mich in einem besonderen Moment erwischt. Kevin, du kannst bezeugen, daß ich normalerweise nicht so rede.»

«O ja, das stimmt», sagte Kevin.

«Offen gesagt, das ist Dildosprache», fuhr Karyn fort. «So rede ich, wenn ich auf einem großen, dicken künstlichen Schwanz sitze. Was soll ich sagen? Mein Po ist im Augenblick so verdammt straff gespannt – ich wünschte, ihr könntet es sehen, wirklich. Ich wünschte, ich könnte ihn euch zeigen, und ich wünschte, wenn ihr ihn in meinem Arsch sehen würdet, daß ihr euch dann auszieht und euch hier vor mir liebt. Ist das so undenkbar? Ich finde nicht. Kevin, letzten Sommer war ich so brav. Ist dir das überhaupt klar? Ich habe ziemlich oft an deinen Schwanz gedacht, daran, ihn zu lecken, bis er losspritzt – ich habe mir sogar überlegt, ob ich einen Petersilienzweig in dein kleines Schwanzloch stecken soll, aber nicht *ein einziges Mal* habe ich etwas unternommen! Und jetzt hast du Sylvie gefunden, dieses wunderbare, freundliche, offene Mädchen, das dir wahrscheinlich wunderschön den Schwanz lutscht, und ich finde es herrlich, daß du sie gefunden hast – so herrlich, daß ich am liebsten sehen würde, *wie* sie dir den Schwanz lutscht. Gott, ich wünsche mir so, ich könnte euch zeigen, was ich da gerade im Arsch habe. Es ist so verflucht scharf.» Sie hielt inne. «Seht ihr, das ist ein Beispiel für Dildosprache.»

Sylvie meldete sich als erste. «Sie können ihn uns ruhig zeigen», sagte sie. «Es macht uns nichts aus.»

«Wirklich?» sagte Karyn. «Also, dann zieht euch jetzt mal ganz aus, ihr beiden. Ich zeige euch erst was, wenn ihr völlig ausgezogen seid. Los, ausziehen.»

Gehorsam schlüpften Sylvie und Kevin aus Hose und Unterhose und zogen sich ihre gestreiften Partnerlook-Hemden aus. Als das Schlackern, Zerren und Hüpfen zu Ende war und sie nackt vor ihr standen, konnte Karyn einen erstaunten Pfiff nicht unterdrükken. Ihre Körper waren so schlicht und vollkommen. Sylvies eher flache, schräge Brüste mit ihren scharfen, selbstbewußten kleinen Saugspitzen taten der Seele besonders wohl. Kevins gerader weißer Penis baumelte untätig vor seinen festen braunen Eiern; um die Brustwarzen hatte er einen Anflug von Dennis-der-Lausbub-Behaarung. Karyn mußte den Pollenex anstellen und ihn unter ihr Kleid richten, um die Konzentration ihres Verführers wieder auf sich zu lenken.

«Jetzt zeigen Sie's uns», sagte Sylvie herausfordernd. Sie wußte, daß ihre enthüllte Schönheit ihr Macht verlieh. Sie strich sich mit den Fingern über ihren Bauch und fuhr mit der Handkante beiläufig über Kevins Schwanz. «Zeigen Sie uns, was Sie da im ...»

«Ah, ihr seid so ein schönes Paar», sagte Karyn. «Ihr seid dazu geboren, euch zu ficken. Ich zeig's euch, wenn es soweit ist. Jetzt aber müßt ihr mir erst was zeigen. Zeig mir, wie gern du seinen Schwanz lutschst, Sylvie, Süße. Ich will deine hübschen Lippen auf dem heißen Schwanzfleisch da sehen. Küß es für mich.»

Von Karyns nachdrücklichem Ton bezwungen, kniete Sylvie nieder und küßte sich Kevins Schwanz hoch, bis sie an der Spitze anlangte, dann öffnete sie die Lippen und ließ ihn ihren Mund ausfüllen. Kevins Mund war ein Spiegelbild des ihren, während er ihr stöhnend zusah. Er stand mit hinter dem Rücken leicht an den Gelenken gekreuzten Händen und vorgereckten Hüften da und sah zu seiner Freundin hinab. Je steifer er wurde, desto weiter wurde Sylvies Kiefer aufgedrückt und ihre Zunge nach hinten gestoßen, und Karyn sah mit Freude, daß sich bei ihr ein temporäres Schwanzlutscherinnendoppelkinn bildete, was, da das Mädchen in Wirklichkeit nichts auch nur entfernt Doppelkinnähnliches hatte, ihr Gesicht nur noch jünger und noch bezaubernder unschuldig machte.

«Das ist ja so nett, so schön, wie du ihn lutschst», sagte sie und überließ dann dem Duschkopf das Reden. Die Grasflächen um ihre Beine herum bekamen einen marschigen Schimmer.

Sylvie wandte sich um und sah zu ihr hin. Ihr Blick war ganz träumerisch vor Verwirrung und Erregung. «Bitte zeigen Sie mir und Kev jetzt, was Sie in Ihrem Po haben», sagte sie wieder. Sie verlieh ihrer Aufforderung rhetorisches Gewicht, indem sie dreimal an Kevins Schwanz zog.

Karyn schob ihr Kleid hoch, so daß es weit oben an ihren Schenkeln saß, aber doch nicht so weit, daß etwas entblößt wurde. Sie verlagerte das Gewicht kurz auf die Hände und drehte dann die Hüften. «Es ist alles mit Gleitcreme eingeschmiert. Er steckt so schnucklig da drin. Ich will ihn immerzu drin haben. Ich will ihn euch gern zeigen, wie er mich in den Arsch fickt, aber dazu brauche ich noch etwas Anregung. Zuerst möchte ich dein niedliches kleines Arschloch sehen, Sylvie. Das ist nur gerecht. Hock dich hier über meine Füße – ich will deinen schönen Rücken, deinen offenen Arsch und dein heißes kleines Arschloch sehen, während du deinem Freund den Schwanz lutschst.»

«Aber –» sagte Sylvie.

«Du weißt doch, daß du mir alles an deinem Körper zeigen willst. Du schämst dich doch nicht wegen irgendwas, oder? Du bist doch stolz auf deinen Körper. Du willst doch, daß ich dir auf deinen Arsch sehe, während du seinen leckeren Schwanz lutschst, oder?»

«Ja», sagte Sylvie. «Ich will, daß Sie mir zusehen, wie ich Kevin lecke.» Sie plazierte ihre Füße zu beiden Seiten von Karyns Knöcheln und hockte sich nieder, den Rücken der älteren Frau zugewandt. Karyn drehte den Duschkopf auf MASSAGE und richtete den Strahl kreisend auf Sylvies Arschkugeln.

«Zieh deine Backen auseinander – ich kann dich nicht recht sehen, und ich muß dich sehen», sagte Karyn. Sylvie nahm zwei Handvoll ihres Arsches und zog, und Karyn sah den dunklen kleinen Punkt dort, wo sie sich trafen und verbanden. Genau darauf richtete sie den Wasserstrom. Sylvie krümmte den Rücken, damit er voller auftraf; ihr Atem ging nun stoßweise und unregelmäßiger durch die Nase. Ihre Haare wippten in dem Rhythmus, in dem ihr Mund sich mit Schwanzfleisch füllte und leerte.

«Ja, *das* will ich sehen», sagte Karyn. «Kevin, wenn du nur sehen könntest, wie schön Sylvie ist, wenn sie deinen Schwanz lutscht und ihr geiler Arsch dabei ganz offen und sauber ist.» Kevin sah zu ihr hin, als sie das sagte, und Karyn gab ihm, während sie weiter Aufmunterndes murmelte, eine kurze Privatvorstellung: Sie sah ihn unverwandt an, wackelte mit ihren Titten unter dem Kleid und kniff sich durch den Stoff in die Brustwarzen. Da ihre Finger naß waren, hinterließen sie dunkle Flecke an den entsprechenden Stellen. Als sie dann wußte, daß sie ihn für sich gewonnen hatte, sagte sie: «Kevin, macht es dir etwas aus, wenn ich Sylvies süßen Arsch mit den Blumen kitzle, die sie dir geschenkt hat? Du möchtest doch, daß sie sich wohl fühlt, während sie deinen dicken Schwanz lutscht, oder?»

«Ja, machen Sie schon», sagte Kevin mit belegter Stimme.

Karyn beugte sich vor und strich Sylvie mit den Tulpenblüten über die Schultern und den Rücken hinab. Sie schlug leicht damit auf die Innenseiten der Schenkel des Mädchens und dann wieder oben auf ihre vorgewölbte Klit. «Oooh, das gefällt ihr», sagte sie. Dann drehte sie die Tulpen über Sylvies Arschloch im Kreis. «Gefällt es dir, wie meine Blumen deinen hübschen Arsch kitzeln? Bestimmt gefällt dir das.»

Sylvie sagte irgend etwas Bejahendes und lutschte weiter. Dann hörte sie auf. Ohne von Kevins schimmerndem Schwanz abzulassen, sagte sie: «Kann ich schnell mal bei Ihnen auf die Toilette? Ich platze gleich.»

«Aber gern», sagte Karyn. «Du mußt aber nicht. Warum Zeit verlieren? Laß es einfach laufen. Ich spüle es schon weg. Piß mir doch einfach über die Füße.»

«Ihnen auf die Füße pinkeln?» rief Sylvie aus. «Aber das geht doch nicht! Das kann ich nicht.»

«Natürlich kannst du das», sagte Karyn. «Was soll daran schlimm sein? Lutsch einfach weiter an dem lekkeren Schwanz und entspann dich. Wenn ich einen dikken Gummipimmel im Arsch habe, will ich alles sehen. Ich *will* es sehen. Ich will spüren, wie es mir über die Füße spritzt – wärm mir meine einsamen kleinen Zehen.» Hartnäckig spielte sie mit dem Duschkopfstrahl auf Sylvies Muschelfalten. «Lutsch und drück, Süße», drängte sie. «Es fühlt sich gut an, glaub mir. Streck den Rücken durch, damit ich es sehen kann.»

Sylvie leckte Kevins Schwanz weiter.

«Drück für mich», sagte Karyn. «Drück die Pisse raus.» Aber es kam nichts.

«Tut mir wirklich leid – ich kann nicht», sagte Sylvie. «Ich geniere mich ein bißchen vor Kevin.»

«Aha. Kevin? Dir macht das doch nichts aus, oder? Natürlich nicht. Und weißt du was? Ich würde auch richtig gern sehen, wie ein bißchen Pisse aus deinem netten dicken Schwanz kommt. Dann könnte Sylvie sich bestimmt viel besser entspannen.» Karyn schob einen ihrer Füße nach außen, damit Kevin ihn sehen konnte. «Jetzt laß sie deinen Schwanz halten und ein bißchen dran reiben und ihn direkt auf meinen Fuß richten, und dann drückst du und läßt es laufen. Das kannst du bestimmt.»

«Wirklich?» sagte Kevin. Er hielt Sylvie seinen Schwanz hin, damit sie zielen konnte.

«Klar!» sagte Karyn.

«Na gut», sagte er. Sylvie packte den Schwanz an der Wurzel, Kevins Bauchmuskeln spannten sich an, er preßte die Lippen zusammen und drückte eine Kurve heißer Pisse heraus, die kurz Karyns Fuß erreichte.

«Genau so!» sagte Karyn. «Wie war's?»

«Gut», sagte Kevin. «Bißchen pricklig.» Er wischte sich die Schwanzspitze mit der Hand ab.

«Wußt ich doch», sagte Karyn. «Also, Sylvie. Du weißt, wie dringend du mußt. Du weißt, was ich im Arsch habe. Wie kannst du da nur so schüchtern sein?» Erneut tippte sie mit den Blumen an Sylvies Fotze. «Drück und piß es für mich raus.»

Sylvie versuchte es ein zweites Mal. Nach kurzer Zeit öffnete sich ihre winzige Harnröhre, und ein klarer Strahl drang heraus. Doch der Strom versiegte fast sofort wieder.

«Gut!» sagte Karyn. «Mehr!»

«Aber», wandte Sylvie ein, «ich drücke so fest, daß ich Angst habe, es könnte auch noch was anderes passieren.» Sie stand auf. «Ich muß *wirklich* auf die Toilette – das ist jetzt kein Witz.»

«Oh, aber das will ich doch auch sehen», sagte Karyn. «Ich will alles sehen, was du kannst.»

«Igitt, auf keinen Fall!» sagte Sylvie.

Kevin fand es an der Zeit einzuschreiten. «Ich glaube wirklich nicht, daß sie das kann», sagte er. «Mir würde es ja nichts ausmachen, aber...»

Mit einer schnellen Bewegung zog Karyn sich das Kleid aus. «Seht euch den Pimmel in meinem Arsch an.» Sie stützte sich nach hinten auf die Hände und hob die Knie zu sich hin an. «Seht ihr mein Poloch? Seht ihr, wie hübsch stramm es ist? Seht euch die gespannte Haut an. Ihr könnt so lange hinsehen, wie ihr wollt. Seht her, wie ich darauf wippe. Seht ihr, wie er raus- und reingeht? Uuuh, ist das gut! Es ist schön, wenn ihr da hinguckt.» Sie sah sie beide an und wackelte für sie mit den Titten. «Also, Sylvie, jetzt bist du dran. Ich hab's dir gezeigt, und jetzt zeigst du's mir. Zeig mir noch mal deinen knackigen kleinen Po. Ach, ich hatte ja keine Ahnung, daß er genauso voll ist wie meiner. Ich will jetzt deinen Arsch aufgehen sehen, bis er so weit ist wie meiner. Lutsch seinen Schwanz und drück es für mich raus. Dann kannst du alles andere machen, was gut ist, was immer du willst, dann kommst du extra stark, und genau das will ich – ich will, daß du extra stark kommst, weil ich das todsicher auch tun werde.»

«Ich muß jetzt wirklich», sagte Sylvie. «Ehrlich.»

«Ich weiß doch! Hock dich hin, wie du warst, und lutsch seinen Schwanz. Keine Sorge, ich sprüh dich sauber. Zieh deine Backen auseinander, damit ich es sehen kann. Drück und laß es raus.»

Sylvie ging wieder in die Schwanzlutschhocke. Sie lutschte weiter an Kevins Schwanz, aber jetzt schneller. Sie zog eine ihrer Backen zur Seite. Ihr Arschloch sah unverändert aus – winzig, sexy. Und plötzlich strömte ihre Pisse in alle Richtungen.

«Ah, ja!» sagte Karyn und rieb ihre Klit. «Zeig mir, wie du alles rausläßt. Laß es kommen. Ja, genau. Laß alles kommen. Du entspannst dich.»

Sie zog das Leinendeckchen unter ihren Spielsachen hervor und hielt es bereit. «Und jetzt mach deinen süßen Po ganz weit für mich.»

Sylvie stöhnte warnend los. Ihr Arschloch wölbte sich zu einer Donut-Form und öffnete sich langsam.

«Gut!» sagte Karyn. «Und jetzt halt! Preß es wieder zu.»

Sylvie machte ein angestrengtes Geräusch. Ihre Hüften wogten, und ihr Arschloch schloß sich langsam wieder.

Karyn rieb schneller. Sie ließ den Strahl in Sylvies Arsch fahren. «Ja, genau so», spornte sie sie an. «Und schön weiterlutschen. Ich weiß, du mußt es rauslassen. Jetzt drück!»

«Diesmal kommt's aber wirklich», sagte Sylvie ein wenig außer sich. «Ich kann es nicht mehr aufhalten.»

«Ich weiß, daß du es nicht mehr aufhalten kannst. Ich will nur noch mal deinen Arsch aufgehen sehen. Das ist ja so *sexy*. Laß es kommen. Drück jetzt. Zeig's uns. Los, drück.»

Sylvie stöhnte wieder auf. Ihr Arschloch wölbte sich und weitete sich, und dann begann eine dicke dunkle harte Schwanzform sich herauszuschieben. Karyn hielt das Deckchen darunter. «Ja, ja. Weiterdrücken, Baby. Drück alles raus.» Sie spürte, wie das Gewicht auf ihre Hand fiel, faltete sogleich das Deckchen darum und sprühte Sylvie sauber. «*Jetzt* sind wir bereit!» sagte sie. «Wir sind fickbereit, Kinder. Komm, Sylvie, stell dich auf Händen und Knien über mich. Mach deine Fotze auf für Kevins Schwanz. Ich will Kevins harten Schwanz in deiner Fotze sehen, während ich dir die Warzen kneife. Los. Ich will jetzt einen guten harten Fick sehen!»

Doch Sylvie gehorchte nicht gleich. Sie hatte jetzt auch ihre Rechte. Sie konnte jetzt machen, was sie wollte. Kühn hob sie eine von Karyns Tütentitten und beugte sich herab, um die Zunge darum herumschnalzen zu lassen. Dann ging sie mit ihrer blonden Fotze nah heran und strich Karyns Warzenspitze über ihre vernachlässigte Klit. «Halten Sie mal Ihre Titten und richten Sie sie auf meine Möse», bat sie mit dem Eifer der Konvertitin. «Ich glaube, ich hab noch ein bißchen Pisse für sie übrig.» Sylvie drückte und ließ einen kurzen Strahl über Karyns leicht überraschte Brüste sprühen. «Ich spritze es gleich weg», sagte sie, nahm Karyn den Duschkopf aus der Hand und sprühte ihre Mentorin ab.

«Siehst du?» sagte Karyn, die sich rasch erholt hatte. «Jetzt kannst du alles machen.»

«Ja, und *jetzt* bin ich bereit für einen Schwanz. Ich will anständig gefickt werden, Kev. Besorg's mir richtig.»

Sie kauerte sich auf Ellbogen und Knien über Karyns Beine. Karyn packte das Mädchen an den Arschbacken und zog sie auseinander. Kevin stellte sich hinter Sylvie; er starrte auf die ungezogene Pflaume seiner Freundin, als hätte er sie noch nie gesehen, und rieb seinen Schwanz mit schnellen Faustbewegungen. Es war fraglos ein schöner Schwanz; als sie ihn so betrachtete, fand Karyn, daß auch sie diesen purpurnen Pfahl wenigstens einmal in der Hand haben müsse. «Sylvie?» fragte sie. «Es macht dir doch nichts aus, wenn ich nachsehe, ob dein Lover auch richtig steif für dich ist, oder?»

«Nein, aber machen Sie schnell und stecken Sie ihn mir rein!» sagte Sylvie und küßte ihren eigenen Bizeps. «Entweder das, oder schieben Sie mir einen von diesen Dildodödeln in die Fotze und wichsen ihn auf mein Arschloch ab. Wie Sie wollen. Bloß stecken Sie mir jetzt was in die Fotze!»

«Ich mach ihn dir schön dick für deine Fotze», sagte Karyn. Sie umfaßte Kevins Schwanz mit der rechten

Hand und registrierte seine Wärme und die lebhaft widerstrebende Steifheit. Sie ertappte sich bei der Feststellung, daß er sich extrem realistisch anfühlte. Sie führte die Spitze an die Öffnung von Sylvies rosa Schlitz und zerrte ein paarmal ziemlich fest an der Wurzel. «Spürst du seinen großen Kopf?» sagte sie. «Wakkel ein bißchen für ihn. Gleich ist er soweit.» Sie sah hoch zu Kevin und machte einen Leckmund, um ihm zu zeigen, wie sie seinen Schwanz lutschen würde, hätte sie nur die Gelegenheit dazu. Er war erregt und machte Schlitzaugen und schaute, wie sie bemerkte, starr auf ihre Brüste.

«Können Sie ihn jetzt bitte reinstecken?» drängte Sylvie.

«Gleich stößt er zu», sagte Karyn und rieb seinen Schwanz noch ein paarmal. «Jetzt steck den Schwanz rein, Baby.» Sie hielt seinen Schaft, solange sie konnte, bis er in Sylvies Fotze verschwand; Sylvie war sehr eng, aber ebenso naß, und der Schwanz glitt in seiner ganzen Länge hinein, ohne sich zu biegen.

«Ah, Scheiße, ist das gut», sagte Sylvie und seufzte erleichtert auf. Sogleich fingen ihre Körper an, schnell gegeneinanderzuklatschen.

«Ja! Ist das toll, wie der Schwanz da reinstößt!» sagte Karyn und richtete den Duschkopf auf ihre Klit. «Ich spüre ihn allein schon vom Hinsehen in meiner Fotze! Ja! Meine Fotze ist so leer und deine so voll mit diesem süßen heißen Schwanzfleisch!»

Während sie so fickten, richtete sich Sylvies Augenmerk auf die Dildos, die durcheinandergeworfen im Gras lagen. Das Mädchen drehte sich so, daß ihr Gesicht nahe an Karyns war. Ihre Haare hingen Karyn in die Augen. In einem zittrigen Flüsterton sagte sie: «Ich brauch einen von denen. Nehmen Sie einen und stekken Sie ihn mir in den Arsch, ja? Bitte!»

Karyn strich mit den Tulpen Sylvies Rücken hinunter und klopfte damit gegen ihr Arschloch. Dann legte sie anstelle der Blumen ihren Mittelfinger darauf und ließ ihn leicht auf der Öffnung ruhen. «Da willst du was reinhaben? Da?»

«Ooh», ächzte Sylvie. «Ich will so was, was Sie im Arsch haben.»

«Süße, da hab ich was viel Besseres für dich», sagte Karyn. «Kevin, sieh mal, wo mein Finger ist. Ist das nicht ein niedliches kleines Arschloch? War dein Schwanz schon mal da drin?»

Kevin schüttelte den Kopf. Er hatte die Hände auf Sylvies Hüften und stieß mit kreisenden Bewegungen zu, wobei er rauhe Grunzlaute ausstieß.

«Ich will deinen Schwanz in dem herrlichen kleinen Arsch da sehen. Ist dir das recht, Sylvie? Willst du den dicken glühenden Schwanz deines Süßen im Arsch haben? Glaub mir, das ist toll. Du willst ihn doch, oder?»

«Ja, ich will ihn, ich will ihn», sagte Sylvie.

«Du willst ihn doch im Arsch haben, ja?» wiederholte Karyn.

«Ich *brauche* ihn in meinem Arsch», flehte Sylvie. «Kev, ich brauch ihn in meinem Arsch!»

Karyn packte den einen Meter langen Welsh Fusilier und stellte ihn an. Sie flüsterte Sylvie zu: «Schieb ihn mir in die Fotze.» Sylvie tat fummelnd, wie ihr geheißen. «Das ist gut. Ich will, daß unsere Luderfotzen miteinander verbunden sind, wenn du zum erstenmal in den Arsch gefickt wirst», sagte Karyn. Sie reichte

Kevin das andere Ende. «Geh raus aus ihr, Baby. Steck das dafür rein.» Kevins langer schimmernder Schwanz tauchte hinter dem Horizont von Sylvies Arschkurve auf, und mit offensichtlichem Widerstreben führte er das Ende des Doppelvibros da ein, wo er gerade noch gewesen war. Sylvie schrie überrascht auf, krümmte den Rücken und fing an, auf ihn einzuficken.

Kaum hatte Karyn Kevins Schwanz wieder gesehen, wußte sie, daß sie ihn lecken mußte. Das war ihre Chance. «O Gott, ist das ein schöner Schwanz», sagte sie. «Ich brauch mal kurz einen echten Schwanz im Mund, bloß *ganz* kurz. Komm mal eben hier rüber, Baby. Sylvie, für dein enges kleines Arschloch muß er superhart sein. Es macht dir doch nichts aus, wenn ich seinen Schwanz mit der Zunge richtig steif mache, oder? Entschuldige, aber ich muß diesen Schwanz jetzt einfach lecken.»

«Lecken Sie ihn!» sagte Sylvie. «O Gott, lecken Sie ihn für mich steif. Aber beeilen Sie sich, damit ich gleich was Dickes im Arsch habe. Der brennt nämlich darauf.» Sie umkreiste Karyns Klit mit ihrem Ende des Fusiliers und starrte dabei auf den Sockel des Klockhammers, der im Arsch der älteren Frau steckte. Karyn, den Mund voll mit purpurnem Schwanzfleisch, stöhnte und spreizte die Beine vor Lust. Doch als Sylvie spürte, wie Kevin den anderen Welsh-Kopf zwischen ihren zitternden Fotzenlippen rein und raus stieß, langte sie nach hinten, zog ihre Arschbacken auseinander und sagte: «Das reicht jetzt. Hören Sie auf, meinem Freund den Schwanz zu lecken, und stecken Sie ihn mir in den Arsch!»

Karyn nahm den Mund von Kevins Pimmel. «Gut,

Süße, er ist für dich bereit.» Sie drückte Gleitcreme auf Sylvies Arschloch. Die Tube machte dabei unanständige Geräusche, aber das war ihnen egal. Sie zog Kevin am Schwanz in Stellung, stupste die Spitze seines Pimmels auf Sylvies nun glitschige Arschspalte und umkreiste damit die Öffnung. Dann richtete sie ihn darauf und hielt ihn fest. «Also gut, Kevin, langsam drücken. Sylvie, öffne dich für ihn. Er geht rein.»

«Stoß ihn rein! Fick mich in den Arsch!» rief Sylvie.

Karyn hielt Kevins Schwanzschaft und preßte ihn langsam hinein. Er bog sich ein wenig durch, als Kevin mit seinem Körpergewicht nachschob; dann, als Sylvie sich entspannte, wurde er wieder gerade und füllte sie langsam aus.

«Da geht er rein», sagte Karyn.

«Fick mich mit deinem Schwanz, ooooooh!» sagte Sylvie. Kevin begann ganz langsam zuzustoßen.

«Ja, gut Kevin, fick sie in ihren wunderbaren Arsch – so ist's recht.» Karyn packte das Ende des Vibrators in ihrer Fotze und fing an, es im Rhythmus von Kevins regelmäßigen Schwanzstößen raus- und reinzuschieben. Seine Stange bog sich hoch und verschwand in Sylvies Muschel. Sie küßte Sylvie auf die Schulter. «Gott, ist das schön, mit deiner geilen Möse verbunden zu sein, Süße!» sagte sie. Sylvie starrte geradeaus und atmete flach, während sie sich auf Kevins Dickmann zurückstieß. «Das gefällt dir, daß er in deinem Arsch ist, ja?» fragte Karyn sie.

«Ich will, daß er mich feste fickt!» sagte Sylvie. «Fick mich in meinen heißen Arsch, Kev. Gleich mach ich mein Smiley-Gesicht!» Sie schaute Karyn an. «Das sagen wir immer, wenn es uns bald kommt», erklärte sie atemlos.

Karyn wurde aktiv. «Halt – eins noch.» Sie nahm den kleinen okragroßen Dildo, stülpte ihn sich auf den Mittelfinger und drückte etwas Astroglide darauf. «Kann ich Kevin das in den Arsch schieben?» flüsterte sie. «Ich will spüren, wie er dich fickt, wenn es dir kommt. Darf ich?»

Sylvie blies sich den Pony aus dem Gesicht und nickte. «Aber schnell.»

Karyn ließ den Okraschwanz über Sylvies Brustwarzen huschen, fuhr dann damit über Kevins Rippen und unten um ihn herum und packte seine ihr nähere Arschbacke, so daß vier ihrer Finger nahe an seinem Arschloch lagen.

«Was machen Sie da?» fragte Kevin und erstarrte plötzlich.

«Ich steck dir eine Okra in den Arsch, damit du dir nicht ausgeschlossen vorkommst», sagte Karyn. «Ich will dir helfen, Sylvie zu ficken. Ich will spüren, wie du sie in den Arsch fickst, und ich will, daß dein Arschloch spürt, wie du *ihr* Arschloch fickst. Denk nicht dran – laß ihn einfach rein und fick weiter.»

«Laß sie, Kev!» rief Sylvie ernst.

Kevin überwand seine Unsicherheit und nahm seinen langsamen, bedächtigen Arschfick wieder auf. Doch jedesmal, wenn er sich nun vor dem nächsten Stoß zurückzog, steckte ihm Karyn den Okraschwanz ein Stückchen tiefer in sein widerstrebendes Mannloch. Nach einer Weile schien es ihm besser zu gefallen, und als er dann selber seinen Po in Bewegung setzte, begann Karyn ihn zu drängen und zu dirigieren, ließ ihn ein wenig schneller werden und seine Stöße schräg ansetzen, so wie sie wußte, daß Sylvie es wollte. Bei jedem seiner Stöße ballten sich seine Hochspringer-Arschmuskeln beachtlich unter Karyns Hand. «Siehst du, daß sie es schneller mag?» sagte Karyn. «Fick sie genau so.» Sie kontrollierte seinen stoßenden Unterleib mit dem Okrastöpsel wie eine Puppenspielerin, und er sagte: «Boah! Und rein damit!»

«Kneifen Sie ganz fest meine Brustwarzen!» wisperte Sylvie Karyn in eindringlichem Befehlston zu. «Gleich mach ich das Smiley-Gesicht», sagte sie zu Kevin.

«Kommen wir gemeinsam», sagte Karyn und kniff zu, wie ihr aufgetragen war. «Los und los und los. Fick sie, Kevin! Schieß deine Soße in sie ab. Sieh dir den Schwanz in meinem Arsch an, Sylvie. Komm über mir. Oh! Oh fuck!» Sie ließ von Sylvies Brustwarzen ab und drückte sich den Welsh-Kopf fest an ihre Liebesbohne, während ihr Orgasmus die notwendigen Unterschriften sammelte. Der signierte Armande war jetzt schon so lange in ihrem Arsch, daß sie den größten Orgasmus ihres Lebens kommen spürte. Aber noch war sie nicht soweit. Sie reckte ihre Brüste vor und sagte: «Leck mal kurz meine Tittenbeutel, Sylvie. Leck sie fest, beiß rein, beiß rein. O Scheiße! Und jetzt komm. Komm um das heiße Schwanzfleisch rum!»

«O Gott!» sagte Sylvie. Sie versuchte, Karyns Brustwarzen zu erreichen, konnte sich aber nicht darauf konzentrieren und bog den Hals vor, starrte einfach auf die unsichtbare Lust in ihrem Kopf.

«Schon gut – komm für mich, Baby. Gleich kommt sie, Kevin! Schieß ihr den heißen Saft in den Arsch!

Füll ihr den Arsch mit der brennenden Soße!» Immer schneller fickte Karyn Kevins Loch mit dem Okrapint, und er beugte sich vor, um ihn aufzunehmen, richtete sich dann auf, hob Sylvie an den Hüften vom Boden und zog sie zurück auf seinen Schwanz. «Jetzt, Sylvie?» fragte er.

«Oh, fick mich richtig, Kev! Füll meinen Fickpo!» schrie Sylvie, blickte Karyn in die Augen und dann hinab auf ihre mit Spielzeug angefüllten Ficklöcher. «Fester! O jaa! Fick mich durch, Schatz! SCHIESS DEN HEISSEN SCHWANZ IN MEINEM POLOCH AB! OH! OH!»

Mit einem verblüfften Gesichtsausdruck vollführte Kevin einen letzten langen, taumelnden, bebenden Stoß und begann zu kommen.

«OH, JAA!» sagte Sylvie, als sie spürte, wie Kevins Schwanz ihr Schwall um Schwall kochende Kreischcreme in den Arsch pumpte. «AH! ICH KOMMMEEEEEE!!!!!» Und während heidnische Lüste ihren Körper durchzuckten, zog sie tatsächlich eine ungeheure Smiley-Grimasse.

Jetzt war Karyn an der Reihe. Sie ließ die Vorstellung von Kevins spritzendem Schwanz in Sylvies Arsch mit dem Gefühl von Armande Klockhammer Jr. in dem ihren verschmelzen. Sie beschwor den Anblick der Dollarscheine herauf, die ihm beim Tanzen mit dem Rücken zum Publikum in die Arschspalte gesteckt wurden. Sie dachte an die kreischenden Frauen, die stampfende Musik, den Anblick, wie er sich auf der Bühne umdrehte und sein schweres lebendiges Fleisch in dem schwarzen Seidenbeutel herumschleuderte und dabei auf die ganzen Frauen hinabsah. All diese Erinnerungen steckten *in ihrem Arsch.* Sie schlug die Augen auf und sagte ruhig: «Bitte, ihr beiden, seht mir jetzt zu, wie ich komme. Seht zu, wie mein Arschloch und meine Fotze um diese zwei riesigen geilen Schwänze herum kommen!» Dann warf sie sich aufs nasse Gras zurück, hob die Beine und legte die Füße auf Sylvies Rücken; sie ließ sie hinsehen, wo sie wollten, während der viehische, pralle Orgasmus ihren Körper adelte. «Ah, schön... so schön... so schön...», seufzte sie, als das Klitkribbeln verebbte.

Als sich die drei ein wenig erholt hatten, duschte Karyn Kevins weich werdenden Schwanz ab, erhob sich von dem Klockhammer und spülte ihn sauber.

«Dürfen wir mal wieder Tulpen bei Ihnen pflücken kommen?» sagte Sylvie zärtlich, bevor sie und Kevin, wieder in ihrem Partner-Outfit, zu den Fischteichen gingen.

«Jederzeit», sagte Karyn. «Ich liebe junge Liebe.» Nackt und befriedigt legte sie ihre Spielsachen und ihr unbeachtet gebliebenes Buch auf das Tablett und ging hinein. Das ganze Jahr hindurch halfen Kevin und Sylvie ihr an den Wochenenden beim Jäten, Einpflanzen und Mähen, und bald beneidete die ganze Nachbarschaft sie um ihren Garten.

FÜNFZEHN

Das also habe ich schließlich auf die Kassette aufgenommen, die ich anstelle von Suzanne Vegas *Solitude Standing* in den Radiorecorder von Adele Junette Spacks Ford Escort steckte. Es – dieser Teil zwei – war sechzehn einzeilige Seiten lang, und nach den zwölf langen Stunden und zwei heftig schnaufenden Orgasmen, die ich seiner Abfassung widmete, kostete es mich noch weitere zwei Stunden, ihn auf Band aufzunehmen. (Meine beiden Soßenladungen ließ ich direkt auf den vage verschwommenen Mass Turnpike springen, wobei ich den Hintern so weit auf der Motorhaube meines Wagens vorschob, daß mein Richard eine Art Kühlerfigur abgab. Unfähig, den physikalisch paradoxen Kontakt mit einem Straßenbelag auszuhalten, der sechzig Meilen pro Stunde schneller war als sie, begannen die Spermatröpfchen nach ein paar Minuten auf der Fahrbahn zu brutzeln, und in weniger als einer halben Stunde waren sie vollständig verdampft.) Als ich die Aufnahme fertig hatte, war ich nicht erschöpft – ich war in Hochstimmung. Nur mein rechtes Handgelenk tat ziemlich weh – das waren, wenn ich mich nicht irre, die ersten Anzeichen meines Karpaltunnelproblems, das mir seitdem immer wieder Schwierigkeiten macht. Mir ist im nachhinein nicht ganz klar, warum Karyns Abenteuer am Ende so beharrlich anusorientiert waren – ich denke, es war wohl einfach eine Stimmungsfrage. Immerhin hatte ich das Wort *Poloch* davor in meinem ganzen Leben noch nicht getippt. Es taucht nicht gerade häufig im Vokabular von Geschäftskorrespondenz auf. Intime Derbheit bringt einen bekanntlich hoch. Ebenso wichtig aber war, daß ich die Chance, diese Smith-College-Frau könnte meine auf Band aufgezeichnete Gesellschaft zu zahm finden, so gering wie möglich halten wollte, und der eine oder andere Anus bringt Leben in jede Bude. Ich wollte, daß meine Rohlingsphantasie die ihre weniger beschränkte als anregte, daß sie sich mühelos so weit erstreckte, wie die ihre gehen würde; und ich hoffte, daß sie in der Lage wäre, alles auszugleichen, was ihr nicht gefiel. Ich hoffte, sie würde erkennen, daß ich ein ungewöhnlicher Mann war, den kennenzulernen sich lohnen könnte.

Ich steckte ihr mein Geschenk nicht gleich in den Recorder, da ich nicht wollte, daß sie mich so dreist neben sich fahren sah, wenn es losging. Ich ließ die Zeit wieder an, beschleunigte und fuhr ein paar Autos weiter vor, dann trabte ich bei pausierendem Universum zu Fuß zu ihrem Wagen zurück und tauschte die Kassetten aus. Folglich konnte ich ihre erste Reaktion nicht sehen. Doch ich fuhr aufreizend langsam, wodurch ich die Pufferautos hinter mir zwang, mich zu überholen; sehr schnell hatte ich Adele so wieder im Rückspiegel. Ich setzte die Sonnenbrille auf, damit sie nicht sehen konnte, wann meine Augen zu ihr im Spiegel hochzuckten. Ich sah, wie sie etwas machte, sich vorbeugte, etwas nachsah; vermutlich hatte sie mein Band ausgeworfen und suchte es nach Erkennungsmerkmalen ab. (Auf dem Schildchen stand nur KARYN DIE BIBLIOTHEKARIN.) Dann folgte eine lange Zeitspanne, in der sie sich – da bin ich mir ziemlich sicher – einen Teil davon oder alles anhörte. Sie überholte mich wieder, ohne mich zu beachten; ich sprang einen Augenblick, um sicherzugehen, daß mein Band in ihrem Recorder war, dann ließ ich sie weiterfahren. Eine ganze Weile fuhren wir dann hintereinander her, über eine Stunde lang, wobei sie, glaube ich, nicht merkte, daß ich mich unauffällig in ihrer Nähe hielt. Mehrmals fuhr sie sich durch die Haare. Ich achtete auf Anzeichen von Erregung: aus der Spur geraten, plötzlich langsamer werden. Nichts dergleichen. Ich hoffte, sie würde so erregt, daß sie baldigst bei einem Motel anhalten mußte.

Zu meiner Überraschung fuhr sie an der Ausfahrt zur Route 91 nach Northampton vorbei und weiter Richtung Westen. Wollte sie etwa nach Chicago? Das konnte sein. Wahrscheinlich war sie dort an der Uni. (Der University-of-Chicago-Aufkleber auf ihrer Heckscheibe befand sich über dem Smith-Sticker, was für die zeitliche Priorität des Smith College sprach.) Ich hatte eigentlich nicht vor, bis ganz nach *Chicago* mitzufahren, aber vermutlich mußte sie irgendwo anhalten, um zu übernachten. Und selbst wenn sie mein Band scheußlich fand, fuhr sie doch nach wie vor, und beim Fahren schweifen die Gedanken, und schweifende Gedanken sind das perfekte Medium für die beschleunigte Transmutation erinnerter Geschmacklosigkeiten. Wenn sie dann abends schließlich zu einem Motel abbog, mochte irgendein Bild aus meiner Kassette, gewandet in Dringlichkeit und Feuer, ihre Sinne durchströmen. Und ungeachtet dessen, wie sie mein Band gefunden hatte, würde sie in ihrem Motelzimmer fast sicher kommen, denn was soll man in einem Motelzimmer sonst tun?

Während ich so dahinfuhr, arbeitete ich einen komplexen Plan aus, wie ich vorgehen würde, wenn sie in ein Motel ginge. Sobald sie auf dem Parkplatz wäre, würde ich die Zeit anhalten, an ihr vorbeifahren und an einer abgelegenen Stelle parken. Ich würde die Zeit weiterlaufen lassen. Sie würde parken, fünf Minuten im Empfangsbüro sein, wieder erscheinen und dann zu einem Zimmer gehen, sagen wir Zimmer 23. Wenn sie dann mit einem halb ausdruckslosen, starrmundigen Gesicht, das keine Schauspielerin nachbilden könnte, weil es so gänzlich ein Produkt ihrer Gewißheit, unbeobachtet zu sein, wäre, den Schlüssel auf das Schlüsselloch richtete, würde ich sie anhalten, zurück ins Büro gehen, den Ersatzschlüssel für Zimmer 23 vom Schlüsselbrett nehmen und vor ihr eintreten. Es wäre kein schlechtes Zimmer, vielleicht ein bißchen zu viele Brauntöne, aber wahrscheinlich gäbe es keine gute Stelle, von der aus ich ihr beim Ausziehen zusehen könnte. Bis dahin wäre ich reichlich müde. Sicher müßte ich alle halbe Minute gähnen. Es wäre etwa morgens um sieben Strine-Zeit, meine ausgedehnte Furchenzeit unterwegs mit eingerechnet, aber dennoch würde ich einen Augenblick der Nähe zu dieser völlig Fremden brauchen, die meine auserwählte Reisegefährtin geworden war. Ich würde bemerken, daß es in ihrem Zimmer eine verschlossene Tür gab, die zum Zimmer nebenan führte. Das würde mir Möglichkeiten eröffnen.

Noch immer voll fermatiert, würde ich sie mit gezücktem Schlüssel vor der Tür stehenlassen und losziehen und in einem Zeitschriftenladen eine Viertelmeile weiter vierzehn schmutzige Zeitschriften «kaufen» (auf die übliche informelle Weise). Ich spaziere in der Furche gern in Zeitungsläden herum und sehe mir die Leute an, die sich Zeitschriften ansehen. Manchmal entsprechen sie ganz den Erwartungen: der Dreizehnjährige mit einem feinen Anflug von Oberlippenbärtchen, der sich ein ganzes Regal voller blutrünstiger Horrorfilmzeitschriften ansieht, usw. Aber oft ist es auch nicht so einfach: nicht wie das Witzblattklischee von den Leuten, die ihren Hunden ähnlich sehen. Den Mann am Regal mit den Computerzeitschriften etwa hätte man da nicht erwartet; ebensowenig die Frau, die sich Segelzeitschriften ansieht, oder den Mann, der am Antiquitätenregal liest. Man kann die Leute nicht so ohne weiteres den Magazinen zuordnen, in denen sie blättern. Vielleicht rührt das daher, daß diejenigen, die im Zeitschriftenladen herumstehen, nicht repräsentativ sind für diejenigen, die ein echtes Interesse an einem bestimmten Hobby oder Thema haben – die wahren Enthusiasten sind eher auf dem Segelboot oder bei Antiquitätenauktionen, als daß sie darüber lesen; oder, was wahrscheinlicher ist, sie blättern die Zeitschriften zu Hause durch, wo sie sie in Ruhe studieren können, und haben sie ohnehin abonniert. Manche der wahren Hobbyisten verachten die Zeitschriften, weil sie sie nun schon so lange gelesen haben, daß ihnen das Wiederholungslevel dieser Wie-wird's-gemacht-Artikel allmählich lästig wird. Viele von denen, die sich in einem Zeitschriftenladen herumtreiben, könnten bloß eine Kostprobe davon haben wollen, wie es wäre, sich für etwas Bestimmtes zu interessieren, ohne es tatsächlich zu tun. Andererseits sind manche womöglich wahre Aficionados auf ihrem jeweiligen Gebiet, die sich genau deshalb zum Zeitschriftenladen hingezogen fühlen, weil sie dort ihre spezialisierte Subleidenschaft neben allen anderen ausgestellt sehen: Modellraketen gleichberechtigt neben *Metropolitan Home*; die Sciencefiction-Magazine nur einen Meter vom Bodybuilding oder von jenen dürftigen Wie-schreibe-ich-einen-effektiven-Anfragebrief-Zeitschriften entfernt. Anders als eine Buchhandlung vereint ein Zeitschriftenladen seine riesige Auswahl an Themenkategorien vermittels seiner alles überragenden Hier-und-Jetztheit. Er ist ein Parthenon der unmittelbaren Gegenwart, eine Zentrifuge der Synchronizität. Jede Zeitschrift sagt: Hier steht, was Sie unserer Meinung nach jetzt in diesem Augenblick im (man überfliegt die Titelblätter) Juli Juli Juli Juli August Juli Juli Juli August August Juli über unser Subspezialgebiet wissen wollen. Ausflüge in Zeitschriftenläden geben meiner Furchenfähigkeit immer wieder neue Kraft; mir ist aufgefallen, je mehr Zeit ich in einem verbringe, desto sauberer und leichter hält die Zeit für mich an, wenn ich das nächste Mal einen Sprung auslöse.

Ich würde also von Adeles Motel die Straße entlanggehen und in einem Zeitungsladen vierzehn Herrenmagazine kaufen, dann wieder zurückgehen, sie auf einem der Betten in ihrem Zimmer, Zimmer 23, ausbreiten und dessen fragwürdige rosa-braune Tagesdecke mit einer viel besseren Steppdecke aus noblem Frauenfleisch überziehen. Ich würde einen Waschlappen aus dem Bad holen und ihn am Bettrand drapieren, wie um die Schleimböller aufzufangen, die aus meinem aufgedunsenen Faktotum zu erwarten wären. Ich würde sicherstellen, daß ich mich in dem Augenblick, da ich die Brille herunterschöbe, so weit hochgerubbelt hätte, daß mir alles egal wäre. Unmittelbar darauf würde ich Adeles wiederbelebten Schlüssel im Schloß hören.

Wenn sie mich dann auf der Schwelle zu ihrem Motelzimmer darin erblicken würde, wie ich überrascht zu ihr hoch sähe, würde sie sagen: «Oh, Entschuldigung!» und die Tür wieder zumachen. Es würde mir nicht schwerfallen, durcheinander und peinlich berührt zu wirken. Ich wäre *wirklich* durcheinander und peinlich berührt. «Es tut mir furchtbar leid – halt, warten Sie bitte!» würde ich laut rufen. «Bitte entschuldigen Sie!» Ich würde hinaushasten und mir dabei den Gürtel zumachen. Allerdings wäre sie da schon wieder auf dem Weg zum Büro. «Das ist mein Fehler», würde ich sagen. «Ich glaube, ich habe den falschen Schlüssel bekommen.»

«Macht nichts», würde Adele knapp sagen. «Ich nehme mir ein anderes Zimmer.» Sie würde mir nicht in die Augen sehen wollen.

«Ich will ja nur sagen», würde ich hastig erklären, «ich glaube, ich bin in *Ihrem* Zimmer. Der Mann sagte Zimmer vierundzwanzig, aber als ich dann auf den Schlüssel sah, den er mir gegeben hatte, stand da dreiundzwanzig, und dann habe ich einfach angenommen, das sei das Zimmer, das ich nehmen sollte. Offenbar lag ich damit völlig falsch. Aber wenn Sie sich nur eine halbe Minute gedulden, bin ich wie der Blitz aus Ihrem Zimmer verschwunden.»

Adele würde sagen: «Ist schon gut – wie man sieht, haben Sie sich ja schon eingerichtet.» Sie würde leise auflachen.

Ich aber wäre die Offenheit in Person. «Sie meinen die Zeitschriften? Die habe ich in einer halben Sekunde zusammengelegt. Ich finde, Sie sollten das Zimmer haben, das Ihnen zugewiesen wurde, schließlich ist es ja mein Fehler. Ich war auch noch gar nicht im Badezimmer. Äh, nein – war ich doch.» Ich würde mir die Hand auf die Brust legen. «Gott, ist das peinlich.»

Adele würde mich aufrichten. «Machen Sie sich da bitte keine Gedanken, ehrlich. Ich nehme mir ein anderes Zimmer. Sie bleiben da drin, und ich nehme mir ein anderes. Es ist schon recht.»

Aber das wäre mir natürlich gar nicht recht. Ich würde ihr meinen Zimmerschlüssel geben, den, den ich in der Furche im Büro geborgt hätte. «Hier ist Ihr Zimmerschlüssel», würde ich sagen. «Sie holen sich Ihren Koffer oder was Sie dahaben, und ich hole mir den richtigen Schlüssel zu meinem Zimmer, und dann bin ich in zwei Sekunden aus *Ihrem* Zimmer verschwunden. Okay?»

Es wäre ihr ja ein leichtes, nicht darauf einzugehen und darauf zu bestehen, mit dem Mann im Motelbüro selber zu reden, und wenn sie das täte, wäre es gar nicht gut für mich: Ich müßte dann mit Hilfe der Furche flüchten und sie aufgeben, während sie dem Menschen am Tresen gerade sagen würde, daß da einer in ihrem Zimmer sei, worauf er ihr sagen würde, daß niemand Zimmer 24 bekommen habe, und sie säße dann mit einem mysteriösen und verstörenden sexuellen Ereignis da, das sie sich nicht erklären könnte. Womöglich würde noch die Polizei hinzugezogen – ein schrecklicher Gedanke. Aber weil ich es immer gut meine, trotz meiner Verschlagenheit, wäre ich genügend durcheinander und genügend natürlich, daß sie mir glauben und einwilligen würde.

Ich würde mich im Büro anmelden, um Zimmer 24 bitten und den Schlüssel bekommen. Wenn ich zurückkäme, würde Adele vor Zimmer 23 stehen. Die Tür wäre offen – ich hätte sie weit offengelassen –, so daß sie, wenn sie wollte, während meiner Abwesenheit einen Blick auf mein Zeitschriftenarrangement und den Waschlappen am Ende des Bettes hätte werfen können.

«Also, alles geregelt», würde ich zu ihr sagen. Geräuschvoll würde ich die ganzen Zeitschriften zu einem großen Stapel aufhäufen, obendrauf den Waschlappen legen und alles aus dem Zimmer tragen. Erneut würde ich sagen: «Dieses gräßliche Durcheinander tut mir wirklich ganz schrecklich leid.»

«Ist schon in Ordnung», würde sie sagen. Sie würde die Ruhe selbst und sehr freundlich sein. Wir würden einander gute Nacht sagen.

In meinem Zimmer würde ich mich dann aufs Bett werfen und einen Seufzer der Erleichterung ausstoßen – nichts Schlimmes war passiert! Ich würde mir überlegen, ob ich sie zu einem Happen einladen sollte, da es ja Abendessenszeit wäre. Das mache ich lieber gleich, würde ich zu mir sagen, bevor sie sich auszieht oder duscht und solange wir noch in der zeremoniell freundlichen Stimmungshülle sind. Ich würde aufspringen – und es mir dann doch anders überlegen. Das Problem wäre, daß ich kurz davor stünde, von ihr als bedrohlich eingestuft zu werden, und da könnte ich nicht das Risiko eingehen, ihr finster oder schmierig zu erscheinen, indem ich ihr jetzt irgendwelche Avancen machte. Aber das müßte ich auch gar nicht. Im Verlauf des Abends würde es zunehmend an Bedeutung gewinnen, daß wir in nebeneinanderliegenden Zimmern wären: Die Zeit würde für mich arbeiten. Ich würde mich wieder aufs Bett legen, die Hände auf der Stirn, und auf die Geräusche aus ihrem Zimmer horchen. Obwohl uns eine Tür verbände, würde sich ihr Zimmer als verblüffend unbelauschbar erweisen. Eine Weile würde ich Wasser laufen hören – vielleicht eine recht kurze Dusche, wahrscheinlicher aber eine Gesichtswäsche und Zähneputzen. Eine Viertelstunde würde vergehen. Ich würde hören, wie sie etliche Schlösser aufsperrte und hinausginge. Sie wäre auf dem Weg zum Abendessen. Ich würde abwarten, dann springen, mich hinter einer Ecke verstecken und sie beobachten. Sie würde sich für das triste Restaurant mit dem holzgemaserten Resopal und den Kellnerinnen mit frühamerikanischen Häubchen, das an das Motel angeschlossen wäre, entscheiden, nur weil sie müde und es so nahe wäre. Ich würde am Zeitungskasten eine Lokalzeitung kaufen, hineingehen, mir eine Speisekarte nehmen und mich, das BITTE-WARTEN-SIE-BIS-SIE-PLAZIERT-WERDEN-Schild ignorierend, irgendwo hinsetzen und dann aber die Finger von der Zeit lassen. Wenn Adele dann hereinkäme, wäre ich in die Speisekartenanalyse vertieft. Das Restaurant wäre nur sehr schwach besucht. Die Hosteß würde Adele an einen Tisch in meiner Nähe führen. Wenn Adele dann «Danke» sagen würde, würde ich mit freudiger Überraschung aufblicken. Ich würde hallo sagen. Sie hätte eine *Mirabella* dabei und würde noch den rosa Pulli tragen. Wenn sie sich dann setzen würde, würde ich mich zu ihr hinbeugen und sie fragen: «Wenn Sie Ihre Zeitschrift gelesen haben und ich meine Zeitung, würden Sie dann den Nachtisch mit mir essen?»

Und natürlich würde sie einwilligen.

Eine halbe Stunde lang würden wir dann beide so tun, als gäbe es den anderen nicht. Während ich meinen Schmorbraten äße, würde ich mit ernster Miene mit der Zeitung rascheln und sie gründlicher lesen, als ich seit Jahren eine Zeitung gelesen habe. Endlich käme es dann zu einem unschlüssigen Augenblick, nachdem unsere Teller abgeräumt worden wären. Ich würde wieder zu ihr hinüberblicken und sagen: «Jetzt der Nachtisch?»

Sie würde aufstehen und herüberkommen. «Eigentlich sollte ich ja nicht, aber ich tu's trotzdem», würde sie sagen. «Die Karte sieht ja ganz interessant aus.» Wir würden erörtern, was ein Aprikosenstreusel wohl in Wirklichkeit sein könnte, und so tun, als tappten wir mehr im dunkeln, als es der Fall wäre. Dann würde ich mich noch einmal für das Durcheinander mit den Zimmern entschuldigen. Ich würde sagen, es sei eine pure dumme Mattscheibe meinerseits gewesen.

Sie würde sagen: «Das ist schon das zweite Mal, daß mir heute was Komisches passiert ist.»

«Ach», würde ich einwerfen. «Das zweite Mal?»

«Ja», würde sie antworten. Sie würde mir erzählen, sie sei vor ein paar Stunden auf dem Mass Pike gefahren und habe dabei eine Suzanne-Vega-Kassette gehört und an nichts Besonderes gedacht, als plötzlich so eine männliche Stimme aus den Boxen gekommen sei, die sagte, er sei jemand in einem Auto, das sie kurz zuvor überholt habe, und er habe mittels seiner Fähigkeiten die Kassette in ihrem Recorder gegen die ausgetauscht, die sie jetzt gerade höre. Sie würde berichten, daß sich das Band, wie zu erwarten, als pornographisch herausgestellt habe. «Stellenweise richtig starker Tobak», würde sie sagen. «Eigentlich eher eklig.»

«Das klingt ja ziemlich unheimlich und anzüglich und mysteriös», würde ich daraufhin sagen und Geräusche der Verblüffung machen. Ich würde sie weiter befragen: Ob sie denn überhaupt eine Vorstellung davon habe, wie eine solche Kassette in ihren Recorder gelangt sein könne?

Sie würde sagen, sie habe keine Ahnung. Ich würde ihr sagen, ich sei überzeugt davon, daß es im Universum noch immer einige größere Phänomene gebe, die unbekannt oder grundlegend mißverstanden seien. «Sind Sie Wissenschaftler?» würde sie fragen. Ich würde das mit einem leisen Lachen verneinen und ihr erzählen, ich sei Zeitarbeiter in Boston und gerade auf dem Rückweg von einem Verwandtenbesuch in Pittsburgh. Sie würde sagen, sie mache Linguistik an der University of Chicago. Ihr besonderes Interesse gelte dem Spracherwerb von Kindern in zweisprachigen Familien. Eine Zeitlang würden wir uns ganz heiter über den Spracherwerb von Kindern in zweisprachigen

Familien unterhalten, da das Thema auch mich interessiert. Sie würde mich ihren Nachtisch bezahlen lassen.

Bevor wir gingen, würde ich tief Luft holen und sagen: «Sie müssen schon entschuldigen, aber es interessiert mich brennend, was da auf der Pornokassette drauf war. Hat er nur geschnauft und gekeucht?»

«Nein, gar nicht», würde Adele antworten. «Es war sogar ziemlich ausgefeilt. Eine ganze Geschichte.»

Fasziniert würde ich mich vorbeugen. «Ach, wirklich?» Ich würde sie dabei beobachten, wie sie überlegte, woran sie sich noch erinnerte. Ich würde bemerken, wie sie die ersten Bilder, die ihr wieder einfielen, innerlich beiseite legte, weil sie nicht mit mir darüber reden wollte.

Sie würde sagen: «Es ging um eine Frau, die – na ja, dann war da noch ein UPS-Mann...»

«Das Übliche», sagte ich wegwerfend.

«Und ein Nachbarsjunge», würde sie fortfahren. «Und die Freundin des Jungen. Und ein Rasenmäher.»

Ich würde ein bestürztes Gesicht machen. «Doch nichts Gewalttätiges mit einem Rasenmäher?»

Sie würde den Kopf schütteln.

«Also im wesentlichen ein Standardporno», würde ich sagen.

Sie würde darüber nachdenken. «Wahrscheinlich schon. Es kamen massenhaft Dildos vor, was ja wohl okay ist – ach, ist auch egal. Aber dann – ich weiß nicht – Natursekt? Richtige, echte Darmentleerung?»

«Uäh», würde ich ausrufen.

«Was nicht heißt», würde sie hinzufügen, «daß sie überall hingemacht hätten. Es geschah schon mit einigem Geschmack und einer gewissen Kultiviertheit.

Aber trotzdem, für mich war das Anale im ganzen doch etwas überbetont.»

«Faszinierend», würde ich sagen.

«Und ich sage ja gar nicht», würde Adele aufgeschlossen fortfahren, «daß es nicht auch ganz verdienstvoll wäre, hin und wieder einmal einen Blick in diesen Teil der Welt zu werfen. Aber ihn so herauszustellen...»

Ich würde ihr aus vollem Herzen zustimmen und über die Verstiegenheit, diesen Bereich zu sehr hervorzuheben, den Kopf schütteln. Dann jedoch sähe auch ich mich gezwungen, meine Aufgeschlossenheit zu demonstrieren. «Also, es schadet sicher nichts, von Zeit zu Zeit auch das in das große Fest mit einzuschließen, hin und wieder eben. Aber doch eher, um die üblichen Pfade wieder besser schätzen zu lernen, nicht als Ziel an sich.»

Adele würde plötzlich anfangen zu lachen.

Ich würde sie fragend anschauen.

«Nichts, nichts», würde sie sagen. «Mir ist bloß gerade etwas eingefallen, und das fand ich komisch. Es ist bloß dieser altertümliche Ausdruck ‹Hershey Highway›.» Nachdem sie das gesagt hätte, würde Adele sich vorbeugen und, die Hände auf dem Gesicht, heftig lachen. «O Gott, entschuldigen Sie.» Sie würde ihr Glas Wasser zwei Zentimeter vom Tisch heben und es wieder abstellen, sich räuspern und noch immer leise lachen. «Entschuldigen Sie. Aber wenn Sie das Band *gehört* hätten, ständig dieses ‹ihren Po hoch› und ‹in ihren Arsch› und ‹zeig mir deinen festen kleinen Arsch›, mein Gott. Entschuldigen Sie.»

Ich würde höflich lachen. «Was für eine Stimme

hatte denn der Mann auf dem Band?» würde ich fragen.

«Irgendwie eine ganz stinknormale», würde Adele sagen. «Kein Bostoner Akzent oder so was. Vielleicht ein bißchen wie Ihre. Aber ziemlich tief.» Sie würde mir einen Blick zuwerfen, daß ich das Gefühl bekäme, sie würde mich gleich fragen, ob ich das Band aufgenommen hätte. (Die gemessene Geschwindigkeit der Tonwellen in der Furche wäre eine weitere Erklärung für mein verändertes Timbre.) Aber sie würde es nicht fragen. Möglicherweise würde sie gar nicht wissen wollen, daß ich der Arno van Dilden hinter Karyn der Bibliothekarin war. Sie würde nicht wollen, daß ich ein Lügner, Schwindler und Einschleicher bin, sondern ein richtiger, einmaliger Nachtischgenosse, mit dem man sich nett unterhalten kann, und genau das würde ich auch ehrlich für sie sein wollen. Wir würden gemeinsam den Hang zurück zum Motel hochgehen. Unsere jeweiligen Schlüssel würden Klingelgeräusche machen. Inzwischen wäre ich so schläfrig, daß ich kaum mehr richtig stehen könnte.

Ich würde sie fragen: «Fahren Sie morgen schon in aller Frühe weiter, oder können Sie noch hier frühstükken?»

Sie würde sagen, daß sie sich wahrscheinlich nur etwas in einem Drive-in holen werde.

«Also», würde ich dann sagen und ihr die Hand schütteln, «dann viel Glück mit Ihrer zweisprachigen Forschung.» Wir würden in unsere Zimmer gehen. Ich würde duschen und mich ins Bett legen und beim Nachdenken über Lichtschalter, die auf und ab gehen, ohne ein Klickgeräusch zu machen, einschlafen. Es wäre erst acht Uhr dreißig Echtzeit. Zusätzlich zu meinem Schlafmangel hätte mich die Anstrengung, die es mich gekostet hätte, einen liebenswerten Eindruck zu machen, völlig erledigt. Zwei Stunden später würde das Telefon klingeln.

Es wäre Adele. «Habe ich Sie geweckt?»

Ich würde nein sagen.

Sie würde sagen: «Ja, warum ich Sie anrufe, wissen Sie's? Ich glaube, Sie haben versehentlich meinen Waschlappen mitgenommen.»

Ich würde so tun, als versuchte ich, mich zu erinnern. Ich würde mich daran erinnern. «Ja, natürlich, Sie haben recht. Ich war so durcheinander.»

Adele würde sagen: «Ich glaube, Sie hatten ihn oben auf Ihrem Stapel Lesestoff.»

«Sie haben recht», würde ich sagen. «Brauchen Sie ihn? Ich bringe ihn Ihnen gleich rüber.»

«Na ja», würde sie erklären, «ich würde ganz gern ein Bad nehmen, und ein Bad ohne Waschlappen ist einfach kein richtiges Bad.»

Ich würde deutlich machen, daß ich dieser Aussage aus vollem Herzen zustimmte. «Der Waschlappen ist eines der vielseitigeren Dinge, die man mit in die Wanne nehmen kann», würde ich sagen. Ich würde ihr sagen, wie lieb er mir sei, wenn ich Seife in die Augen gekriegt hätte und dann den Waschlappen auswränge und mir die Augen ganz fest damit riebe, wodurch das Stechen der Seife auf wundersame Weise wegginge. Adele würde mir erzählen, wie sie als Kind ihre Puppen am Fußende der Badewanne aufgereiht, die nassen Waschlappen als Decken genommen und sie darin eingemummelt habe. Ich würde sie fragen, ob sie ihre

Puppen zweisprachig aufgezogen habe. Sie würde sagen, sie habe tatsächlich mehrere Puppensprachen entwickelt. Wir würden noch weitere Gedanken über dieses lohnende und interessante Thema austauschen.

«Und nun?» würde sie dann schließlich sagen.

«Wie sollen wir's machen?» würde ich zögernd fragen. «Was meinen Sie? Ich könnte ihn ja einfach rüberbringen. Sie hören mich klopfen, und ich reiche Ihnen einfach einen rein. Ich hab schon vorhin geduscht, dabei aber bloß einen benutzt.»

«Ich hab auch schon vorhin geduscht», würde Adele dann sagen. «Aber jetzt kann ich nicht schlafen.» Sie würde zögern. «Wenn Sie nicht salonfähig sind oder nicht in die Kälte hinauswollen, dann hab ich mir gedacht, da ist doch eine *Tür*, die direkt von Ihrem zu meinem Zimmer führt. Ich lasse die Kette auf meiner Seite dran, weil ich nicht... na ja, egal, Sie könnten ihn mir doch einfach durch den Türspalt reichen.»

Ich würde ihr sagen, wie gut ich ihre Idee fände. «Mal sehen, ob meine Seite aufgeht.» Ich würde die Kette auf meiner Seite abmachen, den Riegel zurückschieben und meine Tür öffnen, wodurch eine zweite, grifflose auf ihrer Seite zum Vorschein käme. «Meine ist jetzt offen», würde ich sagen. «Ich lege auf und hole den Waschlappen.»

«Schön, dann bis gleich», würde sie sagen.

Das weiße Stoffviereck würde noch immer oben auf dem Haufen schmutziger Magazine liegen. Ich würde es säuberlich zusammenfalten, wie einen leeren Geschäftsbrief, und einmal an ihre innere Tür klopfen. Nach einer Reihe von Entriegelungsgeräuschen würde sich die Tür einen Spalt öffnen. Adeles Auge und ein

Mundwinkel würden erscheinen. «Halloho!» würde sie sagen.

«Ich freue mich ja so, Sie zu Hause angetroffen zu haben», würde ich galant erwidern.

Adele würde die Hand an den Spalt legen, und ich würde den Waschlappen hindurchstopfen. «Schönes Baden», würde ich sagen.

Sie würde sich bedanken und entschuldigen, daß sie mich so spät noch gestört habe.

«Seien Sie nicht albern», würde ich sagen. «Lesen Sie in der Wanne? Ich habe das Lokalblatt da. Aber wahrscheinlich ist eine Zeitung nicht so ganz das Richtige fürs Bad. Ich habe allerdings, wie Sie ja gesehen haben, einen ganzen Stapel schmutziger Magazine da. Ach, fast hätt ich's vergessen – Sie haben ja die *Mirabella*, sind also bestens versorgt.»

«Die *Mirabella* hab ich schon durch, bis auf die Horoskopseite», würde sie sagen. «Ich kann sie ja noch mal lesen. Ich lese wirklich gern beim Baden. In dem... Haufen», würde sie unschuldig fragen, «gibt es da auch Zeitschriften, die Sie empfehlen könnten?»

Ich wäre verblüfft darüber, daß ich ihr etwas empfehlen könnte. «Um ganz ehrlich zu sein», würde ich sagen, «ich hab sie einfach mal so auf Ihrem – auf dem Bett in Ihrem Zimmer ausgebreitet, ziemlich wahllos, als Sie die Tür aufgeschlossen und mich entdeckt haben. Ich hab sie mir noch gar nicht richtig angesehen. Wissen Sie was, ich schlepp sie einfach mal her, dann können wir sie uns mal ansehen.»

«Okay», würde sie sagen und die zweite Silbe unter dem Anflug eines Zweifels dehnen.

Ich würde die «Uffs» beim Anheben des Gewichts

von vierzehn Zeitschriften übertreiben. Es *ist* allerdings beachtlich, wie schwer ein Haufen Herrenmagazine sein kann. Sie würden ein tiefes, schweres, rechteckiges Geräusch machen, wenn ich sie aus einer Höhe von ein paar Zentimetern über der braunen Auslegeware fallen ließe, ein Geräusch, das mich vorübergehend an Bemühungen um Zeitungsrecycling und an das Zuschlagen von Autotüren erinnern würde. (Es wäre einsichtig, daß fallen gelassene Zeitschriftenbündel und Autotürenzuschlagen verwandt wären, da Autotüren tatsächlich zur schalldämpfenden Isolierung mit alten Zeitungen ausgefüllt werden.) Mit einer Miene gedankenverlorener Überlegenheit, aber auch mit einem deutlichen Unterton jungenhafter Erregung würde ich dann die Titel der Zeitschriften ablesen. «Mal sehen. Da hätten wir *Celebrity Sleuth* und *Leg Show, Max, Fox, Lips*. Und das? Aha, *Best of High Society, Assets, Club, Hooters, Velvet, High Society, Swank, Tail Ends, Gent*...»

Sie würde fragen: «Wozu in aller Welt brauchen Sie denn so viele?»

«Das mache ich nur in Motels», würde ich erklären. «Ich muß das ganze Bett mit aufgeschlagenen Zeitschriften bedeckt haben. Idealerweise hätte ich zwei Einzelbetten damit bedeckt, dann könnte ich zwischen den beiden Bildertagesdecken hin und her pendeln.»

«Das erscheint mir doch ein bißchen exzessiv», würde Adele berechtigterweise sagen.

«Finden Sie?» würde ich fragen.

«Na, jedenfalls teuer», würde sie sagen.

«Der Haufen da hat mich fünfundachtzig Dollar gekostet», würde ich zu ihr sagen. «Ich fände es also viel besser, viel weniger verschwenderisch, wenn außer mir noch jemand etwas damit anfangen könnte. Das ist genau so, wie wenn man nicht gern allein trinkt.» Ich würde ihr die Geschichte erzählen, wie ich, als ich meine Sachen fürs College packte und die ganzen schmutzigen Magazine meiner Jugendzeit loswerden mußte, es nicht über mich bringen konnte, sie wegzuwerfen, und sie daher in einer Papiertüte in den Park zu einer Stelle trug, wo manchmal Betrunkene schliefen, weil ich meinte, daß sie dort ein zweites Leben haben könnten. «Inzwischen weiß ich, daß es Buchhandlungen gibt, die gebrauchte Zeitschriften ankaufen», würde ich sagen. «Avenue Victor Hugo in der Newbury. Das ist ein toller Laden. Kennen Sie den?»

Adele würde sagen, ja, sie glaube schon. Davon ermutigt, würde ich ihr noch die Geschichte erzählen, wie ich einmal an einem Sonntagnachmittag im Avenue Victor Hugo war und ein sehr ernster, libanesisch aussehender Mann mit drei schweren Kisten voller alter *Penthouse* hereinkam. Der Gebrauchtbuchankäufer besah sich die Kartons, akzeptierte sie aber nicht gleich. Statt dessen rief er eine Mitarbeiterin, eine zwanzigjährige Frau, schwarze Haare, Brille, die gerade einige alte Frederic-Pohl-Taschenbücher in bestem Zustand, jedes in einem Sammlerplastikschutzumschlag, eingeräumt hatte, und sagte ihr, da seien drei Kartons *Penthouse*. Die Mitarbeiterin setzte sich mit gekreuzten Beinen vor die Kartons auf den Boden. Ich dachte, sie wolle die Magazine nur zählen. Und sie zählte sie auch. Doch während sie sie eins nach dem anderen herausnahm, blätterte sie sie durch, schlug sie auf der Mittelseite auf, betrachtete das Bild, klappte sie wieder zu und legte sie säuberlich auf einen Stapel. Ich stand bei den schicken Poe-Ausgaben im Schuber herum, beobachtete das Geschehen und versuchte, ihr Verhalten zu enträtseln. Die Frau schien das nicht aus einem Verlangen heraus zu machen, sich jede dieser *Penthouse*-Pets anzusehen. («Pet» ist meiner Ansicht nach wirklich abstoßend.) Sie seufzte dabei gelangweilt oder vielleicht auch resigniert. Ihre Bewegungen wiederholten sich automatisch. Es störte sie nicht, diese Zeitschriften aufzuschlagen, sie bis zu den umgebogenen Enden ihrer Heftklammern in der Mitte des Heftes zu entblößen, und das vorn im Laden und unter den Augen eines jeden, der zufällig da war, aber sie tat das nicht aus Interesse, sondern einfach weil es zu ihrer Arbeit gehörte. Aber wonach genau suchte sie? Und dann begriff ich. Der Laden nahm kein Magazin an, auf das jemand gekommen war. Nachdem sie des öfteren von gierigen, prinzipienlosen Männern, die versuchten, ihre absolut unwiederverkäuflichen Pornobibliotheken loszuwerden, geleimt worden waren, hatten sie es sich zum festen Prinzip gemacht, jedes Stück einzeln durchzublättern, um sicherzugehen, daß auch keine Seiten zusammenklebten. Der Libanese hatte während der ganzen Prozedur beklommen danebengestanden. Glücklicherweise hatte er keiner einzigen Seite der gesamten Kollektion seine persönliche Note gegeben.

«Sie wohl auch nicht, nehme ich an», würde Adele sagen, nachdem ich meine Avenue-Victor-Hugo-Geschichte fertigerzählt hätte.

«Richtig», würde ich antworten. «Eines dieser Magazine ist so unpersönlich wie das andere. Welches möchten Sie sich anschauen?» Ich würde ihr sagen, daß

Swank Insidern zufolge momentan im Aufstieg begriffen und daß *Leg Show* gelegentlich interessant und witzig sei. Ich würde so tun, als sei ich ein größerer Kenner, als es in Wirklichkeit der Fall ist. Wenn man jemandem seine Pornosammlung zeigte, würde ich sinnieren, sei das eine sehr direkte Form des Exhibitionismus: Das sind meine privaten sexuellen Sachen, bedeutete es. Sieh sie dir an, finde Gefallen daran, nimm sie an.

Ich würde also die Zeitschriften durch den Türspalt reichen, und Adele würde sie durchblättern, anfangs mit großer, dann mit nachlassender Aufmerksamkeit. Ihre Reaktion entspräche nicht meinen Erwartungen. «Ich weiß nicht», würde sie mehrmals mit unterschiedlicher Intonation sagen. Ich würde ihr noch ein paar hindurchschieben. Schließlich würde sie sagen: «Nein. Da steh ich nicht drauf. Die Haut sieht so unwirklich aus. Und alle Frauen sehen gleich aus. Warum brauchen Männer nur so viele identische Bilder in einem Monat?» Sie würde das letzte Magazin durchblättern. «Nein. Ich glaube wirklich nicht, daß ich etwas davon mit ins Bad nehmen kann; ich glaube nicht, daß ich noch mehr Bilder von Vaginen sehen kann. So viele Vaginen habe ich in meinem ganzen Leben noch nicht gesehen. Hier.»

Sie würde mir die Magazine durch den Türspalt zurückschieben. Ich würde sie zwei um zwei, so wie sie erschienen, säuberlich aufstapeln. Ich würde versuchen, die Sache durch Erklärungen wiedergutzumachen. Ich würde ihr erzählen, daß die ganzen Magazine hervorzuholen und auf dem Bett auszubreiten so ähnlich sei, wie eine Erektion zu bekommen. Erst sei die

Zeitschriftenpornographie irgendwo im Dunkeln in einer Schublade, einer Tasche oder einem Karton weggepackt, in ihrer kompaktesten Form gelagert, und dann hole man sie *hervor*, man blättere sie im Licht um, man vergrößere ihre zweidimensionale Oberfläche. Ich würde einräumen, daß zuweilen der Eindruck von Gleichheit vorherrsche, daß auch ich manchmal übersättigt sei, daß mein Interesse daran Phasen durchlaufe. (Was eine wahre Feststellung wäre: Ich nahm selten einen Porno zur Hand, wenn ich über die Faltenfähigkeit verfügte, weil dann die ganze Welt eine einzige schmutzige Zeitschrift war.) Aber generell, würde ich sagen, wollen Männer bedauerlicherweise *tatsächlich* immer wieder dasselbe – eine neue Frau in identischer Pose ist der einzige Unterschied, den sie brauchen. Ich würde ihr sagen, daß vom sexuellen Standpunkt aus jede winzige Variation zwischen zwei Frauenkörpern einen riesigen Unterschied darstelle. Derselbe Körper mit unterschiedlichen Sachen an oder mit andersfarbigen Haaren werde nicht als sexuell anders verstanden; es müsse ein anderer Körper sein. Ich würde ihr das nicht so sagen, als würde mir das alles gefallen, sondern als wäre es eben einfach so. Denn manche Frauen mögen es, wenn Männer die Wahrheit über sich sagen.

«Da wir nun schon so offen reden», würde Adele sagen, «kann ich Sie etwas fragen?» Ich würde eines ihrer Augen sehen, wie es mich anlugte. Weil sie sich hinter der Tür vorbeugen würde, könnte ich unmöglich sagen, was sie anhatte und was nicht. Ich hätte den starken Verdacht, daß sie sich ein Badetuch unter die Achseln gewickelt hätte, und ich fände es schön, wenn es so wäre, weil es eine so wunderbare Erweiterung der

Nützlichkeit des Handtuchs ist (ungeachtet des visuellen Übergebrauchs in fernsehgerechten Filmen), die sich auf den leicht feuchten Post-Dusch-Plüsch des Badetuchs und die schwellenden Möpse stützt, um zu verhindern, daß der untergefaltete Zipfel herausrutscht und sich die gesamte Verpackung löst: Gerade seine Festigkeit hält es fest.

Auch ich würde mit dem Gesicht ganz nahe an die Tür gehen, und sie und ich würden einander von Auge zu Auge betrachten. «Wie lautet Ihre Frage?» würde ich sagen.

Sie würde fragen: «Ist der Waschlappen, den Sie mir gerade herübergereicht haben, derjenige, der so über dem Bettrand hing, als Ihre Magazine hier alle ausgebreitet waren?»

Ich würde zugeben, daß dem so sei.

Adele würde vorsichtig zwinkern. «Warum lag er so auf dem Bett? Was hatten Sie damit vor?»

Ich würde ihr sagen, daß ich vorhatte, darauf abzuspritzen. «Oder vielleicht hätte ich meinen Penis auch darin eingewickelt und die Explosion gedämpft», würde ich sagen. Ich würde ihr verraten, daß meine Orgasmen immer besser seien, wenn ich auf Baumwolle abspritzte statt auf Taschentuchpapier. Dann würde ich noch hinzufügen: «Ich hätte den Waschlappen danach ausgewaschen. Ich finde, wer nach meiner Abreise das Zimmer putzt, sollte sich nicht mit einem solchen Überbleibsel abgeben müssen.»

Sie würde mir sagen, ich sei ein rücksichtsvoller Mensch.

Ich würde meine Stimme zu einem Flüstern senken und ihr sagen, wie gern ich ihren Arsch sehen würde.

«Das kann geschehen oder auch nicht», würde sie sagen.

Ich würde sie fragen, was sie mit dem Waschlappen im Bad vorgehabt habe.

«Mich damit waschen», würde sie sagen. Sie würde jetzt ganz dicht an der Tür knien. Sie hätte, da würde ich mich vergewissern, tatsächlich ein weißes Badetuch um. Mein Gesicht wäre dem ihren so nahe, daß ich jedes Detail ihrer Atmung hören könnte, und dennoch wäre ein Kuß sehr umständlich. Sie würde lächeln, erfreut darüber, daß ich so unverhohlen der Ihre wäre. Schließlich würde sie sagen: «Ich denke, ich nehme jetzt mal mein Bad. Das Wasser wird schon kalt.»

«Sie meinen, das Wasser war die ganze Zeit schon eingelassen?» würde ich voller Bestürzung sagen. «Ich hatte ja keine Ahnung. Und da habe ich Ihnen die gesamte Pornographie dieses Monats durch die Tür geschoben.»

«Ich laß heißes nach, wenn es kalt geworden ist», würde Adele sagen. Dann: «Es ist ja nicht so, daß ich diese Magazine schrecklich finde, sie bringen mir nur eben nichts.»

«Wissen Sie, was ich mir wünsche?» würde ich sagen. «Ich wünschte, Sie würden sich hier an der Tür waschen.»

«Soso», würde Adele sagen. Sie würde überlegen. «Ich möchte Sie kurz mal sehen.»

Bis dahin hätte ich so an der Tür gelehnt, daß mein Körper außerhalb ihres Sichtbereichs gewesen wäre. Ich würde mich so umpostieren, daß eins meiner Knie an der Tür, das andere unmittelbar neben dem Türrahmen wäre. Ich würde auf den Füßen hocken. Ich hätte nur eine ehrwürdige rote Calvin-Klein-Unterhose aus dem Jahr 1984 an, die sich um das Bein herum geweitet hätte. Ich würde ein Beinloch seitlich über mein Schwanzbündel ziehen, so daß ich meinen Lümmel ungehindert ein wenig für sie schütteln könnte, während er steif würde. «Würden Sie sich für mich die Brüste waschen, während ich den hier aktiviere?» würde ich fragen.

«Sie wissen ja, daß die Tür hier zubleibt», würde sie entschlossen sagen. «Die Kette bleibt dran.»

«Ich weiß», würde ich sagen.

Daraufhin würde sie sich entspannen, weil sie merken würde, daß es uns beiden recht wäre, nach denselben Regeln zu spielen. «Sie wären also daran interessiert, mir zuzusehen, wie ich mir die Brüste wasche», würde sie sagen. Sie würde sich mit der Zunge über die Lippen fahren. Ich würde sehen, wie ihr Blick über meine Brust hinab zu meiner Handvoll Schwanz ginge. Die Geschwindigkeit meines faustischen Pendelbetriebs würde ja sagen.

«Ich mache Ihnen einen Vorschlag», würde ich ihr sagen und meine Pimmelarbeit unterbrechen, um einen Finger zu heben. «Vergeuden Sie nicht das Bad, da es nun mal schon eingelassen ist. Setzen Sie sich ein paar Minuten rein, waschen Sie sich den Unterleib oder so, erledigen Sie die Hälfte, nicht, daß Sie es nötig haben. Und dann holen Sie etwas... haben Sie etwas, in das man Wasser tun kann?» Skeptisch würde ich mich im Zimmer umschauen und dann einen Kühler entdecken. «Der Eiskübel!» würde ich ausrufen. «Wunderbar. Sie holen Ihren Kübel, füllen ihn mit dem warmen Badewasser, bringen ihn her und waschen sich für mich die Brüste. Sie könnten den Waschlappen in den Kübel tauchen und Ihre Brüste darüber hängen und das warme Wasser darüber ausdrücken. Das würde ich so gern sehen. Bitte! Und ich warte hier einfach geduldig und streichle meinen Schwanz.» Ich würde ihr einen fragenden Blick zuwerfen. «Haben Sie denn einen Eiskübel?»

Sie würde kurz den Hals recken. «Ja, komischerweise habe ich tatsächlich einen Eiskübel. Ich sag Ihnen was. Wenn ich in, ähm, zehn Minuten nicht zurück bin, dann bedeutet das, daß ich mich geniere und meine Brüste nicht für Sie waschen will, aber dann hätten Sie ja genügend Magazine, mit denen Sie auskommen dürften. Und eines möchte ich übrigens gleich klarstellen. Mein Körper ist nicht ganz so wie in diesen Magazinen.»

Ich würde ihr sagen, da habe sie völlig recht: Ihr Körper sei dreidimensional. «Diese dritte Dimension kann manchmal ziemlich schön sein», würde ich sagen. Ich würde ihr weiter sagen, daß ich schon ein paar Konturen ihres Körpers unter dem weißen Badetuch sehen könne, daß ich wisse, daß sie großartig aussehe, daß ich superscharf darauf sei, mehr zu sehen, usw.

«Lassen Sie mir ein paar Minuten», würde sie sagen. Dann würde sie von der Tür verschwinden. Ich würde mit einem Ohr nahe an den Spalt gehen und so angestrengt horchen, wie ich könnte. Ich würde ihr Badetuch fallen hören und dann ein paar Wassergeräusche.

«Sind Sie drin?» würde ich fragen.

«Schscht!» würde sie antworten. Es gäbe weitere Wassergeräusche. Ich würde mit der Stirn an der Tür lehnen und mir vorstellen, wie sie in der Wanne säße. In der Haltung würde ich lange verharren. Dann gäbe es das unverwechselbare Geräusch, wie jemand aus dem Badewasser aufsteht. Weitere Wassergeräusche würden folgen. Dann würde auf dem Teppichboden hinter der Öffnung in der Tür der Eiskübel erscheinen. «Da bin ich wieder», würde Adele sagen.

Ich würde sie fragen, ob sie schön gebadet habe.

«Ein bißchen gehetzt, aber sonst... ja», würde sie antworten. Wenn sie dann zu mir hereinspähte, wäre sie etwas verblüfft. «Wir sind ja steinhart, wie?»

«Haben Sie noch das Badetuch um?» würde ich rhetorisch fragen, da ich sähe, daß dem so wäre.

«Wenn Sie wollen, kann ich es weglassen», würde sie sagen. Sie würde nahe an ihrer Schulter daran ziehen; der daruntergesteckte Zipfel würde nachgeben, und sie würde das herabfallende Badetuch mit den Händen vor sich halten, sich noch immer meinem Blick entziehen. Anmutig würde sie es dann beiseite legen und auf den Spalt in der Tür schauen, wo mein Auge wäre. Sie hätte hohe, runde, mittelgroße Brüste, breite Schultern und glatte, feste Arme und Hüften. Ihre Bräunungsstreifen wären sehr schwach, kaum zu erkennen. Ihre dichten, unordentlichen Haare würden genau zu ihrem Körper passen. Um sich über ihre Verlegenheit hinwegzuhelfen, würde sie sagen: «Wo hab ich denn jetzt den Waschlappen hingetan? Ach ja.» Unentschlossen würde sie den trockenen Waschlappen in der Hand halten.

Den Mund ganz nah am Türrahmen, würde ich ihr sagen, daß sie schön, vollkommen, wunderbar sei. Ich würde ihr sagen, wie sehr mir gerade ihre Brüste gefielen.

«Oh, danke», würde sie erfreut sagen. Ihre Beine wären abgewinkelt; sie würde auf den Füßen hocken (so wie ich nach wie vor). Halb verführerisch, halb verlegen würde sie mit den Händen oben über ihre langen, dicken Schenkel fahren. Wie ihr gepreßtes Schenkelfleisch dicht über ihren Knien eine Außenkurve bildete, ähnlich dem von oben betrachteten Deckel eines Konzertflügels, das würde mich für sie einnehmen.

«Wie wär's, wenn Sie den Eiskübel zwischen Ihre Beine stellten?» würde ich vorschlagen.

«Das wäre eine Möglichkeit», würde sie sagen. Sie würde die Schenkel spreizen und den Kübel dazwischenstellen. Ich würde kurze hellbraune Haare sehen. Der Eiskübel wäre rund und schwarz. Sie würde den Deckel abnehmen. Ein wenig Dampf von dem Wasser darin würde aufsteigen. Sie würde ihre Haare zusammenraffen und hinter die Schulter werfen. «Soll ich?» würde sie mich fragen, den Waschlappen hochhebend.

«Das wäre jetzt genau das Richtige», würde ich sagen. *«Tauchen Sie ihn ein.»*

Sie würde den Waschlappen ins Wasser stoßen. Sie würde ihn herausnehmen, auswringen, wieder eintauchen. Wenn sie ihn das zweite Mal auswränge, würde sie ihn offen auf die Hand legen. Es wäre ein ziemlich dünner Waschlappen, wie man sie in Hotels oft antrifft – fast könnte man ihre Fingerschatten hindurchsehen. Sie würde mich ansehen. Dann würde sie sich vorbeugen und zusehen, wie ihre Hand mit dem warmen weißen Lappen ihre weiche Brust umfuhr. Mit der anderen Hand würde sie dann von unten ihre Brust stützen, während sie sie mit der Kompresse sanft hielte und umkreiste.

«Was für ein schöner Anblick», würde ich sagen. «Ist es warm?»

«Sehr warm», würde Adele drückend und kreisend sagen. «Sehr warm. So was wollte ich schon immer mal mit diesen heißen Tüchern machen, die man in japanischen Restaurants bekommt. Einfach am Tisch das Hemd hochheben, wissen Sie? ‹Oh, vielen Dank! Sehr freundlich!› Mmm. Oder am Ende eines Fluges.»

«Die andere», würde ich hauchen. «Die andere sieht so ausgeschlossen aus.» Dann hätte ich einen Einfall. «Moment, da fällt mir was ein! Ich hole den anderen Waschlappen! Nicht bewegen!» Ich würde aufspringen und meinen Waschlappen aus dem Bad holen. «Er ist noch immer ein bißchen naß von meiner Dusche», würde ich zu ihr sagen. «Stört Sie das?»

Sie würde den Kopf schütteln. Ich würde ihr den Waschlappen durch die Tür reichen. Sie würde ihn in den Eiskühler fallen lassen, ihn ausdrücken, sich wieder vorbeugen und ihre andere Brust damit einhüllen. Zwei Hände auf zwei Waschlappen auf zwei Brüsten. Ich würde verwunderte und lobende Geräusche von mir geben.

«Die bleiben garantiert auch von selber dran», würde ich sagen. Sie würde sich aufrichten und die Hände an den Seiten herabfallen lassen. Tatsächlich würden die Waschlappen dranbleiben. Sie würde an den Ecken ziehen und damit die Falten wegglätten.

Sie würden wie übergroße Taschen auf einem hauchzarten Hemd aussehen.

Ich würde sie fragen, wie es sich anfühlte, wenn sie ihre Brustwarzen da hindurch anfaßte.

«Wahrscheinlich würde es sich ziemlich schön anfühlen», würde Adele sagen. Sanft würde sie ihre Brustwarzen durch den nassen Plüsch kneifen. Sie festhaltend, würde sie sich vorbeugen und ihre Brüste schütteln, so daß die Waschlappen sich von ihrer Haut schälten und ihr über die kneifenden Finger fielen. Dann würde sie beide Waschlappen in den Kübel fallen lassen. «Wissen Sie, wie ich mir die Brüste vielleicht waschen würde, wenn ich allein wäre?» würde sie mich fragen, während sie sich das Wasser von den Fingern schüttelte.

«Wie?» würde ich fragen.

Sie würde den Eiskübel vorrücken und sich mit dem Oberkörper immer tiefer darüberbeugen und dabei einen Teil ihres Gewichts auf einer Hand abstützen. Dann würde sie eine ihrer Brüste in die runde Öffnung des Kübels hinablassen und sie geräuschlos ins Wasser eintauchen. Das würde mich verrückt machen. Die Kette an der Tür würde anfangen zu rasseln.

«Oh, Scheiße, das ist ja so *schön*», würde ich sagen und die Faust auf meinem Geschlechtsbalken auf und nieder sausen lassen. «So effizient, so vernünftig. Können Sie das jetzt auch noch mit der anderen machen? Können Sie sie für mich eintunken?»

Adele hätte inzwischen beide Hände auf dem Teppich und würde mit ihrer wunderbaren abwechselnden Brusttunksession fortfahren: eine Brust eintauchen, anheben, ein wenig abtropfen lassen, zur Seite gehen, die andere Brust eintauchen. Beim Zusehen würde ich ein so aufschäumendes Verlangen entwickeln, daß ich nur noch sagen könnte: «Tunk die Titte, tunk die Titte, du bist ja so sexy, tunk die Titte!», was ihr nichts ausmachen würde. Nach einer Weile würde sie mit dem Gesicht ganz nah an den Türspalt gehen und auf meine Wichsung schauen.

«Sieht ganz so aus, als fänden Sie's schön», würde sie sagen.

«Ja, und wie», würde ich sagen.

«Meine Brustwarzen sind ganz sauber und fest», würde sie sagen. «Möchten Sie gern eine anfassen?»

Sie würde ihre Brust an die Öffnung halten, und ich würde nach vorn auf die Knie gehen und meinen Richard dagegenstupsen. Obwohl das abgesehen vom Händeschütteln das erste Mal wäre, daß wir uns berührten, wäre es keineswegs von ungeheurer Tragweite, sondern nur Teil der Eskalation. Sie würde die Brust wegziehen und die andere Brustwarze an den Spalt heranführen. Je weiter mein Lümmel durch die Tür ragte, desto mehr würde ich die Luft in ihrem Zimmer daran spüren. Die Luft würde kühler wirken. Mein Schwanz, würde ich voller Überraschung feststellen, wäre in ihrem Motelzimmer! Ihre andere Hand hätte den Weg zwischen ihre Beine gefunden und würde völlig selbstverständlich ihr Gummibärchen polieren.

«Ich wünschte, ich könnte Ihnen einen Kuß geben», würde ich sagen. «Das heißt nicht, daß Sie die Kette wegnehmen sollen, ich meine nur, ich wünschte, daß wir uns küssen *könnten.*»

«Mal sehen, was sich da machen läßt», würde sie sagen. Wir würden unsere Köpfe so nah wir könnten aneinander bringen und die Zunge herausstrecken. Die Spitzen würden sich berühren; die Empfindung würde schrittwärts fließen. Die Kette an der Tür würde ihr Vorhandensein vernehmlich machen.

«Ich wünschte, ich könnte Ihren Arsch sehen», würde ich krächzen.

«Hmm.» Sie würde den Kopf schief halten. «Ich finde nicht, daß unser Verhältnis schon so weit gediehen ist, daß Sie meinen Arsch sehen können.»

«Nicht?» würde ich überrascht sagen.

«Nein», würde sie sagen. «Wollen Sie wissen, warum? Irgendwas sagt mir, daß Sie mein Arschloch sehen wollen. Stimmt's?»

Meine Antwort wäre ausweichend. «Nicht *nur* Ihr Arschloch. Arsch und Arschloch zusammen. Im Kontext.»

«Na ja», würde sie sagen, «aber ich möchte eigentlich nicht, daß Sie heute abend mein Arschloch sehen.»

Ich würde mich nicht streiten wollen. Ich würde sagen: «Das akzeptiere ich. Ein Arschloch ist etwas sehr Persönliches. Es würde mir vollauf genügen, einfach nur Ihren Arsch zu sehen. Sie könnten die Backen ja zusammenhalten.»

Aber das würde sie ebenfalls nicht wollen. «Lieber nicht», würde sie sagen. «Ich traue mir nicht. Wenn ich mich umdrehen und Ihnen meinen Arsch zeigen würde, dann würden meine Arschbacken aufgehen, und das wollen wir ja nicht. Wie wär's, wenn ich noch ein bißchen meine Brüste wasche?» Um diesen Vorschlag zu unterstreichen, würde sie mit einer Haarsträhne über eine Brustwarze streichen. «Hmm?»

Ich würde sagen: «Das wäre natürlich phantastisch,

aber – ich hab's. Wie wär's, wenn Sie einen der Waschlappen nähmen und ihn einfach auf Ihren Arsch *legten*? Einfach drauflegen. Das wäre dann ein weißes Viereck, wie ein Hubschrauberlandeplatz, aber er würde sich Ihren Formen anpassen.»

«Sie meinen, so?» Sie würde einen Waschlappen auswringen, ihn wie einen Lendenschurz über ihren Hintern halten und mir den Rücken zudrehen.

«Ja», würde ich sagen, «gewissermaßen, aber ich meinte eigentlich nicht so freihängend. Ich denke, er müßte vielleicht nasser sein, damit er richtig haftet, so wie er an Ihren Brüsten gehaftet hat. So wie er jetzt ist, wirkt er ein bißchen ... centerfielderesk.»

«Aha.» Adele würde die Hände ins Wasser tauchen und sie sich auf den Arsch legen, um ihn naß zu machen, dann würde sie den Waschlappen drauflegen, sich umdrehen und es mir zeigen.

«Perfekt, perfekt!» würde ich zischelnd flüstern. «Jetzt kann ich Ihre Sexformen sehen, und trotzdem wahrt Ihr Arsch Anstand.» Ich würde so dicht wie möglich an die Türöffnung heranrutschen und wie wild anfangen zu rubbeln, wobei meine Knöchel schnell gegen die Tür klopfen würden. Bei jedem Schlag meiner Faust würde die Kette des Schlosses scheppern und rasseln. «Könnten Sie sich noch ein Stückchen näher an die Tür setzen?» würde ich fragen.

Auf Knien würde Adele das weiße Viereck auf ihrem Arsch näher zu mir heranführen. Ich würde der Naht ihres offenen Pfirsichs folgen; eigenartigerweise würde er wie ein aufgeschlagenes Buch wirken.

«Noch ein kleines Stückchen!» würde ich sagen. Ich würde ihr sagen, wie nahe mein Schwanz ihrem Arsch sei und wie wahnsinnig irre ihr Arsch aussehe. Dicht unterhalb des Waschlappenrandes könnte ich sehen, wie vier ihrer Finger um die gerötete Ummantelung ihrer Klit hobelten. Ich würde meinen Schwanz loslassen und die Hand so weit es ginge durch den Türspalt strecken; fast könnte ich sie mit dem Mittelfinger erreichen. «Noch ein winziges bißchen zurück», würde ich sagen. «Dann kann ich Sie anfassen.»

Sie würde die Knie auf dem Teppich weiter auseinandernehmen und sich mit den Händen zurückschieben, wodurch sie ihren Arsch bis ganz an die Türkante brächte. Meine Fingerspitzen würden mit dem groben feuchten Stoff des Waschlappens in Kontakt treten. Ich würde an einem der oberen Zipfel ziehen, der ein wenig herabgerutscht wäre.

«Alles noch da, wo es sein soll?» würde sie fragen und über die Schulter blicken. «Sie sehen doch nichts, was Sie nicht sehen sollen?»

Ich würde mit den Fingern sacht in ihr Frotteetal hinabfahren. Dann würde ich den gegenüberliegenden Hang ein Stückchen hochgehen, dann wieder zurück, würde Parabeln der Formwürdigung zeichnen. Ich würde mehr oder weniger wissen, wo was darunter wäre, es aber nicht sehen können. «Alles noch in Ordnung», würde ich sagen. «Ich behalte ihn auch genau im Auge.»

«Danke», würde sie sagen.

«Wollen Sie Ihre Möse richtig schnell reiben?» würde ich mich heiser erkundigen.

Adele würde antworten, sie reibe ihre Möse schon ganz schnell. Eine Zeitlang würden wir nichts sagen, nur antiphonal miauen.

Der Waschlappen säße nun lockerer. Eigentlich hielte ich ihn nur noch für sie mit dem Finger fest. «Anscheinend will er nicht so ganz draufbleiben», würde ich sie warnen. «Aber ich glaube, ich weiß da etwas, was ich machen kann, damit er nicht runterfällt. Soll ich?»

«Ja, bitte. O ja. Bitte.» Adele wäre in ihrer Onanwelt versunken.

«Ich werde mit dem Mittelfinger in den Waschlappen stoßen», würde ich dann sagen. «Gut so? Bloß einen Zentimeter. Das hält ihn fest.»

Ich würde die richtige Stelle finden und zustoßen. Weiße Falten würden sich auf dem Stoff bilden – eine Art flauschiger weißer Frotteeschließmuskel würde sich um meinen steifen Mittelfinger bilden, während ich mich hineindrängte.

«Iiiijaaa!» würde Adele sagen. «Wie sich das anfühlt!»

Vorsichtig würde ich den Finger zurückziehen, den Waschlappen aber drinlassen. «Jetzt drücken Sie zu und lassen es sich kommen», würde ich sagen.

«Das kitzelt so da drin», würde sie sagen.

Mit meinem ganzen Gewicht würde ich mich gegen die Tür pressen und mit meinem Schwanz durch den Spalt zielen. Adele würde anfangen, in einem regelmäßigen Rhythmus gegen den Türpfosten zu stoßen. Durch die Bewegung würde der Waschlappen schließlich von ihren Arschkurven rutschen und herabhängen; aber er würde nicht zu Boden fallen, da er ja von ihrem Arschloch festgehalten würde. Sie würde spüren, daß etwas fehlte. «O nein!» würde sie atemlos und voller Bestürzung sagen.

«Alles in Ordnung!» würde ich sie beruhigen. «Da

hängt er! Ich kann immer noch nichts sehen. Halten Sie ihn nur ganz fest da drin, nicht fallen lassen, ja? Ich schieße jeden Moment ein ganzes Candygramm Soße durch die Tür.»

«Ooh, wirklich?» würde Adele sagen. Sie würde jetzt mit dem Arsch so fest gegen die Tür stoßen, daß sie sie mir praktisch vor der Nase zuschlagen würde. «Kommen Sie auf meinen Waschlappen!» würde sie rufen. «Spritzen Sie's auf meinen Waschlappen!»

In meiner Raserei würde ich danebenzielen und meine ersten beiden Schmutzkurzen auf Teppich und Tür entladen, mit dem dritten jedoch würde ich es schaffen, etwas fruchtbares Destillat auf ihren Oberschenkel zu schleudern. Wenn sie das spürte, würde sie ihrem Spektakel endgültig grünes Licht geben – und der schlaff herabhängende Waschlappen, fest in ihren delirierenden Schließmuskel gechincht, würde in hypnotische Zuckungen verfallen, dabei da, wo er verschwand, mehrmals rein- und rausgehen, wodurch das freie Ende sanft angehoben und wackeln würde wie ein Taschentuch, das von einem Ozeandampfer herab zum Lebewohl gewunken wird.

Dann würde sie sich umdrehen und zu mir hereinsehen. Wir würden beschreiben, wie angenehm es gewesen sei. «Und sehen Sie?» würde ich sagen. «Der Waschlappen ist nicht herabgefallen. Ihr Schamgefühl ist nicht verletzt worden.»

«Jetzt kann ich schlafen», würde sie sagen. Ich würde den Blick wieder auf ihre Haare richten, die wunderschön dicht und verwuschelt aussähen. Obwohl wir uns nicht ordentlich die Hand geben könnten, würden wir die Zeigefinger einhaken und uns so verabschieden. Ihre Tür würde sich schließen, und ich würde hören, wie sich das Schloß drehte und der Riegel leise vorgeschoben würde. Auch ich würde meine Tür schließen und verriegeln, aber die Kette auf meiner Seite würde ich nicht wieder vorlegen – ich fände, das Kettengeräusch würde eine leise Ungehörigkeit darstellen nach allem, was wir zusammen gemacht hätten.

Wenn ich dann am nächsten Morgen die Tür nach draußen öffnete, würde ich zu meinen Füßen ein kleines weißes Bündel finden. Es wäre die Suzanne-Vega-Kassette, eingewickelt in einen der nunmehr steif gewordenen Waschlappen, dabei ein Zettel, auf dem stünde: *Lassen Sie's sich gutgehen – A. J. S.* Ich wäre mir nicht sicher, ob dieses Geschenk mir zeigen sollte, sie wüßte, daß ich derjenige gewesen sei, der die Kassetten in ihrem Wagen ausgetauscht hatte, oder ob es einfach eine freundliche Geste wäre. Aber ich würde es mir gutgehen lassen, mindestens zweimal, bevor ich zurück nach Boston führe.

So hatte ich es mir ausgedacht. Nach ungefähr eineinhalb Stunden gleichmäßigen Fahrens auf dem Mass Pike, eineinhalb Stunden voller Hoffnung und aufgedrehter Konzentration, sah ich eine kleine wirbelnde rechteckige Form aus Adeles Autofenster fliegen.

Es hatte ihr nicht gefallen. Wie tieftraurig und enttäuschend. Hatte sie sich alles angehört und dann festgestellt, daß es ihr nicht gefiel, oder hatte sie es so schrecklich gefunden, daß sie es mittendrin hinausgeworfen hatte? Ich schob die Brille hoch und sah in ihrem Autorecorder nach: Ja, Suzanne Vega steckte wieder drin. Auch waren Adeles Brustwarzen unter ihrem geblümten Pulli nicht besonders hart. War sie denn aus *Stein*? Man stelle sich vor, sie schmeißt meine Kassette einfach zum Fenster raus! Stundenlange Arbeit, alles Spezialanfertigung, alles für sie, verschmäht. Natürlich hatte ich gesagt, das könne sie jederzeit tun, aber trotzdem, ich hatte es eigentlich nicht von ihr erwartet. Mein Stolz war verletzt. Ich lief in dem hohen Gras herum, wo ich glaubte, die Kassette landen gesehen zu haben, konnte sie aber nicht finden. Und ich wollte nicht lange außerhalb des Wagens bleiben, weil das Gras, in dem ich lief, ebenso verstörend verschwommen war wie die Straße – ich hatte das Gefühl, dem Netzwerk kosmischer Wurmlöcher eine Rißwunde zuzufügen, wenn ich zu lange auf dem Mittelstreifen herumlief. Ich ließ die Zeit weiterlaufen und fuhr langsam, bis Adele weit vor mir war. An der nächsten Ausfahrt wendete ich und fuhr nach Hause. Als ich am Morgen darauf aufwachte, war meine Furchenfähigkeit weg.

SECHZEHN

In der Woche nach meiner gescheiterten Fahrt machte ich in einer Consulting-Firma fünfzehn Überstunden. Mich plagten ein hartnäckiges Kribbeln unten am rechten Handteller sowie zunehmende Schmerzen im Unterarm. Ich brauchte wenigstens eine Woche Urlaub vom Tippen, doch da mir nun meine fermatischen Besuchsrechte verweigert waren, bekam ich keinen.

Es war eindeutig ein Problem mit dem Karpaltunnel, und während der nächsten Monate wurde es immer schlimmer. Ein rezeptfreies Stützband fürs Handgelenk paßte nicht richtig und machte alles nur noch schlimmer. Ich konnte die Symptome ein wenig lindern, indem ich beim Schlafen mit dem Arm ein zusätzliches Kissen umfaßte. Nach einer besonders anstrengenden Arbeit, dem Abtippen einer achtzigseitigen Preisliste, ging ich zu Commonhealth und sprach mit mehreren Helferinnen und Ärzten. Alle klopften sie mir kräftig auf die Unterseite meines Handgelenks und fragten, wie sich das anfühle. Es kam mir vor, als schädigte jedes diagnostische Klopfen den Nerv noch weiter. Ich ging reihum die ganzen Spezialisten durch, bis ich zu der Expertin für Bewegungsapparate im Hause kam, Dr. Susan Orowitz-Rudman, eine kleine, fröhliche Vierzigerin. Ich sagte ihr, ich sei Zeitarbeiter und müsse unbedingt weiter an der Tastatur arbeiten können. Sie sprühte vor Ideen und Theorien. Ich fand ihren Doppelnamen ungeheuer anziehend.

«Gibt es noch eine verwandte sich wiederholende Bewegung, die Sie oft ausführen?» fragte sie. «Eine meiner Patientinnen war Anwaltsgehilfin und wochenends eine fanatische Radfahrerin, und es stellte sich heraus, daß die Ursache der Karpalgeschichte nicht das Tippen war, sondern die Kombination des Tippens mit dem Anziehen der Handbremsen an ihrem Fahrrad. Sie verlegte sich dann aufs Schwimmen, nahm sich eine Woche frei und konnte weiterarbeiten, und das ohne Operation. Ich operiere *durchaus*», setzte sie hinzu. «Das ist keine große Sache, man macht lediglich da an der Stelle einen kleinen Schnitt – ich will nur sagen, daß es manchmal Möglichkeiten gibt, das Problem auch so wegzubekommen.»

Ich sagte ihr, daß ich manchmal zur Musik mit den Fingern schnippte und öfters auch abends und am Wochenende eigene Sachen schriebe, was zu meiner sonstigen Tipperei noch dazukomme.

«Was schreiben Sie denn?» fragte sie höflich, während sie sich Notizen machte.

«Ach, Erzählungen. Nichts Veröffentlichtes. Aber ich versinke dann so darin und tippe und tippe und tippe. Das ganze Problem mit dem Handgelenk ist viel schlimmer geworden, seit ich damit angefangen habe.»

Dr. Orowitz-Rudman sprach von alternativen Tastaturen und meinte, ich könne ja das, was ich für mich schriebe, diktieren und es dann von einem Freund abschreiben lassen. Sie meinte, ich solle mir zwei Wochen frei nehmen. Auch äußerte sie sich positiv über manuelle Schreibmaschinen: Da man dafür mehr Muskelkraft aufwenden müsse, schienen sie den Nerv weniger zu belasten. Ein Anthropologieprofessor aus Harvard sei zu seiner alten Olivetti-Kofferschreibmaschine zurückgekehrt und jetzt vollkommen geheilt. Sie erzählte mir von der Forschungsarbeit, die sie gerade im Kopf hatte: «Ich interessiere mich für die Entwicklung eines Handgelenksensors», sagte sie, «der auf der Grundlage bestimmter Korrelationen als Biofeedbackgerät arbeitet und dem Anwender mitteilt, wenn eine Bewegung abläuft, die die Entzündung des Nervs wahrscheinlich fördert. Das, woran ich gerade arbeite, ist nicht so anspruchsvoll, aber trotzdem ganz interessant – ich meine natürlich, interessant für mich, aber es kann auch für meine Patienten interessant und nützlich sein. Ich versuche, eine Reihe von MR-Bewegungsstudien für verschiedene charakteristische Bewegungsabläufe zu entwickeln, etwa dem Tippen eines bestimmten Buchstabens des Alphabets, dem Öffnen einer Auster, dem Anmachen eines Salats und so weiter. Dazu benutzen wir einen sogenannten Schnellpulssequenz-Echoplanar-MR-Tomographen, der vor allem anzeigt, wie ein Nerv auf die Bewegungen in ihrem Ablauf reagiert. Hätten Sie denn Interesse, daran teilzunehmen?»

«Was ist noch mal MR?»

«Magnetresonanz.»

«Oha!» sagte ich. «Wahnsinn!» Äußerst geschmeichelt sagte ich, wahrscheinlich würde ich gern daran teilnehmen. Wir vereinbarten einen Termin. Dann fiel mir plötzlich etwas ein, das ich doch noch loswerden mußte.

«Was ich noch immer nicht verstehe», sagte ich, «warum ich das ausschließlich im rechten Handgelenk habe. Müßte es denn nicht wenigstens auch ein bißchen im linken sein?»

«Benutzen Sie viel die Backspace-Taste?» fragte sie. «Einige meiner Patienten haben sich ihre Tastatur neu konfiguriert, so daß sie die Backspace-Taste jetzt mit der linken Hand betätigen. Damit haben sie das ständige Hinaufgreifen mit dem kleinen Finger beim Korrigieren ihrer Tippfehler eliminiert, und sofort wurde es besser.»

«Interessant. Vielleicht ist es das», sagte ich und nickte nachdenklich, womit ich andeutete, daß ich eigentlich an etwas anderes dachte. «Vielleicht ist es das.»

«Und? Woran hatten Sie dabei gedacht?» fragte die Ärztin.

«Tja, wie soll ich sagen? Die Erzählungen, die ich schreibe, sind ziemlich – es sind pornographische Erzählungen.»

Sie nahm das zur Kenntnis. Ihr Gesicht war sinnlich, intelligent und klug. «Ich sehe nicht ein, warum das, was Sie da schreiben, für Ihr Handgelenk auch nur den kleinsten Unterschied machen sollte. Ein *f* ist für den betroffenen Nerv ein *f*, egal, für welche gewagte Sache es gerade steht.»

«Ja, schon», sagte ich eifrig, «aber trotzdem ist das *e* der häufigste Buchstabe im Englischen, oder? Und das *e* ist ein linkshändiger Buchstabe. Also müßte es ebenso ein Problem des linken wie des rechten Handgelenks sein!»

«Deshalb habe ich doch auch die Backspace-Taste angesprochen», erklärte die Ärztin geduldig. «Es könnte genausogut auch die Cursor-Taste sein oder die Maus. Die Maus macht den Leuten furchtbare Schwierigkeiten.»

«Ich benutze fast ausschließlich Hot Keys», sagte ich stolz.

«Ich will ja nur sagen, daß Sie einmal genau darauf achten sollten, wie Sie sich auf der Tastatur bewegen, und daß Sie kleine Veränderungen vornehmen sollten. Die Leute meinen, sie könnten sich eine Handstütze hinlegen oder ein paar Übungen machen, und alles ist in Butter. So einfach geht das aber oft nicht.»

Ich blickte auf ihr Namensschild. Ich fand es sehr schön, daß ihr Vorname Susan war. Ich sagte: «Das werde ich. Aber – was mir gerade eingefallen ist – na ja –, ich schreibe doch *Pornographie.*»

«Das sagten Sie schon. Und?»

«Tja, also, wenn ich schreibe, ist es oft so, daß ich mich ein wenig hineinsteigere. Ich stelle mir vor, daß es jemand liest, also, daß jemand Weibliches es liest, und dann ist es so, daß ...» Ich hielt ihr die Hand hin, als erkläre sich das, was ich ihr sagen wollte, von selbst.

Plötzlich verstand sie und lachte. «Ah, ah, ah. Sie wollen mir also sagen, daß Sie beim Schreiben masturbieren.»

«Genau», sagte ich erleichtert. «Mit der rechten Hand.»

«Dauernd? Masturbieren Sie dauernd dabei?»

«Nicht *dauernd*, nein. Ich tippe, sagen wir, ein Wort oder einen Satz und masturbiere dann ein bißchen, dann wieder einen Satz, masturbiere noch ein bißchen, so etwa.»

«Finden diese alternierenden Vorgänge über einen längeren Zeitraum statt?» fragte Dr. Orowitz-Rudman nach einer Pause.

«Manchmal. Einmal habe ich an einer Erzählung zwölf Stunden am Stück auf einer Motorhaube geschrieben.»

«Und dabei die ganze Zeit periodisch masturbiert? Ich gehe davon aus, daß das an einem abgelegenen Ort geschah.»

«Es ist ein Ort, der nur mir zugänglich ist.»

«Gut.»

Ich sah sie fragend an. «Wäre das ein Gebiet, dem Sie sich gern einmal widmen würden?» fragte ich sie.

Zunächst wirkte sie skeptisch, dann jedoch interessierter. «Na ja, ich muß zugeben, daß mir früher schon hin und wieder Gedanken in dieser Richtung gekommen sind. Ich meine, warum sollten häufige oder längere Masturbationsphasen das Problem nicht verstärken oder gar auslösen? Bislang jedoch hat kein Patient es spontan als Ursache genannt, und mir hat es widerstrebt, es zur Sprache zu bringen. Aber es würde sich durchaus lohnen, sich das einmal näher anzuschauen. Vielleicht könnten wir Sie scannen, während Sie...»

«Wirklich?» sagte ich. «Ich könnte mir in einem dieser riesigen Magneten Lust bereiten? In einem von denen, die wie eiserne Lungen aussehen und Bilder von Gehirntumoren machen?»

«Tja, warum nicht?» sagte sie. «Und dazu würden Sie auch unsere Tastaturattrappe benutzen. Wir versuchen, lebensechte Bedingungen zu simulieren. Leider können wir keine richtige Tastatur benutzen, weil kein eisenhaltiges Metall in den Magneten kommen darf... Sie masturbieren doch gewöhnlich nicht mit einem Cockring oder einem Hodenstretcher mit Nieten, oder?»

«O Gott, nein.»

«Schön, denn das könnte in einem Magnetfeld von der dreißigtausendfachen Erdanziehungskraft erhebliche Probleme bereiten. Also, ich will Sie ja nicht in Schwierigkeiten bringen, aber wären Sie ernsthaft interessiert? Ich denke jetzt laut, was ich normalerweise nicht tue, aber ich vermute, daß das eine bedeutende neue Forschungsrichtung werden könnte. Wer weiß – vielleicht kommen Sie sogar noch ins *New England Journal of Medicine.* Selbstverständlich anonym.»

«Nun ja», sagte ich erfreut, «wenn ich anderen damit ein wenig helfen kann...»

Eine Woche später fand ich mich nach einem unstrapaziösen Tag in einer Buchführungsfirma abends um Viertel vor sechs in der MRT-Abteilung der Commonhealth-Klinik ein. Mein Arm tat mir weh, was mich freute, weil ich damit die Gewißheit hatte, niemandem die Zeit zu stehlen. In einem Behandlungsraum erklärte mir Dr. Orowitz-Rudman in ihrer freundlichen, leicht ironischen Art, was mit mir geschehen würde: Auf meinen Arm und meinen Penis würden Referenzpunkte aufgemalt, damit sich das Bildsystem an diesen beiden Elementen orientieren konnte, während ich mich bewegte. Sie sagte, ich solle genau wie im richtigen Leben tippen und masturbieren. Sie stand auf, aber dann fiel ihr noch etwas ein.

«Um eines muß ich Sie noch bitten», sagte sie. Sie suchte hinten im Raum ein paar Schubladen durch. «Ich suche nach etwas mit einer bestimmten Form», erklärte sie. Sie hielt einen Mundspatel hoch, verwarf ihn aber wieder: «Ein bißchen unromantisch. Ich hätte daran denken müssen, irgendeine prothetische Penisform mitzubringen.»

«Ich könnte Ihnen einfach meine zeigen», schlug ich vor.

«Nein – nein – dann müßten wir eine dritte Person hinzuziehen und noch alles mögliche andere beachten. Trotzdem danke für das Angebot. Ah! Das ginge.» Sie zog einen Lippenstift aus ihrer Handtasche und reichte ihn mir. «Könnten Sie den mal halten und mir ungefähr zeigen, wie Sie masturbieren? Mir ist bewußt, daß er ein wenig kleiner ist, als Sie es gewöhnt sind.»

Ich hielt ihn und strich auf unterschiedliche Arten darüber.

«Aha», sagte die Ärztin, «dann wenden Sie also sowohl den Faustgriff als auch einen Finger-Daumen-Griff an. Das wollte ich wissen.» Nachdenklich tippte sie sich an die Lippen. «Ich möchte Sie nicht zugunsten eines von beiden beeinflussen. Ich werde Sie nur bitten müssen, es zu sagen, wenn Sie vom einen zum anderen gewechselt haben. Das erleichtert es dem Bildsystem, Ihren Bewegungen zu folgen, und uns letztlich natürlich, denjenigen Griff zu isolieren, der Ihren Nerv reizt. Oder glauben Sie, Sie könnten Ihre Masturbation sogar sozusagen laufend kommentieren? Sie könnten uns sagen, was Sie gerade tun, was schmerzt, was nicht – eben was Ihnen so durch den Kopf geht.»

Ich sagte, ich wolle es jedenfalls versuchen. Sie führte mich in ein Untersuchungszimmer, wo ich mich auszog und ein Krankenhausnachthemd überzog. Zwei Krankenschwestern, MTAs oder Assistenzärztinnen malten mir Reihen von Silberpünktchen auf den Unterarm. Auf die Innenseite meines Handgelenks malten sie ein silbernes Viereck. Dann hoben sie mein Nachthemd an.

«Sollen wir ihn ein wenig stutzen?» fragte eine der MTAs die andere. Sie sah mich an. Sie war chinesischer Abstammung. «Wir werden Ihnen die Schamhaare stutzen.»

Ich blickte darauf hinab. «Sie sind schon ein bißchen gewuchert.» Ich konnte mich nicht erinnern, wann ich sie das letzte Mal gestutzt hatte; es mochte zehn Jahre hersein. Sie zogen an den dicken Büscheln und schnippelten sie ab. Dann zog eine an meinem Penis und malte einen silbernen Punkt auf den Beschneidungsgrat. Den Pinsel noch darauf gerichtet, wurde sie unsicher. Sie rief Dr. Orowitz-Rudman herein. Zu dritt besprachen sie sich leise.

Die Ärztin legte mir eine Hand auf den Arm und lächelte mich an. «Wenn Sie vielleicht jetzt ein bißchen masturbieren könnten», sagte sie. «Nicht gleich in die vollen gehen. Wir brauchen Sie nur voll erigiert, damit wir den Referenzpunkt an Ihrem Penis an die richtige Stelle setzen können.»

«Oh, entschuldigen Sie. Natürlich. Einen Moment.»

«Prima.» Dr. Orowitz-Rudman ging.

Ich strich meinen Lümmel, während die beiden Pflegerinnen danebenstanden. Mit einiger Befriedigung nahm ich wahr, daß ihnen seine Größe, sein Umfang und seine knallige Färbung zu gefallen schienen. (Mein Penis ist, glaube ich, schöner, als ich es verdiene.)

Die eine hielt ihn sanft in der Hand, während die andere auf die Unterseite und die Spitze die Silberpünktchen malte und sorgfältig den Abstand maß. Der weiche Kontakt mit dem Pinsel wirkte beruhigend.

Sie führten mich durch den Kontrollraum zur Tür in den Untersuchungsraum. «Viel Glück», sagte Dr. Orowitz-Rudman und winkte. Sie saß an einem Tisch mit zwei Monitoren darauf, vor sich einen offenen Dreiringhefter. Durch ein Fenster mit einer Art feinem Maschendrahtschirm blickte man in den Raum mit dem Magneten darin. Die MTA hielt mich auf. «Sie müssen noch die Uhr abnehmen.» Sie deutete auf ein Plakat mit einigen verbotenen Gegenständen darauf, die mit roten Balken darüber abgebildet waren – Feuerlöscher, Herzschrittmacher, Uhren, stählerne Schädeldecken, offensichtlich alles Metallene.

Die Anlage stand mitten in einem großen leeren Raum. Es war ein riesiger weißer Apparat, wie eine sehr dicke Mauer, durch die ein großes Loch verlief, in das die Patienten auf einem Rolltisch geschoben wurden. Irgend etwas machte ein ziemlich lautes, unangenehmes Geräusch. Ich zog das Nachthemd aus und legte mich auf die Auflage. Dann bekam ich eine Computertastaturattrappe auf den Bauch und wurde mit dem Kopf voraus in die Bohrung des superleitenden Magneten eingeführt.

«Können Sie mich hören, Arno?» hörte ich Dr. Orowitz-Rudman über die Sprechanlage sagen.

Ich bejahte.

«Schön. Es dauert ein paar Minuten, bis wir hier alles vorbereitet haben. Liegen Sie bequem?»

«Ja. Es ist *sehr* vaginal hier drin, irgendwie so weichmuskelig. Läuft der Magnet schon?»

«Ja, er ist ständig an», sagte sie.

«Eigentlich hatte ich ein klaustrophobisches Gefühl erwartet, aber komischerweise ist es gar nicht so. Am College war mal einer... entschuldigen Sie – ich bin lieber still, solange Sie alles einstellen.»

«Nein, erzählen Sie nur», sagte Dr. Orowitz-Rudman. «Das machen die MTAs – bis jetzt überwache ich nur alles.»

«Was ist das denn für ein nervendes Geräusch?» fragte ich.

«Das ist der Schildkühler. Der Magnet muß sehr kühl gehalten werden, und dazu muß ein Kühlmittel durchgepumpt werden.»

«Aha. Also, da war am College so einer –» Da war am College so einer, sagte ich, der machte immer so eine Pantomime, wie er einer Frau einen Finger in die Vaga steckte, dann zwei, dann vier, wobei er sagte: «Yeah, Baby. Wirklich? Mehr?» Dann folgte die ganze Hand, dann der Arm bis zum Ellbogen, dann bis zur Schulter, dann schob er auch noch den anderen Arm hinein, wobei er sagte: «Noch mehr? Bist du *sicher*, Baby? Na gut.» Er ging mit dem Kopf an die Öffnung der imaginären Vaga, und plötzlich rutschte sein grimassierender Kopf die Arme entlang hinein, und schließlich zwängte er soviel von seinem Körper den

Vaginalkanal hoch, wie er unterbringen konnte. «Mir ist genau so, als hätte ich das gerade getan», erklärte ich. «Ich stecke in einem riesigen Elektrovagneten. Es ist nicht gebärmutterartig», definierte ich es plappernd. «Es ist Vagina pur.»

«Interessant», hörte ich Dr. Orowitz-Rudman geistesabwesend sagen. Sie hatte nicht zugehört. Sie sagte etwas zu einer ihrer Assistentinnen, was ich nicht verstand, dann hörte ich sie sagen: «Ja? Prima.» Dann wandte sie sich mit ihrer angenehmen Susan-Stamberg-Simme an mich: «Also, Arno. Erst müssen Sie sich ein wenig an die Tastatur gewöhnen. Ich lese Ihnen jetzt einen Satz vor, und Sie tippen ihn. Fertig?»

Ich sagte, ich sei fertig.

«‹Das Mittel...›» las sie.

Ich tippte. «Ja.»

«‹... gegen den größten Teil...›»

Ich tippte. «Ich hab's.»

«‹... des menschlichen Elends...›»

Ich tippte. «Okay.»

«‹... ist kein radikales› ... Komma...»

«Jau.»

«‹...sondern ein linderndes.› Punkt. Gut. Danke. Das ist unser Basissatz. Und nun, Arno, möchte ich, daß Sie ungefähr fünf Minuten auf der Tastatur weiterschreiben, damit der Nerv warm wird.»

«Einfach irgendwas tippen?» fragte ich.

«Genau», sagte Dr. Orowitz-Rudman. «Ich kann Ihnen etwas diktieren, oder Sie können sich selber etwas ausdenken. Es wäre schön, wenn es ähnlich wäre wie das, was Sie sonst machen, aber so wichtig ist das auch nicht. Es muß aber auf englisch sein.»

«Warum?»

«Damit die Buchstabenfrequenzen repräsentativ sind.»

«Alles klar. Kein Problem», sagte ich. Ich begann zu tippen, etwas gewollt, wie man eben tippt, wenn man im Geschäft Schreibmaschinen oder Computer ausprobiert, wenngleich die Wörter, die ich tippte, in meinem Fall nirgendwo aufgezeichnet wurden. *Es ist eigenartig, hier in diesem Magneten zu tippen,* klackerte ich in die Tasten. *Aber irgendwie ist es schön. Ich habe noch nie im Liegen getippt. Die Tastatur hier tippt sich so schön ausgeleiert, wahrscheinlich, weil innen was verändert wurde und sie nicht funktioniert. Fühlt sich an wie eine alte Wang-Tastatur. Da sie ja außer Funktion ist, kann ich wohl schreiben, was ich will. Doktor Susan könnte wohl auf einem Videomonitor meinen Fingern folgen, um herauszubekommen, was ich tippe, oder sich das Band später ansehen, aber ich bezweifle, daß sie sich die Mühe machen wird. Sie ist durch und durch sachlich. Sie zieht mich richtig an. Das überrascht mich nicht – viel mehr überrascht es mich, wenn eine Frau mich nicht anzieht. Ganz selten einmal begegne ich einer Frau und denke hinterher: Das ist ja unglaublich – an dieser Frau hat mich nichts angezogen. Das passiert fast nie. Alle Frauen verdienen Liebe und Treue. Das stimmt. Alle Frauen sollten von jemand Gutem, Verläßlichem und Ehrlichem geliebt werden. Ich bin gut, glaube ich, aber ich bin nicht ehrlich oder verläßlich, daher muß ich mich liebevoll in ihr Leben einschleichen, ohne daß sie wissen, daß ich da war. Mann, finde ich Dr. Susans Titten unter dem Labormantel mit dem über eine gehefteten Namen toll. Kleine witzige Vierzigjährige mit großen Titten sollten das Höchste sein. Oder wenn ich nur zwischen großen Frauen mit samtiger*

Stimme und kleinen Brüsten und kleinen glücklichen Frauen mit großen Titten hin und her pendeln könnte – dazu mittelgroße zärtliche sexy Frauen mit mittelgroßen Brüsten und kleine Frauen mit kleinen Brüsten und Südstaatenakzent und mittelgroße Frauen mit kleinen Brüsten und hispanischem Akzent – das wäre ein Leben. Ich finde es schön, daß Dr. Susan nicht weiß, daß ich gerade tippe, wie schön ich es fände, wenn sie auf mir hocken, sich den weißen Baumwollzwickel ihrer schwarzen Strumpfhose aufreißen und mir ihre salzige Möse ins Gesicht reiben würde. Ich unterbrach das Scheintippen. «Genügt das?» fragte ich.

Dr. Orowitz-Rudman sagte: «Das ist reichlich. Wir haben Ihren Nerv jetzt gut im Griff. Würden Sie jetzt noch einmal den Referenzsatz tippen? Wissen Sie ihn noch?»

«Leider nicht», sagte ich. «Ich glaube, ich habe ihn vergessen.»

«‹Das Mittel gegen den größten . . . Teil des menschlichen . . . Elends ist kein radikales . . .›»

«‹. . . sondern ein linderndes›», beendete ich den Satz, darauf bedacht, ihr zu beweisen, daß ich kein Schreibroboter, sondern vielmehr eine Schreibkraft war, die bei dem, was sie schreiben sollte, mitdachte. «Fertig.»

«Was machen die Schmerzen?» fragte sie.

Ich schnippte mehrmals mit den Fingern, um zu testen, wie sich mein Handgelenk anfühlte. «Ich spüre das übliche Kribbeln an der Handwurzel, und auch der Unterarm ist ziemlich in Mitleidenschaft gezogen.»

«Schön», sagte sie. «Falls erforderlich, können wir später noch auf die Tastatur zurückkommen. Bitte legen Sie sie jetzt beiseite. Gut. Und bis auf die Schmerzen im Arm geht es Ihnen gut? Wären Sie jetzt bereit zu masturbieren?»

Ich bejahte.

«Prima, in etwa einer Minute werde ich Sie bitten, damit zu beginnen.»

Ich lag friedlich da, die Hände ruhten auf meiner Brust. Über die Sprechanlage hörte ich noch weitere gemurmelte Gesprächsfetzen, dann: «Arno, wenn Sie jetzt bitte anfangen könnten.»

«Kann ich die Knie anheben?»

«Kann er die Knie anheben?» hörte ich sie fragen. Dann: «Lieber nicht. Sonst verlieren wir Sie auf einem der Axialmonitoren. Wird es für Sie schwierig, es mit ausgestreckten Beinen zu tun?»

«Überhaupt nicht – alles bestens», sagte ich. «Können Sie mich sehen? Ich meine, nicht meine Nerven, sondern mich?»

«Ja. Zusätzlich zu dem MR-Bild verfügen wir über mehrere Videomonitoren.»

«Ach», sagte ich.

«Und sagen Sie uns bitte gleich, ob sich bei den Schmerzen, die Sie verspüren, etwas ändert», sagte sie. «Wenn Sie können, geben Sie uns einen laufenden Kommentar.»

Ich zögerte und stürzte mich dann hinein. «Das Problem ist, daß die Lust aus der einen Quelle den Schmerz aus der anderen überdeckt», sagte ich. «Ich glaube, das ist ein Grund dafür, daß es so schlimm geworden ist. Aber gut, ich berühre jetzt mein – Geschlechtsteil. Ich habe es, wie Sie vermutlich sehen können, in dem Daumen-Finger-Griff, über den wir gesprochen haben. Wir könnten ihn den Kokomo-

Griff nennen. Ich beginne nun langsam, unter Verwendung des Kokomo-Griffes daran zu ziehen, und verspüre dabei keinen deutlichen Schmerz – gut, da ist so ein warmes Stechen, aber nichts Schlimmes.» Da ich drei Tage lang jeglichen Orgasmus vermieden hatte, erwartete ich, problemlos scharf und schweinisch zu werden, auch wenn mich jetzt ein elektromagnetisches Feld umgab, das so stark war, daß es potentiell Sauerstofftanks, Scheren und andere eiserne Gegenstände mit für mich fatalen Folgen zu mir in die Kammer saugen konnte. Als ich voll erigiert war, hielt ich meinen Richard einen Moment lang an der Wurzel aufrecht, da ich wollte, daß ihn alle im Kontrollraum auf dem Monitor einmal richtig sehen konnten.

«Bleiben Sie mal einen Augenblick so», sagte Dr. Orowitz-Rudman unerwartet. «Bitte nicht bewegen. Wir müssen die R-Punkte fixieren. Halten Sie bitte still. Gut. Prima. Gut. Liegen Sie noch bequem?»

«Glaub schon.»

«Gut. So scheint es auch. Jetzt brauchen wir noch ein paar Bewegungsprofile. Das ist für das Echtzeit-Suchsystem eine völlig neue Repetitivbewegung, Sie müssen also ein bißchen Geduld mit uns haben. Die Software bringt sich jetzt bei, wie sie Ihrem Arm folgen soll. Okay – erst masturbieren Sie bitte langsam, wie es vielleicht kennzeichnend für Ihre Anfangsphase wäre.»

«Für meine Anfangsphase...» sinnierte ich. «Wahrscheinlich würde ich da zur geballten Faust wechseln. Und wahrscheinlich würde ich ihn ganz fest umfassen und dabei ganz langsam auf und ab reiben. So etwa.» Ich nahm die Beine etwas auseinander, so daß die Füße auf den gekrümmten, tunnelartigen Wänden der Bohrung durch den Magneten zu liegen kamen, und rieb. «Ooh, es ist immer so schön, wie dabei das kleine Loch aufgezogen wird.»

«Toll, danke. Okay.» Weiteres Gemurmel zwischen den Forscherinnen. Ich fand es wunderbar, beobachtet zu werden. Ich fand es wunderbar, daß mein schlichtes Selbstreibvergnügen wissenschaftliche Ergebnisse zeitigen sollte. Dr. Orowitz-Rudman meldete sich wieder: «Arno, könnten Sie jetzt bitte Ihren Penis schnell stimulieren?»

«Wie schnell?»

«So schnell, wie Sie es unter normalen Umständen tun würden. Wir möchten sichergehen, daß uns das Bild nicht verlorengeht, wenn Sie Ernst machen.»

«Verstehe.» Ich machte mich über meinen Schwanz her, als schüttelte ich in einer überfüllten Bar einen Daiquiri, als applaudierte ich nach einer großartigen Aufführung von Ravels *Ma Mère l'Oye*, als spielte ich die einzige Maraca in einer Salsaband. Mein Körper schnellte und zappelte auf der Plastikauflage hin und her.

«Hoi», sagte Dr. Orowitz-Rudman.

«Würden Sie da mitkommen?» fragte ich.

«Ausgeschlossen», meinte sie. «Machen Sie langsamer. Langsamer.»

«Wie ist das?»

«Nein. Langsamer. Langsamer. Noch langsamer. Langsamer. Jetzt! Schneller dürfen Sie nicht sein. Reicht Ihnen das?»

Ich machte ein zweifelndes Gesicht. «Das ist schrecklich langsam. Ist das nicht ungefähr so langsam, wie ich war, als Sie mich baten, meine langsame

Geschwindigkeit zu demonstrieren? Ich weiß ganz ehrlich nicht, ob ich kommen kann, wenn ich so langsam mache.»

Auf der anderen Seite der Sprechanlage folgte eine unhörbare Beratung. Dann sagte Dr. Orowitz-Rudman: «Okay, in Ordnung, Arno. Keine Sorge. Einen Moment noch. Wir versuchen etwas anderes. Gedulden Sie sich noch einen Augenblick.»

«Andererseits», fügte ich nachdenklich hinzu, «ist es für Sie wahrscheinlich gar nicht *nötig*, daß es mir kommt, oder? Es gibt ja keinen echten Grund für mich, für diese Bewegungsstudie zu kommen. Wie selbstsüchtig von mir.»

Dr. Orowitz-Rudmans Stimme ertönte. «Ganz im Gegenteil. Meiner Meinung nach ist es entscheidend für den Erfolg dieser Vorstudie, daß Sie ganz durchmasturbieren. Sie selbst haben den Grund dafür gerade eben angedeutet. Wenn Sie sich dem Höhepunkt nähern, empfinden Sie eine solche Lust und streichen Ihren Penis so schnell, daß Sie die Nervenhülle viel wahrscheinlicher traumatisieren, ohne es zu merken.»

«Da haben Sie völlig recht», sagte ich. «Es muß mir also kommen.»

«Warten Sie bitte noch einen Augenblick, bis wir die Gate-and-correlate-Software angepaßt haben. Wie Sie sehen», erklärte sie, «müssen wir in der Lage sein, auf immer genau denselben Querschnitt eines winzigen Bereichs in Ihrem Arm fixiert zu bleiben, egal, wie Sie sich bewegen oder sich drehen, was keine leichte Aufgabe ist. Wir erreichen das mit Hilfe eines vollkommen separaten optischen Suchsystems. Das optische System enthält übrigens eine Hardware, die ursprünglich von Martin Marietta für eines der Zielerkennungsprogramme des Verteidigungsministeriums entwickelt worden ist. Es stellt zweihundertfünfzig Vergleiche pro Stunde an, was sehr schnell ist – es sollte auch für diese Anwendung schnell genug sein.»

«Dann würde ich hier also nicht nackt liegen und das machen, wenn es das Verteidigungsministerium nicht gäbe?» sagte ich. «Da haben wir's. Wer sagt denn, daß die militärische Forschung nicht auch einen humanitären Nutzen hat?»

«Haben Sie bitte noch einen kleinen Augenblick Geduld, Arno», sagte Dr. Orowitz-Rudman. Ich verabreichte meinem Richard etwa alle fünfzehn Sekunden ein paar Aufrechterhaltungsstreichler. Endlich hörte ich sie sagen: «Okay, wir sind soweit. Sie können nun jederzeit mit der eigentlichen Masturbation beginnen.»

«Gut, ich fange an», sagte ich. «Ich bin wieder beim Kokomo-Griff. Noch fühlt es sich nicht besonders an – ich mache es aber, weil ich weiß, daß es gleich richtig gut wird. Es kribbelt mir voll in den Fingern. Ich werde Ihnen das Geschehen kommentieren. Es ist toll, in so einem sauscharfen Megamagneten abspritzen zu dürfen. Eins weiß ich, wenn ich in diesem Big-Mama-Magneten gekommen bin, dann bin ich ein anderer Mensch. Halten Sie voll auf meinen dicken Schwanz. Entschuldigen Sie meine Ausdrucksweise: Wenn Sie wollen, daß ich dabei rede, dann werde ich schweinisch reden müssen. Wissen Sie, woran mich das erinnert? An *Zardoz*. *Zardoz* ist ein Film mit Sean Connery. Die höheren Wesen bringen Connery in ihr Raumschiff, und das weibliche höhere Wesen, das ihn untersuchen muß, will herausfinden, was sein Herz schneller schlagen läßt. Sie werfen verschiedene sexuelle Bilder auf einen Schirm in dem Raumschiff, um seine Reaktion zu testen – etwa ein Paar Brüste, die eingeseift werden. Seine Gehirnströme bleiben auf einem Level, absolut ruhig und unbewegt. Und dann sieht Connery sie, die Forscherin, direkt an, und sofort fangen die EEG-Oszilloskope an, über das Diagrammfeld hinauszuhüpfen und zu piepen. Es ist also das höhere Wesen selbst, das ihn heiß macht. Allerdings erscheint es mir ein bißchen unwahrscheinlich, daß die eingeseiften Brüste bei Connery gar nichts auslösen – bei mir jedenfalls haben sie was ausgelöst, als ich den Film damals in den siebziger Jahren sah. Seither habe ich ihn nicht wieder gesehen, und dennoch erinnere ich mich daran als die besten Filmmeter eingeseifter Brüste, die ich je gesehen habe, zum Teil auch, weil es so aufreizend schnell ging.»

«Arno – die Schmerzen im Arm», sagte Dr. Orowitz-Rudman. «Wie steht's damit?»

«Entschuldigung. Direkt oberhalb des Handgelenks verspüre ich ein wenig mehr Schmerzen und eine Kälte in der Hand. Aber der Schmerz ist gut, er ist es wert. Ich wechsle jetzt zum Faustfick-Griff. Jaa, *jetzt* geht's ab. Jaa! Um für Sie hier heute abend zu kommen, werde ich, glaube ich, diese Szene aus *Zardoz* übernehmen: Ich werde mir einen Typen vorstellen, den man bittet, in einem riesigen magnetischen Tunnel zu masturbieren, wobei drei weibliche höhere Wesen seinen Karpaltunnel überwachen. Sie wollen mit wissenschaftlicher Sicherheit bestimmen, ob seine Masturbation zu seiner Nervenentzündung beiträgt. Das ist nahezu sicher der Fall, aber sie wollen die Bilder festhalten, wie der arme zarte Nerv, der zu seiner Hand führt, gequetscht und traumatisiert wird, während er sich Lust bereitet. Dabei probieren sie eine nagelneue ausgeklügelte Software aus, die das Magnetfeld auf neuartige Weise bündelt. Einige Tricks, mit der diese Software arbeitet, wurden sogar bei CERN ausgetüftelt. Doch diese neue Software hat einen Virus; sie hat einen schwerwiegenden, unbeabsichtigten Nebeneffekt auf diesen masturbierenden Mann. Sie stutzen ihm die Schamhaare, sie pünkteln seinen Schwanz in einem Stammesmuster, sie schieben ihn in den Magneten und sagen ihm, er soll anfangen, sich einen runterzuholen, und dann, als seine Hand so schön seinen Schwanz auf und ab geht, entwickelt sich im universellen Zeitkern eine Art bizarrer, anomaler Mikroschacht. Eine Chronomalie. Innerhalb des Magneten wird die Zeit derart in sich selbst gesaugt und verdreht und komprimiert, daß der Nerv des Mannes – auf den sich die gesamte analytische Kraft des mitschwingenden Systems bündelt –, daß dieser Nerv die Fähigkeit erlangt, den Fortlauf der Zeit nach Belieben zu stoppen und wieder zu starten. Folgendes geschieht: Der Arm des Mannes erwärmt sich für einen Moment, es kribbelt, als wäre er in der Mikrowelle am Auftauen, und dann entdeckt er, daß er die Menschheit jedesmal, wenn er mit dem Mittelfinger schnippt, auf Stopp schalten kann. Er läßt seinen Schwanz los und probiert es aus. So: *schnipp.*»

Ich schnippte mit den Fingern. Sogleich lag ich in völliger, euphorischer Lautlosigkeit. Ich hatte meine Furchenfähigkeit wieder.

Ich kletterte aus der Maschine und ging nackt in den Kontrollraum, mein gewichtiger Richard voraus. Dr. Orowitz-Rudman hatte einen Kopfhörer auf. Sie saß zurückgelehnt auf ihrem Stuhl, die Hand gedankenverloren auf dem Mund, und schaute mit stirnrunzelnder Konzentration auf einen Monitor, auf dem ich, Füße voraus, Beine auseinander, liegend und mit der Hand meine Erektion umfassend, zu sehen war. Aus diesem Blickwinkel hatte ich mich noch nie gesehen. Es war kein schöner Anblick. Eine der Assistentinnen saß vor dem anderen großen Monitor, auf dem ein langes, leuchtendes Ding zu sehen war, offenbar der Nerv in meinem Handgelenk, der in dem üblichen intensiven Grün und Blau und Orange gehalten war. Die andere Frau, die Chinesin, stand hinter Dr. Orowitz-Rudman und schaute zu.

Ich kniete nieder, knöpfte Dr. Orowitz-Rudman den Laborkittel auf und zog ihr ihren gerippten grünen Pulli aus der Hose. Ich bauschte ihn auf Höhe ihres Schlüsselbeins und zog die Körbchen ihres BHs herunter, so daß die Brustwarzen heraussprangen. Sie waren aufgerichtet, wie ich erfreut feststellte, und erstaunlich dunkel, wie zwei Rosinen. «Ich kann nicht anders – ich muß an Ihren Titten saugen», sagte ich zu ihr und tat es auch, taktvoll, untheatralisch. Ich schrieb «Danke» auf einen weißen Post-It-Zettel und heftete ihn ihr an die linke Brust. Dann brachte ich ihre Kleidung wieder in Ordnung, ging zurück in den Untersuchungsraum, stieg in den Magneten und nahm meine vorherige Position wieder ein. Ich schnippte mit den Fingern. Das Schildkühlergeräusch erscholl wieder.

Sogleich hörte ich Dr. Orowitz-Rudman ausrufen:

«Holla! Wir haben Sie verloren. Was ist bei Ihnen passiert?»

«Ich habe mit den Fingern geschnippt.»

«Aha, also bitte, tun Sie das nicht. Unser Suchsystem hat seine Grenzen. Reiben Sie wenn möglich einfach nur Ihren Penis.»

«Wie lange soll ich das jetzt weitermachen?» fragte ich. Innerlich jubilierte ich, daß ich meine Fähigkeit wiederhatte.

«Wie stark sind Ihre Schmerzen?» fragte sie.

«Hmm, schmerzhafter als jetzt wird es eigentlich nicht – es kribbelt den ganzen Unterarm hoch», meldete ich.

«Ich denke, Sie sollten weitermachen und bald zum Ende kommen. Ich denke, wir haben jetzt genügend Werte, um ein grundlegendes Nervenleitprofil zu generieren.»

«Möchten Sie, daß ich für Sie komme?» Der Drang nach schweinischem Gerede wuchs in mir.

«Ja», sagte sie neutral.

«Das wollen Sie? Das wollen Sie sehen? O Gott, Sie sollen es sehen. Der Typ, der Typ, der in der MR-Maschine liegt, schnippt also mit den Fingern, und die Zeit steht still. Er begreift, was da abläuft, er klinkt nicht aus, weil es vorher schon mal passiert ist, als jemand eine Probe seines Blutes in eine Zentrifuge getan und sehr schnell geschleudert hat, worauf die Zeit ebenfalls unterbrochen wurde. Die Zeit ist also angehalten, und er klettert aus der Maschine, nackt, wichst seinen großen angeschwollenen Pimmelkopf, huscht in den Kontrollraum, zerrt der Ärztin den Laborkittel weg, zieht ihr das Hemd hoch, holt ihre Titten raus und leckt daran. Das hat er schon gewollt, als er sie zum erstenmal sah, er hat an ihren festen kleinen Warzen nuckeln wollen – o Gott, o Go-ho-ho-hott –»

«Etwas langsamer bitte, wenn es geht, Arno», sagte Dr. Orowitz-Rudman sanft. «Das Bild wird schlechter.»

«Ganz vergessen. Ich versuch's, ich versuch's. Er packt also ihre Titten wieder in ihren BH und stopft ihr das Hemd hinein, saust in den Magneten zurück und legt sich dort genau wie vorher auf die Liege und schnippt mit den Fingern, und die Zeit läuft weiter, und dann liegt er da und denkt an die Titten, an denen er gerade gesaugt hat, und wie toll sie sich in seinen Händen angefühlt haben, und das ist so ein Wahnsinnsgedanke, daß er kommen muß, und es ist ihm gleich, wie weh es tut – oh, jaa. Ich will in Ihrem Magneten kommen, Doktor. Es tut weh, aber das macht nichts. Ich möchte, daß Sie alle möglichen graphischen Bilder von meinem Nerv machen, während ich mein heißes, dreckiges Stück Fleisch hier für Sie abpumpe. Ich bin gern hart und heiß in Ihrer Bohrung. Oh, Doktor, Doktor? Ich muß Sie Susan nennen, wenn ich komme. Entschuldigen Sie. Geht das?»

«Das geht schon», sagte Dr. Orowitz-Rudman. «Reiben Sie vielleicht nur etwas langsamer, wenn es denn möglich ist.»

«Oh, danke. O Susan, o Susan, o Susan, oh, o fick mich. Sagen Sie, daß Sie sehen wollen, wie ich komme. Ich will es von Ihnen hören.»

Ich hörte nur Schweigen über die Sprechanlage, und dann: «Wie ich schon sagte, ich denke wirklich, es ist wichtig, daß Sie zum Höhepunkt kommen.»

«Ich komme zum Höhepunkt, und wie. Ich werde an Ihre Titten denken und zum Höhepunkt kommen. Oh, Sie haben mir Ihren Lippenstift zum Halten gegeben. Das war so nett von Ihnen. Ich wünschte, ich hätte Ihnen damit die Lippen und Warzen umfahren können. Oh, ist das gut. Quetschen Sie mein Fleisch, Susan. Quetschen Sie es in Ihr großes magnetisches Loch. Öffnen Sie Ihr Loch für mich. Saug mich rein, Baby. O Gott. Jaa. Umschließ meinen Schwanz mit aller Kraft, fick mich doch. Da, jetzt kommt's: O jaa, o *fick mich*, jaa. O jaaa! *Arrrrr!*» Ich ließ die Soßenschüsse hochspringen und auf meinen Bauchmuskeln landen. Ich lag, wie mir schien, lange da, friedvoll atmend. «Bin ich fertig?» fragte ich endlich selig.

«Fast», sagte Dr. Orowitz-Rudman. «Würden Sie jetzt normalerweise weiterschreiben?»

«Wenn ich abwechselnd geschrieben und gewichst hätte.»

«Könnten Sie dann wohl den Basissatz noch einmal tippen?» sagte sie. «Das wäre vielleicht ganz nützlich. Wissen Sie ihn noch? ‹Das Mittel ...›?»

«Nicht sagen!» Ich legte mir die Tastaturattrappe auf die Brust, neben das Sperma, und tippte den Satz aus dem Gedächtnis hin.

Die Technikerinnen zogen mich auf dem Rolltisch heraus und reichten mir ein braunes Papiertuch. Ich setzte mich auf, ein wenig schläfrig und benommen, und zog mir das Nachthemd über. Dann ging ich zu Dr. Orowitz-Rudman in den Kontrollraum, von wo sie mich in das Zimmer führte, wo meine Sachen lagen.

«Ich denke, das lief gut, oder?» sagte sie.

«Entschuldigen Sie, daß ich mich so total auf Sie fixiert habe.»

«Sie brauchen sich nicht zu entschuldigen», sagte sie. «Wir waren auf Sie fixiert, Sie auf uns.»

«Es ist halt so, daß mich eine Ärztin gebeten hat zu masturbieren, damit ist für mich ein Traum in Erfüllung gegangen ...»

«Ich verstehe – aber lassen wir das mal beiseite. Schade finde ich nur, daß das Bildsystem nicht ganz mit Ihnen mithalten konnte und ich Sie bitten mußte, langsamer zu machen. Ich hoffe, Sie hatten trotzdem einen ordentlichen Orgasmus.»

«Ach, spitzenmäßig. Nein, das war *schön*, daß Sie mir sagten, ich solle langsamer machen – langsam ist gut.»

Sie sagte mir, ich könne mir in ein paar Wochen einen Termin bei ihr geben lassen, dann würden wir das Nervenprofil besprechen. «Aber nach dem, was ich auf den Monitoren gesehen habe, würde ich vorschlagen, daß Sie auf die linke Hand wechseln, wenn sie Ihr Karpaltunnelproblem loswerden wollen.»

«Gleich morgen fange ich damit an», sagte ich. «Vielen Dank, Doktor.» «Susan» konnte ich jetzt wirklich nicht mehr sagen.

«Danke, daß Sie sich zur Verfügung gestellt haben», sagte sie. Wir gaben uns die Hand. Dann lächelte sie und schnippte mit den Fingern. «Einfach so?»

«Genau, einfach so», sagte ich erfreut. Ich schnippte für sie mit den Fingern, und während sie erstarrt dastand, noch immer mit ihrem gutmütigen, leicht koketten Abschiedslächeln, küßte ich ihr Namensschildchen und entfernte den weißen Post-It-Zettel von ihrer

Brust (dieser weichen, schweren, etwas verschwitzten Brust). Es hätte sie am Abend nur verwirrt und verstört, ihn darauf vorzufinden. Und was wäre gewesen, wenn sie den BH vor ihrem Mann abgenommen und er ihn vor ihr bemerkt hätte – einen Zettel auf ihrer Brust, auf dem DANKE stand? Es hätte unnötiges Leid verursacht.

Um mich von dem Experiment zu erholen, verbrachte ich die nächsten fünf Tage in die Furche geschnippt und las Louisa May Alcott; während dieser ganzen Zeit ließ ich die Finger von der Computertastatur und auch von meinem Penis. Meine Handgelenkschmerzen, die anfangs so schlimm waren, daß ich kaum eine Reklamesendung öffnen konnte, ließen beträchtlich nach. Ich borgte mir von einem Freund eine Hermes-Kofferschreibmaschine und schrieb darauf ein paar meiner kreativen Roheiten; die tieferen Tastenanschläge waren, wie Dr. Orowitz-Rudman gemeint hatte, eine Art Physiotherapie. Und für kurze Zeit versuchte ich auch, mit links zu fiedeln, scheiterte jedoch: Meine linke Hand fühlte einfach nicht gut genug. Einen Monat später rief ich Dr. Orowitz-Rudman an, um einen Termin für eine Nachuntersuchung zu vereinbaren. Abends rief sie mich zurück. Ich sagte ihr, meinem Handgelenk gehe es erheblich besser, was ich ihr zu verdanken habe. Ich fragte sie, wie die Bewegungsstudien liefen, und sie sagte, sie liefen gut.

«Wir haben uns allerdings entschieden, uns vorerst auf Tastaturprobleme zu konzentrieren», sagte sie.

«Ach. Und was ist mit – anderen naheliegenden Ursachen? Sie waren doch so begeistert darüber. Sie waren so – verzeihen Sie den Jargon – sexpositiv.» Unwillkürlich klang ich etwas enttäuscht.

«Wir haben die Verbindung informell hergestellt, weiter können wir zur Zeit nicht gehen», sagte sie. «Vorerst möchte ich mich auf tastaturbedingte Verletzungen konzentrieren.»

«Ich *wußte* es», sagte ich traurig. «Ich habe in dem Magneten zuviel geredet.»

Sie sagte, das sei eigentlich nicht der Grund. «Es hat sich herausgestellt, daß es bei Sexualforschungen zu Problemen kommt. Aus irgendeinem Grund nehmen die Leute, die die Forschungsgelder bewilligen, eine Arbeit, die mit Masturbation zu tun hat, nicht ernst.»

Das klang glaubhaft. Ich sagte ihr, ich verstünde es; ja, ich benutzte jenen Dreiwortsatz, der so viele Herzensangelegenheiten beendet: *Ich verstehe vollkommen.* «Aber wie auch immer», sagte ich, «für mich war es jedenfalls ein angenehmer Abend. Gut genutzte Zeit. Dieser Magnet hat mich wirklich erst auf das Problem aufmerksam gemacht.»

«Schön», sagte sie. Sie wünschte mir alles Gute für meine Pornographie.

SIEBZEHN

Und so begann meine jüngste und längste Fermatenphase, die locker-leichte Fingerschnipp-Phase, die Phase, in der ich bis vor kurzem war. Jetzt würde ich mir gern einen Augenblick Zeit nehmen, um so etwas wie ein kleines Gebet über mein Leben zu sprechen. Ich kann mich *so* glücklich schätzen, daß ich die Brüste all der nackten Frauen, die ich gesehen habe, habe sehen können. Und nur darum geht es letzten Endes. Ich bin richtig erschüttert darüber, wieviel Glück ich habe. Kein Leben könnte schöner sein als meines. Kein zwanghaft promisker Schauspieler oder Popsänger, kein Fotograf für Herrenmagazine hat ein besseres Leben, denn ich kann Frauen *en passant* ausziehen, aus einer vorübergehenden Laune heraus, ohne daß meine liebevolle Entkleidung ihr Leben oder meines in irgendeiner Form beeinflussen würde. Die durchschnittliche Frau, die nicht außergewöhnliche Frau, die auf interessante Weise häßliche Frau, alle kann ich sie im Zustand plötzlicher Nacktheit (ihrer und/oder meiner) auf einem Gehweg anstarren oder auch im unvorteilhaften Licht eines

Schallplattenladens, und das kann sonst niemand. Es gibt ganze Phyla von Brustformen, von der die Öffentlichkeit nichts weiß, weil die Besitzerinnen dieser Brustformen sie niemals entblößen, es sei denn vor ihren Geliebten, Gatten oder Radiologen. Und diese stets verborgenen Plenen, vollkommen in ihrer notwendigen Unvollkommenheit, die mittels ihres Hängewinkels und des Realismus ihrer gewölbten Kurven ausrufen: «Wir zwei sind ganz honette Brüste! Wir zwei Brüste ziehen es vor, nicht nackt in der Öffentlichkeit zu erscheinen!», lasse ich mir im Kopf herumgehen, bis ich sie verstehe. Ich mag es honett, ich mag Honette; ich mag es, Honette zu sehen und zu küssen und Honettes Brustwarzen zu saugen und Honette zuzuflüstern, wie atemberaubend honett sie ist. Und das kann ich.

Und ich bin auch nicht dafür bestraft worden. Dr. Jekyll, Faust, Strawinskys Soldat, die Ballettänzerin in *Die roten Schuhe*, Gollum, Wells' Unsichtbarer und Zeitreisender, Dr. Frankenstein und tausend weitere Horrorhelden aus neuerer Zeit – alle besitzen sie eine quasi übernatürliche Fähigkeit und werden dafür bestraft, gehen daran kaputt, werden von ihr vernichtet. Wie falsch und langweilig dieses Ergebnis ist. Warum muß ein Leben, in das eine ungewöhnliche metaphysische Eigenschaft eingebaut ist, zwangsläufig in Unglück und vorzeitigem Tod enden? Warum müssen all diese Helden einen verhängnisvollen Makel haben, der sie dazu verleitet, sich zu übernehmen und sich mithin selbst zu zerstören? Das ist zu bequem. Selbst die beiden stilleren (und einander verblüffend gleichen) literarischen Artefakte, die einen Zustand des

Zeitstillstands behandeln, der meinen eigenen privaten Ausfurchungen ähnelt – ich rede hier von Ambrose Bierce' «Eine Begebenheit an der Owl-Creek-Brücke» und Borges' «Das geheime Wunder» –, bestrafen ihre Helden streng: sie enden durch eine militärische Exekution. Beide Erzählungen las ich in der High-School mit einer tiefen persönlichen Unzufriedenheit. Mehr fällt einem Schriftsteller zu einem Furchensprung nicht ein? In letzter Minute den Tod hinauszögern? Wo bleiben die unvermutet auftretenden Hebephrenien? Wo bleibt das Leben? *Wo bleiben die Titten?*

In Wirklichkeit, und das berichte ich ja hier, bleibt man sehr oft ungeschoren. Ich bin für das, was ich getan habe, weder verhaftet noch eingesperrt worden; zudem bin ich *nicht* Dr. Jekyll oder Dr. Frankenstein und verdiene keine Qualen und Leiden. Selbst wenn ich diese Erinnerung als Buch veröffentlichen sollte und eine Frau erkennt sich darin und verklagt mich wegen eines einschlägigen Sexualvergehens (im übrigen bin ich das Manuskript noch einmal durchgegangen und habe ein paar Namen geändert und ein paar Daten manipuliert, um die Chance zu verringern, daß so etwas passiert, aber wer weiß), erschiene mir mein Leben immer noch als ein gutes Leben und ich mir als einer, der niemandem weh tun wollte und der tatsächlich auch niemandem weh getan hat.

So selbstgerecht bin ich im Augenblick zum Teil wegen einer Entwicklung, die mit der alles überragenden Joyce Collier zusammenhängt, der Joyce mit der Liebe erweckenden Schambehaarung, die ich in meinem Bestreben, soviel von meinem vergangenen Zwischenleben aufzuzeichnen, wie ich ohne neuerliche konzentrationsfordernde Unterbrechungen konnte, zu Beginn dieser Seiten verlassen mußte. An einem Freitag bei der Arbeit vor zwei Echtwochen, es war etwa um die Zeit, als ich darüber zu schreiben begann, wie ich in dem Thai-Restaurant für Rhody die Uhr abnahm, blickte ich hinüber zu dem Kopf eines Sachbearbeiters und Squashspielers namens Paul aus der Kreditabteilung der MassBank und hatte plötzlich das Gefühl, daß ich es nicht ertragen würde, an jenem kommenden Montag zur Arbeit zu gehen; überdies hatte ich das Gefühl, daß ich es nicht ertragen würde, überhaupt noch zur Arbeit zu gehen, bevor ich nicht einen wesentlichen Teil dieses Berichts fertiggestellt hätte. Ich rief meine Koordinatorin an und bat sie um eine ganze Woche Urlaub. (Mehr als eine Woche konnte ich mir nicht leisten.) Und diese eine Woche streckte ich auf dreiundzwanzig kostbare Tage (das letzte Wochenende eingeschlossen) autobiographischer Einsamkeit, einfach, indem ich die Zahl der persönlichen Schnipptage, die ich zwischen jedem echten Kalendertag einschob, von einem auf zwei erhöhte. Das bedeutete, daß ich dreimal so schnell alterte wie ein normaler Mensch, doch darüber machte ich mir keine Gedanken. Jeden dritten «Tag» erledigte ich meine Besorgungen, und weil ich so hart an diesem Buch arbeitete, wurde es mir in der Zwischen-Zeit nicht ganz so einsam, wie ich erwartet hätte; ein Augenblick der Freundlichkeit mit einer Bankkassiererin oder einer Kellnerin an den Kalendertagen genügte mir, um die beiden folgenden inneren Arno-Tage durchzustehen. Und indem ich mir die Woche von der MassBank freinahm, verschob ich natürlich auch das mit Joyce Collier – ich wollte sie noch immer zum Essen einladen, doch ich wußte, daß jeder plötzliche Wirbel, jeder Kummer ihretwegen mich von den Furchenabenteuern in meiner Vergangenheit ablenken würde. Auch hegte ich die Hoffnung, es würde Joyce, wenn ich eine ganze Woche nicht in ihr Büro käme, auffallen, daß ihre Arbeitstage irgendwie anders verliefen, wenn ich nicht ihre Bänder machte, und sie würde sich vielleicht ein wenig darauf freuen, in meiner Abwesenheit ein bißchen weniger zu arbeiten – und davon ausgehend hoffte ich, sie würde sich der bewußten Erkenntnis annähern, daß sie mich doch eigentlich ziemlich mochte.

Gegen Ende dieser letzten dreiwöchigen Klausur, während ich meine Magnetresonanzuntersuchung bei Dr. Orowitz-Rudman für die Nachwelt aufzeichnete, kam mir plötzlich selbst eine kleine Erkenntnis. Dem Leser wird sie lächerlich naheliegend erscheinen, für mich jedoch bedeutete sie einen echten Fortschritt. Sie lautete, daß ich Joyce gleich zu Beginn von der Furche erzählen müßte, noch bevor ich auch nur einmal versuchte, mit ihr zu schlafen. Es konnte keine weiteren Geheimnisse mehr geben: Sollte ich Joyce mit meinem Chronanismus schockieren, müßte ich sie gleich am Anfang damit schockieren, und wenn ich sie mit Hilfe der Furche verführen wollte, dann müßte sie, anders als Rhody, auch von der Verführung wissen. Nachdem ich mich dazu entschlossen hatte, merkte ich, daß ich Gefallen daran fand, endlich jemandem davon zu erzählen. Es würde mir, dem «simplen Zeitarbeiter», in ihren Augen vielleicht ein wenig mehr Glanz verleihen.

In der Nacht, bevor ich Joyce wiedersehen sollte,

konnte ich gegen Morgen ungefähr zwei Stunden lang nicht schlafen. Den größten Teil meiner Schlaflosigkeit verbrachte ich in der Furche, weil ich nicht die Nacht damit vergeuden wollte. Ich wollte ausgeruht sein für sie. Bei angehaltenem Universum lag ich im Bett, die Hand auf meiner Troika; jedesmal, wenn ich daran dachte, wie ich ihr sagen würde, daß ich ihr am hellichten Nachmittag ihr Strickkleid um die Hüften gewickelt, ihre Hüften angefaßt und ihren schimmernden Vafro befühlt hatte, spürte ich, wie mein Übeltäter zum Leben erwachte. Ich *wollte* ihr das Schockierende, das ich getan hatte, erzählen. Ich wollte, daß sie mir verzieh und mich dafür liebte.

Folgendermaßen lud ich sie dann am nächsten Tag ein. Gegen halb zwölf kam sie vorbei, um mir ein Band hinzulegen, und winkte. Ich riß mir den Kopfhörer vom Kopf. «Na, wie war's letzte Woche?» fragte ich. Joyce trug ein grünes Kleid, das ich noch nicht kannte; ihre schwarzen Haare waren mit dem kyrillischen Tuch locker nach hinten gebunden. Das nahm ich als gutes Omen.

«Ich hab diverse Katastrophen am Hals», sagte sie. «Wir haben Sie vermißt. Der, den sie als Ersatz geschickt hatten, war nicht halb so schnell wie Sie.»

«Das tut mir aber leid.» Ich streckte die Hand aus, und Joyce gab mir die Mikrokassette. «Das mach ich in Null Komma nichts», sagte ich. «Und ich hab die Bänder vermißt. Ich mag es, wenn ich dabei bin, etwas zu tippen, was Sie mir gerade ins Ohr gesagt haben, und aufschaue und Sie vorbeigehen sehe.»

Das überraschte Joyce doch ein wenig. «Wie war Ihr Urlaub?»

«Schön, doch, ganz schön. Aber auch *lang.*»

«Was haben Sie denn so getrieben?»

«Ich habe – das klingt jetzt verrückt – aber ich habe meine Autobiographie geschrieben», sagte ich.

«Hatten Sie denn ein interessantes Leben?» fragte Joyce.

Ich beugte mich vor. «Tja, also – ja! Ja. Und Sie?»

«Nein.»

«Das ist schade», sagte ich. «Wie kann ich Ihnen da helfen?»

«Mir einen bringen, der mich irgendwohin entführt. Das Problem ist, ich habe keine Zeit, interessante Sachen zu machen, weil ich so sehr mit uninteressanten eingedeckt bin. Immerhin gehe ich samstags immer zum botanischen Zeichnen ins Arnold Arboretum.»

«Na, da hätten wir doch schon einen positiven Ansatz», sagte ich. «Ich habe schon seit Jahren keine Pflanze mehr gezeichnet. Macht das Spaß?»

«Ja», sagte Joyce. «Pflanzen sitzen still. Es ist wie eine Meditation, nur besser, weil man über die Pflanze nachdenkt und nicht über sich selber.»

Ich schüttelte traurig den Kopf. «Ich wünschte, in meinem momentanen Leben gäbe es mehr Kunst. Allerdings habe ich vor ein paar Monaten ein paar medizinischen Forschern gestattet, mir auf mehrere Körperteile reflektierende Farbe zu malen. Zählt das als künstlerisches Erlebnis?»

«Find ich schon», sagte Joyce. Sie fragte mich, was die Forscher herausfinden wollten.

Ich sagte ihr, es habe mit meinem Karpaltunnelproblem zu tun gehabt. «Sie haben versucht, herauszufinden, wieviel davon auf das Tippen und wieviel auf andere Faktoren zurückzuführen ist.»

«Was für andere Faktoren denn? Ich hab's ja auch ein bißchen mit dem Karpaltunnel», vertraute sie mir an.

«Das tut mir leid. Der andere Hauptfaktor war – na ja, das ist so ein Hobby von mir, etwas, was ich in meiner Freizeit mache.»

«Ach», sagte sie.

«Und darüber», sagte ich, «muß ich mit Ihnen reden.»

«Mit mir?»

Jetzt war es wirklich an der Zeit, Joyce zum Essen einzuladen. Ihre Miene verriet erkennbare Anzeichen von verwirrtem, provoziertem Interesse. Ihre Augen – ich glaube, das ist das einzige Wort dafür, was sie taten –, sie leuchteten. Aber was für ein Gesicht würde sie machen, wenn sie erfuhr, daß ich schon einmal in ihre Wohnung gesprungen war? Ich brauchte einen Augenblick, um meine Gedanken zu ordnen. Ohne zu blinzeln, schnippte ich leise mit den Fingern. Ich entspannte mich. Am einfachsten wäre es, sie jetzt gleich auszuziehen: Wenn ich sie jetzt auszöge, mich auf den Schreibtisch stellte und sie mit meinem erigierten Fleckstift an die Nasenspitze tippte oder ihr damit freundlich über die Wange strich, dann, so wußte ich, würde ich meine Bitte um einen Abend mit ihr mit mehr Selbstvertrauen formulieren. Aber ich wollte nicht schummeln. Ich konnte ja in ihre Wohnung gehen, mich auf ihr Bett legen und Kraft und Stärke daraus beziehen, daß ich wieder dort gewesen war. Aber nein – der ganze Sinn dieser Verabredung bestand für mich doch darin, keine unerbetenen Übergriffe vorzunehmen. Ich brauchte Ablenkung.

Noch immer eingefurcht, ging ich rasch den ganzen Weg zu dem Gap-Bekleidungsgeschäft in der Copley Place Mall und zog jeder Frau darin (es waren elf) das Hemd aus, wobei ich den Country-Western-Jingle von Gap aus den siebziger Jahren, «Fall–in–to–the–Gap», sang. Ich drapierte ihnen ihre BHs über die Schulter. Ohne Hose ging ich zwischen den Regalen mit den geflochtenen Gürteln und an den Wänden mit den zusammengelegten Shorts und ausgebleichten Jeans entlang. Aus Erfahrung wußte ich, daß in einigen der Hosentaschen Sand sein würde – nicht weil diese Hosen am Strand getragen und wieder zurückgebracht worden wären, wie ich einmal geglaubt hatte, sondern weil sie vor dem Verkauf sandgewaschen wurden. Sie wurden vorversorgt mit ihren eigenen Erinnerungen an das Cape verkauft. Langsam drehte ich mich mitten im Geschäft wie eine Kompaßnadel, beide Hände an meiner Pinne. Ich ließ mich bei meinem Blick in die Runde reihum von jeder Frau oben ohne überraschen, wobei ich sagte: «Und du! Und du! Dich hab ich auch ganz vergessen! Wow, die sind aber schön! Hi, wie steht's?» Nachdem ich mein Gehirn mit einer Vielzahl nackter Jamaikas angefüllt hatte (allerdings ohne zu kommen), machte ich meine Untaten wieder gut, richtete alles so hin, wie es gewesen war, und ging zum MassBank-Gebäude zurück. An meinem Schreibtisch schnippte ich, tauchte voller Selbstbewußtsein, gestärkt von heimlichen anstößigen Taten, aus meiner Spalte auf und sah Joyce an, die sich während meiner Abwesenheit natürlich nicht gemuckst hatte.

«Hätten Sie Lust, mal 'ne Kleinigkeit mit mir essen zu gehen?» fragte ich sie.

«Was für eine Kleinigkeit stellen Sie sich denn da vor?» fragte sie.

«Eine Kleinigkeit zum Abendessen.»

«Oh.» Sie lächelte zur Seite.

«Ich muß mit Ihnen reden. Ich habe Ihnen ein Unrecht angetan und muß mich davon entlasten.»

«Aha», sagte sie.

«Heute abend?»

«Hm.» Fast biß sie an. Doch dann sagte sie: «Nein, heute abend ist es schlecht. Ich würde ja gern, aber wahrscheinlich muß ich Überstunden machen. Ich muß das Zeug da auf dem Band noch mal durchgehen, wenn ich es von Ihnen zurückkriege. Thomas will es gleich morgen früh.»

«Und wenn Sie's in zehn Minuten zurückkriegen», sagte ich, «gehen Sie dann heute abend mit mir essen?»

«Aber auf dem Band ist eine ganze Stunde drauf!»

«Das weiß ich. Ich sage ja nur, *wenn* ich es Ihnen in zehn Minuten bringe, ob Sie dann heute abend mit mir essen gehen. Ich weiß, es klingt ein bißchen komisch, aber es hat damit zu tun, worüber ich mit Ihnen reden möchte.»

«Ach so, na ja, in Ordnung», sagte sie.

Ich ging mit ihr in das Restaurant im Meridien. Auf dem Weg folgten wir einem festen, dem Büroalltag entlehnten ungeschriebenen Gesetz, das jedwede Erörterung des Hauptthemas strikt untersagt, bis eine gewisse Anzahl willkürlich scheinender Konversationsthemen aufgekommen und abgehandelt sind und mithin einen Kontext cooler Distanz geschaffen haben.

Wir redeten über den Aufstieg und Fall von Schuhladenketten, über die Vorzüge verschiedener Arten von Damenschuhen und darüber, ob Damenschuhverkäufer durchweg Fetischisten seien. (Joyces Schuhe waren tolle graue flache mit sexy Seitenschnallen.) Aber kaum war der Wein gekommen, sagte Joyce: «Also: Jetzt erklären Sie mir mal bitte ganz genau, wie Sie das Band so schnell geschafft haben.»

«Wenn ich's Ihnen sage, sagen Sie's dann weiter?» fragte ich.

«Das können Sie nicht von mir wissen», sagte Joyce, «aber ich erzähle nie etwas weiter, was mir jemand im Vertrauen gesagt hat.»

«Schön – ich möchte Ihnen glauben. Während ich Ihre Bänder abschrieb, habe ich so oft Ihre Stimme gehört, daß ich glaube, ungewöhnliche Einsichten in Ihren Charakter zu haben.»

«Sie *sollten* mir glauben», sagte Joyce.

«Ich glaub's Ihnen. Nein – ich glaube, es geht eher darum, ob Sie mir glauben.»

«Da gibt's nur eins – ausprobieren», sagte Joyce.

Und so erzählte ich ihr, wie ich mich zu verschiedenen Zeiten in meinem Leben, angefangen damals in der vierten Klasse, aus der Zeit hatte herauslösen können. Ich erzählte ihr kurz von dem Rennbahntransformator, dem Faden, der durch meine Schwiele in die Waschmaschine lief, von dem Gummibanddehner, dem Druckbleistift und der hochgeschobenen Brille.

Joyce lachte. «Und heute vormittag? Wie haben Sie es heute vormittag gemacht?»

«Ich hab bloß mit den Fingern geschnippt. Ich mach's jetzt nicht, aber immer, wenn ich mit den Fingern schnippe, bleibt das gesamte Universum auf der Stelle stehen wie eine Stretch-Limo, die an der Straße auf mich wartet, während ich eine Besorgung mache. Während ich Ihr Band abtippte, habe ich ungefähr eineinhalb Stunden mit dem Universum in Pause-Stellung verbracht, dann habe ich wieder mit den Fingern geschnippt, um es weiterlaufen zu lassen, und dann bin ich zu Ihrem Schreibtisch gegangen und habe Ihnen die Arbeit abgeliefert. Und davor hatte ich geschnippt und war über eine Stunde spazierengegangen. Ich war bei Gap und habe ein bißchen gestöbert. Es ist also eigentlich zehn Uhr abends für mich.»

«Da müssen Sie ja am Verhungern sein», sagte Joyce. «Ich jedenfalls bin's. Brot?»

«Danke.»

Kauend musterte sie mich. «Haben Sie noch mehr zu sagen?»

«Ja.» Noch kurz davor war ich voll Selbstvertrauen, ja verwegen gewesen, aber jetzt, als ich mir ein Stück Brot in den Mund schob, fiel mir auf, daß meine Hände unsicher waren. «Was ich Ihnen jetzt sage, habe ich noch niemandem gesagt», sagte ich. «Ich habe versucht, es jemandem indirekt zu sagen, aber das kam nicht so gut an.»

Joyce sagte: «Und warum sagen Sie es dann mir? Ich meine, ich freue mich sehr darüber – glaube ich. Aber möchten Sie das alles denn nicht weiter für sich behalten, wo Sie es schon so lange für sich behalten haben?»

Ich sagte: «Ich bin dieses ausgedehnte Geheimleben und daß ich niemandem davon erzählen kann leid.» Und plötzlich war ich es ganz furchtbar leid. Ich glaubte schon, ich würde ein bißchen weinerlich werden, aber zum Glück wurde ich es dann doch nicht. «Ich mag Sie und möchte es Ihnen einfach sagen. Ich habe darüber in dem Memoirendings geschrieben, an dem ich gearbeitet habe, und obwohl ich es keinem gezeigt habe, habe ich das Gefühl, daß ich jetzt, nachdem ich es auf dem Papier öffentlich gemacht habe, die Tatsache, daß man es erfahren wird, leichter akzeptieren kann. Es kommt mir jetzt unausweichlich vor, obwohl es das natürlich nicht ist. Es ist einfach der nächste Schritt. Auch habe ich die Furche dazu benutzt, Sachen zu machen, bei denen Ihnen vielleicht unwohl würde, wenn Sie davon wüßten, und wenn Ihnen dabei unwohl würde, dann lieber jetzt gleich als später.»

«Die ‹Furche›?»

Ich ging etwas detaillierter auf die Terminologie ein. Wir bestellten. Ich erzählte ihr von der Gleichung mit den Waschanleitungssymbolen, von der Kollision mit der Parkuhr und davon, wie ich die zwei Shrimps gestohlen hatte. Ich gab ihr einen bereinigten Bericht meiner Erlebnisse in dem Elektromagneten. Schließlich nahm ich meinen ganzen Mut zusammen und erwähnte, daß ich in der Vergangenheit zu ausgewählten Zeiten die Furche benutzt hatte, um Frauen auszuziehen, ohne daß sie es wußten.

«Aha – *jetzt* versteh ich, wo's langgeht», sagte Joyce. «Das ist nun nicht so gut. Das ist nicht so toll.»

«Ich weiß, ich weiß, ich weiß, ich weiß», sagte ich kopfschüttelnd. «Aber während ich es mache, finde ich es nicht schlimm. Ich finde es wunderbar, gut, positiv – ich finde, es ist das Konstruktivste, was ich überhaupt tun kann. Mir will einfach nicht in den Kopf, warum es so schlimm und falsch sein soll, daß ich

Frauen ausziehe, solange sie nichts davon wissen. Was ist denn schon groß dabei?»

«Wie weit ziehen Sie sie aus?» Sie trank einen Schluck Wein und sah mich dabei durchdringend an. Ihre Augen hatten die Farbe von Torfmoos; ihre Pupillen waren geweitet.

«Ach, das kommt drauf an», sagte ich. «Manchmal ziehe ich sie gar nicht aus, manchmal dringe ich bis zum BH vor, manchmal gehe ich noch eine Spur weiter.»

«Und Sie haben noch nie jemandem erzählt, was Sie da treiben?»

«Nicht direkt. Ein paarmal war ich dicht davor, aber, nein.»

Sie führte die Serviette an den Mund. Dann wurden ihre Augen schmal. «Aber jetzt haben Sie beschlossen, es mir zu sagen. Und wissen Sie, warum? Ich weiß, warum. Sie sagen es mir, weil Sie mich auch schon mal ausgezogen haben, stimmt's? Stimmt's?»

«Ja.»

Sie ließ die Hand auf den Tisch fallen. Jetzt sah sie traurig aus – eher traurig als schockiert. «Ich kann's nicht glauben.»

Um sie von ihrer Enttäuschung über mich abzulenken, fragte ich: «Meinen Sie, Sie können nicht glauben, daß ich die Wahrheit sage, oder Sie können nicht glauben, daß ich so etwas Gemeines und Widerwärtiges machen würde?»

«Beides», sagte sie. «O Gott, ich habe diese ganzen verlogenen falschen Heimlichtuer und Perversen so zum Kotzen satt. O Gott.» Sie wischte sich die Augen und schniefte. «Letztes Jahr hatte ich zwei Monate lang eine Beziehung mit einem Typen, und dann stellte sich raus, daß er verheiratet ist. Hat einfach vergessen, mir zu sagen, daß er in Washington, D. C., eine Kleinfamilie hatte. Und jetzt das.»

«Tut mir leid», sagte ich. «Aber kann ich denn sagen, daß ich jetzt eben das genaue Gegenteil dieses verheirateten Typen bin? Ich versuche, Sie nicht zu täuschen. Ich sage Ihnen geradeheraus, ja, ich habe Ihnen ein paar Sachen ausgezogen. Ich nahm an, es würde Ihnen nichts ausmachen. Hätte ich vorher definitiv gewußt, daß es Ihnen etwas ausmacht, dann hätte ich es nicht getan. Ich weiß, wahrscheinlich habe ich mir da was vorgemacht. Aber Sie sahen wunderbar aus. Ihre Schamhaare sahen aus wie ein Fahrradsattel.»

«O mein Gott. Wann war das?» Sie blickte zu mir hoch, als würde es durch das genaue Datum besser.

Ich nahm die Brille ab und legte mir die Hand über die Augen, um nachzudenken. «Es ist schwierig für mich, Daten richtig hinzukriegen, weil ich in letzter Zeit soviel in der Furche war und geschrieben habe. Es war in meiner ersten Woche bei der MassBank. Da gingen Sie vorbei und hatten dieses blaugraue Strickkleid an.» Ich setzte die Brille wieder auf, was mich daran erinnerte, daß sie damals gesagt hatte, sie gefalle ihr. Ich fand, daß noch Hoffnung bestand. «Das ist wirklich ein starkes Kleid. Sie hatten die Haare in so einem französischen Zopf, oder wie das heißt. Sie hatten ein paar Akten dabei. Und ich *wollte einfach mehr von Ihnen sehen.* Was soll ich sagen?»

«Arno, wäre es denn nicht genauso einfach gewesen, mal mit mir auszugehen?»

«Nein! Es war sehr, sehr schwer, Sie heute zu fragen. So was fällt mir nicht so leicht.»

«Sagen Sie mir genau, was passiert ist», sagte sie.

«Als ich Sie auszog? Wollen Sie das wirklich hören?»

«Nein, es ist gräßlich, aber reden Sie weiter.»

«Na ja – ich habe einfach mit den Fingern geschnippt und alles angehalten, dann bin ich auf meinem Rollstuhl zu Ihnen hingerollt und habe Ihr Kleid hochgehoben. Es war so leicht, die Wolle fühlte sich so schön an. Ich habe es über die Strumpfhose und Ihre Hüften hochgeschoben und an der Taille so eine Art Knoten gemacht. Ihre Beine haben sich durch die Strumpfhose hindurch richtig warm angefühlt. Strumpfhosenmaterial ist ein komisches Zeug, wie ein Stoff von einem anderen Stern, zunächst unangenehm, wenn man es berührt, und dennoch strahlt die Wärme der Haut hindurch und macht es menschlich. Ich bin also mit der Hand über Ihre Beine gefahren und habe Ihre Hüftknochen befühlt, und ehe ich mich's versah, hatte ich Ihnen schon die Strumpfhose runtergezogen und die Hand in Ihren Schamhaaren.»

«‹Ehe ich mich's versah› ist gut», sagte Joyce. «Und ich hatte keine Ahnung, Arno, daß Sie mit der Hand in meinen Schamhaaren waren. Ist Ihnen das denn nicht unangenehm?»

«Nein, weil ich mich nämlich in Sie verliebt habe, als ich die Hand in Ihren Schamhaaren hatte.»

Joyce machte ein verzweifeltes Geräusch. «Alles ist kaputt, nichts läuft richtig! Ich habe mich wirklich gefreut, als Sie mich für heute abend zum Essen einluden. Richtig gefreut. Und jetzt ist alles so durcheinander.»

«Ich bin auch in Ihre Wohnung gegangen. Ich habe mir Ihre Schlüssel ausgeliehen.»

«Nein.» Joyce war fassungslos. «Nein.»

«Doch. Ich hab Ihre Matratzenauflage gesehen.»

«Arno, das ist ja ganz furchtbar. Ich weiß nicht, was ich denken soll. Aber vor allem glaube ich kein einziges Wort.»

«Unter eine antike Flasche in Ihrem Wintergarten habe ich einen Glückskekszettel gelegt, der in einer Schale auf Ihrem Kühlschrank war. Darauf steht: ‹Lächle, wenn du soweit bist.›»

«Sie brauchen Hilfe.»

«Ich muß doch bitten! Ich bin kein schlechter Mensch. Wenn Sie jetzt sagen, ich soll gehen, dann gehe ich. Ich bin harmlos. Ich bin doch nur ein Zeitarbeiter! Ich war eben neugierig auf Ihre Wohnung, weiter nichts.» Ich wartete darauf, daß Joyce etwas sagte, doch sie tat es nicht. «Na schön. Der Abend ist wohl gelaufen. Trotzdem bin ich froh, daß Sie sich über die Einladung gefreut haben. Immerhin. Möchten Sie noch etwas Wein?»

«Bloß einen Schluck, danke. O-o-oh, das ist aber reichlich.» Sie trank ein wenig. Ich ließ ihr Zeit zum Nachdenken. Eine ganze Weile sagte keiner etwas.

«Eigentlich sollte ich gehen», sagte sie.

«Na gut», sagte ich.

Dann sagte sie: «Beweisen Sie es mir. Ich möchte, daß Sie das, wovon Sie sagen, daß Sie es können, jetzt auf der Stelle tun.»

«Ich soll die Zeit anhalten?»

«Ja.»

«Na gut. Dann tue ich es jetzt. Sind Sie bereit?»

Sie nickte.

Ich schnippte mit den Fingern. Eine Weile saß ich still da, atmete leise, fast so reglos wie das übrige Tier- und Pflanzenreich. Dann begann ich mit den Fingern auf die Serviette zu klopfen. Ich füllte Joyce' Wasserglas auf. Ich ging auf die Toilette und sah nach, wie ich aussah. Ich sah gut aus – nur um die Augen ein wenig verlegen und besorgt. Ich setzte mich wieder und stocherte auf meinem Teller herum, aber ich wollte nichts essen, ohne daß Joyce «da» war. Diesmal fand ich die mich umhüllende Stille nicht so schön wie sonst; es war, als säße ich mit jemandem am Tisch, der nicht mit mir redete. Aber es war ja nicht so, *als ob*, sondern es *war so*. Gerade jetzt wollte ich überhaupt nicht unter der Fermate sein; ich wollte, daß die Zeit hübsch flott voranschritt, damit Joyce sich an das alles gewöhnte, was ich ihr erzählt hatte, und es mir verzieh, wenn Verzeihen überhaupt noch möglich war. Das konnte Wochen dauern.

Ich schnippte mit den Fingern. «Ich hab's getan», sagte ich.

«Was haben Sie getan?» Sie schaute schnell auf ihr Kleid hinab und dann auf mich. «Ich habe überhaupt nicht gemerkt, daß was passiert ist.»

«Ich habe auch nicht soviel getan. Ihre Reaktion hat mich nachdenklich gemacht, ich hab mich also zurückgehalten. Ich habe Ihr Wasserglas aufgefüllt.»

Joyce betrachtete argwöhnisch ihr Wasserglas. «Das war schon so voll.»

«Nein, wirklich, es war viertelvoll», sagte ich.

«Ich weiß bestimmt, daß es so voll war. Ich habe hauptsächlich Wein getrunken.»

«Sollen wir uns jetzt über die Wasserhöhe streiten?» sagte ich. «Oder sagen Sie mir einfach, was ich machen soll, das Ihnen beweist, daß ich tatsächlich die Zeit anhalten kann, damit ich jetzt gleich ausschnippen und es machen kann?»

«Sie können ...» Joyce sah sich im Raum nach Anregungen um. Ich sah, wie ihr Blick auf dem Kellner verharrte. «Ich weiß nicht. Irgendwas. Was würden Sie denn machen?»

Ich beugte mich vor. «Sehen Sie die beiden Männer da? Ich könnte ihre Krawatten vertauschen. Aber das möchte ich eigentlich nicht. Ich finde Dummejungenstreiche schrecklich. Ich finde es schon schwierig genug, mir selber die Krawatte zu binden. Die Furche ist etwas Sexuelles für mich.» Ich machte kurz ein nachdenkliches Gesicht und strahlte dann. «Ich könnte Ihnen den BH abnehmen und ihn in Ihre Handtasche an der Garderobe stecken. Das würde ich sehr gern tun. Würde Sie das überzeugen?»

«Ja, wahrscheinlich», sagte Joyce. «Aber machen Sie das lieber nicht.»

Ich sagte: «Wenn Sie jetzt mit den Fingern schnippen, die Zeit anhalten und alle Ursachen und Wirkungen ausschalten könnten, was würden Sie tun?» Wieder beugte ich mich vor und begann mit leiser, lockender, drängender Stimme zu reden. «Da ist doch der Kellner. Ich hab gesehen, daß er Ihnen aufgefallen ist. Er hat einen ganz netten Hintern, oder? Überlegen Sie doch mal. Der ganze Raum hier ist *voller* Schwänze. Hier sind Schwänze aller Art. Der wohlhabende Schwanz, der Ancien-régime-Schwanz, der New-Age-Schwanz. Was würden Sie machen?»

«Wenn ich die Zeit jetzt auf der Stelle anhalten könnte, würde ich sie anhalten und auf die Toilette gehen. Ich geh mal eben.»

Während Joyce weg war, starrte ich auf die Blume in der Knospenvase und befühlte den Tisch unterm Tischtuch, um herauszufinden, was für eine Oberfläche er hatte. Er hatte eine rauhe Oberfläche. Ich dachte nicht nach; ich wartete einfach. Der Salat kam.

Bald kehrte Joyce zurück. «Hi.» Sie strich sich mit der Hand hinten übers Kleid, während sie sich setzte, damit es keine Falten gab. «Sie sind mir doch nicht da rein gefolgt und haben mit den Fingern geschnippt, oder?»

«Nein, ich war die ganze Zeit hier.»

Joyce' Stimmung schien sich etwas gewandelt zu haben. «Ich dachte, daß diese Fähigkeit, die Sie zu haben meinen, einige interessante Möglichkeiten eröffnen würde», sagte sie. «In der Bank beispielsweise könnte ich mir eine Menge Sachen vorstellen, die man rausfinden könnte.»

Ich sagte ihr, an Wirtschaftskriminalität liege mir nicht besonders viel.

«Oder», fuhr sie fort und hob die Hand, «für berufstätige Mütter wäre es sehr praktisch. Aber lassen wir die berufstätigen Mütter mal beiseite. Auch für mich wäre es sehr praktisch. Ich könnte mir einen ganzen Tag nehmen, um mit meiner Arbeit nachzukommen. Ein lautloses Paradies. Kein Telefon. So was bräuchte ich dringend. Ich würde vier Bänder vollmachen.»

«Das stimmt», sagte ich. «Aber es ist komisch. Zeit zu haben, um aufzuholen, das klingt phantastisch. Aber in Wirklichkeit bringt, wie ich herausgefunden habe, eine lange Strecke bloße Zeit am Stück nicht soviel. Dann wird das Parkinsonsche Gesetz zur dominierenden Kraft. Das Parkinsonsche Gesetz und die Einsamkeit. Man muß die Auszeiten timen und sie mit dem Leben vermengen – das ist die Kunst.»

«Trotzdem», sagte Joyce, «ich würde gern wissen, wie es wäre, in Boston herumzulaufen, wenn es vollkommen still ist. Nichts regt sich, nur ich. Alle wie Statuen. Und Sie meinen im Ernst, daß Sie das können?»

Ich nickte.

Sie legte ihre Serviette auf den Tisch und setzte sich, die Hände im Schoß, auf ihrem Stuhl auf. «Sagen Sie mir, welche Farbe mein BH hat. Nehmen Sie ihn mir nicht ab. Sagen Sie mir bloß die Farbe und das Fabrikat.»

«Ehrlich gesagt, ist mir dabei jetzt ein bißchen flau», sagte ich und wedelte mit den Armen, um Verunsicherung und moralische Verwirrung zu signalisieren.

«Na los!» sagte sie. «Ich lasse Sie. Ich weiß noch immer nicht, ob ich Ihnen überhaupt glauben soll. Sie müssen mir demonstrieren, daß Sie mich nicht anlügen.»

Ich schnippte mit den Fingern, ging um den Tisch herum auf Joyce' Seite und riß nach einigem Fummeln das kleine Schildchen von ihrem BH. Auch küßte ich sie leicht auf den Mund, damit ich ihr sagen konnte, ich hätte es getan. Ich setzte mich wieder auf meinen Stuhl und schaltete alles wieder an. «Sie tragen einen roten BH», berichtete ich. «Es ist» – ich schaute auf das Schildchen – «ein ‹Olga Christina›. Da steht: ‹Handwarm in der Maschine waschen, mit ähnlichen Farben waschen, nicht bleichen, trocknen lassen, nicht bügeln›.»

«Es ist mein Lieblings-BH.»

«Ich habe bloß bei Ihrem Kleid hinten den Reißverschluß aufgemacht und reingelangt. Ich möchte Ihnen versichern, daß ich weder Ihre Brüste betatscht noch sonst etwas irgendwie Provokatives gemacht habe.» Ich hielt ihr das BH-Schildchen zwischen den Fingern hin. Sie nahm es und legte es neben ihren Brotteller. «Und dann habe ich Sie auch noch kurz geküßt», fügte ich hinzu.

«Ach, wirklich? Wohin?»

«Auf die Lippen.»

Sie machte mit dem Mund einen Mmm-Ausdruck, um zu prüfen, ob sie irgendwelche Empfindungsrückstände spüren konnte.

«Kein Nachkribbeln?» fragte ich, Ungläubigkeit heuchelnd.

«Nichts», sagte Joyce. «Wie war das mit dem Kuß?»

Ich sagte, es sei sehr schön gewesen.

«Das freut mich aber», sagte sie.

Als wir unseren Salat aufgegessen hatten, umgab uns eine eindeutig freundschaftliche Atmosphäre.

«Wissen Sie», sagte ich, «als ich gerade ausgeschnippt war und das Schildchen von Ihrem BH riß, ist mir was eingefallen. Ich möchte wetten, es gibt eine Möglichkeit, wie Sie die Furchenspalte zusammen mit mir erleben können.»

«Das bezweifle ich», sagte sie.

«Na ja, ich hab mir jedenfalls folgendes vorgestellt. Die Fermate weiß offenbar, daß ich physikalisch ein Individuum bin, und nimmt mich von der allgemeinen

Erstarrung aus. Aber wie wär's, wenn wir sie verwirren? Wir wär's, wenn mein nackter Penis in Ihrer Vagina wäre, während ich mit den Fingern schnippe?»

Joyce gab ein Das-ist-jetzt-aber-ein-Tick-zuviel-Lachen von sich, aber ich sah, daß das nicht völlig jenseits ihrer Vorstellungskraft lag.

Ich fuhr fort. «Ich glaube, wenn wir das täten, stünden die Chancen nicht schlecht, daß die Fermate uns beide als eine Einheit erkennen würde. Wir müßten allerdings in einem Zustand echter Vereinigung sein. Ich müßte *richtig* tief in Ihnen drin sein, und Ihre Beine müßten ganz fest um mich gehakt sein. Wir müßten einander extra fest umschlingen, und wahrscheinlich müßten wir uns dabei auch küssen. Wahrscheinlich müßten wir auch ineinander verliebt sein. Unsere Zungen müßten miteinander Fangen spielen, und Ihre Hände müßten meine zustoßenden Arschbacken gepackt halten –»

Joyce hob die Hände. «Schon gut, ich hab's begriffen. Ich kann's mir vorstellen.»

«Ich sage nicht, daß es dann auch garantiert funktioniert, aber ich finde, es ist wirklich einen Versuch wert», sagte ich aufgeregt. «Können Sie mir folgen?»

«Und wann soll das stattfinden?» Sie hatte das gleiche seitlich gerichtete Lächeln wie als ich sie einlud.

«Wenn Sie wollen, könnten wir eine Zeit ausmachen. In fünf Minuten?»

«Das ist aber bald», sagte sie.

«Ich habe jede Vorstellung davon verloren, was ‹bald› heißt. Möchten Sie nicht auch jede Vorstellung davon verlieren, was ‹bald› heißt?»

«Tja, schon.» Sie senkte den Blick.

Plötzlich fiel mir die Verhütung ein. «Schitt, ein Kondom kommt nicht in Frage, weil der Kontakt total sein muß.» Nachdenklich machte ich mit den Lippen Ploppgeräusche. «Sie nehmen nicht die Pille, oder?»

«Ich treffe mich manchmal mit einem Mann. Im Grunde also ja.»

«Wirklich? Ach – *toll*! Perfekt.» Ich wedelte mit den Händen. «Aber lassen wir das jetzt. Reden wir zur Abwechslung mal über was anderes.» Ich bat sie, mir mehr über ihr botanisches Zeichnen zu erzählen. Sie beschrieb die Schwierigkeiten, Rinde wiederzugeben. Sie erzählte von ihrem Lehrer. Es folgte ein netter Augenblick, als sie etwas zu Ende erzählt hatte, eine Gabel Salat in den Mund führte und bemerkte, daß ich sie mit einer seltsamen, vergnügten Miene ansah, worauf sich ihr Gesicht mit freundlicher Neugier füllte. Es war Zeit. «Darf ich?» sagte ich.

«Dürfen Sie was?»

«Mit den Fingern schnippen?»

Sie trank den Rest Wein aus. «Gut.»

Ich schnippte mit den Fingern.

Ich trug sie die angehaltene Rolltreppe zu einem Sofa in der Lobby hinab und entdeckte einen Rollwagen, wie ihn Hoteljungen für Koffer nehmen. Ich ging in die hinteren Räume, wo ich mehrere Decken und Kissen entdeckte, und polsterte den Wagen damit aus. Ich legte sie seitlich, mit angewinkelten Beinen, auf den Wagen. Es dauerte eine knappe Stunde, sie zu ihrer Wohnung zu schieben. Ich hielt mich meist in der Straßenmitte. Es hatte zu regnen begonnen, aber wir wurden nicht sonderlich naß, weil uns nur die Tropfen befeuchteten, die in unserem Weg hingen, nicht aber die über uns, und selbst bei starkem Regen ist die Anzahl der Tropfen pro Kubikmeter weit geringer, als es den Anschein hat, wenn der Regen in Bewegung ist. Ich ließ die Karre bei den Briefkästen stehen, trug Joyce nach oben und schloß mit ihrem Schlüssel auf. Ich legte sie im Wintergarten auf ihr Bett. Während ich sie und mich auszog, hielt ich die Augen geschlossen. (Ich wollte ihr sagen können, daß ich sie nicht angeschaut hatte.) Ich drapierte die Bettdecke über sie und legte mich neben sie. Sie war sehr warm. Eine Weile lag ich mit geschlossenen Augen da und ließ mein Herz zur Ruhe kommen. Ihre Matratzenauflage fühlte sich wahnsinnig an. Ich war müde und schläfrig. Ich machte ein Nickerchen von ungefähr einer halben Arno-Stunde. Als ich aufwachte, dachte ich, da liege ich im Bett mit der Frau, mit der ich lieber als mit allen anderen im Bett sein möchte. Ich schnippte mit den Fingern.

Joyce fing einen Satz an, der mit «Obwohl» begann. Sie unterbrach sich abrupt. «Was ist denn jetzt passiert?»

«Sehen Sie, wie leicht es geht?» sagte ich.

Sie drehte den Kopf auf dem Kissen und sah mich an. «Was haben Sie gemacht?»

«Ich habe Sie in Ihre Wohnung gebracht und mich mit Ihnen ins Bett gelegt.»

Sie bewegte den Arm unter der Decke. «Ich hab ja gar nichts an.»

«Stimmt», sagte ich. «Aber ich versichere Ihnen, daß ich die Augen geschlossen gehalten habe, als ich Sie ausgezogen habe. Ich habe nichts mieses Voyeuristisches gemacht. Da drüben sind Ihre Sachen. Ich wollte einfach völlig nackt mit Ihnen im Bett sein.» Wir lagen beide auf dem Rücken. Wir berührten uns leicht am Arm. Im Zimmer war es dämmrig.

Joyce legte sich die Hand auf die Stirn und überlegte. «Wie haben Sie mich hierhergebracht? Sind Sie gefahren?»

Ich erklärte ihr, wie schwierig es sei, während eines Zeitaufschubs zu fahren, der ganzen unbeweglichen Autos wegen. Ich erzählte ihr von der Gepäckkarre und dem geborgten Bettzeug. Dann sagte ich: «Ein ernstes Problem gibt es allerdings, und das hat mit der Zeit zu tun. Während wir nämlich jetzt hier liegen und reden, könnte unser Hauptgericht kommen, und der Kellner könnte sich fragen, wo wir abgeblieben sind. Ich habe mein Jackett dagelassen als Zeichen, daß wir uns nicht davongemacht haben, aber ich denke, wir sollten so schnell wie möglich einen Weg in die Fermate finden, bevor jemand im Restaurant merkt, daß wir verschwunden sind, und wenn wir das erst geschafft haben, können wir so lange reden, wie wir wollen, und dann in aller Ruhe zurückbummeln und den Nachtisch essen.»

«Sie meinen –?»

«Ja, ich denke, wir müssen jetzt gleich miteinander schlafen und das Vorspiel bis nach dem Ausschnippen aufschieben – vorausgesetzt natürlich, es gelingt uns, gemeinsam in die Fermate zu gelangen. Aber versuchen wir's doch einfach.»

«Können wir uns denn nicht wenigstens küssen?»

«Soll das ein Witz sein?» sagte ich. «Wir *müssen* uns küssen. Das ist unabdingbar. Damit es funktioniert, brauchen wir die totale geistige und körperliche Einheit. Versuchen Sie, soviel Liebe wie möglich für mich zu empfinden.»

Und so legten wir die Arme umeinander und fingen an, uns zu küssen. Ich glaube, wir waren beide etwas überrascht darüber, wie gut sich das anfühlte. Ihr Mund war das Beste, was mein Mund seit einer ganzen Weile gefühlt hatte. Wahrscheinlich hatte ich einfach vergessen, daß es keinen zufriedenstellenden autoerotischen Ersatz für einen Kuß gibt. Unsere Lippen kooperierten; sie verstanden einander. In der Vierten hatte ich einen Gummistempel mit der Aufprägung ARNO STRINE gehabt. Ich stempelte ihn ungern fest. Viel lieber setzte ich den voll betinteten Stempel sachte auf das Papier und wiegte ihn beim Niederdrükken hin und her, so daß mein Name dann sehr dunkel wurde und die Buchstaben oben und unten ausfaserten. Während Joyce und ich knutschten, schloß ich die Augen und sah einen Moment lang ein Bild meines alten Gummistempels, wie er in der Luft schwebte und mit einem zweiten gut betinteten Stempel mit JOYCE COLLIER darauf zusammengeführt wurde, so daß unsere beiden Namen einander von Schrift zu Schrift begegneten und sich gemeinsam wiegten und dem anderen aufdruckten.

Ebenfalls vergessen hatte ich wahrscheinlich, daß es keinen Ersatz für die Freude gibt, zum erstenmal die Arme um den nackten Körper einer Frau zu schlingen – wenn die Zeit unstarr ist und sie die Umarmung erwidert, indem sie einen tatsächlich *zurückumarmt*, und es nicht zu fassen ist, wie gut nackte, nahtlose Körper aneinanderpassen, wie aufnahmebereit sie sein können, noch bevor eine Erektion per Hand bestätigt und eine

Klitoris gecheckt oder geschmeckt worden ist. Und es kommt nicht sehr häufig vor, daß man im Zustand völliger Nacktheit *anfängt*, mit jemandem zum allerersten Mal zu knutschen, wie Joyce und ich es taten. Als wäre alles Teil unseres Kusses, als küßten sich unsere Körper, schob Joyce sich unter mich und öffnete die Beine, und während ich mich auf ihr schwerer machte, führte sie mich in sich ein, vorbei an ihrem üppigen schwarzen Fell, hinein in ihre heiße Fermate.

Ich flüsterte ihr zu, wie schön sie sich anfühlte. «Fertig?» sagte ich.

«Ja.» Ich spürte ihren Atem an meinem Hals.

«Halt mich ganz fest. Schnipp zusammen mit mir mit den Fingern.» Ich zählte: «Eins, zwei, drei.» Dann küßten wir uns wieder und schnippten unisono mit den Fingern.

Im ersten Augenblick war es schwierig festzustellen, ob etwas geschehen war. Fragend, die Augenbrauen hochgezogen, blickten wir einander an. Bei der leisesten Bewegung quiekte mein Schwanz vor Lust

«Hat es geklappt?» fragte Joyce.

Ich horchte. «Hörst du? Es ist absolut still. So klingt die Fermate immer. Es hat geklappt.»

Sie seufzte erleichtert auf und stemmte mir die Hüften entgegen. «Wie schön», murmelte sie. «Wie schön. Aber können wir denn noch ein bißchen so weitermachen?»

«Solange wir wollen», sagte ich.

Mehrere Arno-und-Joyce-Stunden später gingen wir, den Gepäckwagen mitschiebend, zurück zum Meridien. Ich zeigte ihr die negativen schwarzen Pfade, die unsere Körper in den Konstellationen hängender, schimmernder Regentropfen hinterlassen hatten. «Hm – und wenn du dann so unterwegs bist wie jetzt», sagte Joyce, «ziehst du einfach eine Frau aus, wenn sie dir gefällt?»

Ich sagte, ja, manchmal.

Joyce probierte es aus. Sie streifte einem reglosen Mann in einer Lederjacke die schwarzen Jeans herunter, zog am Bund seiner Unterhose und spähte hinein. Dann knöpfte sie einem Geschäftsmann den Regenmantel auf, schob ihm die Hand unters Jackett und befühlte seine Brust. «Ha, daran könnte ich mich gewöhnen», sagte sie. Wir setzten uns wieder an unseren Tisch im Restaurant, zählten bis drei und schnippten mit den Fingern. Kurz darauf erschien der Kellner mit unserem Hauptgericht. «Die Teller sind sehr heiß», sagte er wichtigtuerisch, während er sie mit einem Tuch hielt. Wir waren keine fünf Minuten weggewesen, niemand hatte uns vermißt. Joyce und ich unterhielten uns noch eine Stunde, tranken weiter Wein und danach einen Kaffee, dann brachte ich sie nach Hause und gab ihr an der Tür einen Gutenachtkuß.

ACHTZEHN

Meine Fingerschnipp-Phase ist nun vorüber, meine Faltenfähigkeit vorerst weg. Vermutlich erlange ich sie früher oder später wieder, aber da kann ich nie sicher sein. Soweit ich es mir zusammenreimen kann, habe ich nämlich eines Nachts, als Joyce und ich miteinander schliefen, meine ganzen fermationalen Kenntnisse unwissentlich *auf sie* übertragen. Zum Spaß kam ich mit der Penispumpe und dem Göttin-Athene-Vibrator mit der klitstimulierenden flammengezackten Fackel der Weisheit an und sagte ihr, daß ich bei deren Kauf an sie gedacht hatte, noch bevor wir zusammen waren. «Ich habe es nicht sehr mit Vibratoren», warnte Joyce mich. Aber dann pumpte sie doch begeistert mit der Penispumpe meinen Penis auf, saugte ihn in die durchsichtige Plastikvakuumkammer und sah sich an, wie die Adern herausquollen. Als mein Penis von dieser Behandlung mehr als genug hatte, zog ich ihn heraus und schob dafür den Athene-Vibrator hinein. Joyce und ich pumpten dann eine Weile den Vibrator mit der Penispumpe und saugten ihn so weit es ging hinein. Und nachdem ich sie ein bißchen beschwatzt hatte, zog sie den Athene-Vibrator heraus und schob ihn sich hinein. Die flammengezackte Fackel der Weisheit führte ihr polytheistische Klit zu neuen Höhen.

Da war uns jedoch nicht klar, daß die Penispumpe meine ganzen Zeitfähigkeiten aus mir herausgesaugt hatte. Offenbar wurden diese Fähigkeiten in dem Moment, als der Athene-Vibrator in die Penispumpe drang, auf ihn übertragen, und während er tief in Joyce hineinsummte, gingen sie auf sie über. Und folglich lief, als ich das nächste Mal mit den Fingern schnippte, überhaupt nichts – vielmehr lief alles weiter. Doch als Joyce dann das nächste Mal ihren Athene-Vibrator anknipste, hielt die Zeit pflichtschuldig für sie an.

Ich merke, daß ich die Furche zur Zeit eigentlich gar nicht so schrecklich vermisse. Mit meiner Selbstdisziplin ist es besser geworden. Ich mache noch immer Zeitarbeit, aber ich habe angefangen, mir die Unterlagen für meine Magisterarbeit wieder vorzunehmen. (Es ist eine Geschichte der Dover Books.) Und Joyce geht es ausgesprochen gut. Sie trägt ihre vibrierende Ritzengöttin in der Handtasche mit sich herum und schaltet sie nach Belieben an, etwa, wenn sie einen wichtigen Termin in der MassBank hat, den sie sonst nicht einhalten kann. Sie zieht Fußgänger aus und berichtet mir von seltsamen Genitalien, die sie gesehen und kennengelernt hat. Sie überlegt sich, ob sie eine Spritztour nach Washington unternehmen und den Präsidentenpimmel lutschen soll. Manchmal macht sie Furchentricks, wenn wir vögeln: Beispielsweise wechselt sie Mund und Vaga so schnell auf meinem Richard, daß ich das Gefühl habe, an beiden Stellen gleichzeitig zu sein – als wirbelte sie auf mir herum. Wir haben laut über das Heiraten nachgedacht.

Neulich war ich bei ihr in der Wohnung. Ich machte auf dem Boden ein paar Liegestütze. Dann setzte ich mich auf ihr Bett. Ich rief: «Kann ich dir von dem tollen Traum erzählen, den ich mal hatte, wie du uns beide mit deinem flatternden blauen Büstenhalter gerettet hast?»

«Kurz», sagte Joyce im Badezimmer. Sie entflocht gerade ihre Haare.

«Wir waren in einem Boot mitten auf einem Schwefelsäuresee», begann ich heiter, «und du hattest deinen flatternden blauen Büstenhalter an...»

Joyce hat mich fürs erste gerettet. Seit Wochen habe ich jetzt keine fremde Frau mehr ausgezogen. Ich versuche, einen Verlag für meine Autobiographie zu interessieren. Aber selbst wenn keiner sie veröffentlichen will, könnte ich doch trotzdem, sagen wir, hundert Exemplare machen lassen. Ich werde sie selbst setzen. Ich werde sie im Copyshop binden lassen. Ich werde einen Umschlag entwerfen, auf dem das Firmenlogo eines betuchten, berühmten Verlags wie Random House vorkommt. Ja, ich werde unten auf den Rücken meines Buches das kleine stilisierte Haus setzen. Ich werde den Umschlag mit einem Farbkopierer machen. Es wird wie ein richtiges Buch aussehen! Und dann, vorausgesetzt, ich erlange meine Furchenfähigkeiten wieder, gehe ich zu Waterstone's oder zu Avenue Victor Hugo, springe und stecke den

Leuten das Buch in die Hand, wenn sie gerade die Finger um ein anderes, echtes Buch schließen wollen. Sie werden mich lesen. Die Sache wird die Runde machen. Die Fermate, meine Fermate, die Hüterin all meiner Geheimnisse, sie wird kein Geheimnis mehr sein.

NICHOLSON BAKER

Rolltreppe oder Die Herkunft der Dinge

Roman
Deutsch von Eike Schönfeld
224 Seiten. Gebunden und als rororo Band 13300

Der Büroangestellte Howie erfährt in einer Mittagspause jäh das ewig neue, immer gleiche Regiment der kleinen Dinge über uns und unsere Zeit.
Nicholson Bakers Roman über die banalen Gegenstände unseres Alltags ist ein ganz außergewöhnliches, ein «souverän erzähltes, hintergründig schlaues Buch» (*Süddeutsche Zeitung*).

Vox

Roman
Deutsch von Eike Schönfeld
192 Seiten. Gebunden und als rororo Band 13467

Zwei Menschen telefonieren bis tief in die Nacht, gestehen sich ihre intimsten Träume, Wünsche und Phantasien.
«Nicholson Bakers meisterhafte Telefonsex-Novelle» (*Stern*) «ist kein Buch über den Verfall der Lust, sondern ein fulminantes Kabinettstück voller kleiner Lüste und Erregungen, eine Verführung zum elektronischen Sex» (*Stuttgarter Zeitung*).

Zimmertemperatur

Roman
Deutsch von Eike Schönfeld
160 Seiten. Gebunden

Hintersinnig, befremdlich schön und lachmuskelreizend bis zum Abwinken – ein erneuter Beweis für die überbordende, lustvolle Phantasie eines der originellsten amerikanischen Erzähler.
«Andy Warhol hätte dieses Buch geliebt: er hätte sich 2000 Stück davon zugelegt, einfach so zum Spaß» (*The Independent*).

MICHAEL NAUMANN
(Herausgeber)

Made in the U.S.A.

Neue Stories aus Amerika
480 Seiten. Pappband

Kurzgeschichten – zumal die eigentümliche, «typisch amerikanische» Kunstform der «Short Story» – sind, wie Mythen, Märchen und Sagen, wahrscheinlich die «natürliche» Art, uns allen in unserer labyrinthischen Welt wenn schon keinen Ausweg, so doch einen Platz zuzuweisen. Das ist ihr Versprechen – eine Ahnung von «Rettung». Sie bestehen aus Worten, Sätzen, aus schriftlichen Melodien, aus Pausen und Rhythmen. Sie unterhalten und zugleich zeigen sie uns zumeist in höchst zurückhaltender Weise, was es heißt, moralisch oder unmoralisch zu handeln.
Seit mehr als einem halben Jahrhundert veröffentlicht der Rowohlt Verlag Kurzgeschichten aus Nordamerika: von Hemingway über Faulkner zu Baldwin, Brodkey und Updike. Diese Anthologie vereint zwölf neue Short Stories von Paul Auster, Harold Brodkey, Ethan Canin, Robert Coover, Irene Dische, Andre Dubus, Deborah Eisenberg, Richard Ford, David Gates, Loorie Moore, Robert Olmstead, Thomas Pynchon, Christopher Tilghman und John Updike.

ROWOHLT